마광수 소설집

나만 좋으면

어문학사

달

내가 그녀에게
당신 얼굴은 달덩이처럼 환해
하고 말하니까
그녀는 화를 냈어
자기 얼굴이 그렇게 넓적하냐며

그래서 내가 그녀더러
당신 얼굴은 반달처럼 갸름해
하고 말하니까
그녀는 화를 냈어
자기 얼굴이 그렇게 반동강 나는 건 싫다고

그래서 내가 그녀더러
당신 얼굴은 초생달처럼 날씬해
하고 말하니까
그녀는 화를 냈어
자기 얼굴이 그렇게 빈상(貧相)이냐며

둥근 보름달이 떠 있는
어느 가을 밤이었어
나는 화가 나서 그녀의 얼굴을
마구 마구 때려주었지
그랬더니 그녀의 얼굴은
정말 달덩이처럼 부풀어 올랐어

화혼(花魂)

화혼(花魂)

1

여름―여름만큼 피곤하고 짜증 나고 외로운 계절이 또 있을까.
나는 천성적으로 소음인(少陰人) 체질의 약골인지라, 보통사람보다
유달리 더위를 많이 타는 편이다. 그런데도 뼈와 가죽만 남은 내 빈
약한 체구는 한여름 삼복더위에도 짧은 팔의 와이셔츠를 꺼리게 한
다. 내 외로운 육체는 언제나 소금에 절인 양배추처럼 주눅 들어 있

게 마련이고, 게다가 한창 생기발랄한 모습을 하고 가슴이 깊이 파인 민소매 옷이나 핫팬츠, 또는 '시스루룩(see through look)' 차림을 한 젊은 여자들을 보면 난 더욱 기가 질려 외롭고 쓸쓸하고 처량해지는 것이다.

2005년인가 2006년(아니 벌써 그렇게 오래됐나? 세월 참 빠르네)의 일이다. 그해 여름은 유달리 무더웠고 그래서 난 유달리 울적했다. 그래서 차라리 겨울이 낫다는 생각을 했다. 내가 추위에 특별히 강한 것은 아니지만, 그래도 겨울엔 쓸쓸해 보이는 세상 만물들 속에 섞여 일종의 동질감 같은 거라도 느끼게 되니 말이다. 그리고 겨울에는 내복과 털스웨터에 코트까지 두툼하게 껴입고, 목에는 스카프나 머플러까지 칭칭 감아서 어느 정도는 내 체격 콤플렉스를 감출 수 있어서 좋다.

두터운 옷에 의지할 수 없는 여름은 내게 한없는 짜증과 열등감만을 안겨준다. 게다가 편안하고 아늑한 어머니의 자궁 속처럼 생각되어 언제나 죽치고 들어앉아 있게 되는 학교의 내 연구실도, 한여름엔 견딜 수 없게 짜증스럽고 답답한 밀폐된 공간으로 변해버려 나를 지치게 한다.

학교에서는 전기세가 많이 나간다고 개인 비용으로도 에어컨을 틀지 못하게 하여 선풍기 하나만 돌리는데, 후텁지근하게 더운 바람만 일으켜 오히려 나를 감질나게 해줄 뿐이다. 창문을 아무리 활짝 열어놔도 들어오라는 바람은 한 점 안 들어오고, 모기니 파리니 나방 같은 것들이 잔뜩 들어와 인정사정없이 달라붙는다.

그해 여름엔 왜 그랬을까……. 때늦은 사춘기의 방황에서였을까……. 질깃질깃한 권태와 무력감 끝에 콘크리트 바닥조차 뜨거운 열기에 물렁물렁 흐물거리는 것처럼 느껴지던 어느 날, 나는 문득 서울을 탈출하고 싶어졌다. 그냥 무조건 도망쳐 혼자 있고 싶었다.

에라, 모르겠다. 걸릴 게 뭐 있으랴. 깊은 산속에 들어가 신선처럼 살았으면 좋겠다는 생각이 들었다. 그래서 나는 대충 짐을 싸고 (짐이라고 해야 조그만 배낭 하나가 전부지만) 시외버스 터미널로 갔다. 갈 곳은 이미 마음속에 정해 놓고 있었다.

내설악 백단사(百旦寺).

인제군 용대리에서 내려 내설악 기슭에 닿자 벌써 공기부터 달랐다. 오솔길에 들어서자 지저귀는 산새 소리며, 쫠쫠쫠 시원하게 흘러가는 계곡의 물소리며, 빽빽이 우거진 수풀 사이로 드문드문 비쳐드는 눈부신 햇살(서울의 햇살과는 달리 얄밉게 따갑지가 않고 오히려 포근하게 느껴지는)이 나를 반겼다.

백단사엔 전에 한때 글을 끄적거리느라 기거한 적이 있고, 그래서 안면 있는 스님도 몇 분 계셨다. 나는 스님들께 부탁하여 운 좋게도 백단사에서 떨어져 깊은 곳에 자리한 조그만 암자의 방 하나를 얻어 쓰게 되었다.

나는 달짝지근한 피로감을 느끼며 짐을 풀었다. 그날부터 나는 책을 읽거나 글을 쓰거나 아니면 드러누워 공상을 하곤 했다. 그도 아니면 암자 주위를 느릿느릿 거닐며 자연의 풍광(風光)을 즐기면서 마냥 여유 있게 시간을 보냈다. 그야말로 유유자적(悠悠自適).

한가한 시간의 연속이었다.

그때나 지금이나 내가 관심을 두고 공부하는 분야는 불교에서 말하는 소위 '일체유심조(一切唯心造)'. 즉 모든 것은 오로지 마음에 의해서 이루어진다는 것에 대해 문학적 상징의 측면에서 고찰해 보는 것이다. 특히 그때 백단사 근처의 암자에서 나는 무속신앙에서 다루어지는 애니미즘, 또는 만물이 지닌 영성(靈性)에 관하여 깊이 생각해 보기로 했다.

한여름 호시절을 맞아 식물들은 그 잎사귀며 가지 하나하나가 나날이 싱싱하게 푸르러져 갔는데, 나는 하루하루 달라지는 나무며 꽃이며 풀들을 벗 삼아 탈속(脫俗)의 정취를 즐기면서, 일체의 만물에는 정령(精靈)이 깃들어 있다고 믿었던 옛사람들의 소박한 믿음을 어렴풋이 확인할 수 있었다. 동물이 아닌 식물에게도 정말로 혼(魂)이랄까 영(靈) 같은 게 있을 것 같은 느낌을 받았고, 또 직관으로 확신까지 하게 되었다.

그러던 어느 날이었다. 산속을 헤매다가 목이 말라 계곡에서 맑은 물을 두 손으로 움켜 들고 마시려는데, 문득 이상하게 향긋한 냄새가 바람결을 따라 흘러와 내 코를 간지럽혔다. 나는 순간적으로 어떤 예감을 느껴 고개를 들어 향기 나는 곳을 따라 눈길을 보냈다. 그러자 두 명의 아름다운 여인이 꽃나무 사이를 게으르고 요염한 걸음걸이로 흐느적흐느적 떠돌 듯 거닐고 있는 게 보였다.

이 첩첩산중에 화려한 차림새의 여인이 있다는 게 참으로 이상한 일이라 생각되어 재빨리 쫓아가 봤지만, 여인들은 어느새 사라져 버리고 없었다. 나는, '내가 잘못 봤나? 맨날 자고 깨면 생각하는 게 정령이나 요정에 관한 것이다 보니, 드디어 머리가 돌아 가지고 헛것을 보게 된 것일까?' 하고 생각하며 얼떨떨한 기분에 빠져들었다.

하지만 헛것이라도 좋으니 여인들을 한 번만 더 봤으면 좋겠다는 생각이 들었다. 한순간 언뜻 본 모습이었지만, 그들의 섬뜩하리만치 농염한 이미지가 날카롭고 강렬한 느낌으로 내 심장 언저리에 남아 있었기 때문이다. 웬 여자들일까? 등산객들의 발길이 거의 닿지 않는 이곳에, 그것도 사치스러운 차림새의 여자들이 거닐고 있다니……. 나는 그날 밤 한숨도 못 자면서 두 여인의 환상을 좇기에 바빴다.

그날 이후부터 나는 그 장소에 가서 하루 종일 우두커니 기다렸다. 몇 날 며칠을 기도하는 마음으로 그렇게 기다리자, 어느 날 내가 초목 사이에 숨어 여인들이 나타나기를 간절히 기원하고 있을 때, 하늘의 도움인지 땅의 도움인지 나는 드디어 그들을 다시 볼 수 있게 되었다.

두 여인은 도란도란 얘기를 나누면서 거닐고 있었다. 그들은 점점 더 내 쪽으로 다가왔는데, 가까이 다가올수록 내 심장은 사정없이 방망이질 치고 내 목은 바짝바짝 타들어 갔다. 여인들은 여태껏 내가 목마르게 찾아 헤매던 이상적인 여인의 모습 바로 그대로, 섹시하고 뇌쇄적인 아름다움과 청순가련한 백치미를 함께 갖추고 있었다. 마치 하늘이 내 외로운 관능적 상상력을 불쌍히 여겨 내려보내 준 관능의 여신들 같다는 생각이 들 정도였다.

그들이 내게 아주 가까이 다가왔을 때, 두 여인의 네 눈과 내 두 눈이 불현듯 마주쳤다. 그 순간 나는 흡사 전기에 감전된 것처럼 꼼짝도 할 수가 없었다. 그러자 그중의 한 여인은 "어머나, 이곳에 사람이 있다니……!" 하고 소리를 지르고는 얼굴을 붉히며 도망쳐 버린다. 그 여인은 속이 훤히 비치도록 얇은 옷감으로 된 붉은색 가운을 입고 있었다. 또 한 여인은 흰색 가운을 입고 있었는데, 붉은 옷을 입은 여인과는 달리 나를 쏘아보듯 똑바로 쳐다보더니 이윽고 빙긋이 웃으며 천천히 사라져버렸다.

나는 두 여인의 아름다운 모습을 머릿속에 새겨두려고 노력하면서, 해 질 녘이 돼서야 겨우 내 방으로 들어왔다. 그리고 눈을 감고 생각에 잠겼다. 여인들에 대한 애모의 정이 뼛골에 사무치도록 뭉클뭉클 솟아올랐다. 두 여자 중에서 누가 더 예쁘고 누가 덜 예뻤는지 비교해 볼 겨를도 없었다. 두 사람 다 나에게는 희한한 별미(別味)요, 특식(特食)이었다.

그때였다. 흰 옷을 입은 여인이 갑자기 내 방으로 들어왔다. 여인은 내 뼈가 흐물흐물 다 녹아 버릴 정도로 고혹적인 자태를 하고 있었다. 그녀는 휘늘어진 나신이 그대로 다 드러나 보이는 흰 망사 옷을 입고 귀에는 귓불이 축 늘어질 정도로 많은 귀걸이를 주렁주렁 달고 있었다. 커다란 눈망울 위에는 푸른색 아이라인을 칠하고, 그 위에 황금빛 아이섀도를 넓게 펴 바르고 있었다.

오뚝한 콧날 아래로는 고양이 입같이 요사스러워 보이면서도 신축성이 있어 뵈는 입술이 앙증맞게 열려 있어 나를 아찔하게 했다. 그리고 무엇보다도 그녀의 열 손가락 끝마다 매달려 있는 적어도 10센티미터는 되어 보이는, 멋지게 안으로 휘어들어 간 길디긴 손톱들이 장관이었다. 나는 내 오관(五官) 속으로 파고들어 오는 격심한 충격 때문에 넋을 잃을 뻔했다.

나는 이토록 아름다운 여인이 직접 나를 찾아와 준 게 고맙고 기뻐서 그녀를 얼른 방 안으로 맞아들였다. 귀티나게 요염한 여인을 누추한 암자의 맨바닥에 앉히는 게 어쩐지 미안스럽게 느껴졌다.

그런데 그렇게 느낀 순간이었다. 문득 푹신하고 안락한 소파 위에 앉아 있는 내가 느껴졌다. 그리고 그녀는 벌써 나를 다정하게 껴안은 자세로 내 옆에 앉아 있었다.

'아니 이럴 수가……'

나는 깜짝 놀랐다. 그러자 여인은 웃으면서 이렇게 말했다.

"당신 같은 분을 오랫동안 기다려 왔어요. 당신만 싫지 않으시다면 당신과 사귀고 싶어요."

나는 놀라움 속에서 떠듬거리는 목소리로 그녀에게 물었다.

"당신은 대체 누구요? 당신의 정체는……?"

그러자 그녀는,

"저는 세라라고 하는데 태어나면서부터 쭈욱 이 산중에서만 살아왔죠. 솔직히 말씀드리면 저는 이 산속에 있는 모란꽃의 요정이

랍니다." 하고 대답한다. 그러고 나서 그녀는 다른 손톱들과는 달리 15센티미터가 훨씬 넘게 긴 새끼손가락의 손톱을 들어 그 손톱에 입맞춤을 세 번 하고 담배 연기를 내뿜듯 후우 하고 숨을 내뿜었다.

그랬더니 이게 웬일일까. 방 안이 하나씩 하나씩 사치스러운 실내 장식으로 개조되어 가는 것이다. 핑크빛 도는 은은한 비단 커튼이 쳐지고, 페르시아산 고급 카펫이 깔리고, 호화스러운 이태리제 가구들이 놓이고, 금빛 찬란한 화장대와 대형 냉장고가 생겨났다. 커다란 더블 침대며, 그 곁의 나이트 탁자. 탁자 위엔 안개꽃이 하나가득 꽂혀 있는 꽃병과 고급 양주병 하나와 두 개의 커다란 글라스가 놓여 있었다.

눈 깜짝할 사이에 나는 산속의 암자가 아닌 일류 호텔, 아니 궁전같이 화려한 방 안에 앉아 있는 것이었다. 나는 내가 『아라비안나이트』에 나오는 요술램프의 주인이라도 된 듯하여 흥분과 놀라움에 입을 다물지 못했다. 한참 만에야 나는 입을 열 수 있었다.

"정말 놀랍군요. 어떻게 하면 이런 요술을 부릴 수가 있죠?"

"모든 요정들은 크고 작은 요술을 부릴 수 있답니다. 굳이 그 원리를 말씀드리자면 불교에서 말하는 바로 그 '일체유심조'라는 것이죠. 모든 것은 오로지 우리의 마음에서부터 만들어지는 것이므로, 마음으로 확실히 믿고 염(念)하면 현실에서 무엇이든지 이루어낼 수 있는 거예요. 현실이란 마음이 만들어내는 환상에 불과한 것이니까요. 그나저나 앞으로는 제게 반말을 써 주세요. 존댓말은 왠지 어색하고 거리감을 느끼게 하는군요."

2

세라는 조용히 일어나 그녀의 한쪽 머리카락을 묶었던 장밋빛 스카프를 풀어 침대 머리맡에 놓인 스탠드에 씌웠다. 불빛이 은은하게 황혼빛으로 물들어졌다. 나는 떠듬떠듬 어색한 반말로 그녀에게 말했다.

"모란꽃의 요정이라구? 식물에 정령이 있으리란 생각을 해오긴 했지만 막상 만나고 나니까 기분이 정말 묘해지는데……. 이렇게 아름답고 화려한 모습일 줄은 미처 몰랐거든. 난 숲 속에서 당신을 처음 봤을 때부터 홀딱 반했었어. 근데 참, 처음 당신을 봤을 때 또 한 명의 동행이 있었던 것 같은데, 그 여자는 누구지?"

"아, 그이는 제 의언니인 루미에요. 항상 멋진 남자를 기다려 왔으면서도 막상 만나고 보니 당황했던 모양이에요. 하지만 앞으로도 마음이 가라앉으면 선생님을 찾게 될 거예요."

나는 그녀와 얘기를 나누는 동안, 내내 그녀의 기다란 손톱을 만지작거리면서 황홀한 감촉을 즐기고 있었다. 이윽고 그녀는 나를 바라보며 다리를 벌리고서 내 무릎 위에 걸터앉았다. 그러고는 뱅어처럼 가늘고 흰 손을 뻗어 내 몸을 천천히 쓰다듬었다. 내가 정신없이 그녀의 젖가슴에 키스하자, 그녀는 내 목과 뺨과 귀를 그녀의 긴 손가락으로 가볍게 어루만지기도 하고 또 그 긴 손톱으로 긁적거려도 주었다.

긴 입맞춤이 끝난 후, 나는 황홀한 기쁨에 취해 그녀에게 물었다.

"세라가 나와 사귀고 싶다구? 왜 하필이면 나처럼 볼품없게 생긴 남자와 사귀고 싶어 하지?"

"당신의 마음이 맑고 깨끗하니까요."

세라는 조금도 주저함 없이 단호한 어조로 얘기하고는 내 입술 위에 그녀의 입술을 살짝 포갠다. 그러고 나서 그녀는 말을 이었다.

"저희 요정들은 사람의 마음을 읽을 수가 있어요. 아니 모든 식물들은 다 사람의 마음을 민감한 감수성을 갖고 읽을 수가 있죠. 그리고 또 사랑의 말을 좋아해서, 사람들이 음악을 틀어 놓거나 사랑한다고 말해주면 빨리 그리고 싱싱하게 자라죠. 그리고 신경도 있어서 꽃이나 가지가 꺾이면 아픔을 느껴요. 그뿐만 아니라 식물은 인간의 마음을 감지할 수도 있고 우정을 나눌 수도 있으며, 인간의 애정에 호응할 수도 있어요. 또 인간들처럼 스트레스를 받거나 절망에 빠지기도 하구요. 하지만 대부분의 사람들은 이런 사실을 몰라요. 아예 식물 같은 덴 관심조차 없으니까요. 세상이 각박해져 갈수록 점점 더 그래요. 권력욕에 찌들고 종교나 이념에 찌들고, 그렇지 않으면 명예욕의 노예가 되거나 돈이나 땅 같은 데 연연하게 되니까요. 온갖 세속의 잡다한 것들이 마음에 두꺼운 막을 씌워 식물과의 교류를 막고 있는 셈이죠. 그런 사람들의 눈엔 저희 같은 요정이 보이지 않아요. 식물에게도 마음이 있고 정령이 있다는 걸 믿는 사람, 믿을 수 있는 사람에게만 저희가 보이죠. 바로 선생님같이 마음이 맑고 여유가 있으며 어린아이처럼 순진무구한 분에게만 말이에요. 전 아까 당신의 두 눈을 보고 당신이 세상 속기(俗氣)에 물들지 않았고 또 악의라곤 조금도 없는 자연의 순수한 마음을 가진 사람이란 걸 금방 알아차릴 수 있었어요."

그녀는 말을 마치고 나서 사랑스러운 눈빛으로 나를 바라보며 두 손으로 내 뺨을 부드럽게 감싸 쥐었다. 그러고는 마치 엄마가 어린아이에게 하듯 포근하고 다정하게 키스를 했다.

"요정이라……. 요정은 어떻게 해야 하지? 요정을 사랑하고 싶을 땐……."

나는 세라가 나를 과분하게 칭찬해 줬기 때문에 조금 어색해진 억양으로 물었다.

"요정들도 인간과 똑같다고 생각하시고 편한 대로 행동하시면 돼요. 요정들은 인간 중에서도 여자와 같아요. 여자들처럼 요정도 화장을 즐겨 하고, 야한 옷과 액세서리로 멋도 내 보면서 나르시시즘에 빠져들곤 하죠. 제가 요정이라고 해서 인간과 다르게 대하신다면 제게도 부담이 돼요. 그냥 속세의 한 여자처럼 편하게 대해 주세요. 선생님의 본능이 이끄는 대로요……. 요정은 오직 현재만을 위해 모든 감각을 불태우는 그런 여자라고나 할까요……. 나이를 먹어도 늙지 않고 항상 이 모습 그대로, 과거도 미래도 생각지 않는, 전혀 부담감 없는 편한 여자쯤으로 생각하시면 될 거예요."

나는 말없이 천천히 몸을 일으켜 세라를 안아 침대에 눕혔다. 그러고 나서 그녀의 얼기설기 엮인 흰 망사 옷을 벗기려고 하다가, 갑자기 이상한 용기가 생겨 그것을 찢어 버렸다. 그녀의 얼굴이 놀란

듯 움찔하더니 곧 평온해졌다.

나는 세라의 몸뚱어리를 거칠게 탐식했다. 세라도 오랫동안 사랑에 굶주렸던 듯, 나를 얼싸안고 미칠 듯이 몸을 출렁거렸다.

오랜 시간 동안의 행복한 애무가 끝난 후, 나는 잠시 쉬었다가 화장대에서 립스틱을 가져와 세라의 가슴에서 허리, 다리로 내려가며 낙서를 했다. 재미있었다. 얼음처럼 희고 투명한 피부와 종아리까지 내려오는 숱 많은 파마머리는 흡사 순정만화에 나오는 깜찍한 소녀를 연상시켰다.

나는 그녀를 일으켜 앉히고 옆에 놓인 스카프로 세라의 눈을 가렸다. 그런 다음 음악의 볼륨을 높이고 그녀에게 춤을 춰보라고 명령하듯 말했다. 세라는 장난스레 미소 짓더니 스트립쇼의 댄서처럼, 아니 하렘의 무희처럼 매혹적인 배꼽춤을 추어 보였다. 나는 관능이 살아 숨 쉬는 듯한 그녀의 뱃가죽 율동을 보며, 내가 칼리프가 되어 수많은 시녀들 틈에 기대앉아 하렘에서 제일 멋진 여인의 춤을 보고 있는 것 같은 착각이 들었다.

갑자기 나는 그녀에게 명령해 보고 싶어졌다. 그래서 그녀에게 내 발에 입 맞추고 고양이 소리를 내며 기어보라고 말했다. 그녀는 내 발에 기꺼이 입 맞추었다. 그리고 그것으로 그치지 않고 내 발가락들을 하나씩 입속에 집어넣고 우물거렸다. 발가락 끝에서 느껴지는 그녀의 부드러운 혓바닥 감촉과 물큰거리는 타액이 내 기분을 흐뭇하게 했다.

얼마를 그러다가 그녀는 고양이 소리를 내며 방 안을 기어 다녔는데, 호사스러운 페르시아산 고급 카펫 위에 엎드려 있는 그녀는 정말 암내를 풍기는 한 마리의 페르시아고양이처럼 보였다. 뼈에 사무칠 정도로 요악(妖惡)하고 기절하리만큼 고혹적이었다.

그녀는 천천히 느릿느릿 기어서 방 안을 한 바퀴 돈 다음, 내 곁으로 와 그녀의 머리칼로 내 뺨을 가만가만 비벼댔다. 나는 보들보들한 그녀의 엉덩이와 무릎을 고양이를 쓰다듬듯 살살 어루만졌다. 그녀는 고양이가 기지개를 켜듯 몸을 뒤로 뻗치는가 싶더니, 꿈꾸듯 보드랍고 살풋한 목소리로 이렇게 말했다.

"저는 저 자신을 모성본능으로 꽉 차 있는 요정이라고 생각해 왔어요. 여성에게 흔히 있다고 하는 모성본능 같은 걸 많이 느꼈거든요. 어딘지 모르게 연약해 보이는 사람, 감수성이 여려 보이는 사람, 외로워 보이는 사람이 있으면 제 품속에 껴안고 토닥거리며 잠재우고 싶었지요. 하지만 이제 보니 그것만은 아니었어요. 여릴 것만 같은 선생님한테서 나오는 굵고도 공명 있는 음성과 그 사디스틱한 명령조의 말투……. 저에겐 그런 모습이 너무나 신선하게 다가왔고, 저 자신도 미처 느끼지 못했던 야릇한 쾌감을 느낄 수 있었어요. 마치 내 가슴 깊은 곳에서 또 다른 내가 끌어올려지는 듯한 기분이라고나 할까요."

나는 요정들이 마조히스트라는 걸 알고 속으로 웃었다.

나와 그녀는 갖가지 사랑의 유희를 벌인 후 함께 잠자리에 들었다. 눈을 떠보니 아침 햇살이 눈부시게 비치고 있었다. 그녀가 떠나려 할 때 나는 그녀의 긴 손톱에 입 맞추며 이렇게 말했다.

"너는 매혹적인 외모에다 상냥한 마음씨까지 가진 정말 멋진 요정이야. 난 널 죽도록 사랑하고 싶어. 틈이 있으면 밤이 아니라도 좋으니 언제든지 와줘."

그녀는 고개를 끄덕였고 그로부터 낮이나 밤이나 언제나 나와 함께 있었다. 세라는 나를 위해 모든 걸 기꺼이 해주는 나의 노예였고 애인이었고 휴식처였다.

그러던 어느 날 저녁이었다. 세라는 무척이나 슬픈 얼굴을 하고 방에 들어오더니 이렇게 말하는 것이었다.

"당신께 작별을 고해야만 하겠어요. 오늘부터 오랫동안 이별이에요. 하지만 저 때문에 슬퍼하진 마세요. 전 선생님을 영원히 즐겁게 해드리고 싶었는데 벌써 떠나게 되었군요. 하지만 언제까지나 선생님이 행복하게 지내시길 바라겠어요."

나는 깜짝 놀라 대체 어디로 가는 거냐고 물었다. 그러자 그녀는 눈물을 흘리며 더듬더듬 간신히 말을 잇는 것이었다.

"그건 이미 정해진 운명이라서 말씀드리기가 어려워요. 천운(天運)을 거스르는 자는 하늘의 노여움을 사게 돼요."

나는 이유를 물었으나 그녀는 그저 흐느껴 울뿐이었다. 나의 격렬한 애무와 사랑의 말에도 세라는 한없이 슬픈 미소만 머금고 있더니, 잠도 자지 않고 새벽같이 일어나 돌아가 버렸다. 나는 참으로 이상한 일이라고 생각했다.

며칠 뒤 쌀도 구하고 책도 빌릴 겸 백단사에 들렀다가 정원에 구덩이가 하나 파인 것을 보고 무슨 일이냐고 물었다. 그랬더니 며칠 전 박 아무개라는 이름의 권력 있는 사람이 놀러 와 여기저기 돌아보다가, 흰 모란이 탐스럽게 핀 것을 보고 진기하게 여겨 뿌리째 파 가지고 돌아갔다는 것이었다.

나는 세라가 바로 그 모란의 요정이었음을 깨닫고 가슴이 무너질 듯한 비탄에 잠겼다. 세라가 보고 싶기도 하고 염려스럽기도 하여 미칠 것만 같았다. 그래서 나는 매일 세라를 그리워하는 시를 쓰고, 파인 구덩이를 찾아가 그녀와의 기억을 더듬으며 슬픔에 잠겨 눈물을 흘리곤 했다.

3

어느 날이었다. 여느 때처럼 세라를 그리워하여 상념에 젖어 있는데, 뒤에서 인기척이 느껴져 돌아다보니 빨간 옷을 입은 루미가 다소곳이 서 있었다. 그녀는 내가 그녀를 처음 봤을 때처럼 움찔 놀란다거나 달아나지 않고 계속 구슬피 울면서 나를 바라보고 있었다. 이윽고 그녀는 울먹이며 말을 꺼냈다.

"세라와 저는 어렸을 적부터 친자매처럼 같이 자랐는데 이제 사이가 끊겼습니다. 세라는 떠나기 전날, 제게 선생님을 잘 모셔달라는 부탁을 하고 갔지요. 항상 행복하게 해드리라고요. 그런데 선생님께서 슬픔에 잠겨 계신 모습을 뵈니 제 가슴도 찢어질 듯하군요."

루미와 나는 함께 세라를 그리워하며 울었고, 루미는 내게 그래도 건강을 생각하여 안정을 되찾으라는 충고를 하고 돌아갔다.

그러나 박 씨가 파간 모란이 그 집에서 제대로 뿌리를 내리지 못하고 시들어 버렸다는 소식을 전해 듣고, 나는 세라와 영결한 슬픔에 잠겨 침식을 잊은 채 비탄에 빠졌다. 하늘같이 커다란 사랑으로 나를 감싸주던 그녀가 이 땅에서 영영 사라져 버리다니……

어느덧 늦여름이 되었다. 찬비가 어스름한 숲 속을 적시는 어느 날 밤, 나는 세라를 생각하며 미칠 듯한 그리움에 잠겼다. 그래서 나는 꿈틀거리는 상념들을 시로 읊어 보았다.

오지 않나 보다
어디 꼭 가야 할 곳이 있나 보다

이 산중엔
귀신들 소리마저 아예 슬프니

풀벌레는 방으로 찾아와
밤새워 끼룩끼룩 울음을 운다

흔들리며 깜빡이는 숲 너머 도깨비불 사이로

부질없이 죽음을 내다보는 밤

추적추적 빗소리에
마음은 벌써 늙는다.

그때였다. 문을 열고 루미가 방 안으로 들어왔다. 그리고 눈물을 흘리면서 말했다.

"선생님께서 그렇게 애정이 깊으실 줄은 몰랐습니다. 저는 세라만큼 선생님을 위로해 드릴 순 없을지 몰라도, 그래도 선생님의 고독과 적막을 조금이나마 위로해 드리고 싶어요."

루미는 이렇게 말하면서 내 곁으로 왔다. 그러고는 내 목을 끌어안고 기다란 머리칼을 뒤로 젖히며 키스를 해왔다. 그녀의 키스는 부드럽고 감미롭게 시작되어 차츰 강렬하게 이어졌다. 그녀의 몸과 그녀의 타액에서는 짙고도 화려한 무궁화의 향기가 뿜어 나왔다. 루미는 무궁화의 요정임이 분명했다.

세라와의 짙디짙은 성희 때문에 더욱 관능에 허기져 있던 나는 나도 모르게 그녀의 옷을 거칠게 벗겨내었다. 그리고 그녀의 풋과일 같은 몸뚱어리에다 내 입술을 대고 허겁지겁 핥아대기 시작했다. 내 혓바닥이 그녀의 살갗을 스칠 때마다 그녀는 움찔움찔 몸부림을 쳤다. 그녀가 몸을 움직일 때마다 그녀에게서 풍겨 나오는 화려한 무궁화 냄새가 내 관능적 열정에 불을 댕겼고, 나는 세라의 생각도 잊은 채 아무런 거리낌 없이 그녀의 온몸 구석구석을 탐식했다.

나는 두 손을 벌려 커다란 수밀도 복숭아 같은 그녀의 젖가슴 전체를 감싸 쥐고 젖꼭지를 이빨로 살짝 비틀어 깨물었다. 그러자 그녀는 낮고도 날카로운 신음 소리를 냈다. 내 손가락이 그녀의 음순 사이로 들어가자 그녀는 도저히 못 참겠다는 듯 요변스럽게 몸을 뒤틀었다.

이윽고 그녀는 내 손을 치우면서 이젠 자기 차례라는 듯이 그녀의 기다란 손가락으로 나의 사타구니와 배꼽을 섬세하게 매만졌다. 그러다가 때로는 긴 손톱으로 불알 언저리를 살며시 할퀴거나 자지를 살짝 찌르기도 했다. 루미는 다시 내 앞에서 착한 여자 노예처럼 무릎을 꿇은 뒤 두 손으로 내 다리를 살짝 쓰다듬고는, 가장 민감한 부분인 자지를 조심스럽게, 그리고 감미롭고 끈끈하게 혀로 핥고 빨았다. 나는 쾌감에 겨워 한쪽 손을 그녀의 머리에 얹은 채 몸의 균형을 잃고서 비틀거렸다.

그 뒤부터 내가 무료하거나 따분할 때마다 루미가 곧잘 찾아왔다. 내게 오면 그녀는 함께 술을 마시면서 얘기를 하거나 시를 읊고, 애틋하면서도 끈적끈적하게 사랑을 나누다가 돌아가곤 했다. 하루는 내가 루미에게 물어보았다.

"언제나 물어보고 싶었던 게 있는데, 루미는 이 산 어디쯤에 있는 무궁화지?"

그러나 그녀는 대답을 않고 빙그레 미소 짓기만 했다.

"빨리 가르쳐 줘. 너마저 다른 사람한테 빼앗기고 싶지는 않아. 너를 서울의 우리 집 뜰 안에 옮겨놓고 싶어. 세라처럼 다른 사람에게 뺏겨 원한을 남기고 싶지 않아."

그래도 그녀는 미소 짓고만 있었다. 어딘지 모르게 쓸쓸함이 감도는 미소였다. 그러더니 그녀는 한참 있다가 이렇게 말했다.

"저도 세라처럼 백단사 정원 안에 있어요. 하지만 뿌리와 흙이 아주 오랫동안 뒤엉킨 상태로 있기 때문에 옮겨 심는 건 어려운 일이랍니다. 그리고 인연이란, 아니 운명이란 다 하늘의 뜻에 매인 거예요. 발버둥을 치면 칠수록 더 깊이 빠져드는 늪과 같은 게 운명이지요. 그러니까 너무 멀리 생각한다든가 깊이 생각하지 말고, 서로 즐기며 사랑하고 있는 지금 이 순간만을 생각하기로 해요."

루미는 말을 마치고 나서 그녀의 촉촉한 입술로 내 입술을 포개어 내 입을 다물게 했다.

며칠 후 가을 학기가 시작되어 나는 다시 서울로 돌아갈 수밖에 없었다. 서울에 와서 하루하루를 다람쥐 쳇바퀴 돌 듯 콩닥거리며 지내다 보니, 설악산에서 있었던 두 요정과의 러브 스토리는 정말 남가일몽(南柯一夢)인가 싶었다.

가을 학기도 지나고 어느덧 겨울인가 싶더니 그럭저럭 1월 중순이 되었다. 어느 날 밤 꿈에 문득 루미가 찾아왔다. 그녀는 나를 보고는 슬픈 목소리로,

"저는 지금 재난을 겪고 있어요. 빨리 와주세요. 늦으시면 안 돼요."

하고 외쳐댔다. 잠에서 깨자 불길한 예감이 들어 견딜 수가 없었다. 그래서 나는 서둘러 설악산 백단사로 달려갔다.

절에 닿고 보니 그곳 스님이 선방을 증축하려는 참이었는데, 한 그루의 무궁화가 공사하는 데 방해가 될 듯하여 자르려 하고 있었다. 나는 꿈속에서 루미가 알려준 게 바로 이 일이라는 것을 알고 급히 그것을 막았다. 음양오행설과 풍수지리학상, 그리고 조용해야 할 선방의 위치 등을 고려해 볼 때 무궁화가 있는 이곳은 부적당하니 다른 곳을 찾는 게 더 낫지 않겠냐고 설교 반 사정 반 임기응변을 늘어놓았다. 그래서 겨우 스님의 마음을 돌려놓을 수가 있었다.

밤이 되자 루미가 고맙다는 인사를 하러 왔다. 추운 겨울, 불을 때는 둥 마는 둥 한 절간의 별채엔 으스스한 냉기가 감돌았다. 그러나 루미는 곧 요술을 부려 따뜻하고 포근한 침실을 만들었다. 한쪽 벽에 벽난로를 만들고, 맞은편 벽엔 벽 전체를 수족관으로 만들고, 그 사이의 넓은 공간에는 최고급 물침대를 놓았다. 탁탁 튀는 소리를 내며 이글거리는 벽난로의 빨간 불빛이 수족관의 유리에 비쳐 묘하게 에로틱한 분위기를 만들어 냈다. 루미과 나는 마치 수족관 속의 물고기인 양 함께 뒹굴며 미칠 듯 애무했다.

달콤한 피로가 몰려오고 그녀가 내 팔을 베고 눕자, 나는 문득 궁금해하고 있던 일이 생각나 루미에게 물어보았다. 어떻게 하면 텔레파시를 보낼 수 있었느냐고……. 그러자 그녀는 웃으면서 대답했다.

"세라한테서 얘기를 못 들으셨나 봐요. 식물에도 감정이 있다든가, 1천 킬로미터나 되는 먼 거리에서도 순간적으로 반응할 수 있다는 것 따위를요. 혹시 '백스터 효과'란 말을 들어보신 적이 있으신지요?"

"백스터 효과라구?"

"네, 백스터란 사람이 거짓말 탐지기를 연구하다가 문득 식물에게도 감정이 있을 것 같은 생각이 들어 그것을 실험해보고 싶었대요. 그래서 그는 식물에 검류계(檢流計)를 연결하고서 뜨거운 커피 잔에 식물의 잎을 담갔죠. 그래도 검류계에는 별로 반응이 나타나지 않았어요. 백스터는 몇 분 동안 이 문제를 더 생각해본 다음, 좀 더 가혹한 방법을 머릿속에 떠올렸어요. 잎을 아예 불에 태워버리겠다는 생각을요. 그러자 검류계에 변화가 일어나 그래프 선을 크게 상하로 긋더래요. 백스터는 아직 식물 쪽으로나 기록기 쪽으로 몸을 움직이지 않았는데도 말이죠. 말하자면 그가 행동하기 전부터 식물들은 그의 마음을 감지할 수 있었던 거예요. 뜨거운 커피 정도로는 끄떡도 않던 나무이파리도, 백스터가 잎을 태워버리면 어떨까 하고 마음먹자마자 미칠듯한 공포심에 사로잡히게 된 거죠. 그래서 식물의 두려운 마음의 변화가 그대로 검류계에 잡힌 거구요. 어제 낮에 이 절의 주지 스님이 저를 해칠 생각을 하고 계시다는 걸 느꼈어요. 그래서 급히 선생님께 긴급 구조요청을 했던 거지요. 식물은 그의 주인이 옆에 있거나 아래층 홀에 있거나 몇 채 떨어진 집, 아니 몇천 킬로미터 이상이나 떨어진 곳에 있어도 주인의 정신적 상태에 자극받을 수 있고 반응을 일으킬 수도 있답니다. 예를 들어 지난 연말 크리스마스이브에 선생님이 죽을 고비를 넘기셨다는 것도 전 알고 있었어요."

'크리스마스이브라······' 나는 순간 움찔 놀랐다. 그날 나는 교통 사고를 당할 뻔했었다. 그날 저녁 나는 학생 네댓 명이랑 함께 어느 나이트클럽에 놀러 갔었다. 그런데 돌아오던 길에 운전을 하던 여학생이 기분이 좀 들떠 있었던지 앞에 가던 차를 슬쩍 들이받은 것이었다. 승용차 앞부분이 쭈그러지고 나는 그만 혼비백산하여 가슴이 철렁 내려앉았었다. 식물에게도 감정이 있다는 건 전부터 알고 있었지만, 그래도 설악산과 서울이라는 그 먼 거리까지도 통하는 식물의 예민하고 민감한 신경에 전율을 느꼈다.

4

루미를 만나 이런저런 얘기를 나누다 보니 갑자기 세라가 그리워졌다. 그래서 우리는 밖으로 나가 모란이 파헤쳐진 구덩이 옆에 앉아, 세라를 그리워하며 주거니 받거니 세라의 혼을 달래는 시를 읊었다.

귀신들 소리마저 아예 슬프니
벌써 겨울인가?

해가 저물면 귀신들이 온다.

내 사랑스러운 귀신들의 모습은
말, 나무, 혹은 바위.

나의 전생(前生)은 말
전생의 전생은 나무
전생의 전생은 바위.

모두들 외로운 몸짓으로 한데 어우러져
피 뿌려 한스러이 춤을 춘다.
북 치라, 징을 치라, 피리를 불라.

긴 밤 밝히는 저 달의 요염한 웃음,
산사(山寺)의 풍경소리는 그 또한 제격의 흥취!
아, 누군가? 하늘만 한 사랑으로 이 내 몸 감싸줄 그이?

겨울은 깊어, 모든 것들은 죽어져 내려
하늘도 땅도 죽어져 내려

나는 공연히 느껴워 씁쓸한 시를 읊고
제풀에 취하여 쓰러져 누워
원귀(冤鬼)된 세라의 꿈을 꾸고 꺼이꺼이 울었나니
이 밤, 또 어디로 가려는가, 외로운 네 혼이여!

이렇게 노래를 부르다 새벽 3시경이 돼서야 겨우 루미와 헤어져 별채의 내 방으로 돌아왔다. 그때 뜻밖에도 세라가 조용히 방 안으로 들어왔다. 나는 그녀를 보자 눈물부터 앞섰다. 떨리는 가슴을 진정시키고 나서 간신히 일어나 그녀의 손을 잡았다. 그러나 어쩐지 세라의 손이 허공에 뜬 것처럼 허전하여 전혀 무게가 느껴지지 않았다. 마치 나 혼자서 허공중에 손을 뻗치고 있는 듯한 느낌이었다. 세라는 안개처럼 희미한 목소리로 이렇게 말했다.

"지금은 제가 꽃의 요정이 아니라 유귀(幽鬼)이기 때문에, 기백(氣魄)이 산산이 흩어져 버려 이렇게 희미한 것이랍니다. 단지 꿈을 꾸고 있다고만 생각해 주세요."

그러고 나서 세라는 전과 다름없이 나에게 부드럽고 섬세한 애정을 표시해 주었다. 그러나 나는 그녀와 함께 있으면서도 그림자나 허깨비와 함께 있는 듯한 기분이 들어 그다지 마음이 흥겹지 못했다. 세라 역시 얼굴을 숙였다 올렸다 하면서 내내 흐느껴 울며 서러워하였다. 나는 슬픈 마음을 달래려고 세라를 위한 노래를 지어 불렀다.

어디 갈 곳이 없어 이곳까지 내려왔느냐
하늘 끝 어드메조차 네 집이 없었더란 말이냐

슬프디슬픈 빛깔로 분신(焚身)하는

서러운 윤회의 넋, 세라여.

아, 이 무슨 엉뚱한 기적이랴
긴 세월 죽었던 이에게 다시 숨결이 돋아

부웅부웅 한기(寒氣) 어린 산 울음 따라
새로운 부활로 이 밤을 장식함은.

섬뜩한 비애(悲哀)의 그 황홀한 아름다움이
징그러운 이 내 고독 알뜰히 감싸느니

칼끝처럼 스며오는 요요(夭夭)한 네 흐느낌 소리
즈믄 밤 가슴 에이던 거룩한 저주의 노래여

북을 치라, 징을 치라, 피리를 불라
천지간(天地間) 어느 구녁에도 붙을 데 없는

산귀신, 물귀신, 온갖 원귀 한자리 모아
한바탕 춤추어 시름 잊게 하라

배고픈 짐승떼의 커엉커엉 피울음은
휘우뚱 한풀이 춤엔 제격의 반주!

십 년째 고사(告祀) 못 받아 심술 난 산신마저도
오늘 밤 부산거림엔 제 스스로 흥겹다.

달빛 호젓하여 외로운 밤이면
무덤가 버들숲으로 세라여 오라.

유귀(幽鬼)인 세라를 만나고 나서 다시 또 며칠이 지났다. 하루는 세라가 오랜만에 밝은 얼굴로 찾아와 반가운 소식을 전했다. 꽃신령님이 나의 정성과 애정에 감동하셔서, 세라를 다시 요정으로 만들어 이곳으로 보내주겠다고 했다는 것이었다.

그러면서 세라는,

"하지만 앞으로도 꽤 긴 시간을 기다리며 정성을 보여주셔야 한대요. 앞으로 선생님께서 우선 일주일 동안만이라도 흰 쌀가루에 정액을 섞어 그걸 조금씩 제가 있었던 그 구덩이에 부어주신다면, 올여름쯤이면 선생님의 은혜를 갚을 수 있게 될 거예요."

하고 말했다. 그러고 나서 작별인사를 하고 돌아갔다.

이튿날 모란이 파헤쳐졌던 구덩이로 가보니까, 저번에 파갈 때 뿌리가 좀 남아 있었던지 겨울인데도 과연 기적같이 모란의 싹이 돋아나 있었다. 나는 세라의 말대로 쌀가루 섞인 정액을 부어주고 울타리도 쳐주곤 했다. 일주일이 지나 나는 다시 서울로 돌아가야만 하게 됐는데, 그곳 스님에게 돈을 주며 아침저녁으로 모란을 잘 보살펴 달라고 부탁해 두었다.

　6월 하순, 여름방학이 되자마자 나는 설레는 가슴으로 백단사를 찾았다. 모란은 이미 꽃이 진 후였으나, 오직 한 송이만이 희고 소담스럽게 아직 봉오리인 채로 남아 있었다. 한참 그것을 들여다보고 있자, 꽃봉오리가 살그머니 흔들리더니 조그맣고 빨간 긴 손톱이 꽃잎 사이로 보이면서, 이윽고 꽃이 활짝 피었다. 그것은 쟁반처럼 큼지막한 것이었는데, 조그마한 여인이 꽃술 사이에 앉아 있었다. 그 여인은 눈 깜짝할 사이에 땅 위로 뛰어내려 사람만큼 커지더니 세라가 되었다.

　"비바람을 견디며 선생님이 오시기만을 기다렸어요. 어째서 이토록 늦으셨어요?"

　그녀는 나무라는 듯이 말했으나 뺨을 발그레하니 물들이며 반가움을 감추지 못했다. 나는 그녀의 어깨를 끌어당겨 얼싸안고 함께 암자로 갔다.

　암자엔 루미도 와 있었는데, 그녀는 보드랍게 웃으며 세라의 귀환을 진심으로 기뻐해 주었다. 우리 셋은 사이좋게 이야기를 나누며 자축하는 뜻에서 파티를 열었다. 한창 파티가 무르익어갈 때, 우리들을 서로 마주 보고 천진하게 웃으면서 누가 먼저랄 것도 없이 옷을 훌훌 벗어 던졌다. 그리고 서로 껴안고 뒹굴며 한껏 뜨겁게 애무하면서 재회의 기쁨을 만끽하였다.

5

다음 날, 먹구름이 몰려오면서 유난히 후텁지근하다 싶더니 갑자기 소나기 내렸다(아니, 신나게 퍼부었다는 것이 더 적절한 표현일 게다).

우리 셋은 계곡 근처의 초원에서 실오라기 하나 걸치지 않은 전라의 상태로 빗줄기를 즐겼다. 한참을 빗줄기 속에서 뛰놀다가, 이윽고 두 여인은 상쾌한 꽃 냄새가 나는 요술 비누로 거품을 일으켜 내 온몸을 마사지해 주었다. 얼굴 구석구석을 섬세하게 마사지하고 목과 팔, 다리, 가슴 쪽으로……. 그들이 끝으로 내 자지를 마사지해 줄 때 나는 정신이 아찔해지며 무아지경의 환희를 맛보았다.

나는 한쪽 팔엔 루미를, 다른 한쪽엔 세라를 안은 채 비에 젖은 여인들의 머리칼에 얼굴을 파묻고 냄새 맡으며, 살아 있다는 것은, 게다가 사랑을 나누며 살아갈 수 있다는 것은 참으로 아름다운 일이라고 생각했다. 이윽고 볕이 났고, 자연은 한결 푸른 빛깔을 띠었다. 잎새마다 맺힌 빗방울들이 은빛으로 반짝이고 있었다. 나는 그네들의 머리카락에서 떨어진 싱그러운 물방울들이 벌거벗은 가슴과 배와 비너스의 계곡으로 흘러내려 가는 것을 눈으로 쫓아가며 황홀한 기쁨에 도취되었다.

루미는 마치 동화에 나오는 피터팬처럼 산비탈을 가볍게 뛰어 올라가 머루를 한 아름 따 가지고 왔다. 공기 맑은 산골에서 자랐고 조금 전에 내린 비로 깨끗이 몸을 씻은 머루 알맹이들은, 초롱초롱 싱싱한 빛을 뿜어내고 있었다. 루미와 세라는 기다랗고 뾰족한 손톱으로 머루알을 따서 내 입에 넣어주기도 하고 서로의 입에 넣어주기도 했다.

세라가 몸을 치장할 꽃을 꺾으러 숲 속으로 들어간 후, 나는 맛있게 머루를 먹다가 문득 루미의 입술을 보게 되었다. 머루즙으로 한결 더 붉어진 루미의 입술은 흡사 쥐를 잡아먹은 고양이의 입술같이 섹시했다. 그녀의 입술이 반쯤 열리자, 나는 열려진 입술이 마치 여자의 보지 같은 느낌이 들어 순간적으로 맹렬한 성욕을 느끼며 달려들었다.

목젖을 사정없이 두드리는 정액의 힘찬 분출에, 그녀는 온몸을 부르르 떨며 몇 번이고 입맛을 다셨다. 그러고는 몇 차례의 사정(射精)으로 인해 피곤해 쓰러져 있는 내게 다가와, 땀과 정액으로 뒤범벅이 된 비릿한 가랑이 사이에 고개를 파묻고 자지를 빨아주는가 싶더니, 곧 새끈새끈 잠이 들었다.

나도 잠깐 잠이 들었나 싶었는데 향긋한 꽃 냄새에 갑자기 눈이 떠졌다. 어느새 세라는 이름 모를 풀꽃들을 한 아름 따가지고 와 내 머리카락과 음모 등에 장식하느라 여념이 없었다. 우리 셋은 그 풀꽃들을 가지고 서로의 몸을 치장해주며 즐겁게 놀았다.

이윽고 그 놀이에도 싫증이 난 우리는 루미의 몸에 문신을 새겨보기로 했다. 세라가 요술로 만들어낸 바늘로 한 점 콕 찌르고, 역시 요술로 만들어낸 잉크를 주입했다. 한 점 한 점 바늘로 콕콕 찌를 때마다 루미는 가는 신음 소리를 내며 몸을 활처럼 휘곤 했다. 그런 모습을 보며 나는 묘하게 기분이 좋아졌다. 나는 속으로, 옛 여인네들이 독수공방에서 고독을 씹어가며 바늘로 수놓던 자수도 일종의 사디스틱한 행위가 아니었을까, 하는 생각을 했다.

루미는 몸을 꿈틀거리며 낮은 신음 소리를 내면서도, 쾌감과 격정에 찬 흥분된 눈초리로 변하곤 했다. 문신으로 얼룩진 그녀의 살갖은 미끌미끌하면서도 차가운 기운이 도는 구렁이의 살갖처럼 그로테스크해 보였다. 나는 루미가 한없이 사랑스럽게 느껴져서 그녀를 와락 끌어안았다. 문신으로 뒤덮인 그녀의 풍만한 유방이 내 빈약한 가슴속으로 지그시 밀려오는 것을 느낄 수가 있었다. 상냥하고 부드러우면서도 관능적 흥분에 뒤끓는 그녀의 입술이 파르르 떨리고 있었다.

나는 두 여인의 머리카락을 한데 묶어 땋아보기도 하고, 이리저리 헝클어 뭉게구름처럼 부풀려보기도 하며 놀았다. 우리는 마냥 행복한 어린애들처럼 깔깔거리며 웃었다.

그 화려한 빗속에서의 향연이 있은 후, 그날 밤부터 나는 내내 건강이 좋지 못했다. 원래가 약골인 데다가 쏟아지는 빗속에서 오랫동안 벌거벗고 있었고, 또 너무 흥분에 들떠있던 탓이었을까……. 온몸에 기력이 하나도 없고 한여름인데도 오한이 나서 나는 암자에 누워 있을 수밖에 없었다. 루미와 세라의 방문만이 유일한 낙이었던 나에게, 하루는 백단사에 있는 동자승이 식량과 책을 전하러 왔다.

동자승은 내 이마를 짚어 보고는 깜짝 놀라더니 절에 알려, 나는 곧 그곳에서 가까운 읍내에 있는 병원으로 옮겨졌다. 의사는 나를 진찰하더니 급성폐렴이므로 한시바삐 서울에 있는 종합병원에 입원하는 게 좋겠다고 말했다. 나는 루미와 세라와 헤어지는 게 싫어서, 지금 이 상태로도 견딜 만하니 산 좋고 물 맑은 이곳에서 요양하겠다고 우겼다. 그러나 결국은 서울로 끌려가다시피 하여 병원에 입원하게 되었다.

입원해 있는 동안 태풍주의보가 내렸고, 날마다 매스컴은 '전국을 강타한 태풍 사라호의 위력'이 어떻다느니 '해방 이래 제일 강한 태풍'이니 하며 신이 나서 떠들어대었다. 태풍의 위력에 대한 설명과 피해 상황 분석이 있을 때마다 나는 루미와 세라가 걱정되어 신경이 바짝바짝 타들어 가는 것 같았다. 밤마다 그들이 번갈아가며 꿈속에 나타나 때로는 슬픈 듯이, 때로는 애원하는 듯이 나를 바라보곤 했다.

아무래도 불길한 예감이 들어 나는 설악산에 가려고 아픈 몸을 이끌고 병원을 탈출했다. 그러나 시내에서도 곳곳이 교통 두절 상태였고, 돌아돌아 겨우 시외버스 터미널까지는 갔으나 내설악은커녕 서울을 한 발짝 빠져나가기도 힘들다는 것이었다. 나는 안절부절못하면서 태풍이 지나가기만 바랄 수밖에 없었다. 그렇게 또 며칠이 지나고……. 드디어 햇볕이 나고 태풍이 동해 쪽으로 빠져나갔다는 보도가 있었다. 그렇지만 물이 빠지고 도로를 복원하는 데 또 며칠이 소요되었다. 그렇게 무력하게 여러 날을 기다리다가 드디어 나는 내설악행 버스에 오를 수가 있었다. 가는 도중에도 나는 며칠째 꿈에서조차 볼 수 없었던 루미와 세라가 혹시 잘못되지나 않았나 싶어 불안한 마음을 떨쳐 버릴 수 없었다.

내설악 백단사.

가까스로 그곳을 다시 찾았을 때, 세라는 이미 이 세상에 없었다. 비통하게도 모란의 여린 뿌리가 태풍을 이기지 못해 뿌리째 뽑혀 죽었다고 했다. 통곡을 하다가 문득 루미는, 아니 무궁화라도 무사할까 싶어 무궁화가 있는 곳에 가보았다. 그런데 도대체 이게 어찌 된 일인가! 무궁화마저 밑동이 잘려져 있었다. 스님 한 분을 붙들고 물어보았더니, 볕이 난 후 절 주위를 정리하느라 둘러보는데, 그 무궁화 잎사귀와 줄기마다 진딧물이 앉았는지 푸르죽죽하니 얼룩이 져 있더라는 것이다. 습기 많은 무더운 한여름에, 그냥 뒀다가는 주위에 있는 나무에도 해를 입히겠다 싶어 얼른 잘라서 태워버렸다고 했다.

아니, 이렇게 기가 막힐 수가……. 그 푸르죽죽한 점들은 바로 내가 그녀의 살갗에 문신을 새겨넣은 자국임이 분명했다. 그렇다면 루미는 나의 쾌락 때문에 죽어간 것이 아닌가! 나는 무릎에 힘이 빠져 절 마당에 털썩 주저앉았고, 영문 모르는 스님은 고개를 갸우뚱하며 나를 쳐다보았다.

---

* 이 소설은 중국 청나라 때 문인 포송령(蒲松齡)이 쓴 「향옥(香玉)」의 모티프를 패러디하여 쓴 것임을 밝힌다.

나들이

나들이

강 근처의 오솔길을 달리는 차 안, 그리고 비

남자와 여자가 탄 자동차가 포장이 안 된 좁다란 오솔길을 천천히 달려가고 있다. 무더운 날씨지만 구름이 낮게 드리워져 있어 뜨거운 햇볕은 없다.

오솔길 옆으로 숲이 이어지고 있고, 숲의 나뭇가지들 사이로 멀리서 청록빛으로 흘러가는 강물 풍경이 어슴푸레 스치며 지나간다.

흐린 날씨라 그런지 강물 색깔이 한결 탁한 느낌을 준다.

남자가 운전대를 잡고 있고 그 옆에 여자가 앉아 있다. 남자는 헐렁한 바지에 흰색 와이셔츠 하나만 입고 있고, 여자는 시폰으로 만들어진 짙은 빨간색 가운을 맨살 위에 걸치고 있다.

단추 없이 여며져 종아리 언저리까지 축축 늘어져 내려오는 가운은, 허리께에서 가느다란 띠 하나로 헐렁하게 묶여 있다. 그래서 차가 흔들릴 때마다 이따금 여자의 젖가슴이 드러나기도 하고, 어떤 때는 복부와 음모(陰毛)까지 드러날 때도 있다. 하지만 옷이 여며져 있을 때도 홑겹으로 된 옷이라 속살이 훤히 들여다보인다.

여자의 머리카락이 차가운 느낌을 주는 금속성 질감으로 번쩍거리고 있다. 머리카락의 색깔은 짙은 초록색이다. 스트레이트 파마를 하고 배꼽 언저리까지 직선으로 뻗쳐 내려오는 올 굵은 직모(直毛)들이, 어쩐지 무겁고 투박한 분위기를 만들어낸다. 앞머리가 이마를 가리며 눈동자 바로 위까지 내려오고 있고, 양쪽 옆머리도 귀와 뺨을 덮으며 얼굴을 거의 반 가깝게 가려주고 있다.

머리카락 중간중간에 금실을 엮어 만든 굵다란 줄을 수십 개 늘어뜨려 놓았다. 그래서 여자의 머리는 한층 더 위압감 넘치게 번쩍거린다. 언뜻 보기에 고대 이집트의 궁녀들이 했던 헤어스타일처럼 보이는데, 금실을 엮어 만든 줄이 머리카락 중간에 매달려 있고 머리카락 길이가 훨씬 더 길다는 점이 다르다.

여자의 긴 손톱에는 모두 마광(磨光)한 청동처럼 번쩍거리는 초록색 매니큐어가 발라져 있고, 손톱 끝에 뚫린 작은 구멍에서는 금빛 사슬이 길게 늘어져 내려오고 있다. 사슬 끝에는 작은 종(鍾)이 매달려 있어, 여자가 손을 움직일 때마다 찰랑찰랑 소리를 낸다.

열 개의 긴 발톱에는 여러 가지 색 매니큐어가 각기 다른 문양으로 현란하게 칠해져 있고 발가락마다 발가락찌가 끼워져 있다. 앞창이 두터운 뾰족 샌들에는 20센티미터 정도 높이의 뒷굽이 달려 있다. 뒷굽은 수직으로 내리뻗어 있는데, 바늘처럼 가늘어 보이는 금빛 쇠막대로 되어 있다. 그래서 여자의 발놀림이 밍긋한 곡선으로 된 굽의 하이힐을 신었을 때보다 훨씬 더 불안할 것 같은 느낌이 든다. 뾰족 샌들은 로마 시대의 신발처럼 발등 위로 갈색 끈이 엇갈리게 엮여 허벅지까지 올라가는 스타일로 되어 있다.

여자의 화장이 어쩐지 무겁고 탁해 보인다. 오늘따라 여자는 붉은 기가 많이 도는 분홍색 파운데이션을 두껍게 바르고 있다. 청록색 속눈썹은 길이가 몹시도 긴 데다가 두껍고 숱이 많아, 여자의 눈매를 무척이나 어둡고 음울해 보이게 한다. 아이섀도는 짙은 황금색이고 뺨에는 주황색 볼연지가 발라져 있다. 진한 연두색 입술은 여자를 약간 무서워 보이게까지 한다.

귀걸이, 목걸이, 코걸이, 암릿, 팔찌, 반지, 젖꼭지걸이, 배꼽걸이, 배찌, 허벅지찌, 발찌, 발가락찌 등의 장신구도 모두 다 더덕더덕 무겁고 둔탁한 느낌으로 꿰어지고 둘러지고 걸쳐지고 끼워지고 조여져 있다.

여자가 왜 이런 차림새를 하고 있는지 우리는 모른다. 이른 봄의 자연 풍경처럼 발랄한 것은 아니지만, 그런대로 생기 어린 푸른빛에

넘치는 여름날의 자연 풍경과 대조를 이루도록 의도했기 때문일까. 아니면 겉보기완 달리 자연 풍경이라는 것이 원래 무겁고 탁한 것이기 때문에 자연미와 조화를 이루기 위해서였을까. 여자가 걸치고 있는 빨간색 시폰으로 된 가운은 속이 비치는 하늘하늘한 질감이긴 하지만, 색깔은 역시 후텁지근한 느낌을 준다.

특히 가운을 통해 엿보이는 놋쇠로 만든 두껍고 큰 모양의 젖꼭지걸이가 몹시도 처절한 느낌을 준다. 무겁게 매달려 있는 젖꼭지걸이의 무게 때문에 여자의 젖가슴이 아래로 축 늘어져 내려오고 있기 때문이다. 초록색 긴 손톱들 끝에 구멍을 뚫고 꿰어져 있는 열 개의 긴 황금사슬과 사슬 끝에 매달린 종들도 여자의 손을 무거워 보이게 하고, 열 개의 발가락마다 끼워진 둔탁한 모양의 넓고 큰 발가락찌들도 여자의 발을 한없이 피곤해 보이게 한다.

남자는 여자의 옷차림과 화장을 운전하는 틈틈이 곁눈질해보면서, 자연의 아름다움은 역시 경쾌한 생명력에 있지 않고 무겁고 둔중한 생명력, 즉 생명체들 간의 암투에 따른 핏빛 가학미(加虐美)에 있는 것은 아닐까 생각해본다.

남자와 여자가 그들이 살고 있던 도시를 언제 떠났는지 우리는 모른다. 몇 시간 전에 떠났을 수도 있고 며칠 전에 떠났을 수도 있다. 며칠 전에 떠난 것이라면, 지금 그들이 강 근처의 오솔길로 차를 몰아오기 전에도 몇 군데 경치 좋은 곳을 들렀을 수도 있고, 외진 곳에 자리 잡은 모텔이나 호텔에서 숙박을 했을 수도 있다.

그렇다면 여자는 지금 어제나 그제와는 다른 옷차림과 헤어스타일을 하고 있을 수도 있고, 똑같은 옷차림과 헤어스타일을 하고 있을 수도 있다. 하지만 여자의 평소 버릇으로 보아 아무래도 매일매일 다른 복장과 다른 머리 모양을 했을 것 같다.

여자가 왜 간편한 여행복 차림에 스포티한 머리 모양을 하지 않고 도심에서 벌어지는 패션쇼나 헤어쇼에 걸맞은 차림새를 하고 있는지, 그것도 우리는 알 수 없다.

만약 남자와 여자가 며칠째 여행을 하고 있는 중이고 또 앞으로도 상당 기간 여행을 할 예정이라면, 여자가 매일 다른 옷을, 그것도 현란하면서도 관능적인 디자인으로 된 옷을 입고, 매일 다른 장신구를 걸치고, 매일 다른 헤어스타일을, 그것도 수공이 많이 들어가는 장려(壯麗)한 헤어스타일을 하기란 어려운 일일 것이다. 그러나 여자가 지금 하고 있는 차림새로 미루어 짐작해보면, 아마도 여자는 긴 여행 중이라도 분명 매일 다른 차림새를 할 것이 틀림없다.

남자와 여자가 타고 있는 승용차는 여행용 '밴'도 아니고 침실과 주방이 갖춰진 여행용 버스도 아니다. 그저 보통 크기의 허름한 승용차일 뿐이다. 뒷좌석을 봐도 작은 여행 가방 두 개만 보일 뿐, 여자의 옷을 여러 벌 집어넣을 만한 케이스 같은 것은 보이지 않는다. 물론 차 뒤쪽 트렁크가 남아 있긴 하지만, 거기라고 해서 특별히 큰 공간이 마련돼 있을 리 없다. 그렇다면 여자는 그 많은 가발과 옷과 장신구들, 그리고 수많은 구두와 화장품 같은 것들을 어디에 넣고 다니는 것일까. 여자가 요술쟁이란 말일까.

하지만 그런 것들을 시시콜콜 따져서는 안 된다. 소설에서의 개연성은 별 의미가 없다. 설사 개연성 있게 잘 쓰인 소설이라 할지라도, 그 밑바닥엔 전혀 개연성 없는 꿈 같은 허구가 자리 잡고 있다. 이를테면 리얼리즘 소설 가운데 명작으로 불리는 작품들이라 해도 여주인공들이 다 무지막지한 미인으로 설정돼 있다는 점에서 보면, 소설이란 원래 개연성이 없는 것이다.

리얼리즘이나 자연주의 문학의 배경이 되는 곳은 대개 사회의 그늘진 곳들이고, 나오는 인물들도 대개 다 하층계급의 사람들이다. 그런데 그런 척박하고 가난한 환경에서 어떻게 기막히게 아름다운 미인이 태어날 수 있단 말인가. '쓰레기통에 피어난 장미'처럼 평지돌출(平地突出)로 태어나는 미인, 그것도 거룩하고 고상한 미인(이를테면 『레미제라블』에 나오는 코제트나 『죄와 벌』에 나오는 소냐 같은)은 이 세상엔 존재하지 않는다.

그런데도 독자나 비평가들은 그런 식의 개연성 파괴엔 별 관심을 두지 않는다. 특히 비평가의 경우엔 그저 작품이 주는 메시지나 작가의 사상 같은 것에만 눈독을 들인다. 그래서 작품의 주제가 삶의 '비전'을 억지로라도 제시하고 있으면, 그 소설은 리얼한 진지성을 갖추고 있는 작품이라고 말한다. 삶의 '비전'을 제시한다는 것 자체가 얼마나 건방지고 위선적인 짓인가를 모르고서 말이다.

낭만주의 소설이든 리얼리즘 소설이든, 모든 소설들은 다 비개연성(非蓋然性)에 기초를 둔 한바탕의 꿈이요, 조작된 백일몽이다. 그러니까 독자는 자신의 내면에 은밀히 감춰져 있는 비밀스러운 꿈과 욕망들을 작품 속에 이입(移入)시켜 소설적 허구 속에 젖어듦으로써, 그것을 확인하고, 즐기고, 대리 만족하거나 대리 배설하면 된다. 그러면 그 대리 만족이나 대리 배설은 자위적(自慰的) 쾌락으로 끝나지 않고 새로운 창조와 역동적 진보의 원천이 되어 주는 것이다.

그러므로 우리는 여기서 여행을 떠났다는 여자가 왜 그토록 비일상적인 옷차림을 하고 있느냐, 여행 중에 헤어스타일을 어찌 그리 자주 바꿀 수 있느냐, 그 긴 손톱은 어떻게 관리하며 그 높은 뾰족구두로 어떻게 시골 길을 걸어갈 수 있느냐, 하는 투로 개연성 유무를 꼬치꼬치 따져서는 안 된다.

나아가 여자가 너무 사치스럽다느니, 두 사람의 행위가 너무 퇴폐적이라느니 해가며 어설픈 도덕적 코멘트를 가해서는 더욱 안 된다. 만약에 그런 바보 같은 사람이 있다면 그 사람은 꿈도 모르고 미(美)도 모르고 판타지도 모르는, 그야말로 총살해 버려 마땅한 답답한 반동분자요 잔인한 마녀사냥꾼이다.

그들을 왜 반드시 총살해 버려야 하느냐면, 그렇게 답답무쌍한 사람들일수록 상상의 자유를 제약하려 들며 예술에 있어서의 일탈적(逸脫的) 백일몽을 방해하기 때문이다. 그런 자들은 대개 소설을 도덕 교과서로나 아는, 다시 말해서 꿈속에서의 행위에조차 감시와 검열의 시선을 보내는, 그러면서 스스로의 억압된 욕망을 타인에 대한 윤리적 규제와 법적(法的) 가학으로 화풀이하려는 모럴 테러리스트인 경우가 많다.

차는 계속 달려가고 있다. 속도가 무척이나 느리다. 포장이 안된 울퉁불퉁한 길이기 때문이기도 하고, 남자가 왼손으로는 핸들을 잡고 오른손으로는 여자의 노출된 하복부와 허벅지를 계속 어루만지고 있기 때문이기도 하다.

여자의 왼손 역시 계속적으로 남자의 불두덩 근처를 이동하고 있다. 여자의 입술이 남자의 뺨과 목에 들러붙어 있을 때가 많아, 남자는 운전을 하면서 문득문득 불안감을 느낀다. 그러나 그 불안감은 무척이나 달짝지근한 불안감이다. 남자는 이따금 차를 멈추고 여자의 입안에 자신의 혀를, 그리고 문득문득 자신의 코를 밀어 넣기도 한다.

두 사람이 탄 차 이외엔 다른 차가 하나도 보이지 않는 한적한 오솔길이라 쉬엄쉬엄 운전하기에 좋다. 오가는 사람도 전혀 없는 걸로 봐서 거의 안 알려져 있거나 마을에서도 아주 뚝 떨어진 곳인 것 같다.

하늘이 점점 더 어두워지면서 드디어 비가 쏟아져 내리기 시작한다. 더위에 지쳐 있어서 그런지 두 사람에겐 비가 내리는 것이 특별히 고맙고 신기하다. 오랜만에 만나는 비는 엄청난 굵기로, 그리고 빠른 속도로 쏟아져 내리는 장대비다.

두 사람은 주고받던 손가락 애무를 멈추고 차창 밖의 거센 빗줄기를 바라본다. 빗소리에 섞여 간간이 천둥소리가 들린다. 정말 평생 한 번 볼까 말까한 웅려(雄麗)한 장대비다.

자동차 안의 스피커에서 지속적으로 흘러나오고 있던 음악 소리가 점차 희미하게 들리고, 들리는 소리라고는 이제 자동차의 천장을 때리는 요란한 빗소리뿐이다. 두 사람은 잠시 멍한 표정이 되어 자연이 주는 사디스틱한 관능미에 도취된다.

비 때문에 닫았던 오른쪽 창문을 여자가 반쯤 열고 빗줄기를 호흡한다. 빗줄기가 땅을 때릴 때마다 지면의 흙이 튀어 오르면서 풍겨내는 매캐하면서도 풋풋한 흙냄새가 적잖이 싱그럽다.

빗물이 창문을 통해 차 안으로 비껴 들이쳐 여자의 시폰 가운을 흥건하게 적신다. 맨몸뚱이에 착 달라붙은 옷 때문에 여자는 한결 더 호리호리해 보이기도 하고 가련해 보이기도 한다.

빗물에 젖은 투명한 옷감을 통해 여자가 살에 꿰어 매달고 있는 투박한 굵기의 젖꼭지걸이와 배꼽걸이, 그리고 골반에 휘감겨 있는 굵은 뱀 모양의 배찌가 뚜렷이 도드라져 보인다.

젖꼭지걸이와 배꼽걸이 끝에는 방울을 달아놓았고, 배찌에도 중간중간에 방울이 매달려 있어 아까부터 짤랑짤랑 소리를 내고 있다. 지금은 빗소리 때문에 방울 소리가 아주 희미하게 들려 오히려 더 애잔한 느낌을 준다.

남자도 운전석 옆의 창문을 반쯤 연다. 들이치는 빗줄기가 남자의 뺨을 때리고, 남자의 흰색 와이셔츠가 금세 빗물에 젖어든다.

다시 한 번 천둥소리가 나고 번개가 친다. 여자는 겁에 질린 표정을 하며 남자의 가슴속으로 파고든다. 진짜 겁에 질렸는지, 아니면 겁에 질린 척하는 것인지, 우리는 그것을 모른다. 하지만 아무래도 의무적으로 겁에 질린 표정을 했다고 보는 쪽이 맞을 것 같다.

남자는 여자의 얼굴을 본다. 겁에 질린 표정이 그런대로 애틋해 보인다. 짙은 색 아이섀도와 아이라인, 속눈썹의 마스카라 같은 것들이 빗물에 젖어 촉촉한 빛을 더 또렷하게 뿜어내고 있다. 빗물에도 화장이 전혀 지워지지 않은 상태라서 남자는 안심하는 표정이 된다.

남자는 차 천장에 붙어 있는 작은 라이트를 켠다. 이젠 여자의 얼굴이 한결 더 선명하게 보인다. 여자의 몸에 착 달라붙어 있는 물기 어린 빨간색 가운이 어쩐지 남자를 자극한다.

얇은 옷이 빗물에 젖어 여자의 몸통에 착 들러붙어 있을 때 풍겨나오는 선정적인 퇴폐미는 영화나 소설에서 흔히 쓰이는 상투적인 소재다. 그러나 아무리 상투적인 관능미라 할지라도 그것을 얕잡아 보면 안 된다. 물에 젖은 옷을 입고 있는 여자의 모습이나 목욕을 막 끝내고 난 여자의 알몸은 아무리 봐도 싫증 나지 않는 관능미이기 때문이다. 아니, 관능 그 자체가 영원히 싫증 나지 않는 상투적 소재일 수 있다. 권력에도 권태가 있고 식욕에도 권태가 있고 명예에도 권태가 있다. 이 세상 모든 것엔 권태가 있다. 그러나 관능에만은 권태가 없다.

아까는 더워 보였던 여자의 빨간색 가운이 촉촉한 물기 때문에 이제는 시원한 느낌으로 다가온다. 남자는 여자의 눈으로 입술을 가져가 여자의 두껍고 긴 속눈썹 위에 고여 있는 빗물을 혀끝으로 닦아준다. 남자의 혀가 다시 여자의 머리카락을 들치고 이마 쪽으로 갔다가 코를 거쳐 뺨 쪽으로 이동하며 여자의 살맛을 음미한다.

여자의 뺨에 두껍게 입혀져 있는 파운데이션을 혀끝으로 핥아갈 때, 남자는 메슥하면서도 향기로운 맛에 취해 잠시 빗소리를 잊는다. 남자의 혀가 진한 연두색으로 칠해진 여자의 입술로 온다. 남자는 혀를 조심스레 움직여 여자의 입술을, 아니 입술에 칠해진 립스틱의 맛을 음미하기 시작한다.

다물어져 있던 여자의 입술이 천천히 열린다. 남자의 혓바닥이 여자의 입술을 떠나 자연스레 여자의 입 안으로 들어간다. 남자의 혀는 이번엔 아주 신중하게 여자의 혀와 만난다. 늘 하는 키스지만 빗속에서의 키스는 왠지 새롭고 경외로운 느낌으로 다가왔기 때문이다. 남자는 될 수 있는 대로 혀를 천천히 움직이려고 노력하면서, 여자의 이빨과 잇몸, 그리고 입안 구석구석을 점찍듯 혀끝으로 천천히 훑어나간다.

여자가 한기를 느꼈는지 남자를 세게 얼싸안는다.

사랑은, 아니 성애(性愛)는 추울 때 하는 게 좋다. 더울 때 나누는 성애는 아무래도 짜증을 수반하기 쉽기 때문이다. 무더운 여름보다 추운 겨울 날씨가 남녀를 한결 더 들러붙어 있게 만든다.

겨울은 아니지만 비 때문에 서늘해진 날씨가 여자로 하여금 남자를 더 세게 껴안고 싶어지게 만들어주고 있다. 그리고 남자의 혀 또한 더 따뜻하고 부드럽게 움직이도록 만들어주고 있다.

남자는 여자의 코걸이를 입속에 넣고 살랑살랑 우물거려도 보고, 여자의 콧구멍을 혀로 훑어보기도 하고, 여자의 혓바닥 표면을 누르듯 이리저리 핥아보기도 한다. 혓바닥고리가 주는 따끔따끔한 느낌이 좋다.

다시 한 번 크게 천둥이 친다. 천둥소리에 놀란 여자가 키스 도중에 남자의 혀를 살짝 깨문다. 이번엔 확실히 진짜로 놀랐던 것 같다. 남자의 혀와 입술이 여자의 입에서 서서히 떨어져 나온다.

천둥이 지나간 뒤, 남자는 자세를 고쳐 앉아 담배를 한 대 피워 문다. 싱그러운 공기 속에서의 흡연은 도시의 탁한 공기 속에서의 흡연과 천양지차로 다르다고 남자는 생각한다. 남자는 천천히 담배 연기를 빨아들이면서, 여전히 장대비가 쏟아져 내리고 있는 바깥 풍경을 물끄러미 바라본다.

이젠 강물도 보이지 않고 숲도 보이지 않는다. 남자는 자신의 몸뚱어리 전체가 빗속으로 녹아 들어감을 느끼며 창문을 활짝 마저 연다. 들이치는 빗물에 담뱃불이 꺼지고, 빗소리가 귓가에 더 크게 울려온다. 그 소리는 배고픈 짐승들이 '우우우 우우우' 한스럽게 포효하는 것처럼 들린다.

여자의 긴 손톱이 남자의 손을 잡아 이끈다. 남자는 여자의 초록색 손톱들을 보며 초록빛 바다 물결이 둔중하게 넘실거리고 있는 광경을 연상한다. 초록빛 바다 물결이 그를 서서히 빨아들이고 있다.

아마도 남자는 그때 다시 또 착잡한 관능의 열기를 느꼈을 것이다. 그래서 그의 손으로 여자의 젖가슴을 애무하기 시작했을 것이다. 남자는 늘어진 여자의 젖가슴이 아이에게 젖을 먹여 늘어진 모성애 넘치는 젖가슴처럼 느껴졌을지도 모른다.

남자는 황급히 여자의 젖꼭지에 입술을 갖다 댄다. 하지만 젖꼭지의 보드라운 느낌보다 젖꼭지걸이가 주는 차가운 금속성의 느낌이 한입 가득 전해져온다.

남자는 약간의 실망감을 맛본다. 아니 오히려 더 큰 즐거움을 맛봤을지도 모른다. 입속에 꽉 들어찬 젖꼭지걸이가 마치 재갈처럼 느껴져서, 어쩐지 마조히스틱한 쾌감에 흠뻑 잠겨 들 수 있었을지도 모른다.

여자의 숨소리가 점차 신음하듯 가빠지면서, 그녀의 얼굴 표정이 흔들리기 시작한다. 여자는 뒤로 고개를 젖히고서 입술을 벌린다. 남자는 여자의 젖꼭지에서 입을 뗀다. 그리고 여자가 앉은 의자를 뒤로 끝까지 밀어 눕힌 다음, 여자의 몸뚱어리 위에 자신의 몸뚱어리를 포갠다.

남자가 좁은 공간 속에서 몸을 비틀며 움직였기 때문에, 스위치가 건드려져 오디오의 볼륨이 올라간다. 그래서 아까까진 아주 희미하게 들리던 음악 소리가 이젠 빗소리와 제법 그럴듯하게 어우러진다.

열려 있는 창문으로 비가 들이쳐 두 사람을 적신다. 남자는 축축한 빗물에 더욱 젖어들면서 자신의 몸이 더 빠른 속도로 녹아들어가는 것을 느낀다. 축축한 물기가 마치 자궁 속 양수(羊水)처럼 느껴졌기 때문인지, 남자는 자신이 어머니의 자궁에 들어가 있는 듯한 착각에 빠져든다.

아니, 물기 때문이 아니라 따스한 쿠션처럼 안온한 여자의 부드러운 몸뚱어리가 그에게 그런 착각을 불러일으켰는지도 모른다. 또는 비좁고 답답한 자동차 안의 공간이 어머니의 좁은 자궁 속에 갇혀 지냈던 기억을 상기시켜줬는지도 모른다. 남자는 여자의 젖가슴 사이에 뺨을 갖다 붙이고서 그대로 한참 동안 꼼짝 않고 있다.

눈을 감고 있던 여자가 얼마 후 눈을 뜬다. 창밖을 보니 언제 장대비가 쏟아져 내렸나 싶게 하늘이 맑게 개어 있다. 남자는 비가 그친 것도 의식하지 못하고 계속 정지된 자세로 여자의 가슴에 얼굴을 파묻고 있다.

여자가 가느다란 사슬들이 손톱 끝에 매달려 있는 오른손 다섯 손가락을 남자의 머리 위에서 흔들어 남자에게 신호를 보낸다. 사슬 끝에 달려 있는 작은 종들이 찰랑찰랑 머리에 부딪쳐오면서, 남자는 비로소 자궁 속 유영(遊泳)에서 깨어난다.

남자는 여자의 보지에 짧은 입맞춤을 보낸다. 여자의 얼굴에 어쩐지 서운한 듯한 표정이 스치고 지나간다. 여자는 훨씬 더 길고 강렬한 성희를, 다시 말해서 살과 살을 뒤섞는 사도마조히스틱한 결합을 원했던 것 같다. 남자는 무언가 미진해하는 여자의 표정을 무시하고 의자를 다시 원상태로 돌려놓는다. 그러고는 여자의 젖꼭지에 짧게 키스한다.

운전석에 자리 잡고 앉은 남자가 창밖을 바라본다. 장대비가 내린 뒤의 하늘은 거짓말같이 맑게 개어 있다. 그러나 서쪽 하늘로 분홍빛 노을이 서서히 밀려오는 것으로 보아, 머지않아 밤이 찾아올 것 같다. 강 건너 산마루엔 벌써 보름달이 솟아올라 희미한 빛으로 둥그런 원을 그리고 있다.

남자가 다시 자동차의 시동을 건다.

한참을 달려가니 강변으로 빠지는 길이 나온다. 남자는 강변의 풀밭으로 가서 차를 세운다. 두 사람은 차에서 내려 강가로 간다.

강가엔 일렬로 심어져 있는 수십 그루의 포플러나무가 서 있다. 포플러나무들은 어둑어둑해지는 하늘을 향해 가지들을 안타깝게 뻗어 올리고 있다. 마치 하늘로 날아오르고 싶어 몸부림을 치고 있는 것 같다.

솟구쳐 날아오르는 새가 부러워, 끝 간 데 없이 뻗어 나간 하늘이 부러워, 자유롭게 떠돌아다니는 바람이 부러워, 나무들은 손을 힘껏 쳐들고 이리저리 흔들고 있다. 아니, 무언가 명백히 놓쳐버린 것이라도 있어 그것을 반드시 되찾아야겠다는 듯, 안타깝게 손을 휘저어대고 있다.

강가엔 부들과 억새, 그리고 강아지풀들이 무더기로 돋아 있고, 꿀풀꽃이나 달개비꽃, 패랭이꽃 같은 야생화들이 드문드문 피어 있다. 무리 지어 핀 이름 모를 하얀 들꽃과 강아지풀들이 달빛을 받아 요사스럽게 빛난다.

달빛을 받아 흰 빛으로 반짝이는 강물이 곱다.

밤 주막

강 바로 옆에 통나무로 지어진 북구풍의 주막이 있다. 남자와 여자가 홀 구석 창가에 있는 낡은 떡갈나무 테이블을 사이에 두고 마주 앉아 있다.

테이블 위엔 석유 램프가 놓여 있어 예스러운 운치를 풍긴다. 하지만 달빛이 램프 불빛보다 더 환하게 느껴질 정도로 램프에서 뿜어 나오는 빛은 흐릿하다.

창밖으로 둥근 달이 올려다보인다. 달이 중천에 높이 솟아 있는 걸로 봐서, 두 사람은 차로 한참을 더 달려와 이곳에 머물고 있는 것 같다.

주막 안에는 손님들이 별로 없다. 두 사람 말고는 대학생으로 보이는 젊은 남자 두 명과 젊은 여자 한 명이 앉아 있을 뿐이다. 그들은 별 이야기 없이 조용히 술을 마시고 있다.

주인으로 보이는 턱수염을 기른 60대 남자가 한가롭게 벽난로 옆에 앉아 파이프 담배를 피우며 책을 뒤적이고 있다. 웨이트리스 일을 보고 있는 얼굴에 주근깨가 많은 소녀는 졸린 얼굴로 입구 오른쪽 벽에 몸을 기대고 서 있다.

남자는 술을 천천히 음미하듯 마시며 옆에 난 창문을 통해 강 건너편에 있는 나루터를 바라보고 있다.

이어서 남자는 달빛 아래 칙칙한 윤곽을 드러내고 있는 나루터 뒤의 산을 본다. 그리고 또 옅은 구름 사이로 달이 지나가고 있는 하늘을 본다.

달빛 때문에 흰 띠를 두른 것처럼 보이는 강 건너편의 백사장이 보이고, 백사장 뒤에 빽빽이 심어져 있는 침엽수들이 흐릿하게 눈에 들어온다.

산도 강도 나무도 모두 다 어쩐지 불안한 고요 속에 파묻혀 있다.

적막감을 느끼게 하는 잔잔한 공기. 바람 한 점 없다.

남자는 맞은편에 앉아 있는 여자를 본다. 여자는 몽롱한 눈빛으로 창밖을 내다보고 있다. 여자는 아무 생각도 없는 것처럼 보이기도 하고, 심각한 사색에 빠져 있는 것처럼 보이기도 한다.

다시금 느껴지는 더위. 밤이 됐는데도 별 변화가 없다.

미지근한 열기를 품고서 흐르고 있을 게 분명한, 피곤에 지쳐 보이는 강물.

한여름 밤의 나른함과 고독감.

여자는 두 손을 깍지 껴 턱을 고이고 앉아 있다. 금속성의 광채를 내는 초록색 긴 손톱들이 주황색 램프 불빛을 받아 더욱 음산한 빛으로 번쩍거린다.

여자가 걸치고 있는 금빛 장신구들이 둔탁한 빛을 내며 음울한 빛을 발하고, 여자의 머리카락 중간중간에 드리워져 있는 금줄들이 힘겹게 반짝거리고 있다.

여자가 고개를 돌려 남자를 바라본다. 두 사람의 눈이 다소 어색하게 마주친다. 무언가 찜찜한 기분으로 다가오는 거리감.

남자는 서로 마주 앉아 있다는 사실이 피곤하게 느껴지면서, 여자 옆에 가서 앉는 게 낫겠다고 생각한다. 그러나 이상하리만치 조용하여 어쩐지 감시를 당하고 있는 듯한 느낌마저 감도는 주막 안의 분위기가, 남자를 그대로 눌러앉아 있게 한다.

주막 안은 대학생 차림의 손님들이 소곤거리며 이야기하는 소리가 가끔 들릴 뿐 대체로 활기가 없다. 처음 주막에 들어왔을 때는 낡은 레코드로 틀어주는 탱고 음악이 흘러나왔었는데, 판이 다 돌아가고 나자 주인은 더 이상 음악을 틀어주지 않는다. 누군가 뜯어주기를 기다리는 듯, 벽난로 위에는 기타 하나와 밴조 하나가 나란히 세워져 있다.

남자는 다시금 맞은편에 앉아 있는 여자를 바라본다. 여자는 눈을 반쯤 내리깔고서 술잔을 응시하고 있다. 그래서 내려 덮인 속눈썹이 새삼스레 길게 느껴지고, 여자의 눈두덩에 발라진 황금색 아이섀도가 두드러지게 드러나 보인다.

남자는 여자의 시선을 의식하지 않고 여자의 얼굴을 바라보기만 할 수 있어서 좋다. 칫솔처럼, 아니 빗자루처럼 보이는 엄청나게 두껍고 긴 청록색 인조 속눈썹이 여자의 눈 밑에 검은 그림자를 짙게 드리우고 있다. 그래서 여자의 뺨은 더 어두워 보이고, 여자의 얼굴에 깃든 나태한 우수(憂愁)가 몹시도 센티멘털한 분위기를 자아낸다.

문득 남자의 가슴에서 물큰 솟아오르는 지난날에의 향수. 더불어 따라오는 늙어가는 것의 서러움, 아니 늙는 것의 두려움.

자궁 속으로 되돌아가고픈 간절한 열망. 자궁 속에 갇혀 불편하게 속박된 상태로 있었던 태아 시절에의 그리움과 향수.

여자의 긴 속눈썹과 긴 손톱, 높은 뾰족 구두 같은 것들이 가져다주는 불편하고 불안한, 그러나 탐미적인 속박 상태에 대한 선망.

남자는 여자의 길디긴 인조 속눈썹이 여자의 길디긴 손톱보다 오히려 더 행복한 불안감과 불편감을 줄지도 모르겠다고 생각한다. 손톱은 마음만 먹으면 길게 기를 수 있는 것이지만, 속눈썹은 자라나지 않는 것이기에 길게 만들려면 인조로 만들어진 것을 붙일 수밖에 없기 때문이다.

인조 속눈썹은 언제 떨어질지 몰라 늘 불안할 수밖에 없고, 그래서 마음이 불편할 수밖에 없다. 하긴 진짜 손톱이라 해도 여자의 손톱처럼 도저히 믿기지 않을 만큼 길게 길러진 것이라면, 언제 부러질지 몰라 인조 속눈썹보다 더 불안할 수도 있다.

남자는 이런 생각에 잠겨 여자의 속눈썹과 긴 손톱을 다시금 새삼스레 바라본다. 그리고 여자의 타고난 탐미성과 아직은 탱탱한 젊음에 대해 선망을 뛰어넘는 질투를 느낀다.

여자가 내렸던 눈을 올려 뜨고 남자를 바라본다. 여자의 눈빛이 어쩐지 남자를 원망하고 있는 것처럼 보인다.

여자는 남자에게 이렇게 말한다. 왜 당신은 나보다 내 몸뚱어리에 붙어 있는 손톱이나 속눈썹 같은 것들만 좋아하는 거죠?

남자는 여자에게 무언가 낭만적인 분위기의 말이라도 몇 마디 건네고 싶다. 하지만 할 말이 딱히 머리에 떠오르지가 않는다.

다시 창밖으로 돌려지는 남자의 시선. 남자의 시야에 들어오는 창백하도록 교교(皎皎)한 달빛. 그리고 들릴 듯 말 듯 나직한 신음 소리를 내며 흘러가고 있는 강물.

강물은 미처 바다에 못 가 속을 끓이며 안달을 하고 있는 것처럼 보인다. 그래서 오히려 앞으로 흐르기보다 아래로 아래로 가라앉아 가고 있는 것 같다.

남자는 계속해서 강물을 바라보면서, 나도 강물처럼 더 빨리 흘러가려고 조바심치고 있는 것은 아닐까, 하고 생각해본다. 더 빨리 흘러가 바다처럼 어두컴컴한 죽음에 닿으면, 다시 말해서 마지막 종착지인 무덤에 닿으면, 훨씬 안정된 기분과 편안한 안식이 기다리고 있을지도 모르기 때문이다. 무덤은 꼭 자궁같이 생겨 어쩐지 포근한 안도감과 평정감(平靜感)을 보장해줄 것도 같다.

남자는 다시금 주막 안으로 시선을 돌린다. 대학생으로 보이는 세 명의 젊은이들 가운데 얼굴빛이 해맑은 청년이 벽난로 있는 쪽으로 가 기타를 집어 들고 있다. 아마도 노래를 부르려는 것 같다.

남자의 입에서 작은 안도의 한숨이 새어 나온다. 이제야 비로소 어색한 정적과 피곤한 사변(思辨)으로부터 벗어날 수 있을 것 같은 생각이 들었기 때문이다.

남자는 여자의 눈동자를 바라본다. 여자도 기타를 집어 들고 있는 청년을 바라보고 있다. 남자는 여자의 시선이 청년의 얼굴로 가 머물고 있는 것을 확인하며 문득 애수 어린 질투심을 느낀다.

여자는 여전히 팔꿈치를 테이블 위에 올려놓고 두 손을 깍지 낀 상태로 턱을 괴고 앉아 있다. 그래서 휘늘어진 여자의 길고 흰 손가락들과 10센티미터 이상 되는 긴 손톱들이 더욱 두드러져 보인다. 손가락 끝에서 삐져나와 휘어지며 뻗어 나간 긴 손톱은, 측면에서 바라볼 때 그 길이를 가장 확연하게 실감할 수 있고, 그래서 긴 손톱이 만들어내는 경이로운 그로테스크의 미학을 확실하게 체득할 수 있다.

여자가 계속 청년 쪽을 주시하고 있기 때문에, 남자는 이제 여자의 시선을 의식하지 않고, 아니 여자 자체를 의식하지 않고, 오직 여자의 긴 손톱만을 마음껏 감상할 수 있다. 그래서 남자는 조금 아까 문득 빠져들었던 애수 어린 질투심에서 벗어나 한결 편안한 마음이 된다.

청년이 의자에 앉아 기타 줄을 고르고 있다. 이어서 그는 기타 반주에 맞춰 노래를 부르기 시작한다. 젊은이답지 않게 우울하게 가라앉은 음색이다.

시를 읊듯 중얼거리는 조(調)의 노래가 주막 안에 은은히 울려 퍼진다. 남자는 마치 프랑스의 샹송을 듣는 기분을 느끼며 노래에 빨려들어 간다.

내 나이 아직 어렸을 때에
나는 빨리 어른이 되고 싶었지
어른만 되면 모든 꿈을 이룰 수 있을 것 같았지
그러나 나는 지금 꿈을 이룰 수 없네

나는 이미 어른이기에
안쓰럽게 푸른 싹으로 올라와
한스럽게 다 자란 싹으로 피어났던
애닯고 안타까운 나의 희망이여

어쨌든 내겐 아직 희망이 필요하지만
이 얄미운 목숨을 지탱하기 위한
명텅구리 같은 희망이라도 필요하지만
그래도 나는 희망을 이룰 수 없네
나는 이제 자라나는 나무가 아니라
점점 죽어가는 나무이기에
나는 벌써 어른이기에

뒤섞인 나날 속에 지쳐 누운 추억의 그림자
초라한 기억 속에서 안간힘 쓰며 꿈틀대는
이 사랑, 이 욕정, 이 본능!
그러나 나는 사랑을 이룰 수 없네
아, 나는 어른이기에
절망보다 오히려 더 두려운 희망을 믿기엔
이미 너무나 똑똑해져 버린
……서글픈 어른이기에

노래가 끝날 때까지 여자는 계속 무표정한 얼굴로 있다. 노래가 끝나자 여자는 역시 무표정한 얼굴로 박수를 쳐준다. 노래에 감동했기 때문에 치는 박수가 아니라 그저 의무적으로 치는 박수인 것 같다.

그러나 안으로 휘어들어 간 형태로 길게 뻗어 나간 손톱 때문에 여자는 마음껏 손바닥을 맞부딪칠 수가 없다. 그래서 여자가 치는 박수는 그저 박수 치는 시늉에 가깝고, 거의 소리가 나지 않는 벙어리 박수다.

남자는 여자가 박수 치는 모습을 보며 다시 한 번 긴 손톱이 갖는 '일부러 불편하게 하기'의 미학을 확인한다. 그리고 될 수 있는 대로 큰 소리를 만들어내려고 노력하면서 힘껏 박수를 쳐준다.

주막 안의 다른 사람들은 박수를 치지 않는다. 그래서 남자가 치는 박수 소리만 텅 빈 주막 안을 울린다.

주인 남자는 여전히 책을 들척거리고만 있고, 웨이트리스 소녀는 구석 테이블에 앉아 두 팔에 얼굴을 묻고 잠들어 있다. 노래를 부른 청년의 친구 되는 두 남녀의 표정이 왠지 시큰둥해 보인다. 아마 꽤 자주 들었던 노래라서 그런 것도 같다. 그들의 시선은 여자의 등 뒤로 길게 드리워진 초록색 머리카락으로만 가 있다.

남자는 청년이 부른 노래를 듣고 나서 애틋한 감상(感傷)과 비감 어린 회억(回憶) 속에 빠져든다. 처음 들어보는 노래라서 가사 내용을 확실히 음미할 순 없었지만, 마치 자기의 심정을 대신 노래로 표현해준 것처럼 느껴졌기 때문이다. 남자는 이 노래를 젊은 사람이 부르기보다는 자기 정도 나이의 사람이 부르는 게 훨씬 더 어울릴 것 같다고 생각한다.

남자는 다시 창밖의 강물로 시선을 돌린다. 그의 머릿속으로 여러 가지 생각이 복잡하게 스치고 지나간다.

남자는 우선 이 노래가 노래를 부른 청년에 의해 직접 작사, 작곡된 것이라면, 그건 너무 엄살을 떤 것이라고 생각한다. 가사 내용으로 보아 '어른'이란 말은 대학생 또래보다는 훨씬 더 나이 먹은 사람한테 해당하는 말이라는 생각이 들었기 때문이다. 남자가 보기에 노래를 부른 청년은 어른이 아니라 아이라야 맞을 것 같고, 자기 정도의 나이가 바로 그 가사의 문맥에 합당한 '어른'일 것 같다.

노래를 부른 젊은이가 벌써 희망을 포기한 '죽어가는 나무', 곧 '어른'이라면, 그래서 이제 앞으로는 사랑을 이룰 수 없다는 절망감에 빠져 있다면, 그럼 나 같은 나이의 사람은 어떻게 하란 말이냐. 그런 식으로 따지면 나는 어른의 단계를 훨씬 넘은 '늙은이'라야 맞고, 쓸데없이 너무 오래 살고 있는 셈이라 당장 죽어 마땅한 존재일 것이다…….

이때 맞은편 의자에 앉아 있던 여자가 소리 없이 일어나 남자 곁으로 온다.

여자는 남자의 심정을 전혀 눈치채지 못하고 있는 것 같다. 여자는 지금 남자가 느끼고 있는 음울한 소외감과 박탈감을 도저히 읽어낼 수 없었을 것이다. 아까 청년이 노래를 부를 때 여자는 딴생각을 하고 있는 것처럼 보였기 때문이다. 그러니 노래 가사에 별 감동을 못 받은 것은 물론, 남자가 노래에 빠져들며 점차 표정이 변해가는 것을 신경 쓰지 못했을 게 뻔하다.

하긴 여자가 신경을 곤두세워 남자의 얼굴을 지켜봤다 해도 표정의 변화를 읽어내긴 어려웠을 거라는 생각도 든다. 남자는 언제나 변함없이 피로와 권태가 감도는 우울한 표정을 하고 있기 때문이다.

여자는 남자 곁으로 바짝 다가와 앉는다. 여자가 남자의 어깨에 살며시 머리를 기댄다. 여자의 짙은 향수 냄새가 남자의 코에 더 강하게 흡입되고, 여자의 보드라운 살결이 남자의 몸에 더 직접적으로 다가온다.

여자가 입을 연다. 그리고 불쑥 남자에게 말한다.

……당신을 사랑해요.

이상하게도 여자의 목소리엔 억양이 없다. 마치 무미건조한 음성으로 녹음된 안내방송 같은 것을 듣는 것 같다. 여자의 얼굴을 봐도 별 표정이 없다.

잠시 침묵이 흐른다. 남자는 불현듯 자리에서 일어나 도망치고 싶은 충동을 느낀다. 여자가 한 말이 어쩐지 어색하게만 들리고, 아니 '사랑'이라는 말 자체가 어색하게 들리고, 도무지 실감 나게 다가오지 않았기 때문이다.

잠시 후 남자는 여자의 얼굴을 내려다본다. 그리고 여자의 눈을 통해 자기한테서는 이미 사라져버린, 정신적 일체감으로 결합되는 교과서적 사랑에 대한 순진한 갈구를 억지로라도 읽어내 보려고 노력한다.

그러나 여자의 눈동자에는 여전히 초점이 없다. 여자는 아무런 표정 없이 시야를 허공중에 고정시켜 놓고 있다. 남자는 결국 시선을 다른 곳으로 돌린다.

꽤나 긴 시간이 흐른다. 남자는 주저하다가 다시금 여자의 눈을 바라본다. 남자가 대꾸를 해주지 않았는데도 여자는 서운해하는 기색이 별로 없어 보인다. 여자의 눈은 이제 초점 없는 몽롱한 시선으로 남자를 올려다보고 있다. 그래서 남자는 한결 더 어색해지고 불편해진다.

무언가 우울한, 아니 촌스러운 비애감이 남자의 가슴을 짓누르고 있다. 그것은 과거에 대한 하릴없는 추상(追想)에 연유한 것일 수도 있고, 미래에 대한 정체 모를 불안감에서 오는 것일 수도 있다. 아니면 삶 자체나 사랑 자체에 대한 허무감이나 불신감 때문일 수도 있다. 아니, 허무감이나 불신감을 빙자한 삶과 사랑 자체에 대한 무력감 때문일 수도 있다.

여자는 남자가 자기의 머리를 쓰다듬어주자, 혀를 내밀어 기계적인 혀 놀림으로 남자의 목을 핥는다.

아무리 봐도 여자는 줄곧 무덤덤한 표정을 하고 있다. 여자의 진짜 생각을 도저히 읽어낼 수가 없다. 하긴 여자의 '진짜 생각'이 무엇일까 하고 궁리해 본다는 것 자체가 우스꽝스러운 현학 취미에 불과한 것인지도 모른다.

남자는 여자가 불쑥 내뱉은 '사랑'이라는 말 한마디에 이토록 당황해하고 있는 자기 자신이 우스꽝스럽게 느껴진다. 여자의 목소리에 억양이 있는지 없는지, 여자의 눈동자에 표정이 있는지 없는지, 그걸 따져보려 했다는 것 자체가 이미 자기가 늙어버린 탓이라는 생각이 들었기 때문이다. 늙는다는 것은 곧 육체보다 정신이, 아니 감각보다 이성이 예민해져 간다는 것을 의미한다.

하지만 아무리 머리를 쥐어짜 봐도 무슨 대답이든 대답을 해 줄 말이 없다. 그녀를 싫어해서가 아니라, 그리고 그녀를 더 이상 좋아해 줄 자신이 없어서가 아니라, 모든 미래가 왠지 한없이 불투명해 보였기 때문이다.

그래서 남자는 그저 여자의 보지 언저리를 쓰다듬어줄 수밖에 없다. 그가 보지를 쓰다듬어주자, 여자가 남자를 힘껏 포옹한다. 남자는 여자의 젖꼭지에 따뜻하고 정성스러운 입맞춤을 해줘 보려고 애쓴다. 그렇지만 역시 아무래도 어색하다.

이때 남자의 귀에 주막 안 어디선가 기타 줄 고르는 소리가 들려온다. 주막 주인이 노래를 부르려는 듯, 기타로 반주를 넣기 시작하고 있다. 그래서 남자는 비로소 어색한 침묵과 포옹으로부터 겨우 벗어난다.

어딘지 모르게 우울해 보이는 눈동자와 흰 턱수염이 주막 주인의 얼굴을 더 사색적으로 보이게 한다. 나직하면서도 공명 있게 울리는 그의 음색은 그가 살아온 과거가 궁금해지게 만들어 주고 있다.

남자는 여자를 느슨하게 껴안은 자세로 주막 주인이 부르는 노래를 듣는다. 여자는 여전히 무표정한 얼굴을 하고서 초점 없는 시선을 보내고 있다.

옛날에 한 소년이 살았습니다
소년은……
내일은 오늘과 다르리라
생각하며 살았습니다

옛날에 한 청년이 살았습니다
청년은……
내일이 오늘만큼은 되리라
생각하며 살았습니다

옛날에 한 중년 남자가 살았습니다
중년 남자는……
내일이 오늘만큼 못 될까 봐
걱정하며 살았습니다

옛날에 한 노인이 살았습니다
노인은……
오늘이 어제보다 못하다고
생각하며 살았습니다

숲 속의 빈터

남자와 여자가 울창한 숲 사이를 걸어 들어가고 있다. 한 사람이 겨우 걸어갈 수 있는 길을 나란히 포개져 걸어가려니 무척이나 힘이 든다. 그래도 두 사람은 서로 허리에 팔을 두르고서 걸어가고 있다.

좁다란 길이 신기하게도 꼬불꼬불 숲 사이로 나 있다. 처음엔 떡갈나무 숲이 나오고 이어서 자작나무, 오리나무, 전나무, 낙엽송, 서어나무 같은 나무들이 뒤섞여 나온다. 나무와 나무 사이에는 이름 모를 들풀들이 삐죽삐죽 솟아나 있고, 키 작은 관목들이 키 큰 나무들이 만들어놓은 그늘 아래서 안간힘 쓰며 자라고 있다.

숲에서는 신선하고 청아한 기운이 감돈다. 나무들이 만들어내는 그늘이 더위를 식혀주며 캄캄하긴 하지만 상큼한 분위기를 만들어낸다. 땅바닥에는 지난가을에 떨어진 가느다란 침엽(針葉)과 넓고 좁은 활엽(闊葉)들이 채 썩지 않고 무더기를 이루며 쌓여 푹신한 소파를 만들어주고 있다. 남자와 여자는 이따금 낙엽 더미 위에 앉아 쉬며 담배를 피운다.

두 사람은 한참 동안 더 걸은 후 어두컴컴한 그늘을 드리우고 있는 잣나무 숲에 이른다. 잣나무 숲을 빠져나오자 유난히도 싱싱한 가지들을 뻗어 올리고 있는 참나무 숲에 들어선다. 여기서는 간간이 하늘이 뚫려 있어서 그런지 나무 주위의 작은 식물들이 한결 맑고 푸르러 보인다.

잎이 무성한 나뭇가지 사이로 싱그러운 햇살이 비쳐들어 두 사

람은 새삼 신기로운 느낌으로 하늘을 올려다본다. 귀엽게 생긴 다람
쥐들이 나무에서 나무 사이로 빠르게 뛰어다니고 있다. 비틀비틀 춤
추듯 뻗어 올라가고 있는 덩굴 식물들이, 불안해 보이면서도 자유로
운 몸짓으로 숲의 풍경에 변화를 준다.

남자와 여자는 숲 속 깊숙이 자꾸만 걸어 들어간다. 그들이 어디
를 향해서 걸어 들어가고 있는지 우리는 그 이유를 모른다. 하지만
거의 나체에 가까운 여자의 몸뚱어리가 자연과 걸맞게 조화돼 보이
는 것만은 분명하다. 여자는 굽 높은 뾰족 구두를 신고 있는데도 걸
음걸이가 기운차게 날렵하다. 마치 감미롭게 꾸며진 어느 꿈속의 영
상을 보고 있는 것 같다.

가끔씩 공중에서 귀여운 소리로 울며 날아가는 새들의 지저귐을
빼놓고는 모든 것이 조용하다. 축축한 나무 그늘 아래로 난 길을 풀
숲을 헤치며 걸어가는 동안, 남자는 가끔씩 길을 내기 위해 여자보
다 먼저 앞서 가 길을 가로막고 쓰러져 있는 굵다란 나뭇가지들을
들어내거나 휘늘어진 덩굴을 걷어내곤 한다. 빽빽한 관목들이 길을
막고 있을 때도 있고 키 높은 잡풀들이 길을 어지럽히고 있을 때도
있다.

숲을 헤치고 한 시간쯤 더 가니 널따랗게 탁 트인 장소가 나온
다. 남자는 안도의 한숨을 내쉬고 여자는 기쁨의 탄성을 지른다.

드넓은 공지에는 키 낮은 잡풀들만 촘촘하게 돋아나 있고, 키 큰
나무들이나 소교목(小喬木)들이 전혀 없다. 무리 지어 피어 있는 들

꽃 사이로 갖가지 색깔과 무늬를 한 나비들이 한가롭게 날아다니고 있다. 반갑게 따가운 햇살이 숲 속의 넓은 빈터를 밝게 내리비추고 있고, 작은 새들이 이리저리 떼 지어 날아다니며 있는 힘을 다해 지저귀고 있다. 새들이 지저귀는 소리는 숲 속의 적막을 깨며 온 대지를 울린다.

야트막한 잡풀들 사이로 피어오른 작은 들꽃들이 무척이나 곱다. 패랭이꽃, 민들레꽃, 옥잠화, 며느리밥풀꽃, 체꽃, 질경이꽃, 도라지꽃, 엉겅퀴꽃 같은 꽃들이 보인다. 특히 보라색과 흰색으로 피어 있는 도라지꽃이 산속에 핀 야행화 치고는 너무나 세련되게 요염하여 두 사람의 시선을 끈다.

남자는 잡풀들 사이에서 들꽃들이 가지각색으로 다투어 피어 있는 것을 보며 어쩐지 눈물이 흘러내릴 것만 같은 기분이 된다.

겉으로만 보기엔 그저 귀엽고, 아름답고, 낭만적인 풍경일 따름이다. 그래서 '아 정말로 자연은 아름답구나!'와 같은 감탄사 섞인 한마디를 내뱉으면 그만일 것이다. 그러나 꽃들이 흐드러지게 피어나는 것이 단지 자연의 아름답고 평화롭고 신비로운 섭리 때문만은 아닐 것이다. 꽃들은 한가롭게 피어나는 것이 아니라 안간힘 쓰며 피어나는 것이고, 결국은 치열한 '사랑 뺏기' 싸움에서 승리하여 종(種)을 영속적으로 보존하기 위해서 피어나는 것이다.

남자는 이런 생각에 잠기며 왠지 숙연한 마음이 된다. 그리고 '살아 있음'의 이면에 도사리고 있는 무서우리만치 처절한 생존 욕구와, 힘겨운 '사랑 뺏기' 싸움에 따른 뼈저린 고독감을 새삼스레 절감한다.

꽃들이 다투어 악쓰며 피어나는 것은 결국 종족 보존의 욕구를 실현시키기 위한 자웅의 결합이 목적일 것이다. 꽃들은 그 때문에 관능적인 교태와 암내 섞인 향기, 그리고 달콤한 꿀로써 벌과 나비를 유혹하는 것이지, '아름다움' 그 자체를 위해서 그러는 것은 아니다. 말하자면 꽃들은 모두 누군가에게서 사랑받으려고 갖은 애를 써가며 몸부림치고 있다. "날 좀 봐줘요, 제발 날 좀 사랑해줘요"라고 말하며 꽃들은 처절하게 울부짖고 있다.

사랑받고자 하는 본능보다 더 큰 욕구가 있을 수 있을까, 하고 남자는 생각한다. 식욕의 충족에 기여하는 식물의 '열매'라는 것도 따지고 보면 결국 자웅 교배, 즉 사랑의 결과로 만들어진 것이라는 사실을 남자는 다시 한 번 상기한다. 그래서 남자는 개체 보존의 욕구보다 종족 보존의 욕구가 우선이고, 종족 보존의 욕구에 기인하는 '사랑받고자 하는 본능'은 가히 처절하리만큼 잔혹하고 매몰찬 성격을 지닐 수밖에 없다고 생각한다.

여자는 숲 속 한가운데 있는 확 트인 공간이 너무나 마음에 들었는지, 와 하고 소리 지르며 뾰족 구두를 신은 채 풀밭 위를 뛰어다니기도 하고 데굴데굴 구르기도 한다. 그리고 저 혼자 즐거워 쫑알쫑알 노래를 부르기도 하고 까르르 웃기도 한다.

한참을 경중경중 뛰어다니던 여자는 이제 들꽃 사이를 바쁘게 걸어 다니며 꽃을 꺾어 꽃묶음을 만들고 있다. 남자는 문득 꽃을 마구 꺾어대는 여자가 조금 얄미워진다. 그러나 들꽃과 어우러진 여자의 날렵하면서도 그로테스크한 아름다움이 그런 생각을 곧바로 잊게 한다.

여자는 꽤 커다란 꽃묶음을 만든 뒤 그것을 머리에 꽂고 있다. 그래서 여자는 한결 야(野)하고 화려한 모습이 된다. 여자의 몸은 꽃들에 싸여 있다. 머리에 꽂은 꽃묶음도 그렇지만 여자의 몸뚱어리엔 꽃묶음 말고도 수없이 많은 꽃 모양의 장신구들과 형형색색의 손톱발톱들이 달려 있기 때문이다.

여자는 청초하고 싱그러운 느낌을 주는 색상으로 된 옷을 걸치고 있다. 연한 연두색과 연보라색, 그리고 옅은 노란색이 상큼하면서도 날렵한 조화를 이룬다.

하지만 사실 여자가 걸치고 있는 것을 옷이라고 부르긴 어렵다. 여자는 하늘하늘한 느낌의 수축성 옷감으로 된 좁다란 띠를 맨몸에 몇 가닥 얼기설기 두르고, 작은 꽃 모양의 천으로 두 젖꼭지를 가리고 있을 뿐이기 때문이다. 그래서 얼핏 보면 여자가 입고 있는 옷은 알몸을 거의 다 노출시킨 선정적인 디자인의 수영복처럼 보인다.

그래서 여자는 남자에게 싱싱한 자연미와 세련된 인공미를 한데 합친 모습으로 들어온다. 거의 벌거벗고 있는 상태에다가 선정적 디자인의 옷을 살짝 걸쳐놓았기 때문이다. 실오라기 하나 안 걸치고 전라의 몸으로 있는 것보다는, 약간의 천 조각으로 아슬아슬하고 재치 있게 몸을 가리는 것이 훨씬 더 관능적인 느낌을 준다는 것을 여자는 잘 알고 있는 것 같다.

너비가 2센티미터 조금 못 돼 보이는 연한 연두색 띠가 여자의 양쪽 어깨에서 배를 향해 브이(V)자 형태로 내려와 여자의 사타구니에 이르러 합쳐지고 있다. 합쳐진 띠가 보지를 살짝 가리면서 항문을 지나 다시 둘로 갈라지며 위로 올라가 양쪽 어깨띠에 연결된다. 띠가 어깨 바깥쪽으로 벗겨져 내리는 것을 방지하기 위해, 띠와 띠 사이를 등 가운데 부분에서 가느다란 끈으로 연결시켜놓았다. 남자는 여자의 음모가 말끔하게 면도 되어 있는 것을 보며 어쩐지 아쉬운 마음을 느낀다.

두 젖꼭지에는 각각 옅은 노란색과 연보라색으로 된 작은 들국화 모양의 천이 붙어 있다. 그리고 여자의 두 발에도 옅은 노란색과 연보라색 헝겊 띠가 발등을 감싸는 뾰족 샌들이 신겨져 있다. 왼손 다섯 손가락의 긴 손톱에는 노란색 매니큐어와 연분홍색 매니큐어가 교대로 칠해져 있고, 오른손 다섯 손가락의 긴 손톱에는 연두색 매니큐어와 살색 매니큐어가 교대로 칠해져 있다.

그리고 열 개의 긴 발톱에는 열 가지 색깔의 매니큐어가 다채롭게 칠해져 있다. 샛노란색, 꽃분홍색, 연두색, 보라색, 초록색, 흰색, 하늘색, 남색, 빨간색, 은회색이 그것인데, 그저 단색으로만 칠해져 있는 게 아니라 발톱 한가운데나 끝 부분에 가로 또는 사선의 줄무늬 모양으로 금분(金粉)과 은분(銀粉)을 입혀놓아 한결 화려한 느낌을 준다. 또 발톱 바탕에 칠해져 있는 매니큐어는 파스텔 톤의 매니큐어가 아니라 유난히도 광택이 나는 매니큐어라서, 햇볕을 받을 때마다 눈부시게 반짝거리는 빛을 만들어 낸다.

여자의 머리 모양은 불꽃이 위로 타오르는 것 같기도 하고 뾰족탑 같기도 한 형태로 되어 있다. 꽃분홍색과 빨간색, 그리고 주황색이 적당히 엇섞인 긴 머리카락들이 풀을 먹인 상태로 고정되어, 아래쪽에서는 얼기설기 불규칙한 공간을 만들며 뻗쳐 올라가다가 위쪽에 가서 하나로 합쳐져 뾰족한 모양을 이루고 있다.

머리 높이가 1미터는 훨씬 넘어 보이고, 머리카락들이 붉은색 계통의 색깔들로 염색돼 있어 마치 불꽃이 활활 타들어 가며 하늘로 솟구쳐 오르고 있는 것처럼 보인다. 그래서 여자의 키는 엄청나게 더 커 보이고, 끝으로 갈수록 바늘처럼 뾰족하게 뻗어내린 샌들의 높은 굽과 뾰족하게 위로 뻗어 올라간 헤어스타일이 날카로운 하모니를 이루고 있다.

여자의 몸에는 많은 장신구들이 붙어 있다. 귀걸이, 코걸이, 목걸이, 암릿, 팔찌, 반지, 배찌, 배꼽걸이, 허벅지찌, 발찌, 발가락찌 등인데, 특히 배꼽걸이와는 별도로 배꼽에 박아 넣은 커다란 다이아몬드가 햇빛을 받아 휘황한 빛으로 반짝이는 게 곱다. 골반 부분에 둘려 있는 배찌는 작은 수정을 엮어서 만든 것인데, 배찌 한가운데서 아래로 늘어진 사슬에 매달려 있는 커다란 사파이어가 치구(恥丘) 부분에서 멈춰 살랑살랑 흔들거리고 있다.

그 밖의 장신구들은 모두 금속이나 보석이 아니라 합성수지로 만들어져 있어 이채로운 느낌을 준다. 흰색, 연한 수박색, 연보라색, 계란색, 분홍색, 연두색, 연한 가지색 등으로, 방울꽃, 민들레꽃, 붓꽃, 나팔꽃, 오랑캐꽃, 장미꽃, 백합꽃, 수선화, 극락조화(極樂鳥花) 등 여러 가지 꽃 모양으로 디자인돼 있는 장신구들은 숲 속의 자연 풍경과 싱그러운 조화를 이룬다. 그러니까 여자는 청초한 느낌을 주는 색깔들로 구성된 의상과 장신구, 그리고 손톱을, 붉은색 계통의 머리카락으로 만든 뾰족한 불꽃 모양의 헤어스타일과 현란한 색채의 발톱들로 재치 있게 교란시키고 있는 셈이다.

눈을 제외한 여자의 얼굴에는 아무것도 칠해져 있지 않다. 눈처럼 흰 피부와 립스틱을 안 바른 창백한 입술이 고아(高雅)하고 귀티가 흐르는 인상을 풍긴다. 보라색 붓꽃 모양의 코걸이와 연한 연두색 아이섀도, 그리고 긴 황금빛 인조 속눈썹이 파격(破格)을 주고 있긴 하지만, 전체적으로 고아한 인상을 깨뜨리진 않는다. 여자의 목에 둘려 있는 목걸이는 수십 송이의 수선화를 잇댄 모양으로 만들어져 있어, 여자의 얼굴에서 풍기는 가냘픈 병약미(病弱美)를 더욱 돋보이게 한다.

여자가 남자에게 달려와 남자를 장난스레 밀어젖혀 토끼풀밭 사이에 핀 들꽃 더미 위에 눕힌다. 그러고 나서 여자는 남자의 몸뚱어리 위로 엎어져 남자의 얼굴 이곳저곳을 들짐승처럼 핥는다.

남자는 동물적 키스의 쾌미(快味)에 취한 눈으로 여자를 바라본다. 아까 숲 사이를 걸어올 때는 길을 찾는 데 바빠 미처 음미하지 못했던 여자의 고혹적인 육체가 새삼 사랑스럽게 느껴진다.

풀잎들이 뿜어내는 풋풋하고 싱그러운 냄새. 들꽃에서 풍겨 나오는 은은하면서도 맵싸한 향기. 답답한 실내가 아니라 확 트인 공간에서, 그것도 햇살이 내리비치는 초원에서 꿈틀대는 여인의 화사한 나신(裸身). 그리고 백치 같은 순수함으로 반짝이는 여인의 눈.

남자가 여자를 세게 끌어안는다. 그러고는 눈을 감고 그녀의 육체 구석구석의 체취를 골고루 냄새 맡는다. 여자의 몸에 뿌려진 짙은 향수 냄새가 향긋한 풀 내음에 섞여 독한 최음(催淫)의 향기로 남자의 코에 흡입된다.

냄새에 취해 있던 남자는 한참 뒤 눈을 뜬다. 그리고 여자의 눈에, 귀에, 코에, 젖꼭지에 그리고 목에 키스한다. 남자는 다시 혀로 여자의 보지를 벌리고 거기에 자기의 입술을 갖다 댄다. 여자의 자궁에서부터 뿜어져 나오는 뜨거운 숨결. 그 숨결을 남자는 허겁지겁 들이마신다.

두 사람은 식스-나인 자세가 되어 풀밭 위를 뒹군다. 두 사람 사이의 육체의 경계선이 점차 희미해져 간다. 그래서 이젠 어느 것이 여자의 성기고 어느 것이 남자의 성기인지 분간할 수조차 없게 된다.

여자가 긴 손톱이 매달려 있는 손을 불편하게 움직여 남자의 자지를 갉작거리기 시작한다. 남자는 죽은 듯 가만히 누워 있다. 여자의 뾰족한 손톱 끝이 이따금 남자의 항문 속으로 따끔따끔 파고들어온다. 힘겹게 남자가 신음 소리를 흘리고 남자의 혓바닥이 길게 빠져나온다.

알몸이 된 남자는 여자가 자기의 몸을 즐기는 것을 가쁜 호흡으로 바라보고 있다. 그 호흡은 기쁨의 호흡이기도 하고 불안스러운 호흡이기도 하다.

여자는 엄마같이 따사롭게, 어린애같이 귀엽게, 때로는 고양이같이 앙큼하게, 때로는 요부같이 탐욕스럽게 남자의 몸을 탐식하며 즐긴다. 남자는 여자에게 때로는 아기가 되기도 하고, 때로는 아버지가 되기도 하고, 때로는 쥐가 되기도 한다.

갖가지 성희에 지친 여자는 결국 남자를 갓난아기 다루듯 얼싸안는다. 그녀는 아기를 가지고 놀듯 그의 눈에 입 맞추고, 그의 코에 입 맞추고, 그의 입에 입 맞추고, 그의 자지에 입 맞춘다. 남자는 여자가 이끄는 대로 자기의 몸을 맡기고서, 편안한 수동(受動)의 상태를 느긋하게 즐기고 있다.

갑자기 여자가 남자를 자기 몸 아래에 깔고 도저히 이해할 수 없는 힘으로 미친 듯이 짓누르며 조인다. 남자가 반사적으로 공포의 빛을 보이자, 여자는 꽃초롱 같은 음색으로 까르르 웃으며 다시금 남자를 아기 어르듯 어른다.

남자의 눈에 문득 몇 방울의 이슬이 맺힌다. 불현듯 아까 들꽃들을 바라볼 때 품었던 생각들이 되살아났기 때문이다. 자연은 겉보기엔 아름답지만 알고 보면 치열한 사랑 뺏기의 장(場)이고, 엄마는 겉보기엔 자애로워 보이지만 알고 보면 탐욕스러운 소유욕의 화신이다, 하고 남자는 불가항력으로 밀려오는 쾌감의 파도 속에 휩싸이며 생각한다.

눈물이 마른 후 남자는 여자의 얼굴을 다시금 찬찬히 뜯어본다. 여자의 콧방울에 꿰어져 있는 보라색 붓꽃 모양의 코걸이가 너무도 아름다워 보인다.

남자는 여자의 코걸이를 보며 생각한다. 저 꽃은 진짜 꽃보다도 훨씬 아름답지만 분명 생명 없는 꽃이리라. 그러나 생명 없는 꽃이기 때문에 오히려 편집적인 소유욕도 없고 치열한 사랑 뺏기를 위한 향기도 없으리라. 그래서 천연의 꽃보다도 저 붓꽃 모양의 코걸이가 훨씬 더 아름다워 보이는 것이리라. 그렇다면 그런 코걸이를 하고 일부러 가짜 티가 나게 긴 황금색 인조 속눈썹을 붙인 이 여자 역시 천연의 여자, 즉 아무런 치장도 하지 않은 여자보다 틀림없이 더 아름다우리라.

남자는 불타듯 휘감기며 뻗쳐올라간 여자의 불그레한 머리카락 더미에 눈을 바짝 갖다 대본다. 여자의 붉은 머리카락을 차폐물(遮蔽物)로 삼아 바라본 하늘은 마치 노을 진 하늘처럼 붉게 물들어 있다. 짙푸른 나무들과 초록색 풀들, 날아다니는 새와 나비들, 그리고 갖가지 들꽃들이 활활 불타고 있다.

마을 입구

어스름한 저녁, 남자와 여자가 탄 차가 외진 시골 길을 천천히 달려가다가 멈춘다. 경사진 산기슭에 초라한 집들이 드문드문 들어서 있다. 한적하다는 것 이외엔 특별하게 수려한 경치도 없고, 그렇다고 퇴색해가는 가운데 고풍스러운 정취를 풍기는 오래된 한옥 같은 것도 없는, 그야말로 평범하기 짝이 없는 마을이다. 초가집도 없고 기와집도 없고 모두 다 함석지붕뿐이다. 지붕들은 모두 페인트칠이 거의 다 벗겨져 있다.

하지만 그런 특색이 오히려 남자의 마음을 끈다. 드넓게 펼쳐진 논밭 한가운데 덩그러니 놓여 있는 마을이 아니라 산기슭에 옹기종기 들어서 있는 마을이라서, 한결 포근한 느낌을 주기 때문인지도 모른다.

마을 주변의 경사진 산비탈에 앙증맞게 자리 잡고 있는 좁다란 밭들이 드문드문 보인다. 눈으로만 대충 어림잡아 생각해 본다면, 저 정도의 경작지에서 생산되는 것만 가지고서는 마을 사람들이 도저히 먹고살 수 없을 것 같은 생각이 든다.

마을 사이로는 좁다란 개울이 흐르고 있다. 물이 맑고 푸르다. 해 질 녘의 저녁인데도 개울 바닥에 깔려 있는 돌들이 투명한 물을 통해 자태를 완연히 드러내고 있다. 개울은 약간 멀리 보이는 마을 뒷산 중턱에서부터 투명한 흰빛을 드러내며 흘러내리고 있다.

개울의 상류 끝으로 빽빽한 잡목 숲이 이어져 있는 것이 보인다. 마을 뒷산이 아주 큰 산은 못되기 때문에, 가물가물 올려다보이는 개울의 상류를 더 이상 따라 올라가 봤자, 기암괴석이 널려 있고 물이 용솟음쳐 흐르는 폭이 큰 계곡이 나올 것 같지는 않다. 마을은 알록달록한 간판을 내건 음식점이나 여관 같은 게 하나도 보이지 않아 더욱 고요한 느낌을 준다.

남자는 마을의 소박하면서도 안온한 경치가 마음에 들었는지 한참 동안 물끄러미 마을 풍경을 바라보고 있다. 남자의 얼굴 표정으로 보아 그는 천천히 씹어 먹듯 풍경을 음미하고 있는 것 같다.

멀리 바라보이는 마을 풍경은 남자가 어렸을 때 살았던 시골 마을의 풍경과 똑같다. 답답한 가운데 어딘지 모르게 밀폐된 안정감 같은 것이 있다. 남자는 자신이 몇십 년 전으로 거슬러 올라가 어린 시절로 되돌아가 있는 듯한 착각에 빠져든다.

지난 시절에의 향수, 아니 모태(母胎)에의 그리움, 아니 전생(前生)에의 그리움 같은 것들이 어쩔 수 없이 그의 뇌리를 스쳐 간다. 빤한 향수요 빤한 센티멘털리즘이지만, 어쨌든 오랜만에 맛보는 달짝지근한 서정이다.

남자는 이 마을을 그냥 지나쳐 버리긴 아깝다는 생각을 한 것 같다. 그는 차가 들어갈 수 있는 곳까지 운전해서 간 후, 여자를 데리고 차에서 내린다. 여자는 남자와는 달리 아무런 표정이 없다. 감동도 없고 능멸도 없다. 여자는 마치 움직이는 인형 같다.

두 사람은 좁다란 시골 길을 터벅터벅 천천히 걸어간다. 아니 '터벅터벅'이 아니라 '느릿느릿'인지도 모른다.

산기슭이라 그런지 해가 긴 여름인데도 저녁이 더 빨리 내리는 것 같다. 마을은 마치 화선지 위에 먹물이 번져가는 것처럼 짙은 회색빛에 휩싸여 들어가고 있다. 그래서 더욱더 아련해 보이고 더욱더 애틋해 보인다. 남자는 서서히 어둠에 잠겨가는 산마루와 마을 풍경을 바라보면서, 어쩐지 이 마을엔 포근하고 따뜻한 마음씨를 갖고 있는 사람들만 오순도순 살아가고 있을 것 같은 느낌을 받는다.

이 마을의 어스름한 저녁 풍경을 그림으로 그려볼 수 있다면 얼마나 좋을까, 하고 문득 남자는 생각한다. 가끔 그림을 그리는 그로서는 여러 가지 소재의 그림 중에서도 풍경화를 그리기가 가장 어렵다는 것을 잘 알고 있기 때문이다.

아름다운 자연, 평화스러운 자연, 하며 많이들 얘기하지만, 막상 자연 풍경을 캔버스에 옮겨놓고 보면 어쩐지 촌스럽고 치졸해지기 십상이다. 흔히들 '이발소 그림'이라고 부르는 유치한 풍경화도, 사실 자세히 들여다보면 기막히게 아름다운 자연 풍경을 세밀한 필치로 담아 놓고 있다. 그러나 역시 '이발소 그림'은 이발소 그림이다. 왜 그럴까…….

풍경화로 성공한 화가는 미술사상(美術史上) 극히 드물다. 물론 영국의 터너(Turner) 같은 이가 풍경화의 대가로 꼽히긴 한다. 하지만 그 사람이 유명한 풍경화가라는 사실을 모르고, 다시 말해서 대가(大家)라는 말 한마디에 무조건 겁먹거나 깜빡 죽는 비굴한 예술관이 튀어나올 겨를 없이 터너의 풍경화를 그냥 일별(一瞥)해 보면, 터너의 그림 역시 '이발소 그림'과 별다를 게 없다.

풍경화 중에는 빈센트 반 고흐가 그린 「까마귀가 나는 밀밭」이나 「별이 빛나는 밤」, 또는 세잔느의 「성(聖) 빅투아르 산」같이 촌스러운 느낌을 주지 않는 이른바 걸작 풍경화도 더러는 있다. 그러나 그런 그림들은 자연 경치를 그대로 옮겨 놓은 게 아니라 지극히 자의적으로 왜곡시켜 그렸기 때문에 오히려 아름답다는 느낌을 주는 것이다.

사람들은 그런 그림을 보면서 잘 그렸다는 느낌을 받는 동시에 '자연은 아름답다'는 말을 별 책임감 없이 감탄사까지 섞어 뱉어낸다. 말하자면 자연을 억지로 왜곡시켜야만 자연의 아름다움이 부각되는 셈이다. 그렇다면 '자연미'의 정체는 대체 무엇일까……

남자는 이런 생각을 하며 마을을 이리저리 찬찬히 훑어본다. 두 사람이 걸어가는 길엔 오가는 사람도 없고 개 한 마리 지나가지 않는다. 남자는 이 마을이 혹시 '평화로운 마을'이 아니라 '죽어 있는 마을'일지도 모른다고 생각한다.

여자는 한여름인데도 무릎 위로 한참을 더 올라가 허벅지를 덮는 가죽 부츠를 신고 있다. 다리에 꽉 달라붙어 있는 데다가 가죽도 두꺼워 보이는 부츠라서 여자의 발걸음이 더 둔중해 보인다. 부츠는 번쩍이는 황금색으로 코팅돼 있고 앞창에도 아주 두꺼운 굽이 붙어 있어, 뾰족한 뒷굽 높이가 어림잡아 25센티미터는 훨씬 넘는 것 같다.

긴 발톱 때문에 부츠의 앞 코 부분만은 뚫려 있어 아주 답답해 보이진 않는다. 그래도 역시 무더운 한여름에 신고 있는 긴 가죽 부츠는 왠지 갑갑한 느낌을 준다. 하지만 넓은 의미에서 볼 때 일종의 자학적 나르시시즘이라고도 볼 수 있는 그런 식의 차림이, 한여름엔 오히려 더 돋보이는 치장이 될 수 있다는 생각도 든다.

남자는 여자의 구두를 보며 새삼스레 다가오는 관능적 마비감과 함께 현실 도피적 일탈의 쾌감을 느낀다. 어찌 보면 황량하다고도 할 수 있는 초라한 시골 마을의 풍경과, 여자가 신고 있는 화려한 가죽 부츠는 사디스틱한 대조를 이루고 있다.

하지만 둘이 서로 비슷한 점도 있다. 시골 마을에서 사는 것이나 꽉 끼는 가죽 부츠를 신는 것이나, 둘 다 비슷하게 불편할 것이기 때문이다. 사디스틱한 대조나 불편함의 동질성이나, 관습적 일상으로부터의 도피요 일탈인 것은 마찬가지다. 그러므로 사디즘이든 마조히즘이든 현실 도피적 일탈이라는 점에서는 같다.

한여름에 신고 있는 가죽 부츠는 신고 있는 사람에겐 마조히스틱한 쾌감을 주지만, 보는 사람에겐 일종의 사디스틱한 쾌감을 준다. 그러나 정반대가 될 수도 있는데, 짐승을 죽여 만든 '가죽'이란 것은 언제나 사디스틱한 권위의 상징으로 받아들여지기 때문이다. 가죽옷이나 모피코트가 귀족적 오만함과 특권층의 사치를 상징하는 귀물(貴物)로 취급받아 온 것은 그 때문이었다.

어쨌든 그래서 사디즘과 마조히즘은 서로 떼려야 뗄 수 없는 관계로 맺어져 있다. 사디스틱한 권위의 상징물들은 언제나 마조히스틱한 고통을 수반한다. 무거운 왕관은 사디즘의 상징이지만 그걸 쓰고 있을 때는 고통스럽다.

여자는 샌들형의 뾰족 구두를 신고 있을 때와는 달리 걸음걸이가 한결 더 느리다. 높은 굽에는 단련이 돼 있지만 허벅지까지 올라가는 긴 부츠에는 단련이 돼 있지 않은 듯하다. 아니, 여자가 일부러 그런 불편한 걸음걸이를 즐기고 있는 것도 같다.

여자가 신고 있는 부츠는 단련을 하려고 해도 할 수 없도록 만들어져 있다. 보통 무릎 위로 올라가는 부츠는 무릎을 구부릴 수 있도록 무릎 바로 위쪽 부분을 옆으로 찢어놓게 마련인데, 여자가 신고 있는 부츠는 부츠 꼭대기까지 트임이 전혀 없이 다리를 옥죄며 감싸고 있기 때문이다.

트임이 없더라도 위쪽으로 갈수록 약간 헐렁하게 만들어져 있는 부츠였다면 살짝 무릎을 구부릴 순 있었을 것이다. 그러나 다리에 쫙 달라붙는 부츠인 데다가, 그것도 얇은 비닐 같은 느낌을 주는 가죽이 아니라 두껍고 둔탁한 가죽으로 만들어진 것이기 때문에 무릎을 유연하게 구부리기 어렵다. 그래서 흡사 나치스 시대의 독일 군인들이 행진하는 것처럼 뻗정다리로 걸어가려니 자연히 걸음이 더뎌질 수밖에 없다. 게다가 구두 뒷굽이 원체 높고 뾰족해서 아주 힘겨워 보인다.

남자는 여자가 긴 부츠를 신고 느릿느릿 힘겹게 걸어가고 있는 모습을 보며 다시 한 번 '왜곡된 자연'의 아름다움에 도취된다. 여자가 긴 발톱 때문에 항상 맨발을 드러내는 샌들형의 뾰족 구두를 신고 있는 것만 보다가 둔탁하고 무거워 보이는 부츠를 신고 있는 걸 보니, 새로운 변화로 인한 관능적 긴장감이 다가와 더위를 한결 잊게 해주고 있다.

여자랑 함께 차에 타고 있을 때는 미처 못 느꼈었는데, 자갈이 많이 깔린 울퉁불퉁한 길을 불편하고 위태롭게 걸어가는 여자의 모습을 보니 긴 부츠가 새삼 대견스러워 보인다. 다시 한 번 심각하게 '자학의 미학' 아니 '피학의 미학'을 골똘히 되씹게 해줬기 때문이다.

여자는 언제나 굽 높은 하이힐뿐만 아니라 길디긴 손톱, 그리고 동작을 방해할 정도로 치렁치렁 두르고 꿰어 매단 장신구에 세련되게 단련돼 있는 모습만을 보여주었었다. 여자가 저처럼 뒤뚱거리는 걸음걸이를 보여준 적은 한 번도 없었다.

마을에서

남자와 여자가 허름한 시골집 문간방 안에서 쉬고 있다. 방 안은 후텁지근한 열기로 답답하기 그지없다. 희미한 호롱불 때문에 두 사람 주위가 자세히 보이진 않지만, 아무래도 초라하고 옹색한 방인 것 같다. 벽은 도배가 돼 있지 않아 흙냄새를 풍긴다.

남자는 개켜 놓은 이불에 한쪽 팔을 괴고 비스듬히 누워 발을 뻗치고 있다. 여자는 남자의 허벅지에 머리를 올려놓고 누워 천장을 멀뚱멀뚱 바라보고 있다.

남자가 팔을 괴고 있는 이불은 아무래도 땟국이 꾀죄죄하게 흐르는 축축하고 불결한 이불인 것 같다. 방바닥엔 돗자리가 깔려 있는데 흙이 버석버석 밟힌다. 퀴퀴한 냄새가 온 방을 감싸고 있고, 사위는 죽은 듯 고요하다.

이상하게도 풀벌레 울음소리조차 들려오지 않는다. 무언가 살아서 숨 쉬고 있는 것은 꺼질 듯 말 듯 희미한 불꽃을 내뿜고 있는 호롱불과 퀴퀴한 냄새뿐이다. 그 냄새는 메주 썩는 냄새 같기도 하고, 오랫동안 곰삭은 개골창의 흙냄새 같기도 하다.

희미한 호롱불빛을 받아 여자의 긴 손톱들이 힘겹게 반짝거리고 있다. 마치 신새벽의 여명같이 흐릿한 어둠 속에서 희멀겋게 반짝이는 여자의 긴 손톱들은, 어림잡아 색깔이 모두 다 황금색인 것 같다. 아마도 금빛 머리와 금빛 부츠 빛깔에 맞춰 매니큐어 칠을 한 듯하다.

여자의 긴 발톱들은 손톱보다는 훨씬 강한 반사광(反射光)을 만들어내고 있다. 형광색을 띠고 있는 밝은 분홍색 매니큐어가 칠해져 있기 때문이다. 하지만 호롱불빛이 워낙 어두워 형광색 매니큐어라 해도 자극적으로 예리하게 반짝이는 반사광을 만들어내진 못하고 있다.

여자는 남자의 허벅지에 머리를 괴고 누워 있는 상태로 있다가, 머리를 느릿느릿 들어 올려 남자의 사타구니께로 가져간다. 그리고 언젠가 그랬던 것처럼 남자의 바지 지퍼를 이빨로 힘겹게 끌어내린

다음, 남자의 자지를 오로지 혓바닥의 힘만으로 끄집어낸다. 그러고 나서 여자는 무념 무상한 표정으로, 마치 아무 생각 없이 습관적인 동작으로 이를 닦거나 세수를 하듯, 펠라티오(fellatio)를 하기 시작한다.

남자는 손을 뻗어 여자의 귓바퀴와 뺨, 그리고 머리카락과 목 언저리 등을 역시 습관적인 동작으로 어루만져준다. 남자의 손은 여자의 유방 언저리까지 무심히 뻗어 가, 유두에 달려 있는 젖꼭지걸이를 잡고서 쉬엄쉬엄 만지작거리고 있다. 남자가 아무 생각 없이 젖꼭지걸이를 슬쩍 잡아당기거나 힘이 들어가게 잡아당길 때마다, 여자의 얼굴이 습관적으로 찡그려지며 그녀의 혓바닥 놀림에 은근한 영향을 미친다.

그래도 여자는 자기의 젖꼭지걸이가 남자의 손에 의해 낚아채질 때마다 상당히 유연한 자세를 보인다. 여자는 젖꼭지에서 느껴지는 아픔 때문에 무심결에 남자의 자지를 이빨로 깨물게 될까 봐 조심하고 있는 것 같다. 그런 여유 있는 배려가 전적으로 오래된 습관 때문인지, 아니면 여자의 의식적 노력이 상당 부분 가미된 것인지, 그건 잘 모른다.

남자는 여자의 펠라티오 서비스를 무심히 받아들이면서, 즐겁거나 흥분되거나 고마워하는 표정을 한 번도 짓지 않고, 호롱불의 불빛만을 물끄러미 바라보고 있다. 그러나 여자의 젖꼭지걸이를 당겼다 놨다 만지작거리는 남자의 손동작은 꽤 오랜 시간 동안 지속적으로 되풀이된다.

그러다가 남자는 우울한 눈빛으로 여자를 오랫동안 바라본다. 남자는 여자에게 이렇게 묻는다. 넌 정말 날 사랑하니?

어찌 보면 남자의 어조는 무척이나 엉뚱하고 센티멘털하고 촌스러워 보인다. 남자가 여자를 정면으로 주시하며 따지는 듯한 눈빛을 보냈기 때문에 방 안의 적막이 깨진다.

여자는 아무런 반응이 없다. 펠라티오에 열중해 있는 것 같기도 하고, 딴생각에 빠져 있는 것 같기도 하다. 남자의 시선이 한참 동안 무안하게 허공을 헤맨다.

한참 있다가 여자가 입안에서 남자의 자지를 느릿느릿 빼낸다. 그리고 흡사 컴퓨터로 합성된 목소리같이, 높낮이가 없는 아주 낮은 목소리로 말한다. 이 방은 너무 더러워요.

여자는 남자가 자기에게 오랫동안 진지한 눈빛을 보낸 것을 미처 못 알아챈 것 같다. 아니, 그랬을 리는 없다. 방 안이 너무나 조용해 여자가 남자의 자지를 살금살금 핥아대는 소리까지 들릴 정도였기 때문이다. 극도의 적막은 청각뿐만 아니라 시각 또한 예민하게 만드는 법이다.

여자의 얼굴 표정에는 '사랑'과는 거리가 먼 무표정이 지나가고 있다. 그렇다고 방 안의 더러움을 못 참아 하는 짜증스러운 표정도 아니다. 그것은 허무한 표정도 아니고 백치적(白痴的)인 표정도 아닌 그 무엇이다.

안이하게 표현하자면 '무관심한' 표정이라고도 할 수 있다. 하지만 여자가 남자에게 아주 무관심한 것 같지만은 않다. 그녀는 남자의 자지를 습관적으로 빨아줄 때도, 비록 얼굴 표정과는 무관하게 입술과 혓바닥만 따로 놀리긴 했지만, 예술적 율동으로 될 수 있는 한 남자의 쾌감도를 높여 주려고 애쓰는 게 분명했기 때문이다.

여자의 눈동자는 남자에게 말을 할 때나 말을 끝내고 나서나 여전히 한결같이 맹맹하다. 동공이 풀려있는 것 같기도 하고, 아니면 아예 의안(義眼)을 박아 넣은 것 같아 보이기도 한다. 여자는 한마디로 말해 혓바닥에만 동력이 공급되고 있는 사이보그 같다. 여자는 말을 마치고 나서도 다시 곧 남자의 자지를 머금고 있다.

남자는 여자가 엉뚱한 대응을 했는데도 불구하고, 돌연히 망연한 표정이 되어 창밖을 내다본다거나 침울한 표정을 짓진 않는다. 그러니까 그가 아까 여자에게 진지한 눈길을 보내며 우울한 표정을 지었던 것은, 진짜 우울하고 심각해서 그랬던 게 아니라 일종의 습관이었던 것 같다.

남자는 좁다란 창문 쪽으로 시선을 돌려 창문 바깥쪽의 풍경을 무심히 바라본다. 밤이라서 보이는 게 거의 없다. 집 주위를 감싸고 있는 한밤의 고적한 수기(睡氣)가 창문을 통해 밀려들어 오고 있을 뿐이다.

남자는 여자의 젖꼭지걸이에서 손을 뗀다. 그리고 여자의 손을 잡아 자기 입가로 가져간다. 남자는 여자의 긴 손톱을 가지고 자기의 입술 여기저기를 서서히 반복해가며 찔러본다.

여자의 손톱은 너무 날카롭고 너무 당당하게 남자 입술의 연한 살로 파고든다. 그래서 남자는 아까 길을 걸으며 잠깐 생각했던 중국 여인들의 전족을 상기해 보면서, 여자의 긴 손톱을 발가락들이 없어진 전족 모양으로, 아니 손가락을 자르는 건 아니니까 전족과는 좀 다르지만, 어쨌든 아예 다 잘라내 버리면 어떨까 하고 생각해 본다.

하지만 긴 손톱이 잘려나간 손은 그 몰골이 너무 흉할 것 같다. 전족은 붕대로 싸고 신발로 감춰 단지 편하게 걸을 수 없다는 사실만 가지고 마조히즘이나 사디즘을 즐기는 것이지만, 손톱을 길게 기른 손은 손을 불편하게 사용하게 만들 뿐만 아니라 날카롭고 뾰족한 형태가 갖는 관능적이고 유미적인 사도마조히즘까지 덤으로 따라오는 것이기 때문이다.

그런 점에서 볼 때 전족보다는 역시 뾰족 구두가 낫고, 특히 여자가 이런 한여름에 신고 있는 좁고 꽉 끼는 긴 뾰족 부츠는 한결 더 섹시한 사도마조히즘이라고 할 수 있다. 게다가 여자는 길디긴 발톱까지 뻗치고 있어 한층 더 불편한 관능미를 보여주고 있다.

남자는 여자의 손톱 끝으로 자기의 입술뿐만 아니라 혀와 뺨, 그리고 눈 가장자리까지 계속해서 찔러본다. 그러면서 날카로움이 주는 유미적이고 관능적인 감각을 곰곰이 음미해본다. 그러다 보니 여자의 실존이 새롭게 확인되는 것도 같다.

이때 여자가 불쑥 움직인다. 여자는 허리와 다리를 움직여 일어설 태세를 취한다. 그러면서도 여자는 여전히 남자의 자지를 머금은 채로 있다.

하지만 여자는 남자의 눈을 정색을 하며 주시하고 있다. 여자의 눈빛은 초점이 정확할 뿐만 아니라 이상스럽게 또랑또랑하다. 여자는 눈빛을 반짝이며 남자에게 이렇게 말한다. 아무래도 뒤가 급해 화장실에 가야겠어요.

여자는 몸을 반쯤 일으킨 다음 남자의 자지를 입에서 뽑아낸다. 그러고는 다시 남자의 얼굴을 바라본다. 그리고 남자에게 이렇게 말한다. 혼자 가기 무서워요. 같이 가주세요.

남자가 주섬주섬 일어난다. 남자의 자지가 그냥 바지 바깥으로 늘어져 내려와 있다.

이어서 여자가 일어선다. 그 동작은 느릿느릿 게으른 동작이다. 도무지 뒤가 마려운 여자 같지가 않다. 하지만 여자 자신으로서는 느릿느릿 게으른 동작이 아니었을지도 모른다. 다시 말해서 뒤가 마렵지 않은데도 뒤가 마려운 체하는 거짓 동작이 아니었을지도 모른다. 엄청나게 긴 손톱과 엄청나게 긴 발톱을 늘 신경 쓰며 간수해야 하는 그녀로서는, 매사의 모든 동작이 느릿느릿 조심스러울 수밖에 없을 것 같은 생각이 든다.

여자는 몸을 일으켜 세우고 난 뒤 핸드백을 뒤져 화장지를 꺼낸다. 화장지의 색깔은 짙은 황금색이다. 그래서 그걸 물 묻혀 똘똘 뭉쳐놓으면 흡사 대변처럼 보일 것 같은 생각도 든다.

남자도 몸을 굽혀 주섬주섬 가방을 뒤진다. 꽤 오래 걸려 손전등을 찾아낸 남자가 손전등을 쥐고 여자의 뒤를 따라나선다.

방 밖으로 나오니, 무더운 한여름이라 맵싸한 기운을 풍기는 청량(淸凉)한 밤공기 같은 건 없지만, 그래도 방 안보다는 훨씬 나은 것 같다.

변소는 널찍한 마당 한구석에 자리 잡고 있다. 변소 가까이 오자 벌써부터 분뇨 냄새가 풍긴다. 그 냄새는 구릿하고 비리면서도 어딘지 모르게 숨 막힐 듯 매운 기운을 풍기는 냄새다. 아마도 분뇨가 오랜 시간에 걸쳐 부패하며 만들어낸 메탄가스 때문일 것이다.

남자가 먼저 변소의 거적문을 열고 안을 들여다본다. 변소 흙바닥엔 아주 얕게 구멍이 파여 있고, 그 곁엔 재로 덮여 있는 높다란 무더기가 있다. 손전등을 비춰 자세히 들여다보니 겉만 재일 뿐 그 안은 다 분뇨다. 거름으로 쓰기 위해 분뇨가 배설되는 대로 곁에다 쌓아놓고 썩히고 있는 것 같다.

변소 귀퉁이에는 변을 본 후 분뇨를 곁으로 쳐 옮겨놓기 위해 쓰는 도구인 듯, 기다란 나무 삽이 세워져 있다. 그리고 야트막한 구덩이 양쪽엔 두 발을 딛고 앉아 변을 보라는 것인 듯, 시멘트 벽돌 두 장이 놓여 있다.

남자가 비춰주는 손전등 빛을 따라 여자가 조심조심 변소 안으로 들어간다. 커다란 랜턴이 아닌 소형 손전등이라서 불빛이 흐리다. 여자가 불안한 자세로 벽돌 두 장에 양발을 올려놓는다. 여자는 부츠를 벗지 않은 상태로 있다. 그러고 보니 여자는 아까 방 안에서 뭉그적거릴 때도 부츠를 벗고 있지 않았다.

남자는 여자가 굽 높은 뾰족 부츠를 신고서 좌식 변기가 아닌 재래식 변기에서 어떻게 변을 보려는지 모르겠다고 생각한다. 게다가 여자가 신고 있는 구두는 무릎을 구부리기 힘들게 만들어진, 특별하게 길고 꽉 조이는 가죽 부츠다.

그런데도 여자는 부츠를 벗지 않는다. 여자는 벽돌 위에 두 발, 아니 두 구두 굽을 올려놓고 서서 천천히 무릎을 구부리며 엉덩이를 바닥 쪽으로 하강시키고 있다. 하지만 역시 부츠 때문에 무릎이 완전히 접히지는 않고, 허벅다리와 장딴지 사이의 각도가 100도 정도 되게까지만 구부러져 아주 불안하고 엉거주춤한 자세가 된다.

여자는 그 상태를 유지하며 뻣뻣한 가죽 줄을 엮어 만든 타이트한 초미니스커트를 힘겹게 위로 말아 올리고 변을 보기 시작한다. 하이힐뿐만 아니라 뾰족 부츠에도 습관이 들었나 보다. 아니, 하이힐이나 뾰족 부츠를 신고 재래식 변소에서 변을 보는 데 습관이 들었나 보다. 아니 아니, 그럴 리가 없다. 여자가 살고 있는 아파트 화장실엔 좌식 변기가 설치돼 있을 것이다.

남자는 여자가 힘겹게 대변 보는 모습을 계속 주시하며 서 있을 수도 없고 해서, 손전등을 비춰주고 있는 상태로 고개만 마당 쪽으로 돌려 시선을 옮긴다. 한참 동안 그러고 있다 보니 아무래도 손전등의 조명 각도가 자주 어긋나며 불빛이 흔들거린다.

얼마 후 여자가 날카로운 손톱 끝으로 손전등을 잡고 있는 자신의 손을 콕콕 찌르고 있는 게 남자에게 느껴진다. 여자는 손톱 놀림을 계속하며 남자에게 이렇게 말한다. 무서워요, 더 가까이 와서 플래시를 비춰주세요!

남자가 여자 곁으로 바짝 다가가 손전등을 비춰준다. 그래서 변소 안이 조금은 더 환해지고, 여자의 드러난 엉덩이가 남자의 눈에 완연히 들어온다. 여자가 엉거주춤한 자세로 반은 앉고 반은 서 있는 것이 무척이나 불안해 보인다. 그러나 여자는 그런 상태로 한 이십 분쯤 시간을 보낸다.

갑자기 여자가 치마도 내리지 않은 상태로 변소에서 뛰쳐나온다. 아니, 사실 '뛰쳐나왔다'는 표현을 쓸 수는 없다. 다리가 아파서 그런지, 부츠 자세가 불편해서 그런지, 드러난 성기에 대한 무의식적 부끄러움이 작용해서 그런지, 아니면 세 가지 이유가 합쳐져서 그런지, 그 정확한 원인은 잘 모르겠지만, 어쨌든 여자는 변소에서 뛰쳐나오지는 못했다. 다시 말해서 여자는 변소에서 급하게 나오기만 했지 뛰쳐나오진 않았다. 차라리 약간 어기적거리며 나왔다는 게 더 정확한 표현이 될지도 모른다. 그러나 그런 표현을 쓰면 여자가 황급한 표정으로 변소를 탈출했다는 의미의 뉘앙스를 담아내기 어렵다. 그래서 일단 '뛰쳐나왔다'는 표현을 써본 것이다.

어쨌거나, 여자는 변소 밖으로 나와 남자에게 눈살을 약간 찌푸리며 또랑또랑한 시선을 보낸다. 또랑또랑한 시선으로 봐서 다리가 아파서 나온 것 같지는 않다. 여자는 남자에게 이렇게 말한다. 너무 냄새가 나서 도저히 뒤를 못 보겠어요. 이 동네는 정말 더러운 동네군요.

남자는 여자의 손을 잡고 집 밖으로 나간다. 남자는 여자에게 이렇게 말한다. 그럼 밖에 나가서 뒤를 보지그래. 그편이 낫겠어.

여자가 멈춰 서서 미니스커트를 제자리로 끌어내린다. 그래서 여자의 걸음걸이가 한결 가뿐해진다. 남자의 뒤를 따라 여자가 느릿느릿 걸어간다. 이번의 '느릿느릿'은 확실히 꽉 끼는 부츠 하나만이 원인이다.

집 밖으로 나가 조금 걸어가다 보니 야트막한 잡풀들이 보드랍게 나 있는 꽤 아늑하고 동그마한 공간이 있다. 남자는 좌우를 둘러보며 혹시라도 지나가는 사람이 있는지 확인한다. 어둠에 묻힌 마을은 확실히 고요 속에 놓여 있고, 확실한 정적 속에서 잠들어 있다. 남자가 여자에게 무어라 눈빛과 손짓으로 말한다. 아마도 이런 내용일 것 같다. 여기가 좋겠어. 아무도 볼 사람이 없으니 걱정 말고 뒤를 봐.

여자가 다시 치마를 올리고 엉덩이를 까고 나서 아까처럼 엉거주춤 뒤보는 자세로 다리를 꺾는다. 남자는 이번엔 아예 여자 곁에 붙어 서서 아주 가까운 거리에서 손전등을 비춰준다. 다시 이십 분 정도의 시간이 흐른다.

여자가 문득 다리를 꼿꼿이 세우고 일어선다. 그리고 남자에게 뭔가 호소하는 듯한 눈빛을 보낸다. 여자의 눈빛으로 보아 이번엔 여자가 이렇게 말하는 것이 확실하다. 다리가 아파서 도저히 뒤를 못 보겠어요.

그러고 보면 아까 변소에서 여자가 취한 엉거주춤한 자세는 습관되고 숙달된 자세가 아니었던 셈이다. 여자는 역시 서양식 좌변기에서만 변을 봤을 게 틀림없다. 그러니 아주 화급하게 배설되는 설사가 아닌 한, 그렇게 불안하고 불편한 자세를 오래도록 유지하며 변을 볼 수는 없었을 것이다.

남자는 잠시 난처한 표정을 짓고 있다가, 이윽고 주위를 돌아다니며 무언가를 찾기 시작한다. 아마도 여자가 앉을 수 있을 만한 돌을 찾는 것 같다.

잠시 후 남자는 두 개의 돌을 찾아가지고 그것을 힘겹게 옮긴다. 그러고 나서 여자가 양쪽 궁둥이 가장자리를 붙이고 걸터앉을 수 있게 적당한 간격을 두고 돌을 놓는다. 여자가 두 돌 사이에 항문을 조준하며 앉고, 남자가 계속 손전등을 비춰준다.

한참 동안의 긴 포즈(pause). 아니 긴 건너뛰기.

갑자기 여자가 기겁을 하고 비명을 지르며 화닥닥 일어선다. 희미한 손전등 불빛에도 그녀의 얼굴이 창백하게 질려 있는 게 보인다. 남자가 놀라 가까이 다가가 보니, 꽤 굵다란 뱀 한 마리가 여자의 부츠에 감겨 있다. 여자는 계속 비명을 질러가며 정신없이 발길질을 해 뱀을 떨어내려 한다. 남자도 구두 끝으로 정신없이 뱀을 쫓는다. 드디어 뱀이 떨어져 나간다.

여자가 안도의 한숨을 내쉬며 황급히 그곳을 벗어난다. 여자는 대변 보기를 단념한 것 같다. 아니, 더 오랫동안 대변 보기를 단념한 것 같다. 여자가 그 사이에 대변을 조금이라도 배출시켰는지 배출시키지 못했는지, 우리는 그것을 모른다. 여자가 화장지로 밑을 닦지 않는 걸로 봐서 대변을 배출시키지 못한 것도 같다. 그러나 대변을 배출시키고도 뱀 때문에 놀라 밑 닦는 걸 잊어버렸을 수도 있으므로, 대변을 배출시키지 못했다고 확실히 단정할 수는 없다. 아니 뱀 때문이 아니라 그냥 밑을 안 닦았을 수도 있다. 대변을 보고 나서 밑을 꼭 닦으란 법은 없다.

한참 뒤에 가서야 여자가 천천히 스커트를 내린다. 남자는 여자를 천천히 뒤쫓아간다. 두 사람은 집 쪽으로 향하다가 문득 생각을 바꿨는지 방향을 튼다. 그러고는 집 앞에 나 있는 길로 나와 마을 어귀로 향한다.

밤안개가 서려 있는 가운데 하늘엔 별들이 총총하다. 정말 말 그대로 별들이 '쏟아져 내리고' 있는 것 같다. 이젠 또로록 또로록 풀벌레 울음소리도 들린다.

하지만 그래도 여전히 후텁지근한 대기와 습기 찬 공기. 그리고 별빛 때문에 오히려 짜증스럽게 희뿌연 밤하늘.

개울물 흘러가는 소리가 들리지만 물의 쌉쌀한 냉기는 전혀 전달돼 오지 않는다. 바람 한 점 없다.

남자와 여자는 마을 어귀의 정자나무 앞에 이른다. 여자의 얼굴에서는 뱀 때문에 공포에 질려 있던 표정이 어느새 사라져 버리고 없다. 여자는 다시금 예의 그 무표정한 얼굴로 돌아가 있다.

나이가 이백 살은 넘은 듯싶은 커다란 느티나무를 둥글게 에워싸고, 시멘트로 만들어진 낮은 담 모양의 울타리가 쳐져 있다. 울타리라기보다는 거기에 걸터앉아 쉬라고 만들어진 듯하다. 야트막한 시멘트 울타리가 등받이 없는 벤치 역할을 해주고 있다.

남자가 울타리에 걸터앉고 이어서 여자가 남자 곁에 붙어 앉는다. 여자가 남자의 어깨에 팔을 두르고 기댄다. 한참 있다가 남자가 입을 연다. 그리고 어깨에 둘러진 여자의 손에서 늘어져 내려온 긴 손톱들을 하나씩 입에 물고 빤다.

여자가 남자에게 키스한다. 여자가 너무 힘을 주어 입 맞추는 바람에 남자가 울타리에서 떨어진다. 여자는 남자를 부둥켜안은 채 같이 떨어져 풀밭 위를 뒹군다.

점차 깊은 애무로 몰입해가는 두 사람. 여자가 눕고 그 위에 남자가 포개진다. 깊게 뒤엉킨 두 사람의 혀가 리드미컬하게 율동한다. 남자의 한 손이 여자의 유방을 움켜쥐고 있고, 여자의 한 손이 남자의 자지를 움켜쥐고 있다. 남자의 혀가 여자의 귀로 가서 유희하듯 간질이다가 이빨로 살짝 물기도 한다. 남자의 혀가 다시 여자의 혀로 가 출렁거리고 있다. 남자는 흡사 흡혈귀처럼 여자의 목을 강하게 흡입해 보기도 한다.

잠시 후 두 사람은 위치를 바꿔 남자가 눕고 여자가 위로 간다. 여자가 드러누운 남자 위에서 아래쪽으로 반쯤 내려와 자지를 빨아대고 있고, 남자는 상체를 반쯤 일으켜 세운 뒤 힘겹게 손을 뻗쳐 여자의 보지를 쓰다듬고 있다. 여자의 윗도리와 미니스커트는 어느새 벗겨진 상태에 있고, 핑크색으로 염색된 여자의 무성한 음모가 별빛 아래서 흔들거리며 힘겹게 빛나고 있다.

두 사람은 다시 거꾸로 포개져 한참 동안 그 포즈를 유지하며 상대방의 성감대를 자극하고 있다. 남자와 여자의 입에서는 얕은 신음 소리조차 새 나오지 않는다.

다시 또 두 사람의 위치가 바뀌어, 울타리에 등을 받치고 앉은 남자의 벌려진 허벅지 사이를 여자의 손톱과 입술이 애무하고 있다. 남자는 풀밭 위에 다리를 편안하게 뻗친 자세로 기대앉아, 여자의 몸뚱어리를 바라보고 있다. 이젠 눈이 별빛에 숙달됐는지, 부츠에 가려진 발과 종아리, 장딴지 등만 빼놓고서 여자의 벌거벗은 몸뚱어리와 머리통이 눈에 환히 들어온다.

우선 여자의 내리깐 눈매가 보인다. 번쩍거리는 살구색 아이섀도가 보이고 길디긴 속눈썹이 보인다. 여자가 문득 눈을 치켜떠 올리자, 야광색의 파랑으로 만들어진 인조 속눈썹이 위로 올라가며 황금빛 눈동자가 보인다. 여자의 얼굴과 몸뚱어리가 투명한 크리스털같이 하얗다. 배꼽 주변에는 배꼽걸이말고도 눈물 모양의 반짝이들이 붙어 있어 몹시도 선정적인 느낌을 준다.

남자는 더위 때문에 달아났던 관능적 열기가 불현듯 되살아난 듯하다. 아마도 아까 여자가 엉덩이를 까고 뒤를 보는 모습을 지켜보며 미묘한 자극을 받았기 때문인지도 모른다. 아니면 무섭고 징그럽긴 하지만 어쨌든 미끌거리는 고혹미(蠱惑美)로 꿈틀대는 뱀을 봤기 때문인지도 모른다.

남자가 여자 쪽으로 다가가 여자의 보지를 집요하게 핥는다. 여자는 긴 손톱으로 남자의 자지를 집요하게 긁작인다. 다시금 두 사람의 몸이 거꾸로 포개지고, 남자와 여자의 입술과 혀가 상대방의 성기를 희롱하고 있다. 남자는 혀끝을 뾰족이 세워 여자의 음핵을 집요하게 자극하고, 여자는 혓바닥을 뭉긋하게 만들어 남자의 음경과 고환을 집요하게 마찰한다.

그런 상태로 꽤 시간을 보낸 후, 남자와 여자가 다시금 자세를 바꾼다. 남자와 여자는 얼굴을 마주 보며 옆으로 눕는다. 두 사람은 각자 손가락 끝으로 상대방의 자지와 음핵을, 마치 메트로놈 박자에 맞추듯 일정한 리듬으로 튀긴다. 그러다가 남자는 이윽고 삽입을 시도해본다. 무표정하던 여자의 얼굴이 서서히 미소 띤 표정으로 바뀌어 가고, 여자의 눈빛은 차츰 고통과 쾌감의 교차를 보인다.

잠시 시간이 흐른다. 두 사람은 다시금 기계적인 마찰과 흡입을 계속하고 있다. 성희에의 무심한 몰두가 그들로 하여금 주변 상황의 변화를 의식 못 하게 한 듯하다. 적막하던 정자나무 주변이 서서히 시끄러워져 가고 있는데도, 두 사람은 흡사 몽유병 환자의 의식 없는 행위 같은 성희 동작을 이어나가고 있다.

스무 살에서 서른 살 사이로 보이는 젊은 사내 대여섯 명이 술에 취한 목소리로 흥얼흥얼 노래를 부르며(아니 술에 안 취했을 수도 있다. 원래 노래라는 것 자체가 얼핏 들으면 꼭 술에 취해서 부르는 것처럼 들리게 마련이므로) 정자나무 옆을 지나가고 있다.

아마도 이 마을에 살고 있는 청년들인 듯, 차림새가 모두 허름하고 소박하다. 얼굴 역시 모두 햇볕에 타 구릿빛으로 그을려 있는 게 별빛 아래서도 역력히 보인다. 그들이 부르는 노래 가사의 일부는 이렇다.

총 맞은 것처럼 정신이 너무 없어
그저 허탈하게 웃음만 나왔어……

사내들의 노랫소리가 갑자기 뚝 그친다. 남자와 여자가 엉켜 있는 풍경이, 아니 엉켜서 각자의 성기와 손과 입으로 상대방의 육체를 애무해 주고 있는 풍경이 그들 눈에 띄었기 때문이다.

부츠만 빼놓고 완전히 벌거벗은 상태로 있는 여자의 우윳빛 몸뚱어리와 발끝까지 풍성하게 내려오는 황금빛 머리카락, 그리고 핑크색으로 염색된 숱 많은 음모가 별빛에 반사되어 사내들을 자극시킨 것 같다.

게다가 여자의 소름 끼치게 빛나는 머리카락 더미는 가지런히 모여 있는 게 아니라 사방으로 고르게 흩어져 있어, 여자를 더욱더 환상적 염정미(艶精美)로 번득이게 하고 있다. 그래서 여자는 얼핏 보면 마치 금빛 담요 위에 드러누워 있는 밤의 요정이나 서양식 처녀 귀신 같아 보인다.

사내들은 여자를 보고 움찔 놀라는 표정이 된다. 그러다 여자 곁에 누워 있는 남자를 보자 서서히 질투와 선망의 표정으로 변해 간다.

이때쯤 해서 남자와 여자가 사내들의 존재를 알아차린 것도 같다. 여자가 사내들을 보고 금세 공포에 질린 표정이 된 것도 같고, 그러면서도 애무의 동작을 멈추지 않은 것도 같다. 남자가 어색해하고 귀찮아하는 표정을 지은 것도 같고, 그런 표정을 짓지는 않고 잠시 사이만 됐다가 다시금 여자를 애무하기 시작한 것도 같다.

사내 하나가 남자의 얼굴을 완강한 주먹으로 거세게 때린다.

이윽고 그 사내는 여자에게 다가가 여자의 젖가슴을 집요하게 핥는다.

다른 사내 하나가 여자에게 다가가 여자의 머리카락을 거세게 잡아당긴다.

또 다른 사내 하나가 여자에게 다가가 여자의 사타구니를 거세게 빤다.

또 또 다른 사내 하나가 여자에게 다가가 여자의 입술을 거세게 흡입한다.

또 또 또 다른 사내 하나가 여자에게 다가가 여자의 긴 손톱을 느릿느릿 주물럭거린다.

또 또 또 또 다른 사내 하나가 여자에게 다가가 여자의 보지를 거세게 빤다.

우연의 일치인지, 세게 맞았는데도 애무에 열중해 있던 남자가 뜬금없이 여자의 배꼽걸이를 거세게 잡아당긴다.

여자가 어쩔 수 없이 비명을 지른다. 그 소리는 마치 옥타브가 높은 바이올린 소리처럼 들린다(아니 피콜로 소리일 수도 있다).

이상스럽게도 사내들의 얼굴은 거의 무표정한 상태로 변해 있다. 아니, 희미한 별빛 아래라서 그렇게 보이는지도 모른다. 하지만 숨소리가 전혀 안 들리는 걸로 봐서 그들은 확실히 무표정한 얼굴일 것 같다.

잠시 후 남자가 다시 한 번 여자의 배꼽걸이를 잡아당기고, 여자는 다시 또 비명을 지른다. 남자는 무심한 얼굴로, 아니 무관심한 얼굴로, 여자의 육체를 물끄러미 바라보고 있다.

여자의 비명 소리를 듣고 마을 사람들이 하나씩 둘씩 몰려들기 시작한다. 아니, 비명 소리 때문이 아니라 의례적인 집회 같은 거라도 있어 몰려오는 것일 수도 있다. 왜냐하면 여자는 배꼽걸이가 잡아당겨질 때 엄청나게 큰 비명 소리를 내지는 않았기 때문이다. 그러나 워낙 조용하던 마을이기 때문에, 여자의 비명 소리를 듣고 사람들이 몰려왔을 공산이 크다. 어쨌든 권태스러운 적막과 불안한 고요로 가득 찼던 마을이 돌연한 활기를 띠며 부산스러워진다.

젊은 사내들은 이젠 천천히, 그리고 침착하게 여자를 주시하고 있다. 아니 완상(玩賞)하며 음미하고 있다. 여자는 평소의 백치 같은 무표정으로 돌아가 있다.

잠시 시간을 두었다가 다시 또 여자의 비명 소리가 들린다. 남자가 무심결에 여자의 코걸이나 입술걸이를 세게 잡아당긴 것 같다.

여자의 비명 소리는 아까보다는 훨씬 허스키한 비명 소리다. 그 소리는 얼핏 듣기에 고통스러운 음색이라기보다는 우울한 신음 소리에 가깝다. 그래서 여자의 비명 소리는 낮은 옥타브의 콘트라베이스 소리처럼 들린다(아니 바순 소리일 수도 있다).

여자와 남자가 얽히고설켜 뒹굴고 있는 공간 주위를 동네 사람들이 빙 둘러싸고 있다. 그들은 웅성웅성 떠드는 게 아니라 계속 표정 없는 얼굴로, 정말 침 넘어가는 소리나 숨소리 하나 들리지 않게, 그들 앞에서 벌어지고 있는 일을 구경하고 있다. 그렇지만 두 사람의 어지러운 교합(交合)을 물끄러미 응시하고 있는 동네 사람들의 눈동자에게만은 표정이 들어가 있다.

이윽고 동네 개들이 몰려온다. 개들은 지루하고 후텁지근한 한여름의 권태에서 이제야 깨어났다는 듯 즐겁게 짖는다. 동네 닭들도 몰려오고 돼지들도 몰려온다. 결국은 점잖은 소들까지 몰려와 콧김을 뿜어내며 음매음매 운다.

동네 아이들이 떼 지어 몰려온다. 아이들 역시 무표정한 얼굴로, 그러나 눈동자만은 다들 한결같이 반짝이며 앞에서 벌어지고 있는 풍경을 바라본다. 아이들은 여자의 긴 머리카락과 갖가지 장신구들, 그리고 긴 뾰족 부츠 등을 꼼꼼하게 관찰한다. 아이들은 특히 여자의 긴 손톱과 긴 발톱에 유난한 집착을 보이며 호기심 어린 시선을 보낸다.

고통에 겨운 소리든 우울에 겨운 소리든, 여자의 비명 소리는 더 이상 들리지 않는다. 그 대신 여자의 거친 숨소리만 들린다. 아니 거친 숨소리가 아니라 가쁜 신음 소리일지도 모른다.

별이 빛나는 밤, 황막한 고요 속에서 들려오는 여자의 거친 숨소리, 혹은 가쁜 신음 소리는, 그래서 흡사 아주 아주 낮은 옥타브의 팬 플루트 소리처럼 들린다(아니 보통 플루트 소리일 수도 있다).

개들이 더 신나는 소리로 컹컹 짖어댄다.

닭들은 꼬끼오, 돼지들은 꿀꿀, 소들은 음매음매 소리를 낸다.

바닷가 방파제 부근

황량하기 짝이 없는 바닷가의 후미진 소읍(小邑). 초라한 집들이 해변에 늘어서 있다. 그 곁에 그리 넓지 않은 모래사장이 보이고 모래사장 곁으로는 방파제가 길게 뻗어 나와 있다. 출렁거리는 잿빛 바닷물이 회색빛 하늘과의 구별을 어렵게 한다.

멀리 보이는 수평선 위로 잿빛 갈매기 서너 마리가 날아다니는 게 보인다. 방파제 끝에는 작은 등대가 있고, 등대 또한 잿빛 시멘트로 만들어져 있다.

남자와 여자가 방파제 위를 아주 느릿느릿 걸어가고 있다. 남자는 회색 양복을 입고 있고, 여자는 발끝까지 내려오는 슬립형의 잿빛 원피스를 걸치고 있다.

작은 어촌의 시장

남자와 여자가 바닷가에서 가까운 곳에 있는 작은 어촌의 시장 한가운데를 걸어가고 있다. 시장 골목엔 생선회를 파는 노점상들이 늘어서 있다.

남자와 여자가 한 노점상 앞에서 걸음을 멈춘다. 좌판 위에서는 낙지가 살아서 꿈틀거리고 있다. 여자는 낙지가 꿈틀거리는 모양을 한참 동안 지켜보다가, 진홍색·상아색·갈색 매니큐어가 세로 줄무늬로 칠해진 오른손 검지의 긴 손톱 끝으로 꿈틀거리는 낙지를 찔러 본다.

노점상의 주인이 히죽 웃으며 낙지를 잘게 토막 낸다. 토막토막 잘려진 뒤에도 낙지는 계속 살아서 꼬물거리고 있다.

여자는 낙지의 잘려진 토막을 손톱 끝으로 찍어본다. 여자는 몇 번 실패하다가 결국 낙지 토막 하나를 손톱 끝으로 정확하게 찍어내는 데 성공한다. 여자는 낙지 토막을 초고추장에 담갔다가 입으로 가져간다.

남자가 주인에게 소주를 시킨다. 남자는 소주를 한 잔 마시고 나서 꿈틀대는 낙지에 젓가락을 가져가려다가 문득 멈춘다.

여자가 손톱 끝에 낙지를 찍어 남자의 입에 넣어주자 남자가 마지못해 받아먹는다. 그러고 나서 남자는 삶은 홍합을 안주를 시킨다.

주인이 삶은 홍합을 국물과 함께 퍼서 준다. 남자는 홍합 국물을 안주로 소주를 몇 잔 계속해서 마신다. 남자가 홍합 삶은 국물을 마시는 소리가 후루룩후루룩 들린다.

남자가 자기가 마시던 소주잔을 여자 앞에 갖다놓고 한 잔 따른다. 여자가 단숨에 들이켜고 나서 역시 뾰족한 손톱 끝으로 꿈틀대는 낙지를 찍어 먹는다.

여자가 남자에게 잔을 돌려 소주를 따라준다. 남자가 천천히 잔을 비우자, 여자가 낙지 한 토막을 손톱으로 찍어 초고추장에 담갔다가 다시 또 남자의 입 앞으로 가져간다.

남자는 이번엔 입을 꼭 다물고 낙지를 받아먹지 않는다. 여자는 무표정한 얼굴로 낙지를 계속 남자의 입에 집어넣어 보려 한다. 하지만 남자는 끝내 낙지를 받아먹지 않고 삶은 홍합을 젓가락으로 건져 먹는다.

어느새 사람들이 몰려와 여자의 긴 손톱과 긴 발톱, 그리고 가랑이 사이로 늘어져 내려와 종아리 부근에서 찰랑거리는 음순걸이 등을 꼼꼼하게 바라보고 있다.

여자가 쓰고 있는 아주 작은 정사각형의 선글라스는 포도색이고, 여자는 너비가 150센티미터쯤 돼 보이는 드넓은 쳉이 달린 밀짚모자를 쓰고 있다. 길고 짧은 수백 개의 머리다발들이, 밀짚모자의 쳉을 뚫고 위아래로 어지럽게 오간다. 머리다발들은 아래로 흘러내리기도 하고, 목에 감겨 꿈틀꿈틀 돌아가기도 하고, 또 여자가 쓴 모자 위로 꾸불꾸불 휘감겨 올라가 똬리를 틀고 있기도 한다. 여자의 머리다발들은 청자색, 은색, 앵두색, 지푸라기색, 연두색 다섯 가지 색깔로 물들여져 있다.

특히 금실로 짠 성근 어망(漁網)을 몸에 착 달라붙게 두르고 있는 것처럼 보이는 여자의 옷이 사람들에겐 큰 구경거리다. 꼬리만 없다뿐이지 흡사 어망에 걸려 있는 인어를 보고 있는 것 같다.

속살이 그대로 드러나는 여자의 그물 옷 사이로, 새파랗게 칠해진 두 젖꼭지와 연보라색으로 염색돼 꼬불꼬불하게 파마된 숱 많은 음모, 그리고 그 아래 시계추처럼 늘어진 클리토리스걸이가 유난히 두드러져 보인다.

귀족

귀족

1

조선 시대가 가고 자유민주주의 국가인 대한민국이 됐다고 하더라도 이 사회는 하나도 변하지 않았다. 지금도 여전히 신분사회요 계급사회다. 귀족(양반)이 있고 천민이 있다. 정말 밥맛없다. 살맛 안 난다.

요즘은 가문이 신분을 결정하는 게 아니라 '돈'이 신분을 결정한다. 돈이 많으면 귀족이고 돈이 없으면 천민이다. 자기 힘으로 번 돈을 가지고 신분 계급이 달라지는 경우는 이젠 거의 없다. 어떤 부모를 만나느냐에 따라 신분이 결정된다. '자수성가'라는 말은 물 건너갔다.

나는 돈 없는 천민의 집안에서 태어났다. 아버지는 지방 작은 도시의 막노동자였다.

나는 큰아들이라 집안에서 기를 쓰고 밀어준 덕분에 고등학교까지는 졸업할 수 있었다. 물론 내가 '알바'를 많이 뛰었다. 그런데 대학부터가 문제였다.

나는 지방대학을 나와 봤자 아무 소용이 없다는 걸 알고 있었다. 대학 나오고 허구한 날 놀고만 있는 '백수'들을 주변에서 많이 보았기 때문이다. 그래서 나는 어떻게 해서라도 '서울에 있는 대학'에 진학하고 싶었다.

그러나 내 실력은 SKY 대학(서울대, 고려대, 연세대)을 갈 정도가 못 되었다. 그런 대학은 역시 귀족집(돈 많은 집) 애들이나 간다. 요새는 집안의 재산과 자신의 학력이 정비례 관계에 놓여 있는 것이다.

사실 수도권 대학에 가기에도 다들 벅차 한다. 그런데 나는 용케 '서울특별시' 안에 있는 대학에 합격했다. 서울에 있는 대학들 중에서는 삼류였다. 그렇지만 정원도 못 채우는 지방대학들과는 비교가 안 되었다.

아버지는 나에게 대학 진학을 포기하고 노동 현장에 뛰어들라고 하였다. 집안 형편상 도저히 등록금을 마련해줄 수 없다는 이유에서였다.

하지만 나는 대학에 가고 싶었다. 그래서 박박 우겼다. 그리고 졸랐다. 우선 은행에 학자금 융자 신청을 했다. 그러고는 계속해서 대학에 가겠다고 우겼다. 그러자 아버지는 백방으로 뛰어 가지고 나머지 금액을 꾸어다가 내게 주었다. 나는 간신히 입학 등록을 했다.

그러고 나서 나는 서울로 올라왔다. 그 이후의 학비와 생활비는 몽땅 내가 책임지기로 했다. 고등학교 때 해본 알바를 서울에서도 피 터지게 해보기로 결심했다.

지방에서 서울로 온 가난한 집안의 대학생들에게 생활비는 '또 다른 등록금'이다. 집안 형편이 어려운 학생들은 스스로 생활비를 벌어서 충당해야 한다.

첫 학기 등록금은 우선 냈으므로 생활비를 벌기 위해 악착같이 알바를 했다. 숙박은 영등포에 있는 쪽방촌에 세를 들었다.

피자 가게, 편의점, 카페, 주유소, 공사판 막일 등을 닥치는 대로 했다. 일류대 학생이 못 되는 내게 고등학교 학생 과외는 해당 사항이 못 되었다. SKY 대학 애들만 과외를 할 수 있었다. 듣자하니 개네들은 과외를 세 탕, 네 탕 뛰어 유흥비까지 신나게 쓴다고 했다.

부러웠지만 하는 수 없었다. 어쨌든 대학 졸업장이라도 있어야 막노동자 신세를 면할 수 있는 세상이다. 나는 그리 안 좋은 대학이었지만 그래도 '서울에 있는 대학'에서 반드시 졸업장을 거머쥘 생각이었다.

나는 '돈'부터 찾기 시작했다. 알바 인생의 시작이었다. 아까 말했다시피 주유소, 피자 가게, 뷔페식당, 카페, 커피숍, 막노동 등 닥치는 대로 일감을 구했다. 거의 모든 수업을 오전에만 들었다.

밤 12시까지 아르바이트를 했다. 많을 때는 다섯 개의 아르바이트를 하기도 했다.

가게 주인에게 꾸지람을 들을 때면 서러움이 복받친다. 귀족으로, 아니 하다못해 중인계급(이른바 '중산층')으로 태어나지 못한 게 억울해진다. 하지만 어쩔 수 없다.

어찌어찌하여 한 학기를 마쳤다. 생활비만 버는 데도 허리가 휠 지경이었다. 두 번째 학기부터는 등록금까지 벌어야 한다. 나는 이를 악물었다.

여름방학 때도 집에 내려가지 않고 기를 쓰고 돈을 벌었다. 하루 두 끼만 먹었다. 거의가 라면이었다. 등록금이 마음에 걸려 한 푼도 허투루 쓸 수가 없었다.

1년 등록금 1천만 원 시대였다. 나는 문과라서 의대나 자연계열보다 쌌지만 그래도 한 학기에 4백여만 원이었다. 아무리 벌어도 2학기 등록금까지 내 손으로 마련할 수는 없었다.

다시 은행에서 학자금 융자를 받아야만 했다. 그리고 염치불구하고 교수들 연구실을 돌며 몇 푼씩 구걸했다. 일하느라 친구를 사귀지 못했기 때문에 부자 친구 같은 건 없었다. 이리저리 뛰어다녀도 돈이 모자랐다.

대학에 들어간 뒤, '연애'는 나하고 거리가 멀었다. 연애를 하려면 최소한의 데이트 자금이라도 있어야 한다. 그게 나한텐 어림도 없는 것이다.

대학처럼 빈부 격차가 두드러지게 드러나는 동네도 없을 것이다. 돈 있는 집 애들은 옷차림부터 다르다. 옷만 보면 빈부 차이가 역력히 드러난다.

얼굴이 예쁘장하고 스타일이 늘씬한 년들은 대체로 귀족 집안 아이들이다. '돈'이 곧 '멋'이다. 화장품만 해도 값이 엄청 비싸다. 또 성형수술도 돈이 있어야 할 수 있다.

그건 남학생도 마찬가지다. 기초화장이라도 하고 머리도 매만지려면 돈이 든다. 나는 로션 하나 사용해본 적이 없다. 돈이 없어서다.

청담동같이 으리번쩍한 동네의 카페에서 일할 때는 데이트하며 시시덕거리는 대학생 연놈들을 다 때려죽이고 싶었다. '최고급'으로 온몸을 휘감고 1만 원짜리 커피 한 잔 값을 껌값처럼 쓰는 애들. 나는 내가 귀족이 아닌 천민임을 절감했다.

대학 생활 한 학기를 마치고 나서 나는 하늘에 대고 맹세했다. 평생 '여자'를 사랑하지 않기로 말이다. 여자는 돈만 쫓아다니는, 싸가지 없는 도둑고양이 같은 동물이다. 개네들은 남자의 '마음'을 절대로 사랑하지 않는다. 걔네들은 남자의 '능력'만 사랑한다. 능력은 두말할 것 없이 '돈'이다.

나는 맹세하고 맹세하고 또 맹세했다. 평생토록 여자라는 동물을 사랑하지 않기로.

한 학기를 마치고 성적표를 받아보니 권총(F학점)을 서너 개나 차고 학점을 C, D로 깔며 낙제를 해서 '학사 경고' 대상이 되어 있었다. 오후부터 밤 열두 시까지(또는 밤을 새워가며) 일하느라 통 공부할 겨를이 없었던 것이다. 피곤하다 보니 아침에도 늦게 일어나 수업에 빠지기 일쑤였다. 그러나 하는 수 없었다. 다음 학기엔 어떻게든 공부해서 학점을 따봐야지, 하는 생각으로 계속 정신없이 일했다.

뜨거운 한여름에 카페나 편의점 같은 데서 알바를 하는 건 약간의 '피서'도 되었다. 에어컨 때문이었다. 그러나 아무리 내가 젊다고 해도 힘에 부쳤다. 다행히 나는 건강만은 태어날 때부터 물려받았다. 그리고 여전히 아직 젊었다. 그래서 간신히 피로에서 오는 병만은 물리칠 수 있었다. 하지만 단조롭고 재미없는 일상이었다.

나 역시 동물이요, 청춘인지라 성욕을 컨트롤하기가 힘들었다. 여자를 사랑하지 않기로 맹세했지만 아침마다 벌떡벌떡 일어서서 텐트를 치는 자지를 간단히 처치하기엔 역부족이었다. 역시 손가락 오형제의 힘을 빌려야 했다. 늘 뒷맛이 찝찝했다.

나는 이상하게도 태생적으로 손가락들이 가늘고 길었다. 막노동자 집안에서 태어났는데도 왜 손가락들이 귀골(貴骨)로 생겼는지 참으로 궁금했다. 아마도 괴상한 돌연변이 현상 같은 건지도 모른다.

그래서 마스터베이션을 할 때마다 다행히 '손(또는 손가락)'에만큼은 저주나 원망의 눈길을 보내지 않아도 되었다. 나의 길디긴 손가락은 나의 분신이고 나의 페티시(fetish)였다.

긴 손가락들을 내 눈앞에 바짝 붙여댄 뒤에 눈동자의 초점을 흐리게 하고 쳐다보면, 그건 꼭 귀족 집안에서 태어난 계집년의 화사한 손가락처럼 보였다.

그래서 나는 점점 더 나르시시스트가 되어 갔다. 돈은 없을망정 그래도 어쨌든 나는 그 알량한 '대학생'이기 때문이었다. 아직 젊어서 그런지 매일 정액을 쏟아내도 일하는 데는 별 지장이 없었다. 다행이었다.

서울은 참 요지경 속 같은 도시다. 내가 기거하고 있는 영등포 쪽방촌은 영등포역 역사(驛舍) 바로 뒷골목에 위치하고 있다. 영등포역은 철도와 지하철이 다 지나는 교통의 요지에 있어서 그런지 외부 장식이 무지 화려하다. 특히 밤에 보면 휘황찬란한 전광판과 네온사인으로 번쩍번쩍 빛난다. 그래서 그런지 그 앞을 왔다 갔다 하는 자동차들이나 행인(行人)들도 다 화려한 귀족처럼 보인다.

하지만 역사 바로 뒤로 가면 완전히 빈민촌이다. 게딱지처럼 다닥다닥 붙어 있는 쪽방들이 구지레하게 펼쳐져 있다.

좁디좁은 골목에서는 하루 종일 오물 냄새가 풍긴다. 골목에서 비실거리며 노는 동네 아이들도 다 아프리카 난민들처럼 보인다.

그게 바로 OECD 국가 중 경제 규모 13위라는 대(大) 대한민국 '서울'의 실체다.

도무지 뭐가 뭔지 모르겠다. 우리나라와 비슷한 경제 규모를 갖고 있는 다른 나라의 수도도 다 그럴까? 모르겠다. 외국에 가본 적이 없어서.

쪽방촌에서 살아도 곧 죽어도 대학생이라고 기본적인 품위유지비는 꼭 든다. 통신비가 그것이다. 하다못해 리포트를 작성하기 위해서라도 컴퓨터는 반드시 있어야 한다. 그리고 핸드폰도 필요하다.

인터넷이라도 안 한다면 나는 아마 미쳐버렸을 것이다. 인터넷 웹 서핑은 그토록 바쁜 와중에도 그나마 나를 위로해주는 필수불가결의 수단이 된다. 그것을 통해 대리 배설을 하기도 하고 대리 만족을 하기도 한다. 물론 '야동'도 본다. 그런 날은 밤을 새우기 일쑤다.

그런데 신기하다. 나는 야동이나 에로틱한 영화를 보면서, '귀족'과 '천민', 또는 '부(富)'와 '빈(貧)'의 대조가 극명한 장면이 나올 때 자지가 일어서는 것이다. 겉으로는 귀족들을 혐오하고 있는데도, 내 머릿속으로 지나가는 섹슈얼 판타지들은 모두 왕족이나 귀족들의 사치스럽고 나태하고 방탕끼 있는 생활 묘사와 성애(性愛) 장면들이다.

거기엔 반드시 지독하게 가난하거나 귀족의 하인·하녀 노릇을 하는 천민들이 나와 가지고 대조를 이루어야 한다.

이를테면 이런 것이다. 계절은 겨울, 창밖으로는 추위에 벌벌 떨며 헐벗고 굶주린 거지들이 지나가고 있다. 그런데 벽난로로 따끈하게 난방이 되어 있는 고풍스러운 커다란 저택 응접실 소파 위에는, 완전 나체에 비싼 털옷을 헐렁하게 두른 귀족 부인이 권태스러운 자세로 하녀들에게 머리 손질과 손톱 손질을 시키고 있다.

손톱 발톱이 모두 무지무지 길다. 귀족부인은 하나도 양심에 거리끼는 것 없이, 창밖으로 지나가는 헐벗고 굶주린 거지(또는 천민)들을 게슴츠레하고 오만한 눈길로 무심히 바라보고 있다.

이런 '극도의 사치'와 '극도의 빈곤'이 이루어내는 '사디스틱한 비교'가 늘 내 성감대를 건드렸다. 그런 판타지를 맛본 뒤엔 반드시 내 긴 손가락들을 바라보게 된다. 내가 마치 중국이나 로마의 귀족 부인들처럼 일을 전혀 안 해도 된다는 표시로 손톱을 한참 길게 기르고 있다고 가정해보게 되는 것이다.

왕족부인이나 귀족부인만이 아니다. 예전에 중국이나 유럽에선 남자 귀족들과 왕족들도 손톱을 길디길게 길렀었다. 내가 학교에서 교양선택 과목으로 '세계풍속사'를 들으면서 알게 된 사실이다. 리포트 덕분에 할 수 없이 읽어본 플로베르의 소설 『보바리 부인』에서도, 보바리 부인과 바람피우는 남자가 손톱을 길게 기르고 있다고 묘사되어 있었다.

아, 내가 돈만 많다면……그리고 거기에 권력까지 있다면…….

나는 정말 손톱을 왕창왕창 기르고 돈 많은 귀족 계집년들을 쉽게 꼬실 수 있을 텐데……! 나는 이런 생각을 하며 내 처지를 비관하는 때가 많았다.

아무튼 나는 죽어라 일하면서 학교에 나가 1학년 2학기까지 마쳤다. 한데 역시 성적이 엉망으로 나왔다. 또 '학사 경고'였다. 세 학기를 잇달아 학사 경고 받으면 퇴학당하게 된다. 나는 심각한 고민에 부딪혔다.

등록금만 문제가 아니었다. 내겐 공부할 시간이 필요했다. 한데 그럴 시간이 통 없는 것이다. 나는 그래도 대학 생활을 계속해야 하나 마나 하는 고뇌에 빠져들 수밖에 없었다.

그래서 자포자기하는 심정으로 겨울방학 때 인터넷에 더 들러붙었다. 공부해야 한다는 생각은 우선 집어치웠다. 눈이 시뻘게질 정도로 밤을 새워가며 인터넷에 빠져들다 보면 우선은 현실을 잊어버릴 수 있기 때문이었다.

인터넷은 '환상적 자기만족'을 위한 가상공간이다. 그 속에서 나는 왕도 될 수 있고 귀족도 될 수 있다. 대한민국 최고의 대학인 서울대학교 학생(그것도 돈 많은 귀족집 자식)으로 가장할 수도 있고, 그런 간판으로 미지(未知)의 섹시한 여성과 채팅을 할 수도 있다.

나는 이 카페 저 카페를 드나들며 갖가지 부류의 인간들을 만나볼 수 있었다. 그러다가 어느 특이한 카페에 눈독을 들이고서 그곳에 자주 드나들게 되었다. 그곳은 다름 아닌 '롱 네일 페티시 마니악

(long nail fetish maniac)'이라는 이름의 긴 손톱을 사랑하는 사람들의 모임이었다.

그곳에서는 손톱을 안 부러뜨리고 길게 기르는 방법, 손톱 영양제 사용법, 매니큐어(네일 에나멜)의 종류, 네일아트 방법 등 손톱에 관한 온갖 정보들을 회원들끼리 교환하며 제공한다. 여자 회원이 많지만 가끔 나 같은 남자 회원들도 들어온다.

그전에도 나는 검색을 통해 한국에 손톱 관련 카페가 서넛 된다는 걸 알긴 알았다. 처음에 가입한 곳은 '아름답고 멋진 손톱'이라는 밋밋한 이름의 카페였다.

그런데 그 카페에선 '아주 길게 기른 손톱'을 천박하다는 이유로 배척하고 있었다. 예쁘게 가꾼 손톱 사진을 올리는 자유게시판이 있었는데, 거기에 올라와 있는 사진들은 주로 예쁘장한 네일아트에만 중점을 둔 손톱 사진들이었다. 손톱 길이가 길어봤자 손가락 끝에서 2센티미터를 넘지 않았다.

그래서 나는 '구글(Google)'을 검색하여 외국의 긴 손톱 페티시 사이트들을 찾아내 가지고, 기괴하리만큼이나 길게 기른 손톱 사진들을 찾아서 거기에 올렸다.

진짜로 기른 건지 모조 손톱을 붙인 건지는 잘 모르겠지만, 내가 고른 손톱 사진들은 거의가 손끝에서 적어도 5센티미터, 길면 15센티미터까지 뻗어 나간 손톱들이었다. 구불구불 휜 것도 있고 맵시 있게 직선으로 뻗어 나간 것도 있었다.

그런데 이게 웬일이냐. 카페지기라는 녀석이 나를 강퇴시키는 게 아닌가. 자기네들은 고상하고 예술적이고 우아한 손톱만 사랑하지, 마녀처럼 기괴하게 길고 그로테스크한 손톱은 '천박한 손톱'으로 여긴다는 것이 이유였다.

나는 걔네들이 억지로 고상망측한 귀족이 되어보려고 애쓰며 되게 잘난 척하는 연놈들이라고 속으로 욕을 해주었다. 그리고 나서 홀가분하게 그 카페에서 나와버렸다. 그러다가 한참 만에 기적처럼 발견한 곳이 바로 '롱 네일 페티시 마니악' 카페였던 것이다.

그곳에서는 '대화창'을 통해서 회원들과 대화를 나누는 게 제일 즐거웠다. 여자 회원이 많아서이기도 했지만, 다들 나처럼 기괴하리만치 길게 기른 귀족적 손톱(다시 말해 '무노동'을 상징하는)을 사랑하는 사람들이기에 좋았다. 나는 그들과 대화를 나누며 한껏 '바보 온달 콤플렉스'를 대리 만족시킬 수가 있었다.

요즘 세상에서 '신데렐라 콤플렉스'는 이제 서서히 사라져 가고 있다. 그보다는 돈 많은 집 딸에게 장가들어 공짜로 신분 상승의 엘리베이터를 타보려고 덤벼드는 '바보 온달 콤플렉스(또는 부마 콤플렉스)'가 더 확산되고 있는 것이다.

자기가 정성껏 길러 가꾸거나, 울트라 롱(ultra long)의 모조 손톱을 붙이고 거기에 큐빅 등을 붙여 현란하게 네일아트를 한 여성들이 공개하는 손톱들을 보는 것은 나에게 큰 쾌감이었다.

나는 험한 일의 알바를 계속해야 했기 때문에 손톱을 길게 기를 수 없었다. 그래서 내 손톱 사진을 공개하지는 않고, 내가 귀족의 자식인 것처럼 위장하며 '뻥'을 까는 것에서 만족을 구했다. 한참 동안 거짓말을 하다 보니 내가 마치 진짜 귀족집 자식인 것 같은 착각마저 들었다.

그렇게 인터넷에 빠져 있는 사이에 얼렁뚱땅 겨울방학이 끝나버렸다. 나는 대학을 다니느냐 마느냐 하는 생각으로 머리가 복잡해져 있었다. 그러다가 내 삶에 전기(轉機)를 만들어준 사건이 하나 생겼다. 청담동의 한 카페에서 일하고 있을 때였다. 화려하게 차려입은, 40대 후반쯤으로 보이는 여자 하나가 내게 접근하여 새로운 일자리를 제안해왔다. 한마디로 말해서 그녀에게 '픽업' 된 것이었다.

그녀는 내가 체격이 날씬하고 얼굴도 여성스럽게 생긴 '예쁜 남자'라고 치켜세우면서, 자기가 경영하고 있는 업소에 나와주면 어떻겠냐고 말했다. 그녀가 한동안 우회적으로 설명하는 그 '업소'는 결국 '호스트 바' 였다. 말하자면 나를 '호빠'의 접대부로 고용하고 싶다는 얘기였다.

나는 한동안 생각한 끝에, 내심 호기심이 생겨 한 달에 얼마를 벌수 있냐고 물어보았다. 그랬더니 그녀의 대답은 2차까지 가느냐 마느냐에 따라 수입이 달라진다는 것이었다. 나도 호스트바에 대해서는 주워들은 게 많았기 때문에 '2차'가 곧 성매매를 뜻한다는 것을 알았다. 나는 며칠간 생각해보고 나서 전화를 주겠다고 말하며 그녀의 전화번호를 받았다.

솔직히 말해 호기심이 발동하는 게 사실이었다. 밤에만 일하면 되고, 그러고도 대학 등록금과 생활비로 충분히 쓸 만큼의 돈을 벌수 있다는 말에 은근히 구미가 당겼다.

　이왕에 여자라는 동물을 평생토록 사랑하지 않기로(다시 말해서 '마음'을 주지 않기로) 맹세한 나다. 그러니 '여자'를 돈 버는 목적으로 이용하며 학비를 버는 것이 양심과 윤리에 께름칙한 짓을 하는 건 아니지 않은가.

　또 아직은 내가 그래도 팔팔한 청춘이니, 몸도 과하게 축나지도 않을 것이다. 또 손가락 오형제의 힘을 빌려 궁상맞게 자위행위를 하는 것보다는, 실제로 다수의 여성들과 성관계를 갖는 것이 정액의 적절하고 원활한 배출에도 득(得)이 될 것 같다……. 대충 이런 생각이 내 머릿속을 스쳐갔다.

　그래서 나는 단 하루 생각하고 나서 그 여자에게 전화를 걸어 업소에 나가겠다고 대답했다. 그러자 그녀는 반색을 하고 환영하며 새 학기 등록금을 선불로 주겠다고까지 말하는 것이었다. 나는 그래서 학사 경고를 두 번이나 받았다 하더라도 어쨌든 2학년 1학기까지는 대학을 다녀보기로 결심했다.

　호스트 바에서의 접대부 노릇은 생각보다 심한 중노동이었다. 그리고 원가(原價)가 꽤 많이 들었다. 처음엔 미즈 김(호스트 바 경영자. 그녀는 '김 마담'이라고 불리는 것보다 '미즈 김'으로 불리는 걸 좋아했다)이 옷값과 화장비, 액세서리 비용 등을 대줬지만, 나중에 가서는 내가 번 돈으로 충당해야 했다.

　여자 손님들은 징그러운 중년 유부녀들이 많았고 젊은 미혼 여자라고 해도 거의 다 사디스트였다. 젊은 여자들 중에는 고급 룸살롱에서 호스티스 노릇을 하는 여자들이 많았다. 그녀들은 자기네가 남자 손님들에게 해준 음탕한 서비스를 내게서 받아내길 원했다.

2차로 나가서 섹스를 해주는 것도 부담이었다. 살이 뒤룩뒤룩 찐 못생긴 아줌마들을 만족시키려면 힘을 많이 소모해야 했다. 그건 젊은 여자 손님이라 해도 마찬가지였다. 다들 성(性)에 대해 알 대로 아는 여자들이어서, 지독하게 세고 시간이 오래가는 오르가슴의 충족을 원했던 것이다.

여자는 확실히 서른다섯이 넘어야 섹스의 참맛을 알게 되는 것 같다. 그 나이 또래의 유부녀일수록 하룻밤에도 세 탕, 네 탕의 섹스를 바라고, 또 그때마다 성적(性的) 극치감을 맛보려고 덤벼드는 것이다.

섹스는 확실히 남자에겐 '즐거운 놀이'가 아니라 '고된 중노동'이었다. 여자보다 에너지 소모가 열 배 이상 들었다.

나이 먹은 남자들이 '영계'를 찾아 헤매고 다니는 이유를 알 수 있을 것 같았다. 대학생 또래의 영계 여자들은 스킨십만 해줘도 황홀감을 느낀다. 그리고 자기네가 남자한테 오럴 서비스를 해줄 때도 오르가슴을 느낀다. 한마디로 말해서 '삽입 성교'를 그다지 밝히지 않는 것이다.

그러나 서른다섯 살 이상의 중년 여성들은 삽입 성교만을 바라고, 특히 돈 주고 남자를 사서 하는 경우엔 남자에게 베풀어주는 애무 없이 오로지 '정력'만 뺏어먹으려고 덤빈다.

여자가 섹스를 파는 것이 남자보다 한결 수월한 노동이라는 것을 나는 알 수 있었다. 내 느낌에는, 성행위를 할 때 남자가 소모하는 칼로리가 여자의 백 배는 되는 것 같았다.

새벽까지 업소와 모텔 등지에서 일하고 아침에 일어나 학교에 가려면 몸이 천근만근 무거워 도저히 일어날 수가 없었다. 내가 체격이 너무 날씬한 수척형(型)의 남자였기에 더욱 그랬다.

그래서 수업에 빠지게 되는 날이 많았고, 학기 중간쯤 돼서는 아예 대학 다니기를 그만둘까 하는 생각을 하기에 이르렀다. 학교에 기를 쓰고 나가봤자 학점을 제대로 딸 수 없을뿐더러, 이번에도 낙제 점수를 받으면 곧바로 퇴교 조치를 당하게 되기 때문이었다.

게다가 내가 다니는 대학은 서울에 있다고는 해도 일류 대학이 못 된다. 학교 선배들을 봐도 졸업하고 나서 취직이 안 돼 백수로 허송세월하는 이들이 많다.

그래서 나는 아예 학교를 때려치우기로 마음먹었다. 그리고 '될 대로 되라'는 식으로 전업(專業) 매춘부(賣春夫)가 되기로 결심했다. 요즘 같은 황금만능주의 세태에서는 그저 '돈'이 최고라는 생각이 들어서였다. 안 좋은 대학 나와서 겨우겨우 취직을 해봤자 월급이 쥐꼬리만큼도 안 된다는 것을 나는 알고 있었다.

물론 몸을 팔아 돈을 버는 것에는 나이의 한계가 있다. 그 한계는 여자보다 훨씬 더 빨리 온다. 정력 소모로 후다닥 늙어버리는 것이다. 여자의 애액(愛液) 배출은 그저 윤활유 정도의 역할밖에 안 하지만, 남자의 정액 배출은 수명을 단축시킬 만큼의 위험성을 안고 있다.

어쨌든 결심을 하고 나니 마음은 오히려 편안해졌다. 사랑 따윈 안 하기로 마음먹은 만큼, 나는 의무적인 봉사만 해주면 그만이었다. 수입 면으로만 보면 내 학력에 이보다 더 많이 돈을 버는 직업은 달리 없을 것 같았다.

차츰차츰 나는 내가 가진 여성미를 살려 몸을 가꾸는 데서 대리 만족을 찾게 되었고, 나르시시즘의 충족을 맛보게 되었다. 내가 계속 빠져든 것은 피어싱과 머리 가꾸기(특히 염색), 그리고 네일아트(특히 긴 손톱 페티시)였다. 나는 오직 나만을 사랑하게 된 것이다.

2

내가 매일 저녁마다 호스트 바에 출근한 건 아니다. 나는 마음 내킬 때마다 다른 방식으로도 섹스를 팔 수 있는 자유를 미즈 김으로부터 얻어냈다. 중간중간 내가 재밌게 즐겼던 돈벌이는 인터넷을 통해 이루어지는 '조건 만남'이었다.

'조건 만남'에서는 일반적으로 여자가 남자에게 섹스를 판다. 그러니까 섹스를 파는 남자가 귀한 셈이다. 그래서 나는 사이버 공간에서 더 특출한 콜 보이(call boy)가 될 수 있었고, 제법 쓸 만한 여자들과도 섹스를 즐기며 돈도 벌게 되었다.

세상은 완전히 여성 상위 시대로 접어들어 있었다. 남자의 몸을 스스럼없이 돈 주고 사겠다는 여자애들(물론 젊은 애들을 포함하여)이 무지 많았다.

요즘 여자들은 여자같이 예쁜 남자, 열심히 화사하게 꾸미는 남자를 좋아한다. 물론 중년 여인의 경우에는 변강쇠나 레슬링 선수처럼 딱 벌어진 체격의 남자를 좋아하는 여자도 있긴 있다.

그러나 그런 취향의 여자들은 차츰 사라져 가고 있다. 여자들은 대개 나의 염색한 긴 머리와 여러 개의 피어싱, 그리고 길고 화려한 네일아트에 깜빡 죽었다.

'조건 만남'으로 이루어지는 섹스는 여러 매입자가 조건(주로 돈의 액수)을 제시하고 이성(異性)을 사가는 방식을 취한다. 나는 여러 '조건 만남' 사이트를 드나들며 몸을 팔았다.

물론 호스트 바에 나가는 날이 더 많았다. 호스트 바에는 돈 많은 여자들이 많이 와 화대(花代)를 후하게 주기 때문이었다. '조건 만남' 사이트를 이용하는 건 그쪽이 훨씬 더 어리씽씽발랄한 계집애들을 만나기 쉬운 까닭에서였다.

또 나는 내가 회원으로 있는 '롱 네일 페티시 마니악' 카페에서도 가끔씩 몸을 팔았다.

처음에 내가 섹스를 판다고 했을 때 여자 회원들은 먼저 놀라는 '체' 했고, 남자 회원들은 무슨 장난을 하고 있는 거냐고 핀잔을 주었다.

하지만 나는 굴하지 않았다. 여러 명이 대화방에 들어와 있을 때 당당하게 섹스를 팔겠다고 선언(?)했다. 그런데도 그 카페에서는 나를 강퇴시키지 않고 너그럽게 봐주었다. 참으로 기특한 인터넷 카페였다.

주로 여성 회원들이 많아서 더 그랬던 것 같다. 그녀들은 내가 공들여 길게 기르고 네일아트까지 한 손톱 사진을 올리면 다들 좋아했다. 요즘은 여자들이 남자들보다 프리섹스에 더 너그러운 세상이라는 사실을 다시 한 번 절감할 수 있었다.

나는 손톱을 5센티미터까지 기르고 있었다. 그러다가 기분이 내키면(주로 마음이 우울해질 때다) 10센티미터 길이의 인조 손톱을 뷰티숍에 가서 붙이기도 했다. 길을 지나다닐 때 흘낏흘낏 내 손을 쳐다보는 눈길이 가끔 따갑게 느껴졌을 뿐, 별다른 불편은 없었다.

피어싱과 목걸이·반지·팔찌·귀고리는 내게 필수적인 장식이었다. 열 손가락에 열세 개쯤 되는 반지를 끼고, 목걸이와 팔찌를 둘렀다. 입술고리를 하고 거기에 붙어 있는 체인을 귀고리에다 이어 달았다.

귀를 여러 번 뚫는 것도 스트레스 해소에 도움을 주었다. 왠지 짜증이 날 때마다 귓불과 귓바퀴에 구멍을 뚫다 보니 어느새 구멍이 열두 개나 생겨 있었다.

또 나는 머리를 어깨 아래로 흘러넘치도록 길게 기르고 수시로 색깔을 바꿔가며 염색했다. 여러 가지 색깔로 브리지를 넣을 때도 많았다. 내가 제일 좋아하는 전체 염색 색깔은 보라색이었다.

호빠에서 나의 긴 손톱과 피어싱과 헤어스타일은 중년 아줌마들한테서 대체로 환영받았다. 긴 손가락이 나의 성적(性的) 매력 창출에 기여하는 건 물론이었다.

호빠에 오는 아줌마들은 대개 돈이 많다. 그런데도 다들 외롭고 허전하다는 신세타령만 해댄다. 나 같으면 돈 한 가지만 많이 갖고 있어도 행복해할 텐데 말이다. '돈'이 곧 '귀족'이 되는 지름길이고, '귀족 신분'이라는 것 자체가 오르가슴을 맛보게 해줄 게 아니더냐.

"자기야, 나 외로워 미치겠어. 난 사랑에 굶주려 있어."

단골 중의 단골인 강 여인(호칭이 마땅치 않다. 영어식으로 '미시즈'라고 쓰려면 성을 바꿔야 하고, '여사'라고 하기엔 너무 촌스럽다)이 늘 내게 하는 말이다.

사랑? 사랑이 대체 어디에 있나. 머릿속에 있나, 심장 속에 있나. 잠자코 섹스나 하면 그만이지. 내가 그녀의 고독 타령을 들을 때마다 해보게 되는 생각이다.

여하튼 강 여인은 돈이 많았다. 듣자하니 남편이 벌어다 주는 돈 말고도 그녀가 부동산 투기를 해서 번 돈이 무지 많다고 했다.

젠장, 돈이 돈을 버는 세상이로군. 돈 없는 놈이 한 푼 두 푼 저금해서 큰돈을 모으기는 글러버렸다. 그러니 빈부 양극화는 점점 더 심해져만 가고 돈 있는 귀족들만 떵떵거리며 살아남게 된다.

나는 우선 그녀를 이용해 어느 정도 돈을 모아보기로 했다. 작은 원룸 오피스텔이라도 하나 구하고 싶어서였다. 그래서 나는 그녀를 호빠에서가 아니라 단둘이 개인적으로 자주 만났다. 그녀도 그걸 원했다.

우리가 자주 찾아간 곳은 사람들의 눈에 띄지 않는 경기도 양평이나 양수리 등지에 있는 러브호텔들이었다. 특히 양평 쪽으로 많이 갔다. 갈 때는 그녀가 모는 승용차를 이용했다.

신기했던 것은, 양평의 으슥한 산골짜기 어느 곳이든 러브호텔들이 지천으로 널려 있다는 사실이었다. 아스팔트길도 산속 깊은 곳 구석구석까지 잘 뚫려 있었다. 러브호텔들이 그렇게 많은데도, 다 손님이 버글버글 끓는다는 점이 신기했다. 러브호텔들은 하나같이 크리스마스카드 속의 그림들처럼 예쁘게 지어져 있었다.

강 여인은 섹스를 더럽게 밝혔다. 잘 먹어서 그런지 힘도 좋았다. 40대 중반의 나이에도 돈으로 공을 들여서 그런지 그렇게 늙어 보이지도 않았다.

사랑에 너무나 굶주려 있다는 여자가 섹스를 그토록 밝힌다는 게 이상했다. 그녀가 말하는 '사랑'은 내가 생각하기엔 '정신적 사랑'의 의미로 해석됐기 때문이다.

그녀는 내 피어싱에, 그리고 길고 화사한 머리카락과 긴 손톱에 반해 있었다. 젊은 세대가 아닌데도 그런 페티시들을 좋아한다는 것이 신기했다. 돈이 많으면 아마 '젊은 마음'조차도 소유하게 되는 모양이다.

내가 뾰족하고 긴 손톱으로 그녀의 젖가슴과 불두덩 근처를 슬근슬근 긁어주면 그녀는 몸을 배틀배틀 꼬며 비명을 질러댔다. 나는 솔직히 말해서 그러는 그녀가 좀 징그러워 보였다. 도무지 교양미가 없었다.

그녀는 뚱뚱한 체격에 얼굴도 둥글넓적하게 생겼다. 한마디로 무식하게 못생겼다. 그런데도 돈이 많다. 참 이상하다. 돈이 많으면 '귀족'이고, 귀족이면 '귀티'가 나야 하는 것 아닌가?

얼굴과 몸매로만 보면 강 여인은 아주 천골(賤骨)이다. 돈(또는 귀족)하고는 전혀 상관없어 보이는 모습이다. 그래서 나는 자꾸 헷갈리게 된다.

나는 귀족은 다 우아하고, 가냘프고, 아름다운 줄로만 알았었다. 아니, 그렇다고 믿었었다. 한데 그런 생각은 현실이 아니었던 것이다. 그렇다면 관상이 운명을 결정한다는 이론은 말짱 꽝인 셈이다.

그녀는 내 긴 손가락들을 차근차근 매만져보기를 좋아한다. 그녀는 갸름하게 홀쭉한 내 얼굴도 만져보고 쓰다듬으면서 한참 동안 시간을 보낸다. 그럴 때마다 그녀는 내게 이런 말을 하곤 한다.

"자기야, 자기는 참 귀골(貴骨)로 생겼어. 얼굴은 물론이고 긴 손가락들은 더욱. 손톱은 아무나 길게 기르는 게 아니야. 손가락이 가늘어야 하고 손톱 자체도 좁고 갸름해야 하지. 그런데 자기 손톱 모양은 정말 일품이야. 길게 길러서 더 그렇게 보이겠지만, 설사 안 길렀다고 해도 손톱 자체의 모양이 정말 예뻐."

이런 말을 들을 때마다 나는 그녀의 얼굴과 손톱을 다시 한 번 찬찬히 뜯어보게 된다. 얼굴은 넙데데하고 손가락은 짧고 뭉툭하고, 손톱은 다 넓적한 게 가로로 펼쳐놓은 장방형 네모꼴을 하고 있다. 우아한 맛이 전혀 없다. 그런데 왜 그녀는 귀족이고 나는 평민도 못되는 천민이란 말인가? 도무지 뭐가 뭔지 통 알 수가 없다.

사실 내가 가느다란 손가락과 비쩍 마른 몸매와 갸름하게 좁은 얼굴에 나르시시즘을 느끼게 된 건 최근의 일이다. 어렸을 때는 동네 애들한테 여자같이 생겼다고 놀림을 받았었다. 또 깔때기 가슴으로 좁게 생긴 나의 말라빠진 몸통 역시 나를 '늘 얻어터지는 아이'로 만들었다. 그래서 난 늘 열등감을 느꼈고 내 몸매나 얼굴을 거울에 비춰보기 싫어했었다.

그러다가 사춘기에 이르러 본격적으로 성욕이 생겨나 시작하면서 나는 내 몸매와 손가락에 본격적인 자기애(自己愛)를 느끼기 시작했다. 나를 자위행위의 성적(性的) 파트너로 삼게 되었다.

나는 강 여인과 섹스를 할 때 성적 흥분을 못 느낀다. 나는 조루증이 아니라 아주 늦게 정액을 배출하는 편이다. 발기도 오래간다.

그러나 너무 오래가는 게 문제다. 도무지 흥분을 못 느끼기 때문에 정액 배출이 아주 더딜 수밖에 없다. 그래서 결국에 가서는 그녀와는 별도로 내 나름대로의 성적(性的) 공상 속에 빠져들어야 한다. 그래야만 정액이 배출되는 것이다.

그럴 때 내 공상 속에는 다른 여인이 등장한다. 여왕(女王)처럼 귀티 나는 여인이어야 함은 물론이다. 최고의 귀족부인이라도 괜찮다. 그네들은 모두 '우아함'과 '잔인함'을 동시에 갖춘 섹시한 사디스트들이다.

나는 여왕의 긴 발톱을 다듬어주는 남자 노예가 되어 있다. 무릎을 꿇고 앉아서 황금과 다이아몬드로 만들어진 침대 위에 비스듬히 누워 희디흰 발을 내리고 있는 여왕의 길디긴 발톱들을 매니큐어해주고 있는 것이다.

발톱을 길게 기르는 것은 쉽지 않다. 긴 손톱까지는 길게 기르는 게 어느 정도 가능하다 하더라도, 발톱까지 길게 기르려면 무지무지하게 귀한 신분이 아니고서는 안 된다. 그러니까 여왕 정도는 돼야 하는 것이다.

내가 매니큐어를 잘못하면 여왕은 거세게 발길질을 해댄다. 또는 채찍으로 사정없이 날 때리기도 한다. 아니다. 수정해야겠다. 채찍질조차 '피곤한 노동'이므로 시녀를 불러 나를 채찍질하도록 시킨다. 그 시녀 또한 섹시하기 그지없다. 나는 마조히스틱한 쾌감에 몸을 떤다.

이런 공상 속에 완전히 푹 빠져들면 나도 모르게 사정(射精)을 하게 된다. 정액의 흐름은 빠르고 힘차다. 그러면 강 여인은 흐뭇한 미소를 흘린다. 내가 자기 때문에 사정한 줄로 아는 것이다.

나는 돈 많은 귀족년들을 몽땅 죽여버리고 싶다. 다시 말해 그런 년들한테 사디스트가 되고 싶다. 그런데 성적 공상 속에서의 나는 높은 지위의 귀족부인이나 여왕한테서 마조히스트로서의 기쁨을 맛본다. 이건 참 이상하다. 뭐가 뭔지 통 알 수가 없다. 내가 돈 없는 천민 신분이라서 비굴해지는 걸까?

강 여인한테서 집을 마련할 만한 돈을 울궈내는 것이 그렇게 쉽지는 않았다. 돈 많은 부류일수록 돈에 짜다는 사실을 나는 절감했다. 그래서 나는 더 지랄 맞게 화사하게 꾸미고 그녀를 유혹해야 했다.

우선 머리를 연두색으로 염색해보았다. 그리고 젖꼭지에도 링을 걸었다. 완전히 남녀의 역할이 뒤바뀌어 있었다. 보통은 여자 쪽이 화사하고 현란하게 꾸미고서 남자를 유혹하는데 말이다. 확실히 이제는 '여자 전성시대'다. 남자든 여자든 다 '예쁘고 섹시하고 화려한 여자'가 되어보려고 기를 쓰는 시대가 지금 시대다.

이른바 '트랜스젠더'만 해도 그렇다. 남자가 여자로 되는 성전환 수술을 하는 사람들이 거의 전부다. 여자가 남자로 되는 경우는 거의 없다. 또 '여장 남성(女裝男性)'은 점점 더 늘어가는 데 비해 '남장여성'은 아예 없는 편인 것이다.

나는 그녀한테서 옷값, 화장품값, 네일아트 비용, 머리 관리(특히 염색) 비용 등을 핑계로 돈을 받아냈다. 그리고 그녀와 성관계를 가질 때마다 머리를 쥐어짜가며 섹슈얼 판타지를 만들어 그녀의 본능을 만족시켜주려고 애썼다. 그녀의 오르가슴 강도(强度)와 지속 시간에 정비례하여 돈이 나왔다.

가끔은 내가 따로 연애를 하는 척하며 그녀 마음을 질투로 애태우게 할 필요도 있었다. 여자들한테 섹스를 팔면서 터득하게 된 사랑 방식이었다. 그런 수법도 꽤 내게 돈을 가져다줬다. 한동안 일부러 안 만나주고 뜸을 들이면, 그녀는 환장을 해 가지고 신경질을 내며 달려들었다. 그리고 내게 돈을 주었다.

참, 돈 얘기가 나왔으니 한마디 해야겠다. 나는 돈을 수표나 현찰로 받을 때마다(대개 10만 원짜리 수표지만) 굴욕감을 느끼곤 했다. 근사한 봉투에 넣어 예의 있게 건네주면 어디가 덧나나? 결혼식이나 초상난 집에 가서 부조금을 낼 때처럼, 봉투에 돈을 넣고서 겉에다 뭐라고 애틋한 사랑의 말을 써서 주면 얼마나 멋있을까. 그러면 내가 굴욕감을 덜 느낄 것이다.

그런데 강 여인이든, 호빠에 오는 여자들이든, 팁을 줄 때 봉투에 넣어 가지고 주는 년을 하나도 못 보았다. 심지어 호빠에 오는 어떤 년은 수표에다 침을 발라 내 얼굴에 붙여주기까지 했다. 그럴 때 나는 정말 죽고 싶다. 귀족으로 태어나지 못하고 천민으로 태어난 게 참으로 억울하다.

봉투에 넣기까진 못한다 하더라도, 그냥 넌지시 내 호주머니에 찔러 넣어주기라도 하면 참 좋겠다. 남들이 보는 앞에서 거지에게 동냥 주듯이 화대(花代)를 주는 년들이 거의 전부다. 그럴 때마다 나는 직업에 귀천이 없다는 격언이 말짱 헛말이라는 사실을 새삼 절감하곤 한다.

또 내가 강 여인을 만나서 같이 놀 때 제일 불만스러운 점은, 그녀가 담배를 못 피우게 한다는 사실이다. 다른 때는 몰라도 섹스 노동이 끝난 뒤엔 담배 한 대 피워 물고 희뿌연 연기를 뿜어대야 노동 스트레스가 풀릴 터이다. 그런데 그녀는 담배 연기와 냄새를 극도로 싫어한다. 피고용자로서의 굴욕감을 느끼는 순간이다.

사실 요즘은 담배 피우는 사람들을 무슨 더러운 물건이라도 보듯이 경멸하고 구박하는 세상이 되었다. 고급 카페라는 곳에서는 거의 담배를 못 피우게 한다. 참 더럽다. 젊은 놈이 몸까지 팔아가며 아등바등 살아가는데, 담배라도 피워 가지고 스트레스를 해소시켜야 할 것 아닌가?

강 여인과의 섹스는 점점 더 괴로워졌다. 도무지 성적 흥분이 더 이상 안 찾아왔기 때문이었다. 그래서 내 성적(性的) 망상의 강도는 더욱더 심해져 갔다.

이를테면 이런 거다. 나는 공상 속에서 여왕의 '하렘'(물론 남자들로만 이루어진) 속 노예가 되어 있다. 내가 하는 일은 '살을 찌우는 일'이다. 이런 일을 맡은 남자 노예가 300명이나 된다.

나는 새장처럼 생긴 쇠둥우리에 갇힌 채 '먹고 싸고 먹고 싸고'를 반복한다. 물론 이것은 내가 살이 찌게 하기 위해서다. 쇠둥우리에 넣어 놓아야 운동량이 적어져 살이 질펀하게 찌게 된다. 그래야만 푹신푹신한 '깔개' 대용품이 될 수 있다.

이렇게 살찌워진 남자 노예들은 여왕의 쿠션 노릇도 하고 의자 노릇도 한다. 여럿이 엎디어 침대 역할을 할 때도 있다. 나이를 먹어

살이 찌지 않는 남자 노예들은 즉시 폐기처분된다. 한마디로 목이 달아나는 것이다.

이런 섹시하고 마조히스틱한 공상 속에 머릿속을 담가야만 나는 강 여인을 만족시켜줄 수 있었다. 참으로 힘든 노동이었다.

나는 원룸 오피스텔을 구입할 생각을 포기하고 그저 전세금 정도만을 울궈내기로 방침을 바꾸었다. 강 여인이 지긋지긋해졌기 때문이었다. 강 여인과 몸을 합칠 때마다 나는 진정으로 '우아한' 사랑을 한번 해보고 싶었다. 서로의 이심전심이 가능한 순수한 사랑, 그런 사랑을 해보고 싶었다.

여자라는 동물을 절대 사랑하지 않기로 맹세한 나였건만, 나는 어느새 사랑에 목말라하는 신세로 전락해버린 상태에 놓여 있었다. 아아, 우아하고 기품 있는 아름다움을 가진 여인을 내가 진심으로 사모하고, 흠모하고, 숭배하며 사랑할 수 있다면 얼마나 좋을까…….

계속되는 중노동 끝에 나는 강 여인한테서 전세금 정도를 받아낼 수 있었다. 한꺼번에 목돈으로 받은 게 아니라 그때그때마다 내게 던져주는 화대를 모은 것이다. 그러고 나서 그녀와의 관계를 끊어버렸다. 이젠 자동차만 한 대 마련하면 되었다.

그러자 그녀는 나를 진심으로 사랑한다며 울고불고 매달리는 체하는 제스처를 취했다. 핸드폰으로 온갖 미사여구가 다 동원된 사랑의 메시지를 보내오기도 하고 꽃을 보내오기도 했다. 한마디로 유치했다.

하지만 나는 그녀가 오직 나와의 '섹스'만 탐낸다는 걸 알고 있기 때문에 그녀의 전화를 받자마자 끊어버렸다. 문자 메시지는 읽지도 않고 지웠다. 꽃은 쓰레기통에 처박아버렸다.

그래도 그녀가 집요하게 매달려와서 나는 핸드폰 전화번호를 바꾸었다. 그리고 원룸 오피스텔을 얻어 이사함으로써, 그녀가 내 집에 찾아오는 것 자체가 불가능하도록 만들었다.

나는 주로 호스트바에만 나갔다. 굴욕적인 서비스를 베풀어준다고 해도 거의 일회용(一回用)이라 부담이 훨씬 적었기 때문이다.

나는 계속 몸을 파는 데서 오는 스트레스를 네일아트와 피어싱과 염색으로 풀었다. 손톱은 그냥 계속 자라게 내버려두었다. 멋대로 휘어들어가고 구부러진 길디긴 손톱들이 한편으로는 볼썽사납고 흉해 보였다. 그렇지만 길디긴 손톱들 때문에 일거수일투족이 불편해진 게 오히려 묘한 쾌감을 느끼게 했다.

7센티미터 가까이 자라난 '진짜' 손톱은 우선 인터넷을 하는 데 큰 불편을 주었다. 그러나 훈련에 훈련을 거듭하자 그런대로 적응하게 되었다. 손가락들을 부챗살처럼 꼿꼿하게 펴고서 타자를 치다 보니 처음에는 속도가 무지 느렸다. 그러나 일상생활 전반에 걸쳐 긴 손톱이 매달린 손을 사용하다 보니까, 나중에 가서는 타자 치는 일 정도는 우스워졌다.

나는 '불편함의 미학(美學)'을 서서히 깨달아가기 시작했다. 손놀림이 불편하다 보면 온몸의 동작 모두가 느려지고 불편해지게 된다. 그런 느린 속도와 불편한 동작 사이에서, 나는 마치 자궁 속의 태아(胎兒)와도 같은 안온한 느낌을 갖게 되는 것이다. 자궁 안에 갇혀 꼼짝도 못 하는 구속감 같은 '달콤한 마조히즘'을 느끼는 것이다.

나는 피어싱도 더 많이 했다. 외국 잡지나 포르노 영화에서 본 '혓바닥고리'까지 하게 된 것은 나로서는 큰 결단이었다.

혓바닥고리 피어싱을 할 때는 사실 좀 아팠다. 그런데도 이화여대 앞에 있는 피어싱 가게 주인아저씨는 일말의 동정심도 보이지 않고(오히려 실실 웃어가며) 마취도 하지 않은 채 펀치로 내 혓바닥을 뺑 하고 뚫었다. 그 소리가 이상스레 시원하게 들렸다.

나는 이왕이면 특이한 모양으로 피어싱을 하고 싶어서, 'SEX'라는 글자로 만들어진 황금빛 금속제 피어싱을 혓바닥 한가운데에 박아달라고 부탁했었다. 그래서 그걸 만드는 데 시간이 많이 들었고, 값도 꽤 비싸게 먹혔다.

요새는 남자애들도 피어싱을 많이 하는 탓에 피어싱 가게 안에 모여 있는 여자 손님들 중에서 나에게 유별난 눈총을 주는 여자애는 없었다. 그래도 혓바닥 피어싱은 귀한 편이라서, 나는 상당히 주목을 받았다.

어쨌든 피어싱은 자학(自虐)이다. 나는 천민(賤民)으로서의 울분을 피어싱을 통한 자학으로 대리 배설하고 있는지도 모른다.

아니, 나뿐만 아니라 이 시대의 모든 젊은이들은 다들 자기 나름대로의 열등감을 지니고 있다. 잔인무도한 신자유주의가 몰고 온 당연한 결과인지도 모른다.

헛바닥고리를 하고 나니 음식을 먹고 말을 하는 데 지장이 초래되었다. 거기에 적응하느라 꽤 긴 인내의 시간이 필요했다.

그러나 그것이 주는 효과는 대단했다. 업소에서 나를 사 가지고 노는 여자들은, 나와 키스할 때 느껴지는 금속성의 따끔따끔한 느낌에 다들 자지러졌다. 나 또한 키스의 맛이 훨씬 더 음란하고 그윽하게 느껴졌다.

그렇게 어영부영 시간을 때워나가고 있다가, 문득 나는 허리가 예전보다 굵어진 것을 깨닫고 몸무게를 재어보게 되었다. 그동안 잘 먹은 탓인지 체중이 8킬로그램이나 불어나 있었다. 나는 더럭 겁이 났다. 몸 하나를 밑천 삼아 벌어먹고 사는데 정말 큰일이었다. 가슴이 철렁하고 내려앉는 기분이었다. 절체절명의 위기였다. 나는 살을 빼기로 마음먹었다.

그래서 나는 피나는 다이어트를 시작했다. 워낙 마른 몸매이니만큼 살만 더 뺀다면 체중 미달로 한참 더 벌어먹을 수 있기 때문이었다.

우선 하루 한 끼만, 그것도 아주 소량으로 먹었다. 그리고 매일 사우나나 찜질방에 가서 땀을 뺐다. 처음엔 허기가 지고 머리가 빙빙 돌 정도로 어지러웠다. 그래서 당분간 몸 파는 일은 그만둘 수밖에 없었다.

또 나는 거의 매일 밤을 잠을 자지 않고 버텼다. 그랬더니 정말 몸매가 슬슬 여위어갔다. 문득 겁이 나서 영양 보충용으로 종합 비타민제는 먹었다.

나는 피나는 노력 끝에 몸무게를 원래 수준까지 끌어내릴 수 있었다. 육체는 그동안 피폐해졌지만 그래도 기분은 좋았다. 너무 기뻐서 울음이 터져 나올 지경이었다.

살을 빼고 나서 나는 다시 건강을 돌보기 시작했다. 몸을 팔아먹고살려면 기본 체력이 있어야 하기 때문이었다. 아직 젊어서 그런지, 하루 세끼 꼬박꼬박 소량이나마 챙겨 먹다 보니 원래의 건강 상태로 되돌아갈 수 있었다.

앞으로 몇 년간은 그래도 몸을 팔아 버틸 수 있다…….

그다음 일은 그때 가서 걱정하기로 하자. 나는 이렇게 마음먹으며 '돈 받고 하는 여성 편력'을 계속해나갔다.

3

그러다가 리라를 만나게 되었다. 그녀를 만난 것은 '조건 만남' 사이트를 통해서였다. 몸 파는 데서 오는 스트레스를 식힐 겸 해서, 내가 그녀의 몸을 한번 사보았던 것이다.

호스트 바에도 룸살롱 호스티스 아가씨들이 많이 온다. 역시 웃음 팔고 몸 파는 데 따르는 스트레스를 식히기 위해서일 것이다. 그래서 나도 한번 흉내를 내본 것이었다.

'조건 만남' 사이트에 얼굴 사진을 올린 애들을 보니 예쁘고 섹시한 여자가 드물었다. 그래도 그중에선 제일 미모라고 생각되는 여자를 한 명 골랐다. 몸값이 좀 비쌌다. 역시 '외모'는 상품이었다.

요즘 '외모지상주의'에 대한 비판이 거세다는 건 나도 알고 있다. 특히 못생긴 페미니스트 여성 운동가들이 지랄지랄을 해댄다. 하지만 '예쁜 게 좋다'는 게 진실인 걸 어쩌란 말인가.

잠깐 다녀본 대학생활을 통해서도, 나는 '외모의 상품화', 특히 '여성 외모의 상품화'를 거세게 비난하며 길길이 날뛰는 여학생들을 많이 만나보았다. 이른바 '여성해방운동'을 외쳐대는 걔네들의 얼굴은 하나같이 폭탄이고 박색이었다.

얼굴이 못생겼으면 화장이나 옷으로라도 보완해야 하는데, 그런 애들은 다 후줄근한 옷에 빤빤한 민얼굴을 하고 있었다. 이건 서글프지만 사실이다. 예쁘고 섹시한 여자애들 중에 그런 한물간 보수적 페미니즘 운동을 하는 애들을 나는 하나도 못 봤다.

어디 여자의 외모만 상품화되고 있나? 남자의 외모도 마찬가지다. 이 세상에 '외모에 대한 열등감'을 가지고 있지 않은 사람은 남자든 여자든 단 한 명도 없다. 그래서 화장술도 개발되고 관능적인 옷도 개발되고 성형 수술도 발달한 것이다.

나는 못생긴 여자는 무조건 싫다. 내가 비록 백수지만 싫다. 못생긴 남자도 싫다. 나도 내 외모에 대한 열등감이 많다. 그래서 피어싱도 하고 네일아트도 하고 머리 손질도 하는 것이다.

못생긴 연놈들의 어거지 궤변 중 대표적인 것은 "마음이 아름다워야 한다"는 것이다. 우선 외모를 보고 사랑이든 성욕이든(때론 우정까지도) 생겨나는 게 아닌가. 옛 속담이 맞다. '겉볼안'이다.

'외모' 얘기를 하다 보니 문득 어느 책(잡지인지 시집인지 잘 기억이 안 난다)에서 읽었던 M시인의 시가 생각난다. 시 제목이 「나도 못생겼지만」이었는데, 무척이나 솔직해서 마음에 쏙 들어왔었다.

못생긴 여자가 여권(女權)운동 하는 것을 보면
측은한 마음이 생긴다
그 여자가 남자에 대해 적개심을 표시할 땐
더 측은한 마음이 생긴다

못생긴 남자가 윤리·도덕 부르짖으며
퇴폐 문화 척결 운동 하는 것을 보면
측은한 마음이 생긴다
그 남자가 성(性) 자체에 적개심을 표시할 땐
더 측은한 마음이 생긴다.

못생긴 여자들과 못생긴 남자들을 한데 모아
자기네들끼리 남녀평등하고 도덕 재무장하고
고상한 정신적 사랑만 하고 퇴폐 문화 없애고
야한 여자·야한 남자에 대해 실컷 성토하게 하면

그것참 가관일 거야
그것참 재미있을 거야
그것참 슬픈 풍경일 거야

그건 그렇고, 어쨌든 나는 리라(물론 가명이겠지만)를 만났다. 만나고 보니 쑥스러웠다. 그녀는 이런 알바를 하는 게 처음인 것 같은 인상을 풍겼다. 한 스무 살쯤 돼 보였다. 얼굴은 괜찮은 편인데 옷차림이 꾀죄죄하고 후줄근했다. 나는 돈 많고 사치 부리는 '된장녀'들을 많이 봐와서, 리라가 문득 불쌍하다는 생각까지 들었다.

"이런 일……처음이에요?"

하고 내가 첫 번째 멘트를 꺼냈다.

"네……사실……처음이에요."

그녀가 우물쭈물하고 있다가 대답했다.

"그럼 왜 이런 험한 일을 택했어?"

하고 내가 다시 물었다. 반말로 하기로 했다.

"다 아시면서 뭘 그러세요. 돈 때문이죠, 뭐."

하고 리라가 대답했다.

나는 아까의 내 질문이 불현듯 창피스럽게 느껴졌다. 빤한 대답이 나올 걸 알면서 왜 그런 시답잖은 소리를 했을까, 하는 생각이 들었다.

그녀의 손을 잡아 이끌고 근처 모텔로 들어갔다. 그녀는 직업 정신을 발휘하느라 애를 쓰는 모습이었다. 그런 모습이 퍽 처량하게 느껴졌다. 내가 처음으로 몸을 팔던 때가 떠올랐다.

우선 내가 벗고 그다음에 리라가 벗었다. 꽤 뜸을 들여가며 벗는 모습이 완전 초짜다. 왠지 흥이 깨지는 기분이었다.

나는 샤워를 하지 않았다. 그리고 그녀도 샤워를 하지 못하도록 했다.

나는 섹스하기 전에 몸을 씻으라고 지랄 떠는 년들을 제일 싫어한다. 어쩐지 결벽증 환자처럼 느껴지기 때문이다. 그래서 내가 몸을 팔 때도 샤워를 하라고 하는 년이 있으면, 샤워를 하긴 하되 섹스를 대충대충 시큰둥하게 해준다.

리라는 복종을 잘했다. 씻지 말라니까 씻지 않았고, 자지를 빨아달라니까 성의 있게 빨았다. 착한 애였다. 그러나 섹스할 생각은 별로 나지 않았다.

그녀의 손을 들어 손톱 모양을 보았다. 갸름하고 조붓한 손톱이긴 한데 전혀 안 길렀다. 리라는 나의 긴 손톱을 만지작거리면서 신기해한다.

"오빠 왜 손톱을 길러요? 남자가 손톱을 이렇게 길게 기른 건 처음 봐요."

리라가 도저히 참을 수 없다는 듯 질문을 해왔다.

"남자니까 기르지. 여자가 손톱 기른 건 흔하지만 남자는 드물잖아? 그러니까 더 남의 눈에 띄어서 좋지."

그녀는 더 이상 대꾸하지 않고 이번엔 내 피어싱 고리들을 살금살금 만져본다.

"참 신기해요. 오빠같이 야한 남잔 처음 봐요."

"리라도 한번 손톱을 길게 길러 봐. 미묘한 쾌감이 느껴지니까."

"전 그럴 형편이 못 돼요. 집안 형편상 늘 일에 시달려야 하거든요. 그리고 설령 경제적 여유가 있다고 하더라도 오빠처럼 용기를 부려 손톱을 아주 길게 기를 자신은 없어요."

역시 이 애는 가난뱅이로군……, 하고 나는 마음속으로 중얼거렸다. 얼굴은 예쁘장하게 생겼지만 '귀족'은 못 되었던 것이다. 나는 별로 흥이 나지 않았다. 그래서 계속 펠라티오만 하게 했다.

펠라티오 솜씨도 미숙하다. 혀로만 해야 하는데 자꾸 이빨을 댄다. 하지만 내가 참기로 했다. 왠지 불쌍하게 여겨졌기 때문이다.

그렇지만 이상하게도 '민중적 동질감'이나 '동지애(同志愛)' 같은 건 생겨나지 않았다. 역시 약간 못생겨도 좋으니 명품으로 휘감고 몸에서 비싼 향수 냄새 풀풀 풍기는 된장녀가 더 낫다는 생각이 들었다.

호빠에서 나는 많은 직업여성들을 만나보았다. 그러나 대개 고급 호스티스 아가씨들이라서 그런지 겉으로나마 귀족 냄새를 풍겼다. '조건 만남'을 통해서 내 몸을 사간 여자들도 거의 다 귀족티를 내는 여자들이었다. 그러니까 나는 처음으로 돈 땜에 할 수 없이 몸을 파는 '민중' 아가씨를 만나보게 된 셈이었다.

더 이상 할 얘기도 없고 해서 담배만 줄창 피웠다. 그랬더니 리라는 짙은 담배 연기에 쿨럭쿨럭 기침을 하기까지 한다. 담배라도 같이 피우면 거리감이 좀 좁혀질 것도 같은데 그것도 불가능하다니……. '귀족 된장녀'들이 폼 잡고 담배 피우는 모습은 얼마나 섹시한가.

나는 할 수 없이 담배를 비벼 끄고 괜한 얘기를 그녀에게 물어보았다.

"왜 이런 일에 나섰어? 갑자기 돈이 많이 필요해진 건가?"

그녀는 한참을 잠자코 있더니 낮은 목소리로 이렇게 대답한다.

"아버지가 직장에서 쫓겨났어요. 그리고 엄마는 일찍부터 아예 집을 나가버렸구요."

아, 그렇구나. 빤한 멜로드라마다. 하지만 거짓말을 하는 것 같지는 않다.

나는 동정이 가기보다 짜증이 났다. 가난했던 내 중·고교 시절, 그리고 대학 시절 생각이 났기 때문이었다. 소위 '민중'들일수록 '귀족'을 숭배하고 동경한다. 민중이 오히려 민중을 깔본다. 어쩔 수 없는 마조히즘이고 신분 상승 욕구고 대리 만족이다.

민중을 다 똑같이 살게 하려고, 다시 말해서 모두 공평하게 살아가게 하려고 했던 공산권 국가들은 다 망했다. 'samely poor'는 곤란하다. 민중을 다 귀족으로 만들어야 한다.

나는 어쩐지 리라에게 의무적인 삽입 성교라도 해주는 게 '예의'일 것 같다는 생각이 들었다. 왜 그런 생각이 들었는지는 모른다. 아마도 그녀에게 '정당한 노동을 통해서 받는 떳떳한 대가'를 받게 하려는 의도에서였는지도 모르겠다.

나는 콘돔도 사용하지 않고 질외 사정도 하지 않았다.

에라 모르겠다, 하는 기분으로 그냥 했다. 어차피 몸을 팔러 나

온 애니까 사후 처리는 지가 알아서 하겠지…… 하는 생각에서였을
수도 있다.

일을 끝내고 나자 그녀가 돌연 훌쩍훌쩍 운다. 계집년이 우는 건
정말 재수가 없다. 아직도 그 알량한 '순결 의식'이 남아 있어서 그
런지도 모른다. 그렇다면 더 재수 없는 년이다.

나는 던지듯 돈을 주고 나서 먼저 모텔을 나와버렸다. 다시는 돈
주고 여자를 사지 않겠다고 마음먹으면서.

그날 이후로 나는 돈 버는 데 더 매진했다. 몸에 약간 무리가 갔
지만 나는 아직 젊었다. 그리고 내 특이한 치장 때문인지 나의 상품
가치는 더 높아졌다.

그래서 나는 더 이상 호스트바엔 나가지 않기로 했다. '콜 보이
(call boy)' 역할만 하기로 한 것이다. 물론 인터넷의 '롱 네일 페티
시 마니악' 카페에 들어가서는 가끔씩 몸을 팔았다. 여자 고객들의
수준이 꽤 높기 때문이었다.

'콜 보이' 역할만 하면서 전화로 주문을 받고 일해도 나에게는 고
객들이 많이 모여들었다. 다 '입소문' 덕분이었다.

자동차도 중고로 한 대 뽑을 수 있었다. 그래서 나의 활동 영역
은 더 넓어졌다. 네일아트와 피어싱 외에도 내게는 '스피드'라는 '나
르시시즘적(的) 페티시'가 새로 생겼다. 한밤중에 최고 속도로 차를
몰면서 서울 근교를 달리는 건 썩 괜찮은 쾌락이었다.

그럴 땐 반드시 음악이 있어야 한다. 그것도 아주 시끄러울 정도

로 소리가 큰 '록(rock)' 음악 같은 걸로 말이다. 금속성의 드높은 밴드 소리는 내게 카타르시스를 느끼게 해준다. 뭔지 모를 '해방감' 같은 게 느껴진다.

이따금 부모한테서 기별이 온다. 그럴 때면 나는 열심히 알바를 하면서 학교에 잘 다니고 있다고 대답한다. 부모와는 서서히 정(情)을 끊어버릴 생각이다. 이토록 더럽고 괴롭고 힘든 인생살이를 시켜준 건 오로지 부모 탓이니, 그들은 모두 내게 '낳은 죄'를 저지른 원흉인 셈이다.

나는 절대로 자식은 안 낳을 것이다. 물로 결혼도 하지 않을 것이다. 귀족이 못 되는 사람이 결혼하고 아이 낳고 하는 것은 정말 크나큰 죄악이다. '사회악'이다.

나는 차츰 섹스의 입맛이 고급으로 변해갔다. 손님도 내가 골라서 받았다. 전화로 몇 마디 나눠보면 여자가 고급인지 아닌지를 금방 알 수 있었다.

그런 와중에 내 화사한 몸차림과 피어싱, 네일아트 때문에 '호모'가 달라붙는 경우도 생겼다. 걔네들은 정말 재수가 없었다. 대개 돈 많은 유부남들인데, 겉보기엔 다들 의젓한 신사 같다. 그런데 화사한 '게이'를 우라지게 밝히는 것이다.

나는 그네들이 마누라, 자식 다 두고서 어떻게 이중생활을 할 수 있는지 정말 궁금했다. 진짜 호모라면 여자 역할 하는 호모와 같이 살아야 한다. 그러면 봐줄 만하다. 그런데 '귀족' 호모일수록 결혼도 여봐란듯이 하고, 옷도 신사복으로 말끔히 차려입고, 겉으론 전혀 호모 티를 내지 않고 살아가는 것이다. 쾌씸하기 그지없는 놈들이다.

길을 지나갈 때도 나를 게이나 쉬메일(shemale, 여장 남성)로 착각하는 사람들이 많다. 그런 애들이 주로 긴 손톱에 주렁주렁 피어싱을 하고 머리를 현란한 색깔로 염색하기 때문이다.

그러다가 내 뒤를 밟아오며 나를 꼬시는 놈들도 많이 만나봤다. 하지만 나는 호모는 아니었다. 쉬메일들을 경멸할 생각은 추호도 없다. 다만 '양다리 걸치는 놈들'이 꼴 보기 싫다는 것이다.

일을 하는 도중, 세칭 명문대학이라고 해도 F여대 애들한테 섹스를 팔 때가 제일 기분이 더럽다. 여자대학 중에선 제일 좋은 대학에 다녀서인지, 걔네들은 우라지게 건방진 면이 많다.

남녀공학 대학들에 비하면 F여대는 사실 그렇게 일류 대학도 못 된다. 그런데도 그 대학 다니는 년들은 들입다 잘난 체를 해대는 것이다.

사실 나는 좋다는 대학에 다니는 학생들에게 여전히 열등감을 가지고 있다. 부잣집 귀족 자식들이라면 더욱 그렇다. 그런데 이상하게도 F여대엔 유난히 귀족 집안의 자식처럼 보이는 애들이 많이 다니는 것이다.

그 대학을 나오면 시집을 잘 가서 그럴까? 별 볼일 없는 IQ를 가진 여자애들도 그 대학만 다니면 푼수를 모르고 건방을 떨어댄다.

그래봤자 결국 매춘이나 다름없는 결혼, 말하자면 돈에 팔려가는 결혼을 하는 게 전부 아닌가?

한번은 F여대에 다니는 C라는 여자하고 조금 긴 시간 동안 '단골 거래'를 한 적이 있다. 대학생 여자애들은 보통 자기 소속을 밝히지 않는데, F여대 다니는 애들은 그게 무슨 큰 자랑이라고 꼬박꼬박 지가 다니고 있는 학교 이름을 밝힌다. 그래서 C가 다니는 대학이 F여대라는 걸 알게 된 것이다.

그 여자애는 섹스 연습용으로 나를 샀다. 섹스 기술이야말로 최고로 비싼 값에 자기를 팔 수 있는(다시 말해서 결혼할 수 있는) 비결이라고 믿고 있는 애였다.

게다가 돈을 잘 썼다. 지가 버는 건 한 푼도 있을 리 없고, 모두 자기 아버지 지갑에서 나온 돈일 것이다. 그런데 돈을 물 쓰듯 쓴다. 내가 밸이 뒤틀릴 정도로 말이다.

옷이고 가방이고 시계고 모두 다 명품 중의 명품이다. 학생 애가 대체 무슨 깡으로 그렇게 돈을 써대는 것일까? 자기 아버지가 어마어마한 땅 부자거나 사업가라서 그럴까? 아무튼 나는 C를 만나는 동안 계속 '민중적 열등감'에 시달렸다('민중'이란 말이 이젠 아주 촌스러운 단어가 되고 말았지만).

내가 잠깐 다녔던 대학엔 그런 여자애들이 별로 없었다. 서울 안에서는 삼류 대학이기 때문이었다.

요즘엔 부잣집 애들이 공부도 잘한다. 성적이 돈에 비례한다. F여대는 그래도 이른바 '일류 대학'에 들고, 특히 거기 다니는 여자애들이 경쟁적으로 사치를 부리기로 소문난 대학이기 때문에 C는 더욱더 '귀족 된장녀'가 됐을 것이다.

C는 오르가슴에 무섭게 집착하는 여자였다. 그리고 자기도 남자한테 최고의 오르가슴을 느끼게 해주려고 애를 벅벅 쓰는 여자였다. 역시 부자 귀족 놈하고 결혼하고 싶어서일 것이다.

나는 C와 관계를 가질 땐 억지로라도 오르가슴의 신음 소리를 내줘야 했다. 그래야만 C가 자기의 섹스 기술이 뛰어나다고 생각하기 때문이다.

사실 성관계를 할 때 남자에게서는 신음 소리가 별로 나오지 않는다. 여자 쪽에서만 주로 꽥꽥 소리 지르며 신음과 비명 소리를 뱉어낸다.

그런데도 나는 C가 흐뭇해하도록 가짜 신음 소리를 냈다. '고객 관리' 차원의 배려에서였다. 어쨌든 C는 돈을 많이 주기 때문이었다.

언젠가 나는 그녀가 왜 '순결'보다 '섹스 기술'에 집착하고 있는지 궁금해서 물어보았다.

"시집을 잘 가려면 숫처녀라야 하지 않나요? 순결 같은 거엔 관심 없어요?"

나는 나를 사는 손님이 누구든 무조건 존댓말을 쓴다. 그래야 다들 기분 좋아하기 때문이다. 여자들도 남자들 못지않은 사디즘을 가지고 있다. 그래서 남자가 저자세로 복종적인 태도를 보이면 흐뭇해하는 것이다.

"수술이 있지 않니? 수술!"

하고 C는 내게 대답했다.

나는 그 '수술'이 '처녀막 재생 수술'이란 걸 알고 있었다. 그런데도 짐짓 모른 체하며 다시 물었다.

"무슨 수술을 말씀하시는 거예요?"

"다 알면서 왜 그래. 요새 시집가는 선배 언니들을 보면 다 그거 하더라. 일단 첫날밤만 속이는 데 성공하면 그다음엔 무조건 섹스 기술이야."

나도 여자의 순결 따위에 집착하는 놈들을 보면 꼭 촌놈처럼 느껴진다. 하지만 서로 속고 속이는(아니, 속아주는 체하는 건지도 모르지만) 귀족 집안 연놈들의 정략결혼 풍토에는 구역질이 난다.

"아무리 그래도 '권태'는 막을 도리가 없을걸요."

하고 내가 잘난 체 토를 달아보았다. 그랬더니 그녀는,

"그럼 남편더러 밖에서 바람피우라지 뭐. 나도 바람피우면 되니까" 하고 대답한다.

"그러려면 왜 굳이 결혼을 해요?"

"돈 때문이지 뭐. 여자는 그저 돈주머니만 차고 있으면 그만이야. 결혼만큼 남는 장사가 여자에겐 없어."

딴은 옳은 얘기다. 하지만 왠지 그렇게 말하는 그녀가 얄밉다.

하긴 나도 바람피우는 여자들 덕분에 이만큼 먹고살게 된 게 사실이다. 아니, '이만큼' 정도가 아니라 '꽤'이다. 기를 쓰고 대학을 졸업해서 취직에 성공했다 하더라도 지금만큼은 벌지 못했을 것이다.

내가 다니던 대학이 SKY 대학, 말하자면 일류 대학이 아니었기 때문이다.

집안이 가난하면 일류 대학이라도 나와야 한다. 부잣집 애들은 공부를 못해야 한다. 그게 공평한 거다. 그런데 이놈의 세상은 부잣집 귀족 자식들만 일류 대학에 들어가도록 되어 있다. 따지고 보면 SKY 대학이 최고의 일류 대학도 아니다. 미국에서도 '아이비(IVY) 리그'에 들어가는 초(超)일류 대학이 이제는 '진짜 일류 대학'이 되었다. 그런 델 다니려면 보통 귀족이어서는 안 되고 진짜 '귀족 중의 귀족'이어야만 한다.

어찌됐든 나는 C에게 섹스를 팔고 돈만 많이 받아내면 그만이었다. 그래서 나는 더 이상 말하지 않고 입을 다물었다. 경험상, 말만 많이 하고 섹스 파는 데는 별로 성의를 보이지 않는 '콜 보이'를 고객들은 싫어하기 때문이다.

사실 나도 그건 마찬가지다. 잠자코 섹스 서비스만 받는 손님들이 나는 더 좋다. 말을 헤프게 하는 여자는 결국 '사랑 타령'을 하게 마련이고, 나에게 정신적으로도 밀착되는 붙박이 정부(情夫) 노릇하기를 강요하는 경우가 많아서 그렇다.

말하자면 나는 '잠자는 숲 속의 공주'를 좋아하는 셈이다. 매일 잠만 잘 테니 남자한테 잔소리를 안 할 것이다. 특히 정력이 어떻고 저떻고, 섹스 기술이 좋다, 나쁘다 등의 투덜대는 말이 없을 것이다. 상상만 해도 기분이 좋다.

동화라는 게 아이들 심리만을 반영하고 있는 건 아닌듯 싶다. 묘하게도 어른들의 심리, 특히 성(性) 심리를 꿰뚫어 보여주고 있다.

내가 '잠자는 숲 속의 공주'를 그리워하듯, 요즘 여자들 역시 '잠자는 숲 속의 왕자'를 그리워한다. 다 여권신장 때문일 것이다. 이젠 정말 남녀평등 시대, 아니 솔직히 남자 입장에서 얘기하면 '여성 상위 시대'가 되었다. 남자들은 이제 여왕벌에게 섹스만 제공하다가 곧바로 죽어버리는 수많은 수벌 같은 신세가 되었다.

하지만 나는 수벌 신세가 되어도 좋으니 진짜로 여왕 같은 여자를 한번 만나보고 싶었다. '귀족' 신분만 가지고서는 나의 마조히즘을 충족시키기 어려웠다. 말하자면 '왕족' 신분을 가진 우아하디우아한 여자를 만나, 그녀에게 '자발적인 복종'을 하고 싶었다.

C 같은 여자애의 경우는 한마디로 말해서 '설익은 귀족'이었다. 졸부들이 다 그렇듯이 그녀는 돈만 많았지 '품위'와 '우아함'이 없었다.

이젠 세상이 거꾸로 되어간다. 예전에는 남자가 사디스트, 여자가 마조히스트인 게 정석(定石)이었다. 그런데 이제는 여자가 사디스트, 남자는 마조히스트인 세상이 되어버렸다.

나는 몸을 팔아 돈을 벌어가면서, 어느새 나도 모르게 마조히스틱한 쾌감을 느끼고 있는 나 자신을 발견했다. 한용운이 「복종」이라는 시에서 썼듯이(고등학교 때 배운 시 가운데 내 기억에 유일하게 남아 있는 시다), 한 여자를 진심으로 흠모하고 사모하고 숭배하며 그녀에게 '자발적인 복종'을 하고 싶었다. 한용운같이 용감한 독립운동가가 복종하고 싶을 정도로 훌륭한 여성이라면, 그 여자에겐 엄청난 카리스마와 우아함이 한데 섞여 있을 것이 틀림없다.

그렇다. 한마디로 말해서 나는 '진짜 사랑'을 한번 해보고 싶다는 생각을 슬슬 하기 시작했던 것이다. 절대로 여자를 사랑하지 않기로 했던 예전의 굳은 맹세가 어느새 슬그머니 꼬리를 내리고 있는 것이다.

나는 그러는 나 스스로를 꾸짖어도 보고 반성해보기도 했다. 하지만 진실한 사랑에의 갈구는 좀처럼 멈춰지지 않았다. 마치 사춘기 시절로 돌아간 듯한 느낌이었다.

'진실한 사랑'이란 말이 유치한 유행가 가사처럼 들리긴 한다. 그러나 내 주위에 있는 콜 걸들이나 콜 보이들을 보면, 다들 결국에 가서는 그런 유치한 '자살골(goal)'로 투철한 직업 정신을 망각해버리는 경우가 대부분이라는 것을 알 수 있었다.

4

그러던 중에 헤라를 만나게 되었다. 아니, 그냥 '헤라'라고 부르기엔 좀 불경스러운 느낌이 든다. '헤라 님'이라고 불러야만 합당할 듯싶은, 정말로 진짜 귀족적인 우아함과 야한 아름다움을 지니고 있는 여자였다.

나는 인터넷 카페 '롱 네일 페티시 마니악'에서 헤라를 알게 되었다. 나는 거기 들어가 가끔씩 몸을 팔기도 했지만, 거기에 들어가는 가장 큰 목적은 역시 긴 손톱 '페티시(fetish)를 통한 우정 나누기'에 있었다. 나는 우정에 굶주려 있었다.

긴 손톱에 특별한 정성을 쏟는 일은 나에겐 유일한 나르시시즘이고 정신적 마스터베이션이었다. 그런데 그 카페엔 주로 여자들만 모이고 남자는 아무래도 드물었다. 그래서 그런지 나는 많은 여성 회원들한테서 사랑(?)을 받았다.

하지만 나는 섹스로 돈거래를 하지 않고 단지 친구로만 여자를 만나는 일은 사양하고 있었다. 물론 채팅은 많이 했다.

여자들과 잡담을 나누는 일은 스트레스를 푸는 데 많은 도움을 주었다. 특히 손톱을 부러뜨리지 않고 길디길게 기르는 방법에 대한 토론식 대화는, 나에게 많은 정보를 가져다주고 깊은 정(情)까지 느끼게 해주었다.

헤라는 최근에 입회한 신입회원이었다. 그녀는 쪽지를 통해 나를 가끔 불러내 채팅하기를 원했는데, 이유는 '남자가 손톱을 길게 기른다'는 사실에 대한 호기심 때문이라고 했다.

헤라는 아직 내가 그 카페를 통해 이따금 몸을 판다는 사실을 모르고 있었다. 다른 여자 회원들, 특히 나를 사본 경험이 있는 여자 회원들이 굳이 그런 사실을 밝히지 않고 있기 때문이었다. 그래서 새로 들어오는 여자들은 내가 '콜 보이'라는 사실을 모르고 있었다.

헤라와 나는 처음엔 그저 긴 손톱에 대한 정보만 주고받았다. 그

러다가 언젠가 그녀는 이메일을 통해 다음과 같은 시를 내게 보내
왔다.

나는 기다렸지
네 손톱이 무럭무럭 자라나기를

드디어 네 손톱은 아주 길게 자라났어
나는 그 손톱들을 갈고 갈아 날카롭게 만들었지

그런 다음 너의 열 개의 손톱들을 떼어내
그걸로 네 모가지를 찔렀어

사정없이 사정없이 찌르고 또 찔렀어
피가 콸콸 나오도록 찔렀어

그랬더니 넌 결국 죽어버리더군
아름다운 시체로 변해버리더군

그제서야 나는 성욕이 일어났어
무럭무럭 음탕음탕하게 일어났어

그래서 나는 드디어 내 보지를 활짝 펼쳤지
그리고 거기에 시체가 된 네 몸뚱어리의 자지를 찔러 넣었어

아아아 오오오 이 희열 이 전율
나는 비로소 진정한 오르가슴을 맛볼 수 있었지

　나는 시(詩)에 대해서는 잘 모른다. 하지만 그녀가 보내온 시에서 왠지 강렬한 섬광 같은 것을 느꼈다. 그것은 나의 오감(五感)을 자극하는 지독한 사디즘이자 오르가슴이었다. 나는 마조히스틱한 쾌감에 짓눌리면서 그 시를 읽고 또 읽었다.

　나의 마조히즘 취향이 내가 그동안 여자에게 몸을 팔아가며 살아왔기 때문에 생긴 것인지, 아니면 태어날 때부터 생긴 것인지, 그건 잘 모르겠다. 하지만 혜라가 보내온 한 편의 시는 나에게 상상을 통한 자유로운 쾌감을 안겨주었다. 일찍이 느껴보지 못한 '정신적 쾌감'이었다.

　사실 '정신적 쾌감'과 '육체적 쾌감'을 칼로 두부 자르듯이 나눈다는 건 말도 안 되는 얘기다. 둘은 서로 연결돼 있다. 하지만 쾌감의 시작은 반드시 '육체적'인 것이어야 한다. 이런 신념을 나는 늘 견지하고 있었다.

　그런데 그녀가 보내온 시는 나에게 육체적 쾌감보다 더 강한 정신적 쾌감을 맛보게 해주었다. 그래서 나는 아주 어리둥절해지는 동

시에 뭔지 모를 허탈감 같은 것을 느꼈다.

나는 금세 답장을 쓰지 못했다. 얼굴도 모르는 여자에게 내가 빠져든다는 것은 말도 안 되는 일이기 때문이었다. 그녀가 내게 정신적 쾌감을 아무리 거세게 안겨줬다 할지라도, 만약 못생긴 여자라면 그녀는 상대할 가치가 전혀 없는 물건에 지나지 않았다.

손톱이야 물론 길게 기르고 있을 것이다. '롱 네일 페티시 마니악' 회원이니까. 그러나 손톱만 가지고서는 안된다. 나처럼 손가락이 가늘고 길어야 한다. 그리고 여자라면 더욱더 손의 피부 색깔이 우유처럼 희어야 한다.

하지만 그것만 가지고서도 안 된다. 얼굴과 체격이 받쳐줘야 한다. 연필같이 가느다란 체형(體形)에 훤칠한 키를 가지고 있어야 한다. 그리고 무엇보다도 다리가 가늘고 길고 날씬해야 한다. 이 모든 것이 충족되어야만 나는 비로소 사랑, 아니 '진짜 성욕'을 느낄 수 있을 것이었다. 여러 여자들을 상대해 와서 그런지, 나는 어느덧 미식가가 되어 있었다.

그동안 카페를 통해 만나 내 몸을 사간 여자들은 다 손톱만 길었지 나머지 조건에는 부합하지 못하는 여자들이었다. 그래서 나는 더 홀가분한 마음으로 섹스를 팔아먹을 수 있었다. 만약 내가 진짜로 '사랑'을 느낄 만큼 완벽한 조건을 갖춘 여자들이었다면, 아마도 나는 직업 정신에 완벽하게 투철할 수 없었을 것이다.

그녀가 내게 시로 말을 걸어왔기 때문에, 나도 시를 한 편 써가지고 그녀에게 답신을 보내야 할 것 같은 생각이 들었다. 하지만 금세 시상(詩想)이 떠올라주지 않았다.

중·고등학교 때 학교에서 거의 강제로 실시한 '교내 백일장' 같은 데 나가서 어설프게 시를 써보긴 했다. 그러나 헤라가 너무나 세련되게 야하고 섹시한 시를 보내왔기 때문에, 나도 그녀가 보낸 시만큼의 수준은 돼야 한다는 생각이 들었다. 일종의 강박관념이었다.

며칠 동안 낑낑거리며 시를 써봤다. 썼다 지우고 썼다 지우고를 반복했다. 좀처럼 마음에 드는 시가 나와주지 않았다.

그래서 나는 결국 '아름다운 시'를 포기하고 '솔직한 시'로 맞짱을 뜨기로 마음먹었다. 그러려면 역시 성욕에 대한 시여야 한다는 생각이 들었다.

몇 번의 수정을 거쳐 겨우 시 한 편이 탄생했다. 대학을 때려치운 내게 있어 먹물들이 어려운 말장난만 하는 '시 쓰기'란 사실 사치스러운 유희였다. 그래서 허심탄회하게 나의 마조히즘 취향을 쏟아내 보기로 하였다. 소재는 역시 '손톱'이었다.

내가 그녀에게 이메일로 써 보낸 시는 이렇다. 제목은 그냥 간단하게 「사랑 노래」라고 붙였다.

나는 기다렸지
네 손톱이 빨리 자라나기를

네 손톱이 1센티 2센티 길어질 때마다
나는 숨을 헐떡이며 그 순간을
기다렸지. 드디어 네 뾰족한 손톱이
날카로운 비수처럼 요염하게 길어졌을 때
나는 네 열 개의 손톱에 정성껏
핏빛 매니큐어 칠을 했지

그러고는 내 벌거벗은 몸뚱아리를
사정없이 할퀴고 찌르게 했지, 뚝뚝
떨어지는 검붉은 피, 아름다운 피, 달콤한
피, 피, 피.

나는 네 손톱으로 내 모가지를 찔러
아름답게 죽을 수 있게 되기를 바랐지.

시를 써 보내고 나서 나는 은근히 가슴을 두근거리며 그녀한테서 어떤 사연이 오나 기다렸다. 그랬더니 그녀는 이메일을 보내지 않고, 내가 인터넷 카페 '롱 네일 페티시 마니악'에 들어갔을 때 대화창을 통해 말을 건네 왔다.

"네가 이곳에 들어오기를 기다렸어. 이메일로 편지를 하기보다는 대화를 나누고 싶어서 말야."

갑자기 그녀는 내게 반말로 나왔다. 나는 조금 기분이 나빴다. 그녀가 내 몸을 돈 주고 사는 '고객'은 아니므로, 당연히 존댓말을 써야 한다고 생각했기 때문이다. 그래서 나는,

"왜 갑자기 반말이에요? 우린 애인 사이도 아니잖아요?"

하고 그녀에게 따졌다.

"네가 보낸 시를 보고 우리가 어쩐지 속궁합이 맞는 사이가 될지도 모른다는 생각이 들어서야. 그리고 네가 아무래도 나보다는 나이가 어릴 것 같아서이기도 하구."

"어떻게 내가 헤라 님보다 어리다고 생각했어요?"

'헤라'는 그녀가 카페에서 쓰는 닉네임이다. 나는 '미쳐버린 개'라는 닉네임을 쓰고 있었다.

"지금까지 쭈욱 대화를 나누어본 결과로 얻어낸 결론이지. 너는 우선 '긴 손톱'에 대해 나보다 미숙했어. 너는 네 손톱이 아주 길다고 자랑해댔지만 내 손톱 길이에 비하면 어림도 없을 거야. 나처럼 손톱을 길디길게 기르려면 오랜 시행착오의 시간이 필요하거든."

헤라가 나보다 훨씬 더 긴 손톱을 갖고 있다고 생각하니 부쩍 호기심이 당겼다. 그리고 그녀가 보고 싶어졌다.

"도대체 손톱이 얼마나 길길래 그렇게 자랑을 해대요? 그리고 난 남자잖아요? 한국에서 남자가 손톱을 길게 기르려면 큰 용기가 필요하다구요. 그걸 좀 높게 봐주셔야죠."

"아무튼 이젠 우리 서로 말을 놓기로 하자. 그동안 너와 대화하면서 꼬박꼬박 존댓말을 쓰는 게 사실 쑥스러웠어."

"대체 혜라 님 나이가 몇 살인데요?"

"여자 나이를 물어보는 건 실례라고들 하지만 나는 그렇게 생각하지 않아. 내 나이는 만으로 서른여섯이야."

만으로 서른여섯이면 우리 나이로 서른일곱이 아닌가. 나는 조금 실망감이 밀려오는 동시에 주눅도 들었다. 한참 뜸을 들인 끝에 내가 대답했다.

"난 혜라 님보다 나이가 훨씬 어려요. 그래서 반말 쓰기가 거북해요."

"네가 어리다는 건 이미 알고 있었어. 하지만 서로 반말을 쓰기로 해."

하지만 나는 그녀에게 반말을 쓰고 싶지 않았다. 나의 마조히즘 취향이 발동한 까닭이었다. 그녀가 나를 돈으로 사는 고객은 아니라 하더라도 여자에게 존댓말을 쓰는 게 내게는 훨씬 더 큰 쾌감을 안겨주기 때문이었다.

그래서 나는 그녀에게 내 생각을 솔직히 말해주었다. 어느새 '누나'라는 호칭이 튀어나왔다.

"누나가 보낸 시를 보고 나는 주눅이 들었어요. 그리고 큰 쾌감도 느꼈어요. 나는 여자에게 존댓말을 쓰면서 쾌감을 느끼니까 계속 존대를 할래요."

"그럼 네 마음대로 해. 어때? 내가 늙은 나이라 실망했지? 남자들은 다 영계를 좋아하니까 말야."

"실망이라기보다는 좀 놀랐죠. 내 나이는 안 물어봐요?"

"난 남자의 나이 따위엔 관심이 없어. 나이고 가문이고 다 때려치우고 빨가벗고 몸 하나로 뭉치는 데만 관심이 있지."

"그럼 헤라 님 나이는 왜 미리 밝혔어요?"

"남자들이 대개 여자의 나이에 특별한 관심을 보이기 때문이지. 그래서 아예 미리 알려주는 게 나아."

"난 누나가 나이 많은 것이 오히려 좋아요. 요즘 대학생 년들 같은 '건방진 청순미(淸純美)'는 없을 테니까요."

"건방진 청순미…… 거 꽤 재미있게 들리는걸. 그런데 청순미가 왜 건방지지? 여자가 청순하면 좋잖아?"

"그게 다 '내숭'에서 나오니까 그렇죠. 섹스를 밝힐 대로 밝히면서도 다들 겉으로는 청순한 척 꼴값을 떨거든요."

"그래서 네가 연상(年上) 체질이 된 거니?"

"그럴지도 모르죠. 난 누나가 없거든요. 늘 누나가 있으면 좋겠다고 생각해왔었어요."

"그래, 그럼 앞으로 계속해서 날 누나라고 불러. 아무튼 네가 보내온 시는 참 솔직해서 좋았어."

"나도 누나의 시가 좋았어요."

"그럼 우리 둘은 서로 천생연분에다가 찰떡궁합이네. 나하고 섹스하고 싶지 않아?"

여기서 나는 금세 대답을 쓸 수가 없었다. 여자한테서 돈을 받지 않고 섹스를 한다는 건 내 직업 정신에도 위배되는 일이요, 또 여자를 절대 사랑하지 않기로 한 애초의 맹세에도 어긋나는 일이기 때문이었다.

나는 그녀에게 내가 몸을 팔아먹고 사는 놈이라는 걸 밝힐까 말까 잠시 고민했다. 그러나 어차피 같은 인터넷 카페의 회원으로 있는 이상, 다른 여자 회원들이 다 알고 있는 사실을 구태여 숨길 필요까진 없다는 생각이 들었다. 그래서 나는 그녀에게 짧게 대답했다.

"난 여자한테서 돈 받지 않는 섹스는 안 해요."

그랬더니 그녀는 즉석에서 의외로 태연하게 대답했다.

"나도 남자를 돈 주고 사서 섹스해야 마음이 편해. 특히 너같이 어린애들은."

나는 잠시 어안이 벙벙해졌다. 다른 여자 회원들은 나의 정체를 아는 순간, 다들 조금씩은 놀랍다는(아니, 놀라는 '척'하는지도 모르지만) 대응을 해왔기 때문이었다. 나는 그녀에게 질세라 즉시 맞대응을 해주었다.

"돈을 얼마나 주시는데요?"

"네가 평소에 받는 가격보다 훨씬 비싸게 줄게. 난 적어도 너보다는 돈이 많아."

"그걸 어떻게 확신해요?"

"아직까지 나만큼 손톱을 길게 기른 여자를 못 봤으니까. 모조 손톱이 아니라 진짜 손톱으로 말야. 자연산(自然産) 손톱을 아주 길게 기르려면 돈이 많이 들지. 손을 함부로 놀리다간 손톱이 부러질 위험이 커. 그래서 손 하나 까딱 않고 남들을 부려 먹으며 시중을 받아야 하니까 돈이 많이 들 수밖에 없는 거지."

"난 집안일 다 하면서도 7센티까지 길렀는데요. 물론 손놀림을 조심해야 하는 피나는 훈련 과정을 겪었지만요."

"하여간 남자치고는 대단한 손톱 길이로구나. 넌 귀엽고 대견한 손톱 페티시스트(fetishist)야. 칭찬받아 마땅해. 하지만 내 손톱 길이는 네 손톱 길이의 두 배가 넘어."

"대체 몇 센티까지 길렀는데요?"

"한 20센티쯤 되지. 어때, 나한테 호기심이 발동해오지 않아? 물론 그러려면 네가 남들이 하는 네일아트 유행의 흉내나 내는 설익은 페티시스트가 아니라야 하지만."

손톱 길이가 무려 20센티미터……. 나는 금세 상상이 가지 않았다. 정말 그렇다면 그녀는 분명 '진짜 귀족'임이 분명하다. 그래서 나는 헤라에게,

"그럼 누나는 진짜 귀족이시네요."

하고 말해주었다.

"귀족? 그게 무슨 뜻이지? 내가 재벌의 상속녀라도 된다는 뜻인가?"

"그럴지도 모르죠. 손 하나 까딱 않고 남들을 부려 먹으면서 살려면 그쯤 돼야 하지 않겠어요?"

"하하하. 넌 참 순진한 애로구나…… 아무튼 네 상상대로 생각해. 근데 우리 이럴 게 아니라 한번 만나는 게 어때? 문자로 대화를 나누는 건 좀 갑갑해서 말야."

만나자고? 그럼 날 돈 주고 사겠다는 얘긴가? 아니지. 섹스를 원하지 않는다면 내게 돈을 줄 필요는 없지. ……그런데 서른일곱이나 됐는데도 저토록 잘난 체해대는 그녀의 외모는 대체 어떻게 생겨 먹었을까? 나는 부쩍 호기심이 들어 그녀의 제의를 승낙하기로 했다.

그다음 날 저녁에 나는 헤라를 만났다. 그녀가 만나자고 한 장소는 동부이촌동에 있는 '너와 함께 죽어도 좋아'라는 긴 이름의 카페였다. 청담동이나 압구정동이 아니라 동부이촌동으로 나오라는 게 신기했다. 거기에 룸(room)이 세 개 있는데 2호실에 예약을 해놓겠다고 하였다.

'너와 함께 죽어도 좋아'는 청담동에 있는 고급 카페 못지않게 인테리어가 세련되고 화려했다. 서울에서 강남 못지않게 비싼 고급 아파트들이 들어서 있는 동부이촌동의 카페다웠다.

그녀가 말해준 2호실 룸에 들어가니 그녀가 먼저 와서 기다리고 있었다.

우선 내 눈에 먼저 들어온 것은, 속이 다 들여다 보일 만큼 훤히 비치는 옷감으로 된 짧디짧은 빨간색 미니 원피스였다.

빨간색은 웬만한 여자라면 소화해내기 어려운 색이다. 자칫하면

천해 보일 우려가 있기 때문이다. 그런데 헤라가 입고 있는(아니, 살짝 걸치고 있는) 빨간 옷은 그녀와 기막히게 잘 어울렸다. 팬티와 브래지어를 안 하고 있어서 커다란 젖퉁이와 보라색 거웃이 다 들여다보였다. 등이 완전히 맨살로 드러나 있었다. 소름이 끼치도록 섹시한 모습이었다.

나는 나도 몰래 자동적으로 발기하고 있는 자지를 느끼며 짐짓 태연한 체 가장을 하고 그녀에게 먼저 말을 건넸다.

"그렇게 비치는 옷을 입고 어떻게 길거리를 걸어 다닐 수 있어요?"

그랬더니 그녀는 배시시 웃으면서 이렇게 대답했다.

"이 바보야, 내 옆을 봐. 롱코트가 놓여 있지 않아? 이걸 겉에 걸치고 다니는데 누가 뭐라 하겠어?"

그제야 나는 납득이 되었다. 그 롱코트라는 것도 실은 아주 얇은 재질의 천으로 만들어져 있어서, 흡사 잠자리 날개 더미를 보고 있는 것 같았다.

나는 그녀의 얼굴을 비로소 쳐다보았다. 정말 스물서너 살 정도로밖에 보이지 않았다. 화장을 해서 그런 것도 아니었다. 그녀의 얼굴은 정말 '청순' 그 자체였다.

화장기가 전혀 없는 얼굴 때문에 그녀의 길디긴 손톱이 더 도드라져 보였다. 대충 어림잡아도 정말 20센티미터가 넘어 보였다.

머리는 완전 금발로 염색돼 있었다. 귀고리도 목걸이도 팔찌도 안 했기 때문에, 일곱 빛깔 무지개 색에다 또 다른 세 가지 색으로 각각 다르게 칠해져 있는 열 개의 손톱들이 내 눈을 더욱 어지럽혔다.

나는 잠시 숨이 멎는 듯한 기분을 느꼈다. 지금까지 내가 살아오면서 만나본 여자들 중에서 제일 야하게 아름다운 여자가 바로 헤라였던 것이다.

손톱이 길고 짧고는 문제가 안 되었다. 그녀의 얼굴 자체가 그야말로 '미인'이었다.

어떻게 서른일곱의 나이에 그토록 희고 매끄러운 얼굴을 가지고 있을까? 나는 그것이 정말 궁금했다. 내 마음을 읽어내기라도 한 듯, 헤라가 말문을 열었다.

"어때? 내 손톱이 마음에 들어? 그리고 내 얼굴은 어때?"

"……정말 아름다우세요. 도대체 그 나이에 어떻게 그리도 고운 피부를 가질 수 있어요?"

그랬더니 그녀는 냉소적인 웃음을 입가에 흘리면서 대답했다.

"세상에 공짜가 어디 있겠니? 다 돈으로 만든 거지."

나는 그녀의 말이 믿어지지 않았다. 돈으로 고운 피부를 만들 수 있다면, 이 세상 여자들이 모두 다 악마에게 영혼을 팔아서라도 아름다운 피부를 만들었을 것이다.

아마도 그녀는 일종의 '겸손'으로 내게 그런 말을 했을 거라고 나는 마음속으로 중얼거렸다. 그녀는 보기 드문 '타고난 미녀'임이 분명했다.

다시금 그녀의 손톱들을 바라보았다. 손톱의 휘어진 정도가 들쭉날쭉한 걸 보니 모조 손톱이 아니라 진짜 손톱인 게 틀림없었다.

또 내 머리를 어지럽게 만든 것은 그녀의 길디긴 머리카락이었다. 머리카락 길이가 족히 그녀의 키보다도 길어 보였다. 키는 175센티미터쯤 되어 보였다. 긴 손톱과 긴 머리카락은 귀신을 울리고도 남을 만큼 신비스럽게 야한 하모니를 이루고 있었다.

나는 그녀에게 곧바로 '사랑'을 느꼈다. 여자라는 동물을 사랑하지 않겠다고 한 내 굳은 맹세가 와르르 무너지는 순간이었다.

나는 돌연한 낭패감과 더불어 비참한 패배감을 느꼈다. 뭔가 이상하게도, 내 인생의 수레바퀴가 삐걱거리며 잘 돌아가지 않는 듯한 느낌이었다. 기분이 엿 같았다.

그러면서 나는 새삼스럽게 '진짜 사랑'이란 결국 '이성(異性)의 관능적 외모에 대한 탐미적 경탄'에 지나지 않는다는 사실을 재확인하게 되었다. 이심전심의 사랑이라느니 고운 마음씨에 대한 사랑이라느니 하는 말들은, 다 못생긴 연놈들이 만들어낸 자위 수단에 지나지 않을 것이었다.

나는 멍한 눈빛으로 그녀를 바라보면서, 마음속으로 '연애'라는 것에 대해 생각해보았다. 지금까지의 여자 경험을 바탕으로 생각해본 결과, 다음과 같은 결론을 이끌어낼 수 있었다.

……연애에는 두 가지가 있다. 하나는 '연애를 위한 연애'고 다른 하나는 '진짜 사랑에 빠져서 하는 연애'다. 여기서 말하는 '사랑'은 물론 정신적 사랑이 아니라 관능적 사랑을 가리킨다.

'연애를 위한 연애'가 사람들이 하는 연애의 대부분을 차지한다. 그것은 하도 굶주리다 보니 마지못해 먹게 되는 음식과도 같은 것으로서, '시장이 반찬'이라는 속담이 그대로 적용되는 것이다.

진짜 사랑은 '관능적 경탄'으로 시작하지 않으면 안 된다. 말하자면 첫눈에 보고 반해야 하는 것이다. 상대방의 학벌이 어떻고, 집안이 어떻고, 직업은 무엇이고, 성격은 어떤가 따위의 문제가 고려되어서는 안 된다.

즉, 상대방에 대한 사전 지식이 전혀 없어야 한다. 그러므로 누군가의 소개로 만나게 되는 이성은 '진짜 사랑'의 대상이 되기 어렵다. 아무래도 선입관이 작용하기 때문이다. 또 소개를 받는다는 것 자체가 이미 '사랑에 배고픈 상태'를 전제하는 것이므로, 관능적 열정에 의한 순수한 직관이 불가능하다.

'관능적 경탄'은 시각에 의존한다. "상대방과 대화를 나누어보니 감칠맛이 나더라"나 "상대방과 키스를 해보니 뿅 가게 되더라" 따위와는 거리가 멀다. 그러니까 첫눈에 보고 반하는 사랑은 '상대방의 외모에 대한 경탄'에서 출발할 수밖에 없다. '외모'에는 얼굴뿐만 아니라 키, 헤어스타일, 화장, 옷차림 등이 다 포함된다. '첫인상'이 중요한 것은 그 때문이다. 첫인상이 모든 연애의 성패를 좌우한다.

물론 이성을 바라볼 때, 곰보가 보조개처럼 보이는 식으로, '제 눈에 안경'의 원칙이 적용될 수는 있다. 하지만 어찌 됐든 '첫눈'에 반해야 한다. "자꾸 만나다 보니 얼굴에 정이 가더라"나 "찬찬히 뜯어보니까 고운 얼굴이더라" 가지고는 절대로 안 된다.

'연애'는 '부부 생활'과도 다르고 '우정'과도 다르다. 연애는 정 (情)에 의해 진행되는 것이 아니라 관능적 욕구에 의해 진행되는 것이기 때문이다.

부부 생활은 성격의 조화라든가 속궁합의 일치라든가 가치관의 일치 같은 것이 주된 성공 요인으로 작용한다. 우정은 '좋은 의논 상대'라든가 '털어놓고 대화를 나눌 수 있는 사이' 같은 것 등이 그 지속 여부를 결정한다. 하지만 연애에는 그런 요소들이 아무런 작용을 하지 못한다. 연애감정을 지속적으로 불태우기 위해서는 오로지 '상대방의 외모에 대한 관능적 경탄' 하나만 필요하다.

그러므로 오랜 연애 끝에 드디어 삽입 성교를 하게 되면 연애는 대개 끝장을 고한다. 속궁합이 안 맞아서도 아니요 권태감이 느껴져서도 아니다. 연애는 그저 '바라보는 것'이어야 하기 때문이다.

물론 연애 기간 중에 함께 블루스 춤을 춘다거나 키스를 나눈다거나 스킨십을 통한 애무를 즐긴다거나 하는 것은, 연애감정에 불을 더 댕길 뿐 연애를 끝장으로 몰아가지는 않는다. 하지만 삽입 성교는 상대방과 이미 한 몸을 이루어(다시 말해 이미 '소유'해버려), '군침 흘리며 바라보는 상태'를 유지시키지 못하기 때문에 위험한 것이다.

한 남자와 한 여자가 우연히 만나 동시에 서로 첫눈에 반하는 경우는 극히 드물다.

영화나 소설에서는 그런 경우가 자주 등장하지만 현실과는 거리가 멀다. 대개의 연애는 한쪽에서 일방적으로 홀라당 반해버리는 형태로 시작된다. 따라서 엄밀히 따져 말하면 진짜 연애는 오직 짝사랑일 뿐이다. 한쪽은 지극정성으로 구애하며 사랑을 하소연하고, 다른 한쪽은 차갑고 냉소적인 눈길을 보내는 상태가 가장 연애다운 상태다. 상대방의 지극정성에 감복하여 사랑을 받아주면 연애는 그 즉시 끝난다.

그러므로 연애는 원칙적으로 비극이다. 사랑을 보내는 쪽에서 보면 상대방이 사랑을 안 받아주기 때문에 비극이고, 사랑을 받는 쪽에서 보면 귀찮은 애물단지가 지긋지긋 괴롭히기 때문에 비극이다. 또 서로가 서로를 사랑하는 사랑이 이루어지고 나면 '관능적 경탄'의 감정이 식어버리기 때문에 비극이다.

그렇기 때문에 진짜 연애소설은 결말을 한쪽의 죽음으로 끝낼 수밖에 없다. 『마농 레스코』나 『춘희』는 여주인공의 갑작스러운 죽음이 있기 때문에 남자 쪽의 사랑이 지속될 수 있었다. 『개선문』이나 『폭풍의 언덕』도 마찬가지 경우이다. 그런데 지금까지 소설 속에서 남자 쪽이 먼저 죽는 경우는 드물었다. 아마도 '남성 상위' 시대인 데다가 작가도 대부분 남성들이었고, 여류 작가의 경우라도 수동적 여성상만 그려서 그랬던 것 같다.

5

그래서 나는 헤라를 그저 '바라보기만' 하고 싶었다. 하지만 그녀는 내 손을 이끌어 자신의 승용차에 태웠다. 차종 이름이 뭔지도 모르는 아무튼 꽤 비싼 고급 외제 차였다. 차 모양이 아주 섹시하고 날렵했다.

그녀가 차를 몰아간 곳은 워커힐 호텔 옆에 있는 W호텔이었다. 입구를 보니 무궁화가 여섯 개나 붙어 있었다. 보통 최고급 호텔들이 무궁화 다섯 갠데, 이곳은 무궁화가 여섯 개였다. 그야말로 '6성(星) 장군'인 셈이다.

나는 괜히 주눅도 들고 또 한편으로는 감격했다. 그전까지 여자들이 나를 산 다음 데리고 갔던 곳은 대게 고급 '모텔'(호텔도 못 되는)들이었기 때문이었다. 물론 내부의 인테리어는 호텔 못지않았다.

W호텔 로비에 들어서니 거기 앉아 있는 손님들이 모두 다 '귀족'들로 보였다. 특히 젊은 여자들이 그랬다. 자세히 뜯어보면 아주 예쁜 얼굴들은 아니었다. 그러나 그네들이 휘감고 있는 옷이나 걸치고 있는 가방, 구두, 액세서리 등이 모두 진짜 '명품'들이었다.

부(富)티가 나는 여자들은 모두 다 일종의 '된장녀'들이다. 그러나 된장녀는 된장녀이되 '품위 있는 된장녀'가 있다. 나는 내가 섹스를 팔아가며 살게 되면서 익힌 눈으로, 그네들이 모두 진짜 '명품'들을 지니고 있는 '품위 있는 된장녀'라는 걸 알 수 있었다.

크리스챤 디올의 의상.

루이뷔통의 가방.

스와로브스키의 귀고리.

갈리아노의 모자.

페라가모의 구두.

다이아몬드 다닥다닥 파텍스 시계…… 등등.

이렇게 마음속으로 명품들의 이름을 되뇌어보고 나서, 나는 문득 새삼스럽게 헤라의 옷과 가방과 신발 등을 찬찬히 뜯어가며 살펴보았다. 모두 최최최고급 명품들이었다. 나는 그녀가 더욱 '진짜 귀족 부인'으로 보여, 더욱 더 주눅이 들어가고 있는 나 자신을 발견했다. 이상하게도 '민중적 적개심' 같은 것이 전혀 생겨나지 않았다.

헤라가 프런트에서 방값을 셈하고 룸 열쇠를 받아들었다. 나는 흡사 비루먹은 말같이 어벙해진 상태로 그녀의 뒤를 처벌처벌 쫓아갔다.

룸 안에 들어서니 과연 '6성(星) 호텔'다웠다. 최신 이탈리아제 고급 가구들이 분명한, 돈을 처바를 대로 처바른 인테리어가 내 눈을 어지럽혔다.

우선 몸을 씻어야겠다고 생각했다. '귀하신 분'에게 조금이라도 더러운 냄새를 맡게 하긴 싫었다. 그래서 욕탕으로 들어가려고 하는데, 헤라가 문득 나의 행동을 저지했다.

"씻지 마, 나도 안 씻을 거야. 난 네 몸뚱어리 냄새를 있는 그대로 맡고 싶어."

그래서 나는 다시 엉거주춤한 자세로 되돌아와 그녀를 따라 출렁대는 침대 위에 누웠다.

그녀는 순식간에 옷을 훌러덩 벗어버렸다. 나도 할 수 없이 옷을 벗었다.

그렇지만 나는 정말 섹스하기가 죽기보다 싫었다.

나는 그저 그녀를 '바라보기만' 하고 싶었다. 어쩐지 그녀가 '야한 성녀(聖女)'처럼 느껴졌기 때문이다. 그냥 자지가 발기된 상태로 끝나야만 나는 진짜 연애감정에 잠길 수 있을 것이었다.

그녀가 내게 전희(前戲)를 재촉해왔다. 나는 하는 수 없이 기계적으로 그녀를 애무해주었다.

그녀는 쉽게 달아올랐다. 색기(色氣)를 타고난 여자 같았다. 그녀가 그 긴 손톱으로 내 자지를 집요하게 갉작거려주자, 어쩔 수 없이 나의 본능도 거기에 맞춰 달아올랐다.

그래서 창피스럽게도, 그녀와 몸을 합치는 순간 순식간에 사정해버리고 말았다. 말하자면 콜 보이로서의 직능(職能)을 제대로 발휘하지 못한 셈이었다.

어쨌든 몸을 합치긴 합쳤는데도 나의 '연애감정'은 쉽게 사그라지지 않았다. 다만 조루 증세를 보였다는 게 헤라에게 몹시 창피스러웠다.

그래서 나는 후희(後戲)로라도 제대로 봉사해주고 싶어 안간힘을 썼다. 그녀는 그런 나를 계속 귀엽다는 눈초리로 지그시 응시하고 있었다.

후회도 제대로 되지 않았다. 이미 내 마음속에는 헤라에 대한 숭경심(崇敬心) 비슷한 게 자리 잡고 있어서 그런 것 같았다. 이건 정말 예전엔 맛보지 못했던 진짜 마조히즘이었다.

그래서 나는 그녀에게 속마음을 고백하기로 마음먹었다.

"누나, 난 벌써 누나에 대한 사랑에 빠져들고 말았어요. 내 평생 처음 가져본 느낌이에요. 이를 어쩌죠?"

그랬더니 그녀는 다시 배틋한 미소를 흘리면서 이렇게 대답했다.

"난 사랑 같은 건 믿지 않아. 남녀 간엔 오직 '거래'만 있을 뿐이야. 너도 나만큼 오래 살다 보면 깨닫게 될 거야."

'젠장, 정말 내가 강적(强敵)에게 걸려들었군.'

하고 나는 마음속으로 중얼거렸다. 그녀는 내게 있어 역시 '가까이하기엔 너무나 먼 당신'이었던 것이다. '귀족'과 '쌍놈'의 결합이란 원래 불가능한 법이니까.

그렇지만 나는 내 인생 처음 느껴본 '사랑'을 늠름하게 감당하기 어려웠다.

나는 호스트 바 생활에 뛰어들면서부터, 사랑 때문에 '인생을 심각하게 살 용의'가 전혀 없었다. 한데 그런 내가 그만 사랑 때문에 심각해지고 만 것이다. 허무하고 원통하고 자존심 상하는 일이었다.

마음을 진정시키기 위해 나는 헤라의 벌거벗은 몸뚱어리를 다시 한 번 찬찬히 뜯어보았다. 어느 한군데서라도 미적(美的) 약점이 보이면, 그녀에 대한 '사랑'을 종결시킬 수 있을 것 같았기 때문이다.

사실 누구나 이상형의 여자를 만나면, 그 순간 주위에는 몽롱한 정적만이 감돈다. 그리고 시야에는 오로지 그 여자밖에 들어오질 않는 것이다. 그러면 남자의 눈은 캠코더가 되어 슬로 모션으로 그녀를 훑어내리기 시작한다. 나는 주로 '선(線)'을 눈여겨보는 편이다.

먼저 귀밑에서 턱으로 빠지는 선이 너무 급하지도 않고 그렇다고 너무 완곡하지도 않게 부드럽게 흘러내려야 한다. 왜 미술을 좀 해본 사람이라면 쉽게 알 수 있을 것이다. 나는 고등학교 때, 석고 데생을 할 때마다 줄리앙의 턱선에서 눈을 뗄 수가 없었다. 그래서 그 창백하리만치 싸늘한 하얀 눈과 동성애적 사랑에 빠질 뻔도 했었다. 오로지 그 턱선 때문에 말이다.

그다음에 중요한 선은 목선에서 어깨를 지나 팔뚝으로 내려오는 선이다. 하얀 목이 일직선으로 곧게 뻗은 듯하다가도 어깨를 만나는 지점에서 부드럽게 흘러내리고, 어깨뼈를 만나는 지점까지 약간의 경사를 주어 호흡을 조절하고 있다.

여기서 어깨뼈는 여성의 몸이 주는 곡선미에서 절정에 해당하는 부분이라고 생각한다. 어깨뼈는 여러 가지 뼈가 맞닿는 곳이다. 자그마하고 동그마한 어깨뼈가 중심을 이루고, 살그머니 솟은 견갑골이 맞닿은 부분의 뼈와 살이 어우러져 조화를 보여주는 선은 우리가 생각해낼 수 있는 그 어느 것보다도 아름답다. 여기서 그 여자가 고개를 45도 정도 옆으로 돌리고 있다면 금상첨화다. 나는 또 목과 견갑골 앞부분이 만들어내는 절묘한 선의 조화를 볼 수 있을 테니까 말이다.

또 그 여자의 살결이 투명하리만치 하얗다면…… 아, 생각만 해도 가슴 떨리는 일이다. 나는 그녀의 투명한 살갗 아래로 살짝 내비치는 파리한 핏줄들이 만들어내는 아름다움의 절정을 넋 놓고 바라볼 수 있을 테지……. 뼈와 살과 핏줄이 만들어내는 선의 미(美)는 이 세상 어느 예술작품도 따라올 수 없을 것이다. 나는 흔히 여자의 나신(裸身)하면 떠오르는 가슴이나 엉덩이에서는 별로 매력을 못 느끼는 편이었다.

또 내가 관심 있는 것은 목에서 등을 거쳐 엉덩이 바로 직전까지 내려오는 선의 아름다움이다. 왜 목뼈와 척추가 맞닿는 곳에 볼록하고 단단한 둥근 뼈가 솟아 있지 않은가? 거기서부터가 시작이다. 자그마한 어깨는 살짝 안쪽으로 굽어 있어야 한다. 수줍은 듯 불룩 솟은 날개뼈를 양옆으로 척추뼈가 등 한가운데를 타고 시원하게 흘러내리는 것이다. 여자의 허리선은 앞에서 봤을 때보다 뒤에서 봤을 때가 제격이다. 이 척추뼈의 묘미는, 일직선으로 흐르지 않고 교태부리듯 허리에서 한껏 안으로 옴팍 파였다가 엉덩이 쪽에서 한껏 들린다는 점이다.

남자들은 흔히 탄력 있게 솟아오른 여자의 엉덩이를 좋아한다고 하지만, 장담하건대 그렇게 빵빵한 엉덩이도 직전에 옴팍 파인 허리가 없다면 아무런 감동도 주지 못할 것이다. 그렇지만 뭐니 뭐니 해도 여체의 백미는 고관절 윗부분에 있는, 척추를 중심으로 하고 양옆으로 반 뼘씩 떨어져 있는 곳에 앙증맞게 파인 두 홈이 아닐까 한다.

눈을 감고 내가 지금까지 얘기한 선을 따라 여자의 벌거벗은 몸매를 그려보았다. 천상(天上)의 어느 여신보다도 아름다운 그녀가 내 눈앞에 그려졌다. 이만하면 대충 내가 어떤 취향을 가진 남자인지 알 만할 것이다.

나는 다시 감았던 눈을 뜨고 찬찬히 헤라를 관찰해보았다. 마음속에 그려졌던 이미지 그대로였다. 다시금 온몸에 덜덜덜 소름이 돋으며 오한이 났다.

시골서 올라온 가난한 고학생에게 이런 고급스러운 미감(美感)이 순식간에 생겨났을 리 만무하다. 그것은 그동안 여러 여자들을 거치면서 수많은 시행착오 끝에 얻어낸 미감(美感)이었다. 아름다움에 대한 미식가(美食家)가 되어야만 여자들의 끈질긴 추적을 피할 수 있기 때문이었다.

대체 이렇게 아름다운 여자가 왜 나 같은 놈을 돈 주고 사겠다고 했을까? 어느덧 중년을 향해 치닫고 있는 그녀의 나이 때문에?

아니다. 절대로 그럴 리가 없다. 그녀가 자기 나이를 제 입으로 밝혔기 때문이지, 만약 끝내 나이를 밝히지 않았다면 나는 그녀를 그저 세련된 여대생쯤으로 보았을 것이다.

그럼 심심풀이 간식용으로? 어쩌면 그것이 해답이 될 수도 있을 것 같다.

그러나 간식용이든 주식용(主食用)이든, 나는 그녀가 계속 나를 필요로 해주기를 바라고 있었다. 단 한 번의 만남으로 내가 이렇듯 심각하게 사랑에 빠져들게 되다니……. 억울하고 분해서 견딜 수가 없었다. 하지만 현실이 현실이니만큼 나로서는 어쩔 도리가 없었다.

한참 동안 뜸을 들였다가 나는 헤라에게 이렇게 말했다.

"누나, 저를 좀 자주 만나주실래요? 난 누나가 너무 좋아졌어요. 돈은 안 받아도 돼요."

'사랑한다'고 하려다가 웬지 쑥스러워서 '좋아한다'로 바꾸었다.

"그건 뭐라고 약속할 수 없어. 난 모든 걸 기분 내키는 대로 하는 성격이니까. 난 네 나이 때 이미 사랑이나 우정 따윈 집어 던져 버렸지……. 그리고 보니 넌 참 애송이로구나. 아직도 사랑이란 걸 찾아 헤매고 있으니 말야."

그녀의 대답을 듣고 나니 더 창피스러워졌다. 쥐구멍에라도 들어가고 싶은 심정이었다.

하긴…… 나도 이 험한 세상에 사랑 같은 건 없다고 생각했었지. 사람도 자연의 일부이고 자연은 처절한 약육강식의 장(場)이니까. 그런데도 나는 왜 뜬금없이 사랑에 빠져든 걸까? 나는 내가 죽이고 싶도록 미워졌다.

그래서 나는 원래의 직업 정신으로 되돌아가고 싶어 그녀에 대한 섹스 서비스를 다시 시작했다. 또 조루가 될까 무서워 이번엔 오랜 시간 동안 보지를 빨아주었다.

한참 동안 진땀을 흘리며 봉사해주고 나니까, 그제서야 헤라는 본전을 뽑은 것 같다는 표정을 했다. 그러고는 내 머리털을 마치 개를 쓰다듬듯이 긴 손톱이 매달려 있는 손으로 천천히 쓰다듬어주었다.

"넌 그만하면 네가 맡은 역할을 충분히 해냈어. 오늘은 이쯤에서 끝내기로 하지. 네가 보기보다는 쓸 만한 펫(pet)이 될 수 있다는 걸 나는 알았어. 미쳐버린 개 님, 수고했어요."

헤라는 내게 이렇게 말하고는 잽싸게 옷을 입었다. 그토록 긴 손톱들이 매달려 있는 손으로 능숙하게 옷을 걸치는 모습이 신기(神技)에 가까웠다.

내가 미처 옷을 다 주워 입을 새도 없이 그녀는 룸의 문을 열고 밖으로 나가버렸다. 나이트 탁자 위를 보니 하얀색 봉투가 놓여 있었다. 언제 그걸 올려놓았는지 신기했다.

나는 그녀가 내게 화대(花代)를 그냥 돈으로 주지 않고 봉투에 넣어서 줬다는 사실에 다시 한 번 감격했다. 과연 진짜 귀족다운 행동이었다.

봉투 안을 들여다보니 10만 원짜리 자기앞수표가 열 장 들어 있었다. 그만한 보수를 받기엔 내가 해준 서비스가 부족하다고 생각했다. 하지만 나는 썩 기분 좋은 마음으로 그녀가 준 화대를 봉투째 양복 안주머니에 집어넣었다.

그녀는 대체 무엇을 하는 여자일까? 별거해서 살고 있는 돈 많은 재벌의 마누라일까, 아니면 사업을 크게 하고 있는 골드미스일까?

나는 계속 그녀의 정체를 궁금해하며 혼자서 처벌처벌 W호텔 문을 나섰다. 다음에 그녀를 다시 만날 수 없을지도 모른다고 생각하니 공연히 설움이 복받쳐 올라왔다. 새삼 내가 무척 외로운 신세라는 생각도 들었다.

헤라한테서 전화가 온 것은 그때의 만남이 있은 후 한 달쯤 지나서였다. '롱 네일 페티시 마니악' 카페에도 그녀가 나타나지 않기에, 나는 내심 조바심치고 있었다. 그러던 중, 그녀가 황공하옵게도 내 핸드폰으로 전화를 해온 것이다.

"오늘은 호텔 따위엔 가지 말고 내 집으로 와."

그녀가 한 말이었다. 자기 집으로까지 초대해주니 나로선 참으로 황송한 기분이 들었다.

그녀가 전화로 가르쳐준 대로 그녀가 살고 있는 청담동의 한 고급 빌라로 갔다. 앞에서 보니 굉장히 큰 성(城)과도 같았다. 철제문이 굳게 닫혀 있어, 나는 수위 아저씨에게 인터폰으로 찾아온 용건을 말했다. 그러자 굳게 닫혀 있던 철문이 열렸다.

넓은 정원을 지나 로비로 들어갔다. 특급 호텔 못지않게 고급 이탈리아산 대리석으로 처바른 호화스러운 로비가 나를 주눅 들게 했다.

엘리베이터를 타고 그녀가 살고 있는 902호실로 갔다. 초인종을 누르자 헤라가 전과는 완전히 다른 모습으로 나를 맞아주었다.

빌라 내부를 보니 그 안에서 자전거를 타도 될 만큼 넓디넓었다. 대충 어림잡아봐도 2백 평은 족히 되는 것 같았다. 나는 그토록 넓고 사치스러운 빌라를 본 적이 없었다. 그녀는 진짜 귀족임이 분명했다. 창문 밑으로 한강이 시원스레 내려다보였다.

오늘따라 그녀는 정말 신비롭게 아름다웠다. 훤칠한 키에 전체적으로 약간 마른 듯 보였지만 앙상하게 마른 것은 절대 아니었다. 왜…… 골격이 작은 여자들이 있지 않은가? 큰 키에도 불구하고 자그마한 골격에 적당히 살이 붙어 부드러움을 더해주는 그런 '여성스러운' 몸매를 가진 여자들 말이다. 그녀는 숱 많은 머릿단을 발의 복사뼈까지 늘어뜨리고 있었다. 요즘에는 블루블랙이니 하는 칙칙한 색깔을 인공적으로 넣는 여자들이 많지만, 그녀의 머리카락이 튀는 핑크색인 것만은 의심할 나위가 없었다.

얼굴을 다시 뜯어보니 정말로 조막만 했는데, 귀 아래서 턱으로 이어지는 선이 깨질 것처럼 너무도 가냘파서, 나는 그만 두 손으로 감싸주고 싶은 충동을 억누르느라 나는 한참 동안 진을 빼야 했다. 너무나 투명해서 그 안이 다 비칠 것만 같이 새하얀 피부는 숱 많은 머릿단과 극명한 대조를 이루고 있었다. 그리고 뺨 아랫부분은 싱그러운 청록빛을 띤 핏줄들이 관능적인 지도를 그리고 있었다.

나는 보통 아이섀도를 짙게 칠한 여자들을 '어색하다'고 보는 편이었는데, 그녀는 화장을 완벽하게 잘해 화려한 아이섀도가 정말로 잘 어울렸다. 그녀의 눈은 앙증맞은 고양이의 그것 같았다. 눈동자는 흑옥(黑玉)처럼 까맣고, 흰자위는 푸른빛이 돌 정도로 희었다. 눈 모양도 단순히 둥그렇기만 한 게 아니라 마치 송편 모양처럼 기묘한 곡선미를 보여주고 있었다. 그런데 그것이 또 그렇게 도발적으로 보일 수 없었다.

입술에는 간단히 누드 핑크빛이 도는 립글로스를 발랐을 뿐이었는데, 약간 작은 듯한 입술은 그대로도 완벽한 모양새를 이루고 있어 입술선을 교정하기 위해 립라이너를 할 필요가 없었을 터였다.

내가 그녀에게 다시금 정신을 빼앗기게 된 이유는 이렇게 신비롭고 이국적인 얼굴 탓도 있었지만, 역시 길고 가느다란 목과 자그마한 어깨가 보여주는 지극히 아름다운 곡선미 때문이었다. 물론 어두운 실내조명 때문에 확실히 볼 수는 없었지만, 옷 위로 드러난 어깨의 맵시하며 가끔씩 보이는 하얀 목선으로 미루어보아 내 상상은 틀림없었을 것 같았다.

그녀는 패션 감각 또한 너무나 뛰어난 것 같았다. 그녀는 온통 황금색으로 온몸을 휘감고 있었는데, 황금색이 이토록 사람을 매혹적으로 보이게 하는지는 여태껏 상상도 해본 적이 없었다. 상의(上衣)는 성근 망사로 된 망토쯤 되어 보였다.

목 주위의 여밈새와 손목 주위는 온통 보라색 깃털로 화려하게 장식돼 있었고, 풍만해 보이는 깃털 장식은 그녀의 가는 허리와 극명한 대조를 이루고 있었다. 나중에 들은 거지만, 그녀의 허리는 한 18인치쯤이라고 한다.

18인치만 돼도 인간의 허리가 아닌 것처럼 가느다란 데, 영화 「바람과 함께 사라지다」로 유명한 여배우 비비안 리의 허리가 16인치였다는 건 말짱 거짓말일 것이다. 화려한 망토 아래에는 발목까지 오는 긴 타이트스커트를 입었는데, 그게 또 몸에 몹시도 착 달라붙어 있는 게 아닌가. 골반부터 찢어놓은 트임 사이로 살짝살짝 엿보이는 그녀의 날씬한 다리와 보지 또한 무지 선정적이었다.

일반적으로 사람들은 '패션의 완성'은 신발이라고 하면서도 정작 신발에 신경 쓰는 사람은 많지 않다. 하지만 그런 점에서 본다면 그녀의 패션은 완벽하다고 볼 수 있을 것이다. 그녀는 금방이라도 부러질 것같이 얄따란 스틸레토 하이힐을 신고 있었다. 나는 그때까지 18센티미터가 넘는 '울트라 하이힐'을 신은 여자를 실제로 본 적이 없었다. 실내화라서 그런 높은 하이힐이 가능한 듯했다.

소위 명품이니 뭐니 해서 샤넬이나 구찌, 겐조, 셀린느 같은 옷으로 쫙 빼입고 다니는 여자들은 어디에나 널려 있다. 하지만 요즘 유행이 '울트라 하이힐'은 아닌 것이다. 대부분의 여자들은 큼직한 리본이 달린 단화를 신고 다니는 게 보통이다. 하여튼 나는 말 그대로 그토록 높은 굽의 '킬힐'을 실제로는 처음 보았다.

그녀는 다리를 꼬고 소파에 앉았다. 그래서 높은 하이힐이 오히려 그녀의 다리 전체에 위태위태함을 더해줘서, 아이러니하게도 금세 부러질 것만 같은 아름다움을 느끼게 해주었다. 구두 앞모양도 너무나 뾰족해서, 안에 있는 발가락들이 짜부라들지 않고서는 걷지도 못할 구두였지만, 전체적으로 그 위태위태한 아름다움은 정말 사람을 오싹하게 할 만큼 치명적이었다. 구두 앞은 깊게 파여서 발가락만 간신히 가릴 정도였고, 그 발등 위를 가느다란 금색 메탈 줄이 사선으로 가로지르고 있었다.

나는 그녀가 준 와인 잔을 질금거리면서 긴 시간 동안 숨을 멈추고서 그녀의 옆모습을 관찰하고 있었다. 그러다가 결국 침을 한 번 꿀꺽 삼키고 그녀 바로 옆자리에 가서 앉았다. 나는 '진짜로 야한 여자' 앞에서는 사족을 못 쓴다. 나는 그녀의 사랑을 받고 싶어서 장(腸)이 다 꼬일 것 같은 기분이었다. 그녀도 내게서 눈을 아주 떼지 않는 걸로 봐서 나한테 쬐끔은 '사랑'의 관심이 있는 것 같아 보였다.

서로의 반응을 염탐하던 중에 다시 눈이 마주친 그녀는 내게 살짝 미소를 지어주었다. 기회는 이때다 싶어, 나는 그녀의 오래된 연인과 같은 태도로 그녀의 오른쪽 허벅지에 손을 갖다 댔다. 신기하게도 그녀는 소스라치게 놀라거나 하는 식의 촌스러운 반응을 나타내 보이지 않았다.

나는 다시 손을 빼어 그녀의 두 가랑이 사이로 찔러 넣었다. 그래서 내 손바닥은 그녀의 사타구니 사이에 포근하게 감혔다. 내 손에 전달돼 오는 맨살의 따스한 온기와 '노 팬티'로 인한 음모(陰毛)의 부드러운 감촉 때문에 나는 너무나 너무나 행복했다.

나는 더욱 용기를 내어 그녀의 귓바퀴에 혀를 갖다 대 보았다. 그래도 그녀는 가만히 앉아 있었다. 나는 그녀의 귓바퀴와 귓불, 그리고 귓속을 철부덕철부덕 핥았다. 그래도 그녀는 조용했다. 그래서 나는 그녀의 그런 야한 매너에 진심으로 감복했다. 어느 여자 같으면 잔소리를 해대거나 가만히 있다손 쳐도 조금씩 폼을 잡거나 생색을 냈을 것이다.

나는 그녀와의 '이심전심'이 오늘은 가능하다는 것을 직감적으로 느꼈다. 그래서 그녀의 입술에 내 입술을 갖다대 보았다. 퍼들거리는 그녀의 혀가 금세 내 입안으로 쳐들어왔다. 혓바닥과 혓바닥의 부딪침, 그리고 타액과 타액의 섞임. 나와 그녀는 과거와 미래를 아랑곳 않고 서로 오래된 연인 사이처럼 사랑을 나누었다.

나는 그녀의 어깨를 얼싸안았다. 그러고는 그녀의 몸과 내 몸을 밀착시켰다. 그녀의 몸뚱어리는 따스했다. 꼭 난로 같았다.

거실의 음악이 바뀌었다. 올리비아 뉴튼 존이 부르는 「phisical」이라는 옛날 노래였다. 그 노래 속의 가사인 "Let me hear your body talk"가 우리 두 사람을 일어서게 했다.

나와 그녀는 조용한 걸음걸이로 거실을 빠져나왔다. 역시 아주 높은 굽의 구두인지라 그녀의 걸음걸이는 우아하게 느렸다.

우리는 침실로 들어갔다. 우리의 육체적 결합은 아주 오랜 시간 동안 이루어졌다. 나는 내가 돈을 받고 섹스를 파는 남자 입장에서가 아니라, 정말로 그녀의 연인인 것 같은 착각에 빠져들었다.

우리는 서너 탕을 뛰었다. 나는 기진맥진했다. 섹스는 여자보다 남자가 훨씬 더 많은 칼로리를 소모하는 중노동이었다.

나는 담배를 피워 물었다. 그녀도 나를 따라 담배를 피워 물었다. 그녀가 피우는 담배는 요새는 보기 드문 '모어(More)' 상표의 미국 담배였다. 커피색의 담배라는 게 특이했고, 담배 길이가 정말 길었다. 한 140밀리미터는 되어 보였다. 그녀의 엄청나게 긴 손톱들과 꽤 잘 어울렸다.

사랑을 나눈 후에 피우는 담배…….

허무와 열정이 엇섞인 묘한 기분…….

길게 이어지는 우리 두 사람의 담배 연기를 따라 미묘한 니힐리즘이 흐르고 있었다.

나는 담배를 피우면서, 그녀에게 용기를 내어 물어보았다.

"누나, 누나는 어떻게 그토록 돈이 많아요? 이렇게 큰 집은 처음 봤어요. 누나는 진짜 귀족이 분명해요. 누나의 정체가 정말 궁금해졌어요."

그랬더니 그녀는 빙그레 비웃는 듯한 미소를 입가에 흘렸다. 그리고 낮은 음색으로 대답했다.

"내가 귀족으로 보인다구?…… 난 절대로 타고난 귀족은 아냐. 나나 너나 똑같아. 우리는 둘 다 섹스를 팔아서 살고 있어. 다만 내가 물은 물주(物主)가 엄청난 재벌이라는 점이 너와 다르지만."

나는 적이 실망감을 느꼈다. 그렇다면 그녀는 오로지 '돈'으로만 귀족이 된 여자에 불과하니까 말이다. 그러나 한편으로는 30대 후반의 나이에 재벌의 세컨드 노릇을 하는 그녀가 부러웠다.

나도 30대 후반의 나이까지 그런 여자 물주를 잡을 수 있을까? 나는 다 피운 담배를 황금빛 재떨이에 비벼 *끄고* 나서 헤라에게 다시 물어보았다.

"그럼 저도 누나처럼 될 가능성이 있을까요? 30대 후반의 나이까지 말이에요."

그랬더니 그녀는 다시 냉소적인 웃음을 흘리면서 야멸차게 대답했다.

"네가 나처럼 되기는 힘들어. 남자는 서른 살만 넘으면 섹스 능력이 팍 사그라들거든. 너의 호스트로서의 수명은 얼마 안 남았어."

그녀의 대답을 듣고 나는 새삼 서글퍼졌다. 울고 싶은 기분이었다. 그녀는 나를 '사랑'하지 않는 게 분명했다. 오직 나의 '젊음'을 샀을 뿐이었다.

"전 누나를 진짜로 사랑해요. 이런 기분은 정말 처음이에요. 누나도 저를 사랑해주실 수 없나요?"

"난 아무도 사랑하지 않아. 나를 이렇게 호강시켜주는 부자 영감에게도 난 그저 돈 때문에 섹스를 바칠 뿐이야. 넌 내가 돈을 주고 산 섹스의 '먹잇감'에 불과해. 착각하지 마. 너와 내가 직업상의 공통점이 있다고 해도 나는 네게 동병상련의 정(情)을 전혀 느끼지 않아."

냉정한 그녀의 말에 나는 정말 참담한 심정이 되었다.

이윽고 그녀는 내게 돈 봉투를 내밀었다. 나는 받지 않으려고 했지만 그녀가 내 호주머니에 봉투를 찔러 넣었다. 나는 쫓겨나는 심정으로 그녀의 성(城)을 빠져나왔다.

집에 돌아와 생각하니 온갖 망상(妄想)이 쳐들어왔다. 점점 더 헤라의 노예가 되어가는 기분이었다. 새삼 지금이 '여성 상위 시대'라는 사실을 절감했다.

나는 헤라의 섹시한 의상과 높은 하이힐, 그리고 긴 손톱들을 상상해가며 자학적으로 마스터베이션을 했다. 그런 다음 취하도록 술을 마셨다.

술기운 탓인지 어떤 판타지가 머릿속에 떠올랐다. 나는 어느새 그녀의 '개'가 되어 있었다.

……나는 진짜 마조히스트가 되었다. 나를 가장 흥분시키는 상상은 내가 한 마리 개가 되는 것이다. 그러나 나의 겉모습은 어디까지나 인간이다. 말쑥한 정장을 한 나의 '그녀'가 나를 이끌고 산책을 한다. 나는 발가벗은 채 금으로 도금한 개목걸이를 하고 호화스러운 귀부인 차림의 그녀에게 끌려간다. 그녀는 기품 있고 아름다운 귀족 신사와 함께 산책하고 있다.

산책로에는 사람들이 많이 몰려 있다. 다시 말하지만 나는 '그녀'의 충실한 개다. 나의 무릎은 발꿈치가 엉덩이에 닿도록 접힌 채 압박붕대로 촘촘히 감겨 있다. 내 힘으로 일어설 수도 없는 나는 기쁜 마음으로 개가 되어 있다. 내 마음속의 연인 헤라는 내게 무자비하리만큼 채찍질을 가하고 내 귀를 꼬집기도 한다. 오히려 나를 아껴주는 것은 기품 있는 그의 귀족 애인이다.

그는 내가 기어갈 때 땅에 끌리다시피 하는 내 긴 머리카락을 매만져주고 등을 쓸어주기도 한다. 그의 다정한 애무는 오히려 나를 서글프게 한다. 나의 애인을 빼앗아 간 남자임에도 불구하고, 나를 보살펴주는 귀족 신사에게 무한한 존경과 사랑을 바치게 되기 때문이다.

개가 되어 산책하는 나를 구경하는 행인들 중에는 내가 평소에 무시하고 싫어했던 인간들도 섞여 있어서 더욱 나의 수치심을 돋운다.

　가끔 내가 말을 안 들을 때면 나의 '그녀'가 아픈 집게로 내 살을 꼬집을 수도 있겠다. 아무래도 가장 좋은 타깃은 자지겠지.

　나를 괴롭힐 수 있는 게 또 뭐가 있을까. 윤활제를 듬뿍 바른 애널 막대기를 내 항문에 밀어 넣을 수도 있겠다. 그러면 나는 안 그래도 불편하게 기어가고 있는데 똥구멍까지 아파 더욱더 어기적어기적 기어가게 된다. 항문에 무언가가 쑤시고 들어왔다는 불편함과 함께, 한편으로는 은근한 쾌감이 밀려온다. 막대기를 금방 뺐으면 싶기도 하고 또 미칠 듯 좋기도 한, 오묘한 감각의 줄타기를 하며 나는 기어가고 있다.

　흠, 그러고 보니 무릎을 묶은 압박붕대는 섹시하지가 않다. 본디지(bondage)가 좋겠다. 나는 가터벨트의 스타킹을 신은 후 20센티가량 되는 가느다란 굽의 스틸레토 하이힐을 신고 있다. 무릎을 접은 다음 발목과 허벅지가 닿은 부분을 부드러운 가죽끈으로 예쁘게 묶는다. 가슴을 포함한 몸도 거북 묶기 방법으로 마무리하면 본디지 완성이다. 기어가려면 무릎이 아플 테니 고무를 덧대면 좋을 것 같다. 주인마님은 참으로 배려 깊으신 분이시니 그것을 허락할 것이다.

　나는 기쁜 마음으로 기어가다가 가끔씩 머리를 올려 허공에다 대고 섹시하게 짖어보기도 한다.

　컹, 컹, 커엉…….

나만 좋으면

나만 좋으면

1

"아가씨, 돈 뽑는 것 좀 도와주시겠수?"

은행 현금지급기에서 돈을 뽑고 나가려던 나는 내 뒤에 서 있는 나이 든 할아버지의 부탁에 조금 짜증이 치밀어 올랐다. 학교에 늦을 거 같다는 걱정에 나는 시계를 들여다보며 건성으로 대답했다.

"네, 도와드릴게요. 카드 이리 주세요. 얼마나 뽑으실 거예요?"

"51만 원이오."

현금지급기의 표시 화면을 빠르게 누르며 뒤에 바짝 붙어 서 있는 할아버지를 힐끗 쳐다보니까, 나이가 생각보다 그렇게 많지는 않아 보인다. 머리가 많이 빠졌지만 얼굴 피부가 곱다.

"비밀번호는 아세요?"

대답도 없이 그가 비밀번호를 누른다. 이 할아버지가 비밀번호를 누를 줄은 알면서도 돈을 못 뽑는다는 게 이상하다.

"여기 돈 나왔어요."

"아가씨는 급한가?"

또 무엇을 부탁하려고 하나 싶어서 학교에 늦었다며 건성으로 대답하고 나서 성큼성큼 걸어서 은행 문을 나섰다.

"잠깐만, 이거 가져가요."

그가 내민 봉투에는 분명히 아까 뽑은 51만 원이 들어있는 게 틀림없다. 순간 의아해하다가 무슨 의미인지 깨닫자, 내 얼굴이 빨개졌다.

화를 버럭 내고 돌아서야 하는데 이상하게도 내 몸이 굳어 있다. 그의 몸에서 진하게 풍기는 말보로 담배 냄새에 짜릿한 기분이 든다. 자연스럽게 봉투는 내 손에 들려진다. 그의 차에 탄다.

돈을 받은 것은 돈 때문만은 아니다. 집에서 받아 쓰는 용돈과 내가 아르바이트로 고등학생 과외지도를 해 주고 버는 수입으로 돈이 특별히 부족하지도 않다. 그렇다고 해서 이 남자 외모가 그다지 출중한 것도 아니다. 할아버지는 아니고 나이 많은 아저씨 정도라고 하면 잘 봐주는 것이다.

차 옆자리에 앉아 그를 찬찬히 뜯어본다. 아주 잘생긴 얼굴은 아
닌데 코가 옆에서 보니 제법 오뚝하다. 안경 쓴 눈을 가느다랗게 치
뜨고 있는 모양이 섬세하고도 날카롭다. 전체적으로 마른 몸. 딱히
싫은 외모는 아니다.

차 옆에 달린 백미러에 내 얼굴이 비친다. 오늘의 내 모습이 마
음에 든다. 하얀 피부에 스모키 화장을 하고 한껏 몸매가 드러나는
옷을 입었다. 흰 블라우스에 골반에 걸치는 짧은 마이크로 미니스커
트를 입고, 15센티미터 굽의 금색 킬힐을 신었다. D컵 가슴이 블라
우스 단추를 팽팽하게 밀어내고 있는 걸 내려다보니 나 자신이 훨씬
더 만족스럽다.

앞만 보고 운전하고 있지만, 그가 나를 상대로 지금쯤 상상의 나
래를 펴고 있을 걸 생각하니 웃음이 났다. 그러면서 나 역시도 그의
바지춤에 눈이 가는 건 어쩔 수가 없었다. 그의 담배 냄새가 바람에
진하게 풍겨올 때면 당장이라도 그의 바지를 벗기고 싶었다.

그와 함께 들어간 모텔, 호텔이 아니라는 것이 실망스러웠다. 내
가 호텔비를 지불할 만큼의 '물건'이 아닌가 하는 생각에 조금은 화
도 났지만, 그런 감정을 표현하는 게 더 자존심 상하는 일 같아서 잠
자코 있었다.

"샤워하고 나올게."

"네, 그러세요. 전 집에서 막 샤워하고 나왔어요."

그가 하는 말도 반말로 변했다. 이런 대접을 받을 수는 없다. 그러나 지금 나가는 것 역시 내 자존심을 상하게 한다. 어떻게 해야 하나 하고 멀뚱멀뚱 생각하며 나는 침대 끄트머리에 앉아 있다.

이러고 있다가 그가 나오면 내가 어쩔 줄 몰라 하는 걸 알고 나를 더 우습게 볼 것 같다. 나는 한숨을 쉬며 침대에 누웠다.

오늘 학교에 가긴 틀렸다. 엄마와 아빠가 생각난다. 내게 뭔가를 무지 기대하는 우리 엄마와 아빠를 생각하니 가슴이 답답해진다. 재수 끝에 겨우 상위권 대학에 들어왔는데, 그리고 지금 한창 신나게 놀 수 있는 1학년인데, 오늘 아침에도 행정고시를 볼 생각으로 공부를 시작하라는 호통에 엄마 아빠하고 다투고 나왔다.

물소리가 그쳤다. 이제 곧 그가 나올 텐데……. 몸을 일으키려다 다시 생각해 보니 이렇게 아무렇지도 않은 듯이 누워 있는 게 여유도 있어 보이고 만만해 보이지도 않을 것 같다.

"처음이야?"

하고 그가 묻는다.

"아니요, 남자 친구랑 고등학교 때 섹스 많이 했어요."

하고 내가 대답한다.

"아니, 난 이렇게 돈을 받고 섹스하는 것이 내가 처음이냐고 물어본 거야."

나는 좀 머뭇거린다. 아무래도 처음이라고 하면 안 될 것 같다. 나를 얕잡아 볼 것 같다.

"아니요, 몇 번……."

말을 끝내기도 전에 그가 내 옆에 앉아 나를 끌어당긴다. 가슴이 뛴다. 왠지 무섭다. 콘돔은 안 끼려고 할 게 분명한데 (하긴 나도 남자가 콘돔을 끼고 하면 살에 닿는 감촉이 나빠 싫어하긴 하지만), 이러다가 의미 없는 임신이라도 하게 되는 건 아닐까. 심장이 미친 듯이 뛴다. 뛰쳐나가고 싶다. 누군가 지금이라도 저 문을 열고 쳐들어올 것 같다.

그가 내 젖가슴을 만지기 시작한다. 무섭다. 문득 딴생각이 든다. 전(前) 남자 친구 같으면 키스부터 했을 텐데.

양하가 너무나 보고 싶어진다. 나쁜 새끼, 너 때문에 이렇게 된 거야. 이게 다 너 때문이야. 요즘 프리섹스를 서슴없이 즐기고 있는 나도, 역시 첫사랑은 잊을 수가 없다.

그의 손길에 내 몸도 반응하기 시작했다. 그가 내 몸을 좀 더 쉽게 더듬을 수 있도록 몸을 그에게 조금 더 밀착시켰다. 조금씩 느껴가고 있다는 걸 보여주려고 그의 손길에 따라 몸을 비틀어 주는 것도 잊지 않았다.

그의 몸에서 말보로 냄새가 난다. 흠흠흠…… 나는 그의 목에 내 얼굴을 비비면서 숨을 내쉬었다. 그러고는 다리를 벌리고서 그의 무릎 위에 앉았다.

"아 창피하게 벌써 다 젖었잖아."

나도 모르게 내가 낮은 음성으로 중얼거린다. 정말 내 아랫도리는 이미 흠뻑 젖어 있었다. 사랑 없이도 그건 늘 젖는다.

그가 내 치마 밑으로 손을 넣어서 팬티 부근을 만진다. 그러나 팬티 속에 손을 넣지는 않는다.

"벌써 이렇게 흥분했어?"

흐뭇한 어조로 말하는 그가 역겨웠다. 너 때문이 아니라 아까 양하를 생각해서 이런 거야. 나는 양하의 단단한 몸을 머릿속에 떠올렸다.

그의 허벅지에 내 클리토리스를 비벼댔다. 앞뒤로 움직이는 내 몸을 그가 붙든다. 나 혼자 너무 앞서가지 말라는 신호 같았다.

그가 내 블라우스 속에 손을 집어넣고 브래지어를 끌렀다. 나잇값은 하네. 브래지어를 풀지 못해서 끙끙대던 양하를 나는 머릿속으로 떠올렸다.

내가 먼저 그의 셔츠를 벗겨냈다. 그의 몸은 생각보다 훨씬 말랐다. 양하의 근육과 비교해보니 보잘것없었지만, 남자의 알몸을 보니 흥분되는 건 어쩔 수가 없다.

그의 목에서부터 가슴을 빨아댔다. 빨고 나면 울긋불긋해지는 그의 몸을 보니까 더 흥분이 된다. 내 입술이 지나간 자리에 빨갛게 꽃이 피어나는 것 같다.

그는 내 블라우스를 벗기지는 않고 단추만 명치까지 풀러둔 채 내 젖꼭지를 빨았다. 브래지어 후크는 풀려 있어도 팔에서 끌러내지를 않아서 조금 불편했지만, 그는 브래지어를 위로 밀어내면서 젖꼭지를 빨기만 할 뿐 옷을 다 벗겨낼 생각은 없어 보였다.

불편하긴 했지만 어깨 부근에 블라우스와 브래지어를 풀어제껴놓으니 내 자세가 스스로 좀 더 섹시하게 느껴지면서 자신감이 생겼다. 나도 모르게 신음 소리를 크게 내기 시작했다. 그가 내 젖꼭지를 힘껏 빨수록 내 신음 소리는 더욱 커졌다.

내 아랫도리를 그의 자지 쪽으로 바짝 붙여서 앉자 그의 팽창된 자지가 느껴졌다.

그의 바지를 벗겨냈다. 팬티는 벗겨내지 않고, 그 위에 다리를 벌리고 앉았다. 나의 보지와 그의 자지 사이에 있는 얇은 두 개의 팬티가 흠뻑 젖어 있었다. 그가 내 팬티를 벗겨내려 했지만 막았다. 젖은 팬티가 거추장스럽게 인터코스를 가로막고 있는 상태에서 마찰하는 것이 더 좋았기 때문이다.

그의 자지가 팬티를 뚫을 듯이 계속 내 속으로 돌진해 온다. 하지만 팬티에 막혀서 그게 더 단단해지는 게 내 클리토리스를 자극한다. 나는 허리를 유연하게 움직여 가지고 그런 촉감이 더욱 잘 느껴지도록 했다.

애액이 쏟아지듯이 나와서 부끄러웠지만 내 몸짓은 더욱 대담해졌다. 그는 지금 팬티를 빨리 벗겨내고서 빨리 삽입하고 싶어 안달이 나 있겠지. 내가 하고 싶은 대로 섹스를 하고 있다는 생각에 묘한 쾌감이 드는 동시에, 그에게도 조금은 맞춰주어야겠다는 생각이 들었다.

"이제 할까요?"

"난 넣는 건 별론데."

그는 혀로 내 몸을 구석구석 핥기 시작한다. 팔 안쪽과 허벅지 안쪽까지도 핥는다. 양하가 내 젖꼭지에만 대롱대롱 매달려서 핥아대던 것과는 비교도 할 수 없다.

나는 블라우스와 브래지어 때문에 팔을 움직이기가 불편했다. 그래서 그의 머리를 감싸거나 손을 뒤로 짚고서 가슴을 내밀고 있을 수밖에 없었는데, 내가 그렇게 불편해하는 것이 그를 더욱 흥분시키는 것 같았다.

나 또한 그런 부자유스러운 상태를 즐기고 있었다. 내가 나도 모르게 몸을 과장적으로 꿈틀거리며 즐기고 있는 것을 그도 느꼈나 보다.

"묶을까?"

고개를 끄덕여 주었다. 한 번도 묶인 채로는 해본 적이 없었는데 기다렸다는 듯이 선뜻 대답한 나 스스로에게 놀랐다.

그는 와이셔츠의 넥타이를 풀어 길게 늘이고서 흔들었다. 팔을 위로 해서 부드럽게, 그러나 풀지는 못하게 그는 내 두 팔을 동여맸다. 묶기 전에 블라우스와 브래지어를 모두 벗겨 내는 것도 잊지 않았다. 그가 혹시 이런 행위만을 위해 나를 유혹한 것은 아니었나 싶었다.

묶고 나서도 그의 애무는 끝나지 않았다. 그러나 묶기 전과는 그의 애무 형태가 달라져 있었다. 그는 내 몸을 조금씩 세게 깨물더니, 내 보지를 손으로 거칠게 쑤셔 댔다.

양하와의 첫 경험 때보다도 더 아프고 더 당황스러웠지만, 내 신음 소리는 묘하게도 더 교태를 부렸다.

그는 그것만으로는 만족할 수 없었는지 발로 내 보지를 비벼 누르기 시작했다. 그리고 그의 발가락을 나의 보지 속에 넣고 거칠게 그것을 놀려대기 시작했다. 조금 아팠지만 나는 오히려 두 다리를 들어 그가 그런 행동을 더 쉽게 할 수 있도록 했다. 내가 생각해도 내가 한 행동을 이해할 수 없었다.

그는 일어서서 내 두 다리를 붙잡았다. 그는 혼자서 발을 놀리는 것이 아니었다. 나 역시도 침대의 반동을 이용해 허리를 움직이면서 몸을 튕겨 마찰을 용이하도록 했다.

내가 절정에 다다라 신음 소리를 크게 내지르고 나자, 나는 나 혼자만 서비스를 받았다는 느낌이 들어 미안해졌다. 그 역시도 미진한 기분이었는지 내 가슴 위에 앉아 그의 팽창된 자지를 내 입 앞에 갖다 놓았다.

그는 오럴 섹스 역시 공격적으로 했다. 내 입속에 자지를 마구 쑤셔 넣었다. 내 머리를 잡고 그가 허리를 앞뒤로 움직였다. 순간 그의 자지가 목에 너무 깊숙이 들어가서 내가 헛구역질을 했는데도 그는 굴하지 않았다. 마치 내가 그의 자위 기구가 된 것 같다는 생각이 들어 나는 오기가 뻗쳤다.

그래서 나도 잘할 수 있다는 걸 기를 쓰고 보여주고 있는데, 어느새 그는 내 입을 상대로 사정까지 말끔하게 끝냈다.

양하는 정액을 쏟지 않고 계속 참아서 펠라티오가 참 힘들었었는데, 이 아저씨는 자기가 알아서 척척 해 주니 나로서는 어렵지가 않아서 그런대로 좋았다.

그가 묶여 있는 내 몸을 풀어줄 때 내가 물었다.

"아저씨 이름이 뭐예요?"

"마광수."

마광수…… 마광수…… 마광수라, 어디서 많이 들어본 이름 같기도 한데 아무리 생각해 봐도 가물가물하기만 하고 누군지 얼른 생각이 나지 않는다. 나는 귀찮아져서 그만 생각하기로 했다.

광수 씨와의 색다른 섹스 체험이 끝나고 나서 나는 침대에 잠시 누워 있었다.

그는 담배를 피기 시작했다. 말보로 담배 냄새가 내 코에 익숙하다. 그가 내뱉은 담배 연기를 나는 깊숙이 들여 마신다. 익숙한 담배 냄새…… 나는 또다시 아랫도리가 흥건하게 젖어오는 것을 느꼈다.

흠흠흠…… 나는 그의 사타구니 속으로 내 얼굴을 들이밀고 그의 자지를 다시 빨기 시작했다. 그는 드러누웠고 나는 내 보지가 그의 입에 닿을 수 있도록 했다. 그가 오럴 섹스를 즐기는 것 같아서 주로 그의 취향에 맞췄다.

그가 사정을 하고 난 뒤 자지가 쪼그라들어서 나는 그것을 입으로 키워 놓았다. 그리고 그것을 내 보지 안으로 집어넣으려고 했다.

"난 인터코스는 안 좋아해."

"안 하면 허전하지 않을까요?"

그러나 그가 정색을 하고 있는 표정을 보자 나도 하고 싶은 마음이 싹 가셨다. 안 그래도 하고 싶어서가 아니라 안 하면 안 될 거 같아서이긴 했다.

전에도 늘 양하가 보채서 넣었던 거였고, 사실 막상 넣고 나면 그다지 만족스럽지도 못했다. 차라리 내 젖꼭지와 온몸을 힘껏 핥고 빨아주는 것이 더 자극적이었다.

그와의 요란한 정사가 끝나자, 그는 내게 어디로 갈 거냐고 물었다. 이 늙수그레한 아저씨와 함께 거리를 걸어 다니면 더 신경이 쓰일 것 같아서 그냥 학교로 혼자서 걸어갈 거라고 대답했다.

그는 차로 데려다주면 안 되겠냐고 내게 물었다. 내가 안 된다고 했더니, 그는 차로 데려다줄 수 없어서 서운하다는 표정을 지어 보였다. 그리고 내게 자기 전화번호를 모텔에 놓인 메모지에 적어 주었다.

내가 먼저 방을 나와 그가 준 메모지를 버리려다가 문득 생각해 보니 그만하면 꽤 즐거웠다는 생각이 들었다. 그래서 메모지를 버리지 않고 주머니에 찔러 넣었다.

돈벌이로도 나쁘지 않았다. 내가 일주일에 두 번씩 가서 고등학생 과외지도를 해 주고 한 달에 받는 돈보다 많은 51만 원을 받았으니, 그만하면 수지맞는 장사였다는 생각이 들었다.

무뚝뚝했던 그에게서 이상하게도 묘한 매력이 느껴졌다. 그런데 왜 50만 원도 아니고 만 원이 더 붙은 51만 원이었을까? 늙은 남자치고는 그가 애교스럽다는 생각이 들어 쿡쿡 웃음이 나왔다.

2

모텔을 나와서 걷다 보니 양하가 더 간절히 생각났다. 양하는 미국으로 떠나갔다. 우리는 2년 동안 사귀었다가 한 달 전에 헤어졌다. 사실 이제 와서 생각해 보면, 그가 방학 때마다 한국에 오면 함께 섹스를 하는 그 정도의 관계뿐이었던 건 아니었나 싶다.

그가 미국에 가고 나면 연락이 잘 안되었다. 이틀에 한 번씩 전화나 문자가 한 통씩 무성의하게 오고는 했다. 미국이 새벽 4시쯤일 때 그에게 전화를 걸면 그를 둘러싸고 있는 그 조용함이 나를 미치도록 화나게 만들었다.

왜냐하면 그 침묵은 여자의 말소리에 의해 깨어졌고, 여자의 말소리 다음에는 어김없이 그가 허둥지둥 전화를 끊으려고 하거나, 내게 그런 상황에 대해서 장황하게 핑계를 늘어놓으려고 해댔기 때문이다.

그가 한국에 오면 그와 나는 언제나 DVD방에서 뒹굴었다. 우리 집에 꽤 엄해서 통금이 밤 이른 시간이었기 때문에, 우리는 아침 10시부터 만나서 DVD방에 들어갔다.

서둘러서 슛 골인만 하고 헤어지는 것도, 항상 어두컴컴한 DVD방에서 허겁지겁 그 짓을 하는 것도 만족스럽지 못했다.

그런데도 그가 미국에 가서는 어떤 년이랑 밤 늦게까지 오붓하게 보낼 것을 생각하면 질투심 때문에 온몸이 떨려왔다. 그래서 어느 날 나는 당당하게 그에게 이별을 통보했다.

그를 생각하며 걷다 보니 어느새 지하철을 타고 있었다. 물론 학교에 가고 있지는 않았다. 이 상태로 학교에 가면 학교 동기나 선배들 모두 내가 지금까지 무얼 하다 왔는지 다 알게 될 것만 같았다. 내 몸에 온갖 색정이나 추파가 흐르고 있는 것처럼 느껴졌다.

나는 내가 오늘 한 짓에 대해 부끄러워해야 하는 것인가를 고민했다. 고민에 집중하려고 해도 나를 거칠게 밀어붙이던 광수 씨가 자꾸 생각났다. 그에게 겁 없이 묶이던 나를 떠올리며 나는 생각보다 배짱이 두둑한 여자라는 생각이 들어 흐뭇하기도 했다. 행복한 느낌에 젖어 있다가 나는 나도 모르는 새에 졸고 있었다.

눈을 떠 보니 영등포역이었다. 영등포역 근처에 누가 살더라. 아, 그래. 준우 오빠가 살고 있다. 혹시나 하고 전화를 해봤다. 신기하게도 집에 있었다. 준우 오빠에게 근처 커피숍으로 나와 달라고 하니까 금방 나왔다.

오빠도 말보로 담배를 피운다. 구수한 말보로 냄새가 난다. 나에겐 너무나 익숙한 말보로 냄새……

학교 수업 이야기나 같은 과(科) 친구들 이야기 같은 것 등 너저분한 이야기들을 한 시간쯤 했다. 한 시간 정도면 뜸을 들이기에 충분한 시간인 동시에 성욕을 참을 수 있는 최대한의 한계 시간이다.

커피숍을 나와서 골목 주차장으로 간다. 주차장 뒤편 벽은 일부러 찾아오지 않는 한 아무도 들르지 않는 곳이다. 보는 사람도 없고 듣는 사람도 없다. 그런데도 스릴은 있다.

늘 그랬듯이 오빠가 먼저 온몸을 밀착시켜 오며 나를 벽에다 밀어붙인다. 그는 형식적으로 내 목을 몇 번 빨더니 자지를 얼른 꺼낸다. 바지가 흘러내리지 않게 혁대는 적당히 여유 있게 엉덩이에 걸쳐 놓고, 그 커다랗게 팽창한 자지만 날름 꺼내놓는 기술이 참 대단하기도 하고 우스꽝스럽기도 하다.

내 치마에 손을 넣고서, 골인할 지점까지 사이에는 팬티밖에 없다는 걸 더듬더듬 확인한다. 그리고 커다랗게 팽창한 그놈을 쑤셔 넣으려고 한다. 팬티를 벗기려고 하지도 않고 옆으로 들추어 젖혀만 놓고서 그 사이로 냉큼 집어넣는다.

나는 뒤로 몸을 살짝 빼면서 그의 귀에 내 혓바닥을 집어넣었다. 그는 나의 귀 애무엔 별 반응도 없다. 단지 그의 자지가 성공적으로 나의 보지에 착지하는 데만 온 신경을 집중시키고 있는 듯하다. 나는 그의 끊임없는 골인 시도 행위를 손으로 밀쳐 내면서, 또 다른 애무를 시도해 보았다.

"아이 잠깐만. 좀 더 기다려봐." 하고 내가 말한다.

"오늘따라 왜 이렇게 튕겨." 하고 그가 말한다.

그의 목소리에 짜증이 섞여 있는 것이 느껴진다. 그냥 그가 하고 싶은 대로 하게 내버려 두었다. 곧이어 꽉 찬 느낌이 온다. 그의 자지는 무지막지하게 크다. 꽉 찼다가 순식간에 사라지니까 문득 허무감이 밀려온다.

한 번도 본 적은 없지만 바다의 밀물과 썰물이 이런 것일까 하고 생각하면서, 나는 그가 바지 지퍼를 올리는 모습을 멍하니 지켜보았다.

나는 옷매무새를 다듬을 필요도 없었다. 내 블라우스는 단추 하나 열려 있지 않았다. 흠뻑 젖은 내 팬티가 무안스럽게 느껴졌다. 하지만 압도당하는 기분은 언제나 좋다. 그러나 얼렁뚱땅 성기만 밀어 붙여 넣는 건 싫다.

쩝쩝한 기분에 인사도 하는 둥 마는 둥 하고 돌아서려는데, 준우 오빠가 오늘 자기가 너무 거칠게 해서 삐진 거 아니냐며 실실 웃는다. 미친 새끼. 크기만 하면 잘하는 건 줄 알고……. 입 밖으로 나오려는 말을 삼키며 빙긋 웃어 주고 만다.

지하철을 타러 터덜터덜 걸어가면서 속궁합이 들어맞기가 참으로 어렵다는 생각을 했다. 준우 오빠는 정력이 좋을뿐더러 나를 거칠게 힘으로 제압한다. 우리 과 선배들 중에서는 그나마 제일 낫다. 그러나 그는 내가 미칠 듯한 오르가슴을 느끼게 하지는 못한다.

양하도 내게 오르가슴을 느끼게 해 주지 못했다. 우리는 서로에게 정성껏 모든 방식의 애무를 총동원하여 기꺼이 베풀어줬지만, 우리 둘 모두가 만족에 이르지 못했다. DVD방에 들어가기 전에는 주로 식당이나 카페에서 한두 시간 있다가 들어갔는데, 그때까지만 해도 잔뜩 흥분된 상태로 들어갔다가 DVD방에서 나올 때는 실망스럽기 그지없었다.

양하의 생일 때는 DVD방에서 케이크를 먹다가 그의 자지에 생크림을 잔뜩 묻혀놓고 핥고 빨고 하면서 더없이 맛있게 놀았다. 케이크 위에 얹혀 있는 크림의 반 이상을 그런 식으로 먹다 보니 한 조각 분량의 크림만 남아 있었다.

내가 그것을 손에 찍어서 나의 보지에 바르려고 하자 양하는 내 손가락을 빨더니, 남은 크림을 내 젖가슴에 잔뜩 묻혀놓고 젖가슴 여기저기만을 핥았다.

그가 시원스럽게 빨지도 않고 할짝할짝 핥는 것도 마음에 들지 않았지만, 그가 나에게 쿤닐링구스 해 주기를 간접적으로 거부했다는 것에 무안해진 기분이었다. 애무를 받고만 싶어 하는 그의 이기적 심보가 얄미웠다. 그리고 내가 섹스에 조금만 적극적으로 나오면 그가 발라당 누워서 내가 이끌어주기만을 바라는 게 무척 싫었다. 우리는 서로의 몸에 올라타기를 거부했다. 둘 다 상대방의 몸 아래서 리드당하기만을 바랐던 것이다.

나 역시도 그의 근육질적인 육체에 숨도 못 쉴 정도로 짓눌리고 싶었다. 하지만 그는 여자가 모든 걸 선도해서 해 주기를 바라기만 하는 체질이었다.

한번은 자주 술집 여자랑 노는 그의 친구 이야기를 하다가, 술집 여자라면 프로답게 굉장히 잘해 줄 것 같아서 부럽다는 말까지 해서 나하고 크게 다툰 적도 있었다.

그는 늘 말보로 담배를 피웠다. 담배 피우는 사람은 많이 봐 왔지만 그만큼 담배를 멋지게 피우는 남자는 없었다.

DVD방에 들어가기 전에 카페에서 꼭 담배를 피웠는데, 나는 그의 담배 연기를 바라보면서 그것이 내 몸이 불타서 나는 연기 같다고 그에게 말해주곤 했다.

큼지막한 카페 소파에 기대고 앉아 우리는 두 몸뚱어리를 바짝 밀착시킨다. 그의 단단한 팔 근육에 내 가슴을 문지르고 있으면 그는 내 가슴을 기어이 손으로 만지고 싶어 했다. 아니, 내가 그로 하여금 기어이 만지고 싶어 하게끔 만들었는지도 모른다.

옷 속으로 조심스럽게 손을 넣고는 내 젖꼭지를 조몰락조몰락 만지는 그의 모습이 무척 귀여웠다.

그는 그 상태에서 한 손으로 말보로 담배를 피우면서 입으로 담배 연기를 내뿜었다. 그 연기는 내 몸을 감싸고 또 그의 몸도 감싸면서 뿌옇게 우리 둘만의 공간을 만들어 주고 있었다. 그와 헤어진 이후로 그에 대한 생각에 잠기는 것이 버릇이 되었다.

어느덧 나는 홍익대 앞에 와 있었고 그와 자주 가던 DVD방 앞에 멈추어 있었다. 여기서는 오르가슴 한 번 제대로 느껴 보지 못했는데 여긴 또 왜 왔나 하는 생각이 들어 내가 한심하게 느껴졌다.

그래서 뒤돌아서려다가 문득 나 자신에게 스스로 섹스에서 오는 엑스터시의 선물을 주고 싶다는 생각이 났다. 내가 나에게 주는 오르가슴 말이다.

두 블록을 더 내려가서 '파리 바게뜨'에 들어갔다. 그러고는 생크림 케이크를 큰 걸로 하나 샀다. 바로 옆 편의점에서 말보로 담배도 한 갑 샀다.

DVD방으로 들어갔다. 가장 야해 보이는 표지가 붙은 DVD를 제목도 안 보고 집어 들고서 후딱 계산을 했다. 방에 혼자 들어가는 게 쑥스러웠지만 당당해 보이려고 허리도 꼿꼿이 펴고 하이힐로 바닥을 더 세차게 찍으면서 방 안으로 들어갔다. 방 안에서는 내가 고른 DVD가 시작되고 있다. 케이크를 꺼냈다. 생크림을 손에 잔뜩 묻히고서 가만히 내 손가락을 들여다보았다. 혼자였지만 부끄러웠다. 야한 장면이 빨리 시작되기를 기다렸다. 남녀 한 쌍이 나와서 악에 받힌 섹스를 하며 낑낑거리는 소리를 들어야만 자위를 시작할 수 있을 것 같았다.

그러나 막상 기다리던 야한 장면이 시작되자 나는 좀 뻘쭘했다. 화면 속 두 사람이 이 방 안에서 실제로 음란한 사랑을 나누고 있는데, 내가 방해자로 나타난 것 같은 생각이 들었다.

안 되겠다 싶어 마지막 비장의 무기를 꺼냈다. 말보로 담배에 불을 붙였다. 나는 그와 헤어진 후에 가서야 담배를 배웠다. 그와 함께 담배를 피우지 못한 게 후회된다. 나는 담배 연기를 깊이 들이마셨다.

아아앙…… 화면 속에 나온 여자의 신음 소리보다 더 큰 소리를 내뱉으면서 소리를 같이 섞어본다. 아아앙…… 흐흐흥…… 더 크게 소리를 질러 본다. 나는 담배를 입에 물고서 손에다가 허겁지겁 생크림을 묻혔다.

축축하게 젖은 팬티를 얼른 벗어 던지고서 생크림을 마구 처바르기 시작했다. 한 손으로는 담배를 들고서 그걸 쭉쭉 빨아대고, 다른 한 손으로는 좀 더 깊이, 좀 더 부드럽게 생크림을 내 슬픈 보지에 가득 선사했다. 손가락으로 계속 깊숙이 찔러대면서…….

나는 다리를 벌리고서 쭈그리고 앉았다. 클리토리스가 끈끈한 가죽 소파에 닿을 것만 같았다. 다른 커플들이 뒹굴었을 그 더럽고 끈끈한 가죽 소파. 나는 허리와 엉덩이를 상하좌우로 격렬하게 흔들었다.

내 킬힐은 소파의 가죽 속으로 파고들면서 그것을 찢고 있었다. 내가 몸을 더 격렬하게 흔들자 소파의 가죽은 더 심하게 찢어져 나갔다.

가죽 표면을 붙들고 있는 내 손은 소파 위에 날카로운 손톱자국을 만들어 냈다. 끈적끈적한 애액과 생크림이 뒤섞여 만들어 내는 미끈미끈한 느낌이 클리토리스에 전해지면서 나를 더욱 흥분시키고 있었다.

담배 연기로 방이 꽉 들어찼다. 갑자기 목구멍이 켁켁 막혀온다. 그 순간 내 온몸으로 느껴지는 야릇한 기분은 오르가슴이라는 말만으로는 부족했다.

온몸의 털에 곤두선 듯한 느낌이 오면서 마치 공포물을 보고 있는 듯하다. 내 온몸의 털이란 털에 모두 다 전선을 하나씩 연결시켜 전류를 흘려보낸다면 얼마나 기똥찬 오르가슴이 느껴질 것인가.

온갖 교성과 신음 소리를 다 내 본다. 낮게 또는 높게, 떨리게, 들이마시듯이, 내쉬듯이. 간헐적으로 끊어지듯이……. 아아아, 극치의 오르가슴은 담배만으로도 충분했다.

내 보지에 오르가슴의 선물을 주고서 방을 나왔다. 카운터에서 알바가 나를 쳐다보는 표정이 기분 나쁘다. 방음이 잘 안 되니까 내가 내지르는 쾌락의 신음 소리를 다 들었겠지 싶다. 이 자식아, 방에 들어가 보면 생크림으로 범벅이 되어 찢어져 있는 소파를 보고 더 놀랄 게다.

나는 케이크 상자와 말보로 담배 갑을 들고서 알바 앞에 놓인 쓰레기통을 향해 도전적인 발걸음으로 천천히 걸어갔다. 그리고 알바의 눈을 똑바로 바라보면서 쓰레기통에 내 손에 들려진 것을 모조리 구겨 넣은 뒤에 쌩쌩한 발걸음으로 돌아섰다.

나와 보니까 저녁이다. 시간을 보려고 핸드폰을 꺼내 보니 배터리가 없다. 춥다. 아까 집을 나설 때만 해도 따뜻한 날씨였는데 왜 이렇게 춥지? 공중전화 부스가 보인다. 괜히 마음이 허전해서 누군가에게 전화를 하고 싶은데 누구한테 전화를 해야 하나? 문득 주머니 속에 들어 있는 두툼한 돈 봉투가 느껴졌다. 그럼 전화 걸기에 제일 좋은 사람은 광수 씨네. 주머니에서 광수 씨가 전화번호를 적어 준 쪽지를 꺼냈다. 전화번호를 눌렀다.

"여보세요."

광수 씨의 낮은 목소리가 들려온다. 다행이다. 아직도 집에 안 들어가고 계속 싸돌아다녔노라고 말했다. 광수 씨는 말없이 계속 듣고만 있다. 오늘 내가 했던 일들에 대해 자랑스럽게 늘어놓는다. 광수 씨는 중간중간 "응"이라고 대꾸만 할 뿐 특별히 말이 없다.

나는 주절주절 내 이야기를 계속해 댄다. 내가 마조히스트였다는 걸 광수 씨 덕분에 알았다는 둥, 광수 씨의 애무가 얼마나 대단했는지 깜짝 놀랐다는 둥, 생각지도 않았던 말들이 쏟아져 나온다. 광수 씨가 갑자기 내 말을 막고 묻는다.

"지금 어딘데?"

지금 나는 어디인가. 공중전화 부스 밖이 빙글빙글 소용돌이친다. 나는 도저히 알 수가 없다. 자욱한 담배 연기 속에 파묻힌 것처럼 모든 것이 뿌옇게만 보인다. 아주 안 보이는 건 아닌데 눈에 보이는 게 무엇인지 도무지 모르겠다.

눈에 비치는 것은 담배 연기처럼 아른아른 사라지고 마는 지나가는 사람들의 모습뿐. 나는 어디인지 알지도 못하는 곳에서 광수 씨 이름만 계속해서 부르고 있었다. 마치 무라카미 하루키의 소설 『상실의 시대』의 마지막 장면처럼.

3

광수 아저씨와 다시 만난 곳은 홍익대 앞에 있는 'Tess'라는 이름의 카페였다. 다행히도 그는 빨리 달려와 주었다. 그래서 나는 지루하게 기다리지 않고서 그를 만날 수 있었다.

사실 누굴 만나기엔 조금 늦은 시간이었다. 집안이 꽤 엄하기 때문이다. 하지만 나는 오늘만큼은 '반역'을 해 보기로 했다. 집에 늦게 들어간다고 해서 자식을 때려죽이지는 않을 테지, 하는 생각이 들어서였다.

어쩐지 지금 시간에 집에 가기는 싫었다. 아마도 양하에 대한 아런한 추억과 왠지 모를 아쉬움 때문에. 마음이 허공중에 붕 떠 있어서 그런지도 모른다. 양하는 역시 나의 '첫사랑'이었기 때문이다.

"오늘 두 번째로 보는군."

한동안의 침묵이 흐르자 못 참겠어서인지 광수 아저씨가 입을 먼저 열었다.

얘기를 듣고 보니 정말 그랬다. 내가 생판 모르는 이 사람을 왜 하루에 두 번씩이나 만나고 있는지, 내 생각에도 그 이유가 의아했다. 그리고 또 저녁 시간에 그가 어떻게 금세 달려와 줬는지 그것도 이상했다.

"아저씬 가정이 없어요? 저녁 시간에 이렇게 불쑥 밖에 나와도 사모님이 뭐라고 군소리하지 않아요?"

달리 뭐라고 붙일 칭호가 없어서 '사모님'이란 단어를 썼는데, 쓰고 나서 생각해 보니까 참 촌스러운 단어라는 생각이 들었다.

"마누라가 있다고 해서 저녁 늦게 나올 수 없다는 게 말이 되나?…… 어쨌든 난 가정이 없어."

광수 씨의 대답이었다. 가정이 없다니. 그럼 독신으로 산다는 얘기일까. 아니면 이혼을 하고서 혼자 산다는 얘기일까?

사실 남의 사생활을 꼬치꼬치 캐물을 필요는 없다. 또 생판 모르고 지내던 사람인데 진짜 독신이면 어떻고 이혼한 사람이면 어떤가.

내가 말해놓고 나서도 내심 실소(失笑)가 터져 나왔다. 하지만 그런 거 말고는 우선 둘이서 나눌 대화의 소재가 없었기에 나는 그런 얘기를 안 할 수가 없었다.

"그럼 젊으셨을 때부터 독신으로 지내셨나요? 아니면 이혼하고 혼자 사시는 건가요?"

"오래전에 이혼했지."

"자제분은 없으세요?"

"난 자식이 없어. 결혼 생활을 3년 동안 했는데, 내 쪽에서 우겨서 악착같이 아이를 낳지 않았지."

"왜요? 아이가 그렇게 싫으셨어요?"

"산다는 것 자체가 싫었어. 인생은 고통이 아니면 권태야. 불교식으로 말하면 '일체개고(一切皆苦)'고. 왜 아이를 낳아가지고 걔를 고생시켜? 걔가 세상에 나가고 싶다고 원한 것도 아닌데 말야. 난 '낳은 죄'를 짓기가 싫었어."

아까 둘이서 섹스할 때보다는 꽤 많은 이야기를 쏟아놓는다. 나도 계속 침묵 상태로 있기는 싫어서 그가 이야기를 많이 해 주는 게 꽤 고맙게 느껴졌다. 아무튼 듣고 보니까 그가 보통 남자하고는 다른 꽤 특이한 남자라고 생각되었다.

그러고 나서 다시 또 어색한 침묵이 잠시 계속되었다. 그는 입으로 하는 말보다 육체로 하는 말. 흔히 'Body language'라고 불리는 '섹스'를 더 좋아하는 사람 같았다. 한참 후, 어색한 침묵을 못 참아내고 이번에도 다시 내가 먼저 입을 열었다.

"아저씨는 제 이름이 뭔지, 또 어느 대학 무슨 과에 다니는지, 그리고 몇 학년인지, 이런 것들이 궁금하지 않으세요?"

"그런 거엔 관심 없어. 김추자의 노래 「댄서의 순정」에 나오는 가사 대로 '이름도 몰라요. 성도 몰라'가 남녀 관계에선 제일 좋은 거야. 아까 내 이름을 대준 것도 네가 물어봐서였어."

나는 광수 아저씨가 대뜸 내 이름이라도 물어봐 줄 줄 알았는데 이렇게 나와서, 참 괴상한 사람이라는 생각이 들었다. 그리고 한편으로는 그가 나를 그저 '섹스 욕구 배설용(用) 기계' 정도로 보는 것 같기도 해서 좀 찝찝해졌다.

아까 낮에 만났을 때 모텔에 갔었는데 또 모텔로 가자고 하기엔 좀 뭐했다. 그가 한 얘기대로 남녀 사이는 그저 '보디랭귀지(Body language)'만 주고받는 사이가 가장 좋은 관계일 것도 같아서, 문득 '모텔 이미지'가 머릿속에 떠올랐기에 해본 생각이었다.

그는 여전히 말이 없다. 그가 말보로 담배를 꺼내서 핀다.

말보로 담배 냄새가 또 자꾸 나를 양하 생각 쪽으로 이끌어 간다. 아마도 나는 진짜로 야한 년은 못 되는가 보다. 섹스할 때 오르가슴도 못 느낀 사이였던 양하와의 첫사랑을 자꾸 기억 속에 떠올리게 되니 말이다.

남자한테는 첫사랑이 '연습 게임'이지만, 여자한테는 첫사랑이 평생을 질깃질깃 따라다니는 '몹쓸 기억'이 된다고 쓴 어느 소설가의 소설 속 문장이 생각난다.

그가 담배 한 개비를 다 피워갈 때쯤 해서, 내가 할 수 없이 또 입을 열었다.

"언제나 그렇게 여자를 돈으로 사나요? 아저씨는 참 돈이 많은가 봐요."

"돈 주고 여자와 잠자리를 같이 한 건 네가 처음이야. 난 돈이 많지 않아. 그러니까 아까 51만 원밖에 못 주었지."

"왜 하필이면 제가 아저씨의 첫 거래 상대로 선택되었죠? 제가 그러기에 만만한 상대로 보였나요? 만약 제가 불쾌해 하면서 거절하면 어떡하려고 그랬어요?"

"뭔가 퍼뜩 긍정적 예감이 떠올랐기 때문이지. 그리고 너를 보자마자 너한테 팍 꼴렸었고."

'꼴렸다'는 표현을 쓰는 게 나이에 걸맞지 않게 들려서 속으로 웃음이 나왔다. 생각보다 이 아저씬 마음만은 꽤 젊은가 보다. 그를 처음 봤을 때 할아버지 같다는 인상을 받았던 게 좀 미안하다는 생각도 든다.

"그건 그렇고…… 왜 나를 불러냈지? 물론 아까 내가 너한테 어디 있냐고 물어보긴 했지만."

정말 그렇다. 왜 내가 이런 늙다리 아저씨한테 전화를 걸었을까? 알고 지내는 다른 남자애들도 많은데……. 나도 내가 이상한 짓을 했다는 생각이 든다.

"나도 모르겠어요. 그냥 아저씨가 쪽지에 적어준 전화번호를 보고서 무의식적으로 한 행동이었으니까요."

"어쨌든 난 지금 기분이 좋아. 너 같은 영계를, 그것도 보자마자 필이 꽂힌 영계를 또 만나게 됐으니까 말야."

"그럼 또 모텔로 갈래요?"

이번엔 한참 동안 대답이 없다. 다시 담배를 피우면서 생각을 해

보는 듯한 표정을 짓는다. 그러더니 다 핀 담배를 재떨이에 비벼 끄고 나서 이렇게 대답한다.

"또 가긴 왠지 싫어. 너무 상투적인 메뉴 같아서."

"그럼 이 근처 클럽에라도 가서 춤을 춰 볼래요?"

나도 슬슬 '시' 자(字)를 빼고 존댓말을 안 하게 된다(친밀감을 느끼고 있다는 증거인가?).

"야, 나도 양심이 있지 이렇게 늙은 주제에 어리씽씽발랄한 애들이 몰려 있는 클럽엘 어떻게 가냐? 만약 춤추는 데 가고 싶다면, 나이에 관계없이 여러 나이 층(層) 사람들이 섞여서 노는 호텔 나이트클럽에 가는 게 훨씬 낫지. 너…… 춤추고 싶니?"

"내 또래 여자아이들이야 다 춤에 환장해 있기 마련이죠."

"근데 사실 난 빠른 춤은 이제 못 춰, 적당히 얼싸안고 느리게 돌아가는 블루스 같은 거라면 몰라도."

"하긴 그럴 수도 있겠네요. 홍대 근처의 클럽에선 블루스곡은 절대로 안 틀어줘요. 그리고 나도 블루스 춤엔 좀 서툴구요."

"블루스는 사실 춤이랄 것도 없어. 그냥 꽉 부둥켜안고 서서 서로 몸뚱어리를 비비면서 상체만 적당히 흐느적거리면 되니까."

생각해 보니까 모텔 말고 스킨십을 나눌 곳은 춤추는 데밖에 없을 것 같았다. 그래서 조금 더 얘기를 나눈 끝에 우리는 호텔 나이트클럽에 가보기로 했다. 내가 속이 출출하다고 말하니까, 광수 씨는 나이트클럽에 가기 전에 홍익대 앞 스파게티 전문점에 가서 저녁을 사준다.

그는 생각보다 아주 적은 양을 먹는다. 이상해서 물어보니까 신경성 위장염이 심해서라고 한다. 늙은 데다가 병까지 있어? 나는 조금 김이 샜다. 그리고 양하의 그 튼튼했던 건강미를 머릿속에 떠올렸다.

나는 그가 어느 호텔 나이트클럽으로 나를 데리고 가려는지 궁금했다. 사실 난 호텔 나이트라는 델 한 번도 가본 적이 없기 때문이다. 춤을 추고 싶을 땐 주로 홍대 앞 클럽을 이용했고, 돈이 좀 많이 생기거나 같이 가는 남자애가 돈을 많이 쓸 수 있다고 할 때는 청담동에 있는 클럽으로 갔다.

'호텔 나이트'라고 하면 왠지 아저씨, 아주머니들이 많이 가는 곳인 듯한 기분이 들고, 또 술값도 비쌀 것 같아서 아직 못 가봤던 것이다.

광수 씨는 식당 문을 나서더니 길가로 나가 택시를 잡는다. 왜차를 안 갖고 왔느냐고 했더니 저녁때라서 술을 마시게 될 것 같아 그랬다고 한다.

택시가 오자 우리 둘은 택시에 올라탔다. 광수 씨가 운전기사 아저씨에게 "남산의 하얏트 호텔이요" 하고 말한다. 그리고 나서 내게 이렇게 말한다.

"난 사실 호텔 나이트클럽은 하얏트 호텔 나이트클럽밖에 아는데가 없어. 아니, 아는 데가 없는 건 아니고 힐튼 호텔이나 인터컨티넨탈 호텔 나이트클럽 같은 데도 가봤지만 하얏트 호텔만 못하더군. 요새 와선 나이트클럽에 갈 일도 별로 없지만, 하얏트 호텔 나이트클럽 '제이제이 마호니즈'는 꽤 정이 든 곳이야. 그게 생기면서부터 드나들었으니까."

"언제 생겼는데요?"

내가 광수 씨한테 묻는다.

"내 기억엔 아마 1980년대 중반쯤 될 거야. 그땐 나도 꽤 젊었었지. 아무튼 그곳은 나이 어린 애들만 오는 곳이 아니고 남녀노소가 다 오는 데라서 좋아. 술값도 호텔치곤 싼 편이고."

말을 듣고 보니 나도 꽤 기대가 되었다. 아까 광수 씨를 불러내길 잘 했다는 생각이 들었다.

하얏트 호텔에 도착해서 나는 그가 이끄는 대로 지하로 내려가 나이트클럽에 들어갔다. 과연 인테리어가 아주 세련돼 보였다. 여느 클럽들처럼 이곳도 아주 밤늦은 시간이 피크 타임인지 손님들이 뜸했다. 빈자리가 많아 우리는 한 테이블을 차지하고 앉았다.

"난 맥주를 마실 텐데 넌 뭘 마시겠어?"

하고 광수 씨가 내게 묻는다. 나도 맥주를 마시겠다고 했다.

주문하고 나서 얼마 후 맥주와 마른안주가 왔다. 우리는 '뭘 위해서 건배' 따위의 촌스러운 토를 달지 않고 맥주 한 잔씩을 마셨다.

춤을 추게 돼 있는 플로어를 바라보니 꽤 한산하다. 마구 지랄스럽게 지그재그로 이동하며 빠른 춤을 추기엔 아주 안성맞춤이란 생각이 들었다. 나도 보통 여대생들처럼 춤이라면 환장을 하는 체질이라서 당장 플로어로 나가 춤을 추고 싶어졌다. 광수 씨더러 같이 나가서 추자고 했더니, 그는 고개를 좌우로 저으면서 말한다.

"난 이제 늙어서 저렇게 빠른 곡은 못 춰. 아니, 못 추는 건 아니고 왠지 추기가 싫어. 그러니까 너 혼자 나가서 실컷 흔들어봐. 난 네가 춤추는 걸 보면서 관음증을 만족시키고 싶어. 이따가 느린 곡이 나오면 같이 블루스 스텝으로 한번 춰보기로 하고."

실망이다. 광수 씨가 다시 할아버지처럼 보이는 순간이다. 역시 나이를 많이 먹은 사람하고 만나는 건 한계가 있군, 하고 나는 생각했다. 갑자기 나이트클럽 안의 여러 손님들이, 이런 데를 늙다리 아저씨랑 같이 놀러 온 나를 얕잡아볼 것 같은 생각이 들어서 나는 조금 창피해졌다. 제기랄 놈의 첫 만남, 그리고 첫사랑……, 그런 쪽으로 생각이 돌아가자 다시 또, 양하 생각이 난다.

복잡해지는 심사를 풀어볼 겸해서 나는 플로어로 깡충깡충 뛰어나가 흘러나오는 빠른 리듬에 맞춰 몸을 마구 흔들어댔다.

비싼 곳이라 그런지 춤추고 있는 사람들의 '물'이 꽤 좋다. 나이는 20대에서 40대 후반 정도로 보이는 남녀들이 몸을 흔들고 있는데, 옷도 다 세련되고도 야하게 입고 왔다. 나는 오늘 내가 킬힐을 신고 나오길 잘했다는 생각이 들었다. 춤추고 있는 여자들이 다들 하나같이 킬힐을 신고 있었기 때문이다.

춤이라면 나도 꽤 자신이 있다. 고등학교 때부터 화려한 가발과 짙은 화장을 하고서 클럽에 드나들었으니까. 그리고 제일 발악적으로 클럽에 드나들었던 건 재수할 때였다. 스트레스를 너무 많이 받아서 그런지 공부는 공부대로 꽤 열심히 하면서 남자, 여자애들이랑

한데 어울려 클럽에 자주 갔었다.

　몸을 흔들고 있으려니 자꾸 광수 씨 시선이 의식된다. 관음증을 즐기겠다고 했던가? 그럼 좀 더 음란무쌍하게 몸을 놀려야겠군…….

　흘러나오는 음악은 'G-Dragon'의 「Heart-breaker」다. 흰색, 아니 은색으로 염색한 G-Dragon의 야한 헤어스타일이 생각나 나도 좀 더 대담한 색깔로 머리를 염색하고 싶은 생각이 든다. 갈색같이 평범한 색이 아니라 금발이나 은발같이 '튀는' 색깔로 머리를 염색하면, 얼굴이 밋밋하게 생긴 동양 종자라고 해도 이상하게 멋진 혼혈미(混血美)를 풍긴다.

　하지만 내가 그렇게 튀는 머리색을 하면 엄한 아빠가 들입다 야단을 치겠지. 그러나 딸을 설마 죽이기야 할까? 나는 또 다시 우중충한 보수적 분위기의 집안을 향해 '반역'을 하고 싶어졌다.

　땀이 나올 만큼 몸을 실컷 흔들고 나서 나는 자리로 돌아왔다. 광수 씨가 큰 소리가 나게 박수를 쳐준다. 어쨌든 그의 관음증을 만족시켜준 것 같아 으쓱한 기분이 들었다.

　광수 씨 얼굴을 보니 블루스 타임을 기다리는 표정 같기도 한데 계속 힙합 리듬의 노래만 나온다. 호텔 나이트클럽이라고 해도 역시 유행을 따라가는 건 마찬가진가 보다. 요즘의 춤 경향은 역시 '빠르고 섹시한 리듬'이기 때문이다.

　한참 동안 맥주를 마시면서 기다리고 있으니까 드디어 블루스 리듬의 노래가 흘러나왔다. 광수 씨 얼굴 표정을 보니까 춤을 춰도 그만 안 춰도 그만이라는 듯한 표정을 하고 있다. 그래서 나는 그가 블루스 춤을 어떻게 추나 보고 싶어 그의 손을 붙잡고 플로어로 나갔다.

그는 아까 말한 대로 정말 그와 나의 두 몸뚱어리를 강하게 밀착시켰다. 그리고 발은 아주 조금만 움직거리면서 나를 깊게 포옹했다. 주위의 시선에 아랑곳하지 않는 눈치였다.

그는 춤을 추면서 계속 내 입술을 핥고 빤다. 그리고 귓불과 귓바퀴를 가볍게 질겅질겅 씹기도 하고 귀 전체에다가 혓바닥을 대고 노골적으로 키스하며 침칠을 해 댄다. 또 목에도 혓바닥을 댄다.

이럴 때의 그는 전혀 '아저씨' 같지가 않다. 나도 좀 노출증이 있는지라 그러는 그가 밉지 않아 보였다. 주변에서 어색하게 붙잡고서 되지도 않는 스텝을 엉거주춤 밟아나가는 커플들한테 우리의 야한 춤을 자랑하고 싶어질 정도였다.

술을 많이 마신 것도 아닌데 광수 씨는 그다음부터 마치 술에 취한 사람처럼 서슴없이 바지 앞 지퍼를 내리더니 자지를 꺼내 놓는다. 조명이 어두침침하게 불그레한 빛깔이었기에 망정이지 만약 밝은 빛깔이었다면 나도 깜짝 놀라며 어색해할 뻔했다.

그는 내 한쪽 손을 그의 손으로 잡아내려 자지를 쥐게 한다. 그러고는 내 귀에다 대고,

"계속 조몰락조몰락 만져 줘."

라고 말한다. 좀 창피하긴 했지만 재밌다는 생각이 들어 그가 하라는 대로 했다. 그 역시 한쪽 손을 내 불두덩에다 대고 내 보지를

더듬고 있다. 치마에 지퍼가 없는 게 유감이었다.

그러다가 그는 아예 내 치마를 걷어 올리고서(워낙 짧은 치마라 걷어 올리기가 쉽다) 팬티 속으로 손을 집어넣는다. 나는 그의 자지를 주물러주면서부터 벌써 애액을 흘리고 있었다. 미끈거리는 보짓 살 속으로 파고들어 오는 그의 손가락 맛이 좋았다.

블루스곡 하나가 어느새 끝나 좀 서운한 기분이었는데, 어라 또 블루스곡이 흘러나온다. 이 나이트클럽은 빠른 곡과 느린 곡을 번갈아 가며 몇 곡씩 틀어주나 보다. 이번에 흘러나오는 노래는 우리 가요라서 더 감칠맛이 났다. 왜냐하면 가사를 확실하게 알아들을 수 있기 때문이다.

흘러나오는 노래는 화요비가 부르는 「전화해 줘요」였다. 많이 유행된 노래는 아니지만 이 노래의 뮤직비디오가 좋아서 나는 이 노래를 알고 있었다. 떠나간 애인에게 제발 전화해 달라고 우는 소리로 하소연하는 내용의 가사로 되어 있다.

나는 '전화해 달라'는 말이 마치 광수 씨가 내게 하는 말 같이 들렸다. 아니, 여자 가수니까 내가 광수 씨에게 애원하는 소리처럼도 들렸다. 기분이 알딸딸해지면서 왠지 모를 감상(感傷)이 왔다. 노래 가사가 '이루어질 수 없는 사랑' 같은 거라도 하면서 남녀가 서로 애타게 울부짖는 소리처럼도 들렸다.

블루스 춤을 다 추고 나서 우리는 우리가 앉아 있던 좌석으로 돌아왔다. 그리고 맥주를 천천히 음미해가면서 마셨다. 광수 씨는 다시 또 말이 없어졌다.

빠른 곡에 맞춰 춤을 몇 곡 더 신나게 추고 싶었는데, 안 그러려고 했지만 아무래도 집에 늦게 들어가는 게 은근히 걱정되었다. 그래서 나는 광수 씨에게 아무래도 지금 집으로 가야 할 것 같다고 말했다. 그랬더니 그는,

"맞아, 넌 아직 나이 어린 학생이지. 나야 더 있고 싶지만 그러면 네 부모님이 걱정하실 테니 넌 이제 들어가 봐야겠구나. 섭섭하긴 하지만 일어나야겠군."

하고 말하면서 일어설 채비를 갖춘다. 그와 나는 아쉬움을 남기고서 나이트클럽에서 나왔다. 나는 어느새 나도 모르게 그의 팔짱을 끼고 있었다.

우리는 호텔 문을 나와 택시 정류소에서 택시가 오기를 기다렸다. 그가 나를 집에까지 바래다주겠다고 했다. 그런데 들어오는 택시가 별로 없었다. 광수 씨는 뭔가 아쉽다는 표정을 짓고 있더니 내게 이렇게 끙끙대며 말했다.

"미안해. 늦은 건 알지만 무언가 아쉽고 미진해서 죽겠어. 내가 네게 좀 어려운 부탁을 해도 되겠니? 택시를 타기 전에 딱 5분만 내 자지를 빨아 줘."

잔뜩 궁상스러운 표정을 해가지고 나에게 애원하다시피 하는 그의 얼굴이 은근히 귀엽게 느껴졌다. 그래서 그까짓 부탁쯤 못 들어 줄 것도 없다고 생각했는데, 대체 어디서 빨아 줄 건지가 문제였다. 내가 그런 생각을 광수 씨한테 얘기했더니, 그는 연신 '고마워'라고

말하면서 나를 주차장 구석 편으로 데리고 간다. 그럴 때의 그는 꼭 개구쟁이 아이처럼 보였다.

주차장 맨 끝은 진짜 어두컴컴해서 볼 사람이 아무도 없을 것 같았다. 그는 허겁지겁 바지 지퍼를 내리더니 벌써 크게 발기된 자지를 꺼내 놓았다. 나는 엉거주춤하게 몸을 꾸부린 자세로 그의 자지를 조곤조곤 빨아 주었다. 한 10분쯤 빨아줬는데도 그는 정액을 싸지 않는다. 그래서 나는 더 요란하게 헛바닥을 놀려댔다.

그러자 조금 후에 그는 이젠 됐다며 자지를 바지 속으로 쏙 집어넣었다. 약간 서운하면서도 그가 조루증은 아닌 것 같아 꽤 쓸 만한 자지라고 생각했다. 그는 내게,

"미안해. 나도 네 보지를 빨아줘야 하는데 시간이 급해서 오늘은 못 빨아주겠구나. 다음에 만나면 내가 두 배로 갚아 줄게."

라고 말하면서 내 손을 잡고 택시 정류소 있는 데까지 간다. 나도 정말 아쉬워져서 집 걱정만 아니라면 그와 온 밤을 하얏트 호텔에서 같이 새우고 싶은 심정이었다.

때마침 택시가 와서 우리는 택시에 올라탔다. 그는 택시에 올라타자마자 자지부터 꺼냈다.

4

집에 들어가서 나는 늦게 들어왔다고 아버지한테 된통 야단맞았다. 아버지는 한번 잔소리를 하기 시작하면 미칠 듯이 오래 하는 버

롯이 있다.

나는 계속 묵비권을 행사했다. 그래야만 아버지가 제풀에 지쳐 잔소리를 그칠 것 같았기 때문이다. 내 예상은 과연 적중하여 나는 오랜 시간 시달린 후에 겨우 내 방으로 들어갈 수 있었다.

적당히 잠을 청해 보려고 했지만 잠이 오지 않는다. 오늘 하루 동안에 너무나 많은 해프닝이 있었기 때문이다. 나 혼자 한 것까지 합치면 이것저것 보태서 네 번의 섹스를 했다. 참으로 희한한 날이었다는 생각이 든다.

잠이 안 올 때면 나는 이불 속에 누워 섹슈얼 판타지를 만들어 나가는 버릇이 있다. 나는 정신을 붕 뜨게 부풀려 가지고 곧바로 섹슈얼 판타지 속으로 빨려 들어갔다.

……지금 이곳은 착유(搾乳)공장이다. 시끄럽게 돌아가는 기계 소리와 액체가 쭉쭉 빨려 나가는 소리가 귓바퀴를 울린다.

숨 가쁜 공장은 철야 작업 중이다. 그렇지만 지금 젖소들이 젖통을 출렁이면서 삼켰던 먹이를 반추하고 있는 것은 아니다. 한 마디로 말해서 이곳은 '별천지'다.

이곳은 바로 남자의 싱싱한 정액을 짜내는 곳이다. 그 어떤 곳에서도 볼 수 없는 진풍경이 펼쳐지고 있다. 수천 명의 벌거벗은 남자들은 각각의 커다란 은색 캡슐 속에서 새빨간 벨벳으로 만들어진 폭신한 침대 위에 누워 있다.

자궁을 모방해서 만들어진 이 착유기 안은 몹시 따뜻하면서도 축축하다. 주름 모양으로 소프트하게 만들어진 착유 장치가 자지를 조였다 풀었다 하면서 강도를 자동적으로 조절하고 있다.

남자들은 그저 가만히 누워 있기만 하면 된다. 착유기는 쩝쩝 소리를 내며 그들의 자지를 맛있게 빨아준다.

이곳에서는 남자들의 발기와 쾌감을 위해 원하는 것은 뭐든지 제공된다. 탱탱한 젖가슴과 미끈한 허리를 가진 여자, 날름대는 혀, 정확하게 성감대를 자극하는 기계, 남자용 바이브레이터, 여자의 신음 소리, 또 어떠한 종류의 야한 영상이라도 다 준비되어 있다. 게다가 진짜 여자들의 보지보다 수천 배 뛰어난 성능을 가진 착유기가 발끈해진 남자들의 자지를 더 흥분시키도록 돕고 있다.

여기서는 남자에게 어떠한 섹스 테크닉도 요구하지 않는다. 섹스를 하면서 여자 눈치를 봐가며 여자의 오르가슴 상태를 일일이 신경 써야 하는 피곤한 의무도 없다. 여자를 위해 사정(射精)을 늦추려고 엄마 얼굴을 떠올려야 하는 난감한 상황도 벌어지지 않는다. 극단적으로 말해서 심한 조루증을 가졌어도 상관없는 것이다. 아니, 오히려 조루증은 여기서 환영받는다. 짧은 시간에 많은 양의 정액 배출이 가능하니까.

착유기는 미칠 듯이 남자의 자지를 핥아대면서, 움찔거리는 느낌을 자지 전체가 느끼도록 해주고 있다. 착유기는 처음에 남자의 귀두를 문질러 준다. 슬슬 문지르다가 천천히 자지 전체를 조여 준다. 조였다 풀었다가를 반복하다가 서서히 빨기 시작한다.

처음에는 천천히 빨던 것이 빠르게 작동하면 남자는 온몸에 힘이 들어가면서 부들부들 떨다가, 이윽고 절정에 다다라 전신에 가득한 쾌감을 느끼면서 시원하게 정액을 싸내는 것이다.

이렇게 모인 정액은 세 가지 기준에 따라 그 종류와 등급이 나누어지게 된다.

첫 번째 기준은 정액의 냄새다. 선천적으로 정액 비린내가 강한 남자도 있지만 특별히 이런 비린내를 내기 위해 따로 음식을 먹이기도 한다. 두 번째 기준은 정액의 점성도다. 끈끈하게 엉켜서 마치 가래침 같은 상태를 보이는 것이 있는가 하면 물처럼 묽은 것도 있다. 이 상태에 따라서 따로 정액을 받아 낸다.

세 번째 기준은 정액의 색깔이다. 진한 흰색인지, 아니면 투명한 색인지에 따라 정액이 분류된다. 이런 식으로 착유 공장의 정액은 15종류로 나누어진다.

대관절 왜 내가 정액을 모으고 있나구? 나는 카리스마가 넘치면서도 섹시섹시한 여자 황제이기 때문이다. 나는 우유 대신 정액을 먹고, 물 대신 정액으로 목욕을 한다.

내가 가장 먹기 좋아하는 정액은 막 사정한 따뜻한 것으로서, 마치 건더기가 씹힐 것처럼 걸쭉하면서 심한 개비린내가 나는 새하얀색 정액이다. 투명하고 예쁜 크리스털 그릇에 막 짜낸 정액을 담아 오게 한다. 남자가 최고의 오르가슴에 도달해 시원하게 싸댄 것들이 맛도 좋다.

커피를 젓듯이 휘휘 돌리다가 한입 가득히 떠 넣는다. 입 안 가득 퍼지는 정액의 고소하게 비린 맛. 여기에 소금이나 포도 시럽을 조금 넣어도 좋다. 그러나 정액 특유의 개비린내를 충분히 살리기 위해 후춧가루는 절대로 넣지 않는다.

정액 한 사발을 들이켜고 난 후, 위장에서부터 올라오는 '꺼억' 하는 트림 냄새 또한 몹시 상쾌하다.

갓 발기한 빳빳한 자지를 잡고 직접 빨아먹는 것도 별미다. 먼저 혀로 자지 밑에서 끝까지 정성스럽게 핥아 준다. 그리고 귀두 부분만 먼저 입속에 넣었다가 뺐다 하다가 혀로 요도 구멍을 문지른다.

통통한 귀두는 바짝 성을 낸다. 자지는 축축하고 따뜻한 내 입속으로 들어오려고 난리다.

드디어 목구멍 깊숙이 자지를 박아넣는다. 혀를 돌리면서 자지를 입속에서 함께 돌린다. 자지와의 키스가 무척이나 달콤하다.

다시 막대사탕을 먹듯이 자지를 살살 빨아준다. 그러다가 자지를 잡아먹을 듯이 맹수처럼 달려든다. 정액 짜내기용(用) 남자 노예는 온몸을 부르르 떨면서 아랫배가 벌컥벌컥 뛰기 시작한다.

남자가 사정할 때 내는 소리가 무척 섹시하다. 세상에서 가장 터프한 모습으로 보지 안을 장군처럼 점령하다가도, 사정(射精)의 순간에는 맥없이 무너지는 약한 졸병인 것이다.

이렇게 쏟아내는 정액은 마치 자동 주서기(器)에서 막 짜내온 주스처럼 신선하다. 나는 게걸스럽게 혀와 입으로 쩝쩝거리면서 정액을 받아먹는다. 때로는 정액을 빨대로 빨아 먹듯 자지를 쪽쪽 빨기도 한다.

그러나 그렇게 하면 내가 오럴 섹스를 해 줘야 하니까 피곤하기도 하고, 가장 좋아하는 맛의 정액으로 나올지 알 수 없기 때문에 주로 착유기를 통해 나와 등급이 정해져 있는 정액을 마시곤 한다.

정액 목욕 또한 내가 매일 빼먹지 않고 하는 의례다. 이때는 맑고 투명한, 그러나 끈끈한 정액만을 사용한다. 내 희고 보드라운, 늙지 않는 피부의 비밀은 바로 이 정액 목욕에 있다.

황금으로 만들어진 욕탕 가득 담긴 정액 속에서 나는 나체로 헤엄을 친다. 나의 눈(雪)처럼 새하얀 몸뚱어리에 하얀 정액이 묻는다. 그것만으로도 보지가 파르르 떨린다.

헤엄을 치다가 온몸이 흠딱 젖으면 정액탕 속에서 전신 마사지를 시작한다. 이럴 때 나를 시중드는 시동(侍童)은 내 남자 애첩(愛妾)들 가운데서 가장 야하게 생긴 소년 시동이다.

시동의 두 손이 내 목에서부터 쭉 내려오다가 봉긋한 젖가슴에서 잠시 멈춘다. 그러고 나서 시동은 내 젖꼭지를 숙달된 솜씨로 꼬집듯이 마구 비벼댄다. 자지처럼 발기하는 내 유두가 내가 보기에도 섹시하다.

내 젖꼭지는 늘 자신감에 가득 차 있는 표정인데, 지금 이 순간은 그 자신감이 극에 달해 있다. 이럴 때는 젖꼭지를 빨아줄 남자 노예의 자지도 굳이 필요하지 않을 만큼 지극한 쾌감을 느낀다.

그런데 그러다가도 아랫도리가 어쩐지 허전해진다. 몸이 잔뜩 달아오를 만큼 내 보지 속을 뜨겁게 달궈 줄 섹스가 필요해진다. 아랫배가 벌레라도 품은 듯이 짜르르하다. 드디어 보지가 울끈불끈 뛰기 시작한다.

시동의 손은 다시 내 잘록한 허리와 배를 문지른다. 배꼽 주변을 동그랗게 매만지다가 시동의 손이 갑자기 미끄덩하고 보지로 쑥 박혔다가 다시 빠르게 빠져나온다.

시동은 내 마음을 알고서 손가락 세 개를 다시 나의 보지 속으로 처넣는다. 무언가 몸을 가득하게 채우는 것 같은 느낌이 든다. '으으으' 하는 쾌락의 신음 소리가 내 입에서 저절로 터져 나온다.

시동의 손가락들을 그냥 보지 속에 넣은 채로 두게 하고서 내 다리를 꼬아서 조인다. 온몸으로 쾌감이 질주한다. 다시 내 입에서 음탕한 신음 소리가 새어 나온다. 욕실 벽을 때리면서 사방으로 퍼져 나가는 그 소리가 더욱 자극적이다.

나는 내 보짓살을 주물럭거려도 본다. 남자가 만져주듯이 거칠게 쥐어뜯 듯 애무한다. 온 살에 와 닿는 그 미끈미끈한 정액탕의 감촉과 어울리는 거친 자위행위야말로 진정으로 짜릿한 느낌을 선사한다.

나는 더 이상 참을 수 없이 흥분하여 샤워기를 보지 속에 집어넣어 본다. 그걸로 계속 쑤셔대자 맑고 깨끗한 애액이 흘러넘치도록 나오면서 정액탕 안에서 정액과 한데 섞인다.

애액과 정액을 홀홀 섞어서 맛을 보면서 계속 샤워기와 섹스를 한다. 샤워기를 꽂은 채 엉덩이를 마구 흔들어대기도 한다.

절정의 순간이 오자 나는 푹 하고 온몸에 힘이 풀리면서 점액에 머리를 처박고서 쾌락에 겨워 몸을 꿈틀대고 있다.

내 금빛 머리카락은 음모처럼 곱슬곱슬하다. 부드러운 머리카락과 정액은 기가 막힌 찰떡궁합이다. 머리 가득 정액을 바르고 샴푸질을 하듯이 비빈다. 꼬불꼬불한 머리카락을 쫘악 달라붙게 만드는 강력 젤과 같은 정액이 내 마음을 한결 편안하게 만든다. 나에게 있어 정액은 정말로 생필품이다.

또한 나에게 있어 정액은 온갖 묘약(妙藥)의 재료가 되기도 한다. 오르가슴을 최고로 올려주는 묘약. 섹스의 달인이 되게 하는 묘약. 원하는 상대와 섹스할 수 있게 만들어주는 묘약 등등……. 나를 섹시한 여황제로 살게 하는 모든 것들은 정액으로부터 실현된다.

5

다음 날 아침, 나는 산뜻한 기분으로 모처럼 일찍 일어났다. 학교 수업을 오늘만큼은 빼먹지 않기 위해서다. 어젯밤 아버지한테 크게 야단을 맞았음에도 불구하고 내게 산뜻한 기분이 드는 건, 아무래도 어제 실컷 섹스 맛을 봤기 때문인 것 같다.

학교에 도착하여 복도를 지나가다가 준우 오빠와 마주쳤다. 그가 나를 보고 씨익 웃는다. 그래서 나도 씨익 하고 웃어 주었다.

준우 오빠는 이상한 남자다. 용돈이 풍부하지 못한 건 나도 알지만, 내가 돈을 낼 테니 모텔로 가자고 해도 꼭 '담벼락에 붙어서 몰래 섹스하는 것'만 즐긴다. 그것도 속사포(速射砲)처럼 빠른 시간 안에.

그의 짐승 같은 섹스 취미가 우러러보이기도 하지만 그런 섹스가 끝나고 나면 항상 '궁상맞다'는 기분이 드는 건 어쩔 수가 없다. 아무튼 섹스에 대해서만큼은 지나치게 쿨한, 아니 너무나도 '빈(貧)티'가 나는 선배다.

수업에 들어가서 강의를 듣는 도중에도 내 머릿속에선 자꾸 광수 아저씨의 이미지가 들락날락한다. 처음엔 할아버지로 봤던 늙다리 아저씨한테 왜 내가 이처럼 아련한 애착을 느끼는 걸까? 엘렉트라 콤플렉스? 아니, 그저 나이 많이 먹은 남자에 대한 단순한 호기심 때문일 거다.

광수 씨를 만나고 나서 그에게 내가 고마워해야 할 게 있다면 양하 생각이 좀 덜 나게 됐다는 것이다. 어제까지는 그렇지 않았다. 그런데 오늘부터는 확실히 그걸 체감(體感)으로 느끼게 된다. 예전에는 강의를 듣는 도중에도 수시로 양하 생각이 내 머릿속으로 쳐들어왔었기 때문이다.

강의가 끝나고 나서 그다음 강의 시간까지 서너 시간이 비었다. 그래서 나는 머리도 식힐 겸 도서관으로 가서 가볍게 읽을 만한 소설책을 빌리기로 했다. 인터넷이다 영화다 TV 드라마다 해가며 소설책을 읽어본 지가 꽤 오래됐기 때문이다.

도서관 서고로 들어가 문학 파트 쪽을 이리저리 왔다 갔다 하며 책을 고르고 있는데, 어느 선반 앞을 지나다가 갑자기 나는 뒤통수를 망치로 세게 얻어맞은 것 같은 충격에 사로잡히게 되었다. 수없이 많이 꽂혀 있는 소설책들 사이에서 문득 '마광수'라는 이름이 인쇄된 책을 보게 됐기 때문이다.

한 권만 꽂혀 있었다면 내 눈에 쉽게 띄지 않았을 것이다. 수십 권의 책들에 모두 '마광수'가 인쇄되어 있었다. 물론 소설과 에세이집과 시집들을 두세 권씩 비치해 놔서 그렇기도 하지만, 아무튼 선반 두 개쯤에 '마광수'라는 저자가 쓴 책들이 한데 모여 있었다. 아마도 '마광수 문학 코너'를 따로 마련해 놓은 것 같았다.

나는 정신이 멍해진 기분으로 아무거나 한 권 뽑아들었다. 그리고 책 앞날개에 인쇄돼 있는 '저자 약력'부터 읽어보았다. 맙소사! 책 앞날개에 적혀 있는 마광수라는 작가의 현직(現職)이 '연세대학교 국문학과 교수' 아닌가? 그리고 연세대학교라면 지금 내가 다니고 있는 대학이 아닌가?

왠지 가슴이 두근거려온다. 그와의 인연이 숙명적이었던 것 같다는 촌스러운 생각도 든다. 나는 우선 그가 소설을 대체 어떻게 쓰는지 궁금하여 소설 한 권을 대출해서 읽어보기로 했다.

여러 소설들이 꽂혀 있었는데 『광마일기』라는 제목의 소설에 퍼뜩 눈길이 갔다. '광마'라니? '마광수'의 '마광'을 거꾸로 쓴 게 아닌가? 대관절 무슨 뜻일까?

속표지를 들춰보니 한자로 '狂馬日記'라고 적혀있다. 狂 자(字)가 무슨 글자인지 얼른 생각이 안 나 한참 동안 생각을 더듬어야 했다. 맞아…… '미칠 광(狂)' 자(字)였지. 그럼 '광마(狂馬)'란 '미친 말'이라는 뜻이 아니냐.

자기의 별명일까, 아니면 '미당(未堂) 서정주'라고 하는 식으로 만들어진 자기의 호일까? 요새도 촌스럽게 자기 이름에 호를 붙이는 작가가 다 있나? 그리고 호치고는 뜻이 너무 야하고 괴팍하다. 아무래도 별명쯤 되는 것 같다.

나는 『광마일기』를 얼른 대출한 후 도서관을 빠져나왔다.

책을 읽기 전에 마광수 교수라는 사람이 대체 어떤 인간인지 알고 싶어져서, 선배들한테라도 물어볼 생각으로 과방(科房)으로 갔다. 물론 책에는 국어국문학과 교수라고 나와 있었지만 그것만으로는 미진해서였다.

과방에는 마침 3학년인 K형이 앉아 있었다. 나는 그에게 조금 다급한 목소리로 물었다.

"K형, K형은 우리 학교 국문학과에 있는 마광수 교수라는 사람이 어떤 사람인지 알아요?"

그랬더니 K형은 빙그레 웃으면서 말한다.

"그 변태 교수? 넌 1학년 2학기 생이나 되면서도 그 교수 소문도 못 들었냐?…… 하긴 나도 처음 대학에 들어왔을 땐 그 교수가 어떤 사람인지 몰랐었지. 마광수 교수는 야한 글 쓰는 걸로 유명, 아니 악명 높은 사람이야. 네가 태어날 때쯤 해서 그 사람이 무슨 야한 책을 내서 유명해지고, 또 조금 있다가 야한 소설을 썼다는 죄로 잡혀갔으니까 네가 모르는 것도 당연하지. 그 교수는 윤동주, 박진영과 함께 우리 대학교 3대 명물로 꼽혀. 물론 그는 'Famous'가 아니라 'Notorious' 쪽이지만."

K형이 마 교수에 대해 얘기해주니까 나도 감이 잡힐 듯했다. 그를 처음 만나 그의 이름을 들었을 때, 나도 '어디서 많이 들어본 이름 같은데……' 하고 한참 골통을 굴렸었기 때문이다.

"그럼 K형은 마광수 교수가 하는 강의는 들어 봤어요?"

"아직 못 들어 봤어. 수강 신청할 때 그 사람이 맡은 교양과목을 신청하기가 너무 힘들어서 말야. 경쟁률이 무지 쎄거든. 수강신청 기간이 시작되고 나서 1분 만에 정원이 꽉 차버리니까."

"왜 그 사람의 강의를 들으려고 했어요? 전공 강의만으로도 벅찬데요."

"단순한 호기심이지 뭐. 사실 난 그 사람 책을 한 권도 읽어본 게 없어. 읽는 걸 누가 볼까 봐 창피해서 말야."

책도 별로 안 읽히는데 유명하다…… 어쩐지 앞뒤가 안 맞는 얘기처럼 들린다. 아무튼 나는 우선 그의 소설을 한 권 읽어보기로 했다. 다음 강의 시간까지 아직 시간이 비어 있어서, 과방에 앉아 나는 책을 읽어 내려가기 시작했다.

처음엔 책이 너무 두꺼워서 '대체 이걸 언제 읽나' 하는 생각이 들었다. 450쪽이나 됐기 때문이다. 소위 잘 썼다고 칭찬받는 소설들은 진도 나가기가 무척 어려웠다. 문장이 너무 현학적이기 때문이다. 한 문장을 두 번 읽어야만 겨우 내용을 알아먹을 수 있는 게 그동안 내가 읽어 본 한국소설들의 공통점이었다.

그런데 광수 아저씨의 소설 몇 페이지를 읽어가다가 나는 작가의 쉽고 매끄러운 문장에 매력을 느꼈다. 쉽기만 한 게 아니라 간결·명확하고 마치 시(詩)와도 같은 리듬이 있었다. 일본의 무라카미 하루키나 한국의 여느 작가들과 같이 '심오한 척' 거드름을 떨며 철학적 지식 자랑을 늘어놓고 있지 않아서 좋았다.

나는 사실 고등학교 시절에 한때 김훈한테 빠졌었다. 그의 난해하고 심오한(?) 문장을 두세 번 되풀이해서 머리를 쥐어짜 가며 읽어 내고, 그것을 내 나름대로 해석하는 재미가 힘들긴 하지만 그런대로 쏠쏠했다. 그런데 『광마일기』를 읽기 시작하자, 나는 내가 그때 느낀 '재미'가 결국은 '지적(知的) 허영심'의 만족에 불과했다는 것을 깨달았다. 재미없는 책을 재미있게 읽은 체하며 남들에게 과시하고 싶어지는 허세(虛勢)도 물론 섞여 있었다.

『광마일기』를 쓴 작가는 입심이 참으로 탁월했다. 입심이 얼마나 좋았냐 하면, 책을 읽기 시작하자 손에서 책을 내려놓을 수 없을 정도였다. 나는 진심으로 작가의 유려한 문장에 매력을 느꼈다. 도무지 장황하고 현학적인 구석이 한 군데도 없었다. 책을 읽어가는 동안 마치 누군가가 내 앞에 앉아 인생과 사랑에 대한 얘기를 재미있게 들려주고 있는 것 같은 기분이 들었다.

『광마일기』의 문장은 정말이지 무겁지 않고 가볍다. 그리고 빠르게 읽힌다. '경쾌한 속도감'을 독자에게 선물해 준다고나 할까? 한 문장을 가지고 절대 두 번 읽어야 하는 일이 없다. 이런 문장은 소설 속의 유쾌·통쾌·상쾌한 내용과 조화를 이루어 소설 읽는 재미를 배가(倍加)시켰다.

책을 읽고 있다가 다음 수업에 들어갈 시간이 되자 나는 책을 더 읽어 나가지 못하는 아쉬움에 입맛을 쩍쩍 다셨다. 강의를 듣는 도중에도 머릿속엔 온통 소설 내용과 광수 아저씨 생각뿐이었다.

다른 강의까지 다 끝나자마자 나는 책을 더 맛있게, 다시 말해서 중단 없이 읽으려고 후다닥 지하철을 타고 집으로 돌아왔다. 지하철 안에서도 읽고, 집에 도착해서도 읽고, 그러다 보니까 저녁나절에 소설책 한 권을 다 읽어치웠다. 생각해보니까 내가 이토록 빨리, 그리고 맛있게 소설을 읽어본 적은 없었던 것 같았다.

책을 다 읽어 버린 게 어쩐지 아쉽기도 하고, 또 광수 아저씨에 대해서 궁금해지기도 해서, 나는 인터넷으로 그에 대해 검색을 해 보았다. 그랬더니 우와…… 참 많이도 나온다. 그가 쓴 짧은 단편소설도 나오고 특히 시가 많이 나온다. 그에 관해 비판하거나 옹호하는 글도 상당히 많다.

그가 소설만이 아니라 시도 쓴다는 게 신기하여 '마광수 시'라고 검색창에 치고서, 나오는 시들을 휙휙 빠르게 읽어 보았다. 그러다가 나는 아주 짧으면서도 강렬한 인상을 주는 시 두 편을 발견하게 되었다. 첫 번째 시는 「일평생 연애주의」라는 제목이 시였다.

나는야
평생 연애주의자

나는야
평생 변태성욕자

나는야
평생 허무주의자

나는야
평생 야한 남자

나는야
평생 오럴 섹스만

나는야
평생 고독, 절망, 쓸쓸만

그다음에 읽은 시는 「변태」라는 제목의 시다.

내게 사랑이 오면, 온종일을
그녀와 함께 신나게 변태적으로 보내리
그녀는 고양이 되고, 나는 멍멍개 되어

꽃처럼, 불처럼, 아메바처럼, 송충이처럼
끈적끈적 무시무시 음탕음탕 섹시섹시
서로 물고 빨고 할퀴고 뜯어 온갖 시름 잊으리
사랑은 순간, 사랑은 변덕, 사랑은 오직 꿈!
오오 변태는 즐거워라, 사랑이 오면.

「일평생 연애주의」라는 시는 왠지 슬프다. 그가 자신을 변태성욕자라고 자신만만하게 쓰고 있는데도 불구하고 괜스레 슬프다. 허무한 페이소스가 짙게 배어 있다. 자칭 '허무주의자'라는 말은 확실히 맞는 것 같다. 그의 얼굴 표정이 그랬으니까. 자기가 변태성욕자라고 한 게 설마 오럴 섹스만 했다는 걸 가리키는 건 아니겠지?

퍼뜩 그가 내 두 손을 넥타이로 묶어놓고 페팅을 하던 게 생각난다. 그 정도 가지고 '변태'라는 거창한 말을 갖다 붙였다면 그건 좀 우습다. 그런 건 아이들 소꿉놀이처럼 지극히 싱겁고도 흔한 섹스플레이 방식인데…….

평생 동안 '고독, 절망, 쓸쓸'했다는 건 좀 이해가 간다. 그리고 은근히 동정심을 느끼게 된다. 그것 역시 그의 허무주의자다운 얼굴 표정에 역력히 드러나 있었다.

그런데도 그는 어떻게 소설 『광마일기』에서 그토록이나 유머러스하고 귀여운 성애(性愛)들을 묘사할 수 있었을까? 대리 만족을 위해서? 아무튼 일상의 삶과 그가 쓰는 소설 속의 삶이 전혀 달라 보인다는 건 그가 굉장한 장인정신의 소유자요, 타고난 이야기꾼이라는 생각이 든다. 그래서 나도 모르게 그의 남다른 재주에 대해 숙연한 외경심(畏敬心)마저 느끼게 되었다.

「변태」라는 시는 「일평생 연애주의」와는 180도로 다른 작품이다. 능청이 있고 엉큼이 있고 음란이 있다. 그리고 무엇보다 재밌다. 율격을 찾아보기 힘든 요즘의 한국시들 중에서는 드물게 상쾌한 율격미(律格美)까지 맛보게 해주는 시다.

'그녀'는 고양이가 되고 자기는 멍멍개가 되겠다니……. 구린내 나는 서로의 똥꼬를 냄새 맡으며 빙글빙글 맴도는 동물의 순수한 성애를 연상시킨다. 아니다. '동물적'이라는 말을 쓰기엔 좀 안 어울린다. '짐승 같은' 쯤으로 해야 훨씬 원시적인 음란함이 느껴진다.

'짐승 같은'이란 말은 무언가 우리의 본능을 억누르는 부조리한 도덕 체계에 항거하는 듯한 뉘앙스를 풍긴다. 그리고 병적(病的)으로 심미적이고 자학적으로 퇴폐적인 세기말 사상의 맛도 풍긴다.

이 시는 시어(詩語)들 하나하나가 입에 찰싹 달라붙어 쫀득쫀득함이랄까, 마치 멍게의 속살 같은 보드라움이랄까, 아무튼 그런 게 잘 살아서 꿈틀대고 있다.

나는 「변태」라는 시를 입을 열고 혀를 굴리면서 낭독해 보았다. 특히 다섯 번째 행에서 '음탕음탕' 다음으로 '섹시섹시'가 따라오는 게 너무나 유쾌하게 느껴졌다.

관능적 느낌은 말로 증명되는 게 아니다. 특히 스킨십의 촉감, 상대방의 살결에서 전해져 오는 달콤하고 보들보들한 느낌을 묘사하기엔 인간들이 쓸 수 있는 말이 너무 적다. 기껏해야 "아아"나 "오오"라는 감탄사를 연발할 뿐이다.

너무나 천진난만하고 너무나 솔직한 시였다. 육감적 비유와 관능적 판타지가 꿈틀꿈틀 살아서 숨 쉬고 있었다. 이리저리 논리적으로 따지는 걸 싫어하고, 결국은 섹스를 하기 위해서 하는 주접스러운 사전(事前)의 가면 놀이를 증오하는 사람이 아니라면 쓸 수 없는 시다.

"필요한 건 오직 하나, 즉 변태적인 섹스야."

라고 단도직입적으로 말을 뱉어버리는, 마치 심수봉의 노래 제목처럼 "사랑밖엔 난 몰라" 같은, 아무튼 그렇게 아이처럼 땡깡을 부리고 있는 시다. 여느 시들처럼 읽을 때 고도로 통빡을 굴려야 하는 그런 건방진 난해함이 전혀 없다. 나는 그만 「변태」라는 시에 반해 버렸다.

나는 당장 광수 아저씨한테 전화라도 걸어 내가 그의 소설과 시에서 맛본 감동(?)을 얘기해주고 싶어졌다. 그러나 그가 우리 학교 교수라는 점이 퍼뜩 맘에 걸렸다. 그래서 그에게 전화 거는 것은 다음으로 미루고, 나는 슬슬 달착지근한 수면을 준비하기 시작했다. 그러면서 나는 내가 꾸는 꿈속에서 달착지근한 섹스의 풍경화가 나타나 주기를 바라고 있었다.

6

나는 성미가 급한 편이다. 다음 날 학교에 가서 첫 번째 강의를 듣고 난 뒤 공강 시간이 되자 나는 곧바로 광수 아저씨의 교수 연구실로 달려갔다. 어쩐지 미리 전화하기가 싫어서였다. 갑작스러운 만남, 예기치 않은 시간의 상봉이 훨씬 더 재미있을 것 같았다.

물론 내가 그의 연구실로 찾아갔을 때 광수 아저씨가 강의에 들어가서 방에 없거나, 오늘은 강의가 없어 아예 학교에 안 나왔을 수도 있다. 나를 처음 만났을 때도 학교 밖에서 맴돌고 있었으니까. 그러니까 있으면 좋고 없어도 그만이다.

하지만 어쩐지 그가 연구실에 있어야만 나와 맺은 인연의 줄이 안 끊어질 것 같다는 괴이한 예감이 든다. 그 '인연의 줄'이라는 게 나한테 좋은 건지 나쁜 건지는 잘 모르겠지만 말이다.

국문학과가 소속돼 있는 문과대학 건물엔 한 번도 가본 적이 없어 물어물어 찾아갔다. 서울대학교 캠퍼스보다는 좁지만 우리 학교 캠퍼스도 꽤 넓다는 것을 알았다. 내가 소속되어 있는 단과대학에서 한참 멀리 떨어져 있었기 때문이다.

바쁜 걸음으로 걸어가면서 캠퍼스의 크기를 생각하다보니까, 내가 첫 번째 대학입시에서 서울대에 지망했다가 낙방을 했던 기억이 떠올랐다. 흔히들 'SKY 대학' 어쩌니저쩌니 해 가며 서울대, 연세대, 고려대 세 대학교를 동시에 묶어서 거론하지만, 솔직히 말해서 서울대와 다른 두 대학의 차이는 현격하게 크다.

새삼 재수할 때 생각이 나고, 두 번째 입시 때 한 급 낮춰서 안전 지원을 하며 열등감에 부아가 치밀어 오르던 게 기억난다. 마광수 아저씨는 어느 대학 출신일까? 물론 여기서 말하는 '어느 대학'이란 대학원 말고 학부를 지칭하는 것이다.

문과대학 건물 앞에 도착했다. 건물 정문에는 '외솔관'이라는 현판이 붙어 있다. 외솔? 혼자 있는 소나무란 뜻인가? 상당히 멋있는 이름이긴 하지만 어쩐지 고독의 냄새가 물씬 풍겨오는 것 같다. 흡사 광수 아저씨 같은.

로비에 들어서니 교수들 이름과 연구실 호수가 적혀 있는 커다란 알림판이 벽에 붙어 있었다. 국문학과는 맨 처음에 있어서 광수 아저씨가 있는 연구실 호수가 203호실이란 걸 금세 알 수 있었다. 203호실이면 2층에 있다는 뜻이겠지. 나는 계단을 올라갔다.

2층에 도착하자마자 계단 바로 앞에 203호실이 있었다. 나는 약간 긴장된 마음으로 그의 연구실 문을 쳐다보았다.

'재실'이니 '강의 중', '회의 중', '교내', '퇴근' 등이 적힌 판때기가 붙어 있는 건 다른 교수들 연구실과 똑같았다. 그런데 그 판때기 좌우에 아주 멋진 서체로 써진 두 문장이 책받침 같은 재질로 만들어져 붙어 있었다. 나는 그걸 보자마자 하마터면 아주 큰 소리로 깔깔깔 웃어젖힐 뻔했다.

왼쪽에는 '나는 야한 여자가 좋다'라고 씌어 있었고, 오른쪽에는 '가자, 장미여관으로'라고 씌어 있었다. 이렇게 장난스러울 수가! 그리고 이렇게 유쾌·통쾌·상쾌할 수가! 나는 그가 다른 교수들의 눈치를 전혀 의식하지 않고서 그런 음란한 글귀를 방 문 앞에 떡하니 붙여 놓았다는 사실에 놀라지 않을 수 없었다. 그리고 또 무지 감동먹었다. 그런 노골적인 '꼬심'의 글귀를 붙여 놔도 되는 우리 학교의 야한 분위기에 대해 일말의 자족감(自足感)도 느꼈다.

나는 약간 긴장되는 마음으로 '재실'이니 '회의 중'이니 하고 씌어 있는 팻말을 바라보았다. 그런 것에 신경을 안 쓰는 교수들이 많아서 그런 표시를 꼭 믿을 순 없지만, 어쨌든 안 볼 수는 없었다.

히야······! 하고 나는 마음속으로 쾌재를 불렀다. 분명 팻말에 '재실'이라고 되어 있었기 때문이다.

이 사람과 내가 아무래도 무슨 인연이 있긴 있는가 보다, 하는 생각도 들었다. 확실히 방 안에 있을진 모르지만 어쨌든 상당히 안심이 되는 기분으로 똑똑똑 노크를 했다.

"네, 들어오세요."

광수 아저씨의 목소리가 아련하게 들려온다. '재실'이라는 표시가 맞았던 거다. 나는 기분 좋은 긴장감을 느끼면서 그의 연구실 안으로 들어갔다.

나를 보자마자 광수 아저씨는 썩 놀란 표정을 한다. 그러고는,

"아니 네가 어떻게······? 내가 이 대학 선생이란 걸 어떻게 알았지?"

하고 내게 묻는다.

"아저씨같이 유명한 분을 내가 어떻게 모르고 지나가겠어요? …… 근데 아저씨 참 웃겨요. 나랑 처음 만났을 때 어떻게 그리도 서슴없이 본명을 가르쳐 줬어요?"

"이름이야 당연히 정직하게 대답해 줘야지. …… 근데 네가 설마 우리 대학교 학생은 아니겠지?"

"왜 '설마'라는 말이 붙지요? 내가 이 대학에 다니면 안 되나요?"

"너 같이 어리면서 섹스에 화통한 애가 이 대학엔 드물 것 같아서 말야. 서울대학교 다음이긴 하지만, 그래도 명색이 사립 명문대라고 범생 같은 애들이 대부분이라서 그래."

"아저씨 참 웃긴다. 이 대학에 그렇게 오랫동안 계셨는데도 요즘 우리 학교 학생들이 대충 다 야하게 논다는 걸 정말 몰라요?"

"물론 대충 알고는 있었지. ……아, 맞다, 내가 나이 먹고 늙다보니까 이 학교 여학생들이 날 꼬시지도 않고, 그러다 보니 여학생들하고 연애해본 지가 하도 오래돼서 그렇군. …… 그런데 네가 아까 분명히 '우리 학교'라고 했나? 그럼 네가 연세대학교 학생이란 말이로구나."

"맞아요. 어제 도서관에 가서 소설책을 빌리다가 아저씨가 우리대학교 교수라는 걸 알게 됐어요."

여기까지 얘기해나가는 동안 그의 얼굴을 보니까 흐뭇해하는 표정이 역력했다. 아마 그도 나처럼 신통방통한 '인연'을 만났다고 생각하는 것 같았다. 그는 아주 기분 좋은 듯한 표정으로 말을 이어갔다.

"네가 우리 학교 학생이란 것도 참으로 신기한 인연이지만, 너를 내 연구실에서 다시 만나게 된 것도 참 신기한 일이야. 나는 일주일에 이틀만 학교에 나오거든. 강의가 있는 날만 나오는 거지. 그리고 강의가 끝나면 곧바로 퇴근해버리기 때문에 학생이 나를 찾아와도 만날 확률이 아주 적어. 근데 네가 나와 이 방에서 정통으로 만났으니 그것도 신기한 인연이야. 전에 내 방에 찾아온 적은 없었지?"

"네. 이번에 처음 찾아온 거예요. …… 근데 왜 학교엘 딱 이틀만 나오세요?"

"전에 국문과 동료 교수 놈들한테 집단 따돌림을 당해서 '재임용 탈락'으로 쫓겨날 뻔한 일이 있었어. 다행히 학교에서 그들의 결정을 인정하지 않아 잘리는 건 면했지만, 너무 친했던 놈들이 주동해서 한 짓이었기에 엄청 쇼크를 먹었었지. 심한 배신감을 느껴서 말야. 그래서 2년 반이나 지독한 우울증을 앓아가지고 휴직을 할 수밖에 없었어. 정신과 병원에 입원하기도 하고 자살 기도도 서너 번 해봤을 정도니까. …… 그 전에는 물론 나도 매일 학교에 나왔었지. 어떤 땐 일요일도 나왔어. 그런데 그런 일이 있고 난 다음부터는 그놈들하고 복도에서 부딪치는 게 정말 싫어지더군. 그래서 강의도 악착같이 이틀로 몰아서 짜고, 학교에 와서도 강의만 하고 퇴근해 버리는 게 버릇이 됐어."

……아아, 그런 가슴 아픈 사연이 있었구나. 게다가 그 전엔 필화사건으로 잡혀가 감옥살이까지 하고……. 나는 이렇게 마음속으로 생각했다. 『즐거운 사라』라는 소설이(소설 제목에 들어가 있는

'사라'라는 이름이 내 이름과 똑같아서 신기했다) 외설이라는 죄목으로 체포되어 감옥살이까지 하고, 또 학교에서도 잘렸었다는 걸 나는 내가 읽은 그의 소설책 뒤에 나와 있는 '작가 약력'을 통해 알고 있었다.

참으로 풍파가 많았던 사람이다. 일단 교수가 되면 대충 위세 부리며 살아가다가 정년퇴직하는 게 대다수 교수들의 편안한 팔자인데…… 나는 문득 그에게 연민의 정을 느꼈다.

신기한 것은 그가 내가 소속된 학과가 무슨 학과인지를 묻지 않는 것이었다. 또한 그는 이번에도 내가 몇 학년인지, 이름이 뭔지도 묻지 않았다. 참으로 신기한 사람이라고 생각했다.

이런 저런 얘기를 나누다 보니 내가 다음 강의에 들어갈 시간이 되었다. 그도 해야 할 강의가 남아 있다고 했다.

그래서 우리는 그와 나의 수업이 끝난 뒤에 곧바로 만나기로 약속을 정했다. 우선 급한 대로 커피숍에서 만나기로 했다. 학교 바로 앞에 있는 '파스쿠찌' 커피숍이었다. 그가 말하기를, 거기엔 넓은 흡연실이 있어 좋은 곳이라고 했다.

방에서 나가려는데 그가 "잠깐만 이리와 봐"라고 하면서 나를 부른다. 시간이 없더라도 자기 자지를 한 모금만 빨아주고 가라는 것이었다. 나는 속으로 피식 웃음이 나왔다. 그는 역시 나이에 어울리지 않게 귀여운 구석이 많은 남자라고 생각했다.

나는 그가 바지 지퍼를 내리고 자지를 꺼내놓자 한 모금이 아니라 세 모금을 빨아 주고 나서 그의 연구실에서 나왔다. 내가 참 재미있는 러브 게임에 빠져들어 가고 있는 것 같아 기분이 상쾌하였다.

다음 강의 시간에 들어가서 수업을 받고 있는데 교수의 말이 귀에 잘 들어오지 않는다. 광수 아저씨와 '파스쿠찌'에서의 만남이 은근히 기다려졌다. 광수 아저씨도 나와 같은 기분일까? 제발 그랬으면 좋겠다. 그래야 내가 밑지고 들어가지 않는 장사가 되니 말이다.

드디어 강의가 다 끝나고 나는 금세 '파스쿠찌'로 갔다. 나와 거의 동시에 광수 아저씨가 들어왔다. 그는 나랑 커피를 주문하여 마시더니 빨리 여기서 나가자고 한다. 어디로 가려고 하는 거냐니깐 모텔로 간다고 했다. 그래서 나는,

"여기서 좀 더 근사하게 사랑의 밀어(密語)도 나눠보고, 또 그런 다음엔 화사한 레스토랑에 가서 와인이라도 곁들여 저녁도 먹고 해야 하는 거 아닌가요? 그런데 그런 절차를 전혀 안 거치고 그냥 모텔로 간단 말이에요?"

하고 살짝 웃으면서 말해 보았다. 그랬더니 그는 시치미를 떼고서 이렇게 대답했다.

"저녁이야 나가면서 김밥 같은 걸 사가지고 가서 먹으면 되지. 넌 먹는 게 그리도 급하냐? 난 먹는 것보다 섹스가 더 급해."

참으로 귀여운 할아버지, 아니 아저씨였다.

게다가 그는 이런 말까지 덧붙였다.

"참, 오늘은 너한테 돈 못 준다. 만날 때마다 매번 줄 만한 돈도 없지만, 그때 너한테 돈을 준 건 순전히 너를 꼬시기 위한 작전일 뿐이었으니까 말야."

나는 그의 말을 듣고 나서 다시금 속으로 웃음이 나왔다.

7

모텔 방의 문을 열고 들어서는 순간 그의 입술이 나의 입술을 덮었다. 그러고는 문을 열어 달라는 듯이 혀로 나의 입술을 두드렸다. 입을 벌리자 그의 뜨거운 혓바닥이 나의 혓바닥을 감싸고 내 입 전체를 휘감았다.

치열을 훑기도 하고 입천장을 두드리기도 하고 입술을 자근자근 씹기도 하면서 우리의 키스는 한참 동안 계속되었다.

나는 난생처음 느끼는 짜릿한 기분에 온몸의 힘이 풀려 쓰러질 뻔했다. 하지만 그의 의외로 단단한 팔이 나의 몸을 감싸서, 거의 그에게 매달려 있다시피 하면서 키스를 나누었다. 지난번 처음 만나 모텔에 갔을 때와는 너무나 다른 그의 행동이요 시추에이션이었다. 키스만으로도 오르가슴을 느낄 수 있다는 것을 나는 처음으로 알게 되었다.

나는 내가 너무 흥분하여 오줌을 지린 줄 알았다. 나의 팬티가 너무나 흥건하게 축축해져 있었기 때문이다. 그런데 그것은 오줌이 아니라 애액이었다. 마치 말로만 듣던 '오르가슴 사정(射精)'이라도 한 것 같은 기분이었다.

정신을 차리고 보니 어느새 우리는 침대 위에서 키스를 나누고 있었다. 그의 기다란 손가락들이 나의 젖가슴을 주무르고 있었다. 그리고 한 손은 나의 짧은 미니스커트 속으로 들어가 팬티 위로 나의 보지를 어루만지고 있었다.

잠시 키스를 멈추고서 마치 100미터 달리기라도 한 듯이 헐떡거리고 있던 우리는, 누가 먼저랄 것도 없이 서로의 옷을 벗기었다.

둘 다 실오라기 하나 걸치지 않은 맨몸이 되자 그는 다시 애무를 시작하였다. 그의 혀는 내 귀를 간질이기도 하고, 목울대를 적시기도 하고, 쇄골을 빨아들이기도 했다.

그의 혀가 내 몸 여기저기에 닿을 때마다 내 몸은 마치 활시위처럼 휘어지며 전기에라도 감전된 듯 온몸에서 쩌릿쩌릿한 전율이 느껴졌다. 그리고 내 입에서는 평소보다 몇 배는 더 가늘고 높은 교성이 쉼 없이 터져 나왔다.

그의 혀가 목에서 가슴으로 내려오고, 마치 아기가 엄마의 젖을 빠는 것처럼 나의 젖꼭지를 빨고, 가끔은 이빨로 자극을 주기도 하면서 애무는 계속되었다.

나는 너무 나만 애무 서비스를 받는 것 같아서 그에게도 내가 받았던 것처럼 똑같이 애무를 해나가기 시작했다.

그가 했던 것처럼 쇄골을 빨고 젖꼭지를 빨자, 그도 나처럼 큰 쾌감을 느꼈는지 간헐적으로 신음 소리를 내뱉었다.

나는 그렇게 애무해 나가다가 그의 몸뚱어리 아래로 내려가 발기한 그의 커다란 자지를 입안에 머금었다.

나는 너무도 자연스럽고 친근감 있게 그의 자지를 입안 가득 담았다가 빼기를 반복하고, 혀로 귀두 부분을 자극하기도 하면서, 자지 기둥 전체와 불알까지 마치 아이스크림을 핥아 먹는 기분으로 빠짐없이 핥고 빨아 주었다.

그와 내가, 그것도 나이 차이가 너무 많아 마치 아버지처럼 느껴지는 그와 내가, 너무도 자연스럽게 헤비 페팅을 하고 있다는 것이 새삼 신기하게 느껴졌다.

펠라티오를 계속하자 그는 못 참겠다는 듯이 허리를 피스톤질하며 나의 머리를 잡고 흔들었다. 조금 힘들기는 했지만 그가 좋아하는 모습을 보니 괜히 나까지 더욱 흥분되는 기분이었다. 나는 본능을 좇아 한 손으로는 내 보지를 만져가면서 펠라티오를 계속하였다.

그때 그의 자지에서 희뿌연 액체가 발사되었다. 나는 개의치 않고 그 액체를 모두 다 받아마셨다. 그러자 그는 감동한 듯이 나의 입술에 다시 키스를 하기 시작했다.

얼마쯤 키스를 하고 이번에는 그가 나의 보지를 혀로 애무했다. 그의 혓바닥이 나의 클리토리스에 닿자 나의 몸은 다시 튀어 오르기 시작했다.

그는 나의 보지를 아주 정성스럽게 핥고 빨아주었다. 혀로 클리토리스를 빨아들이기도 하고 심지어는 항문의 주름 하나하나까지 섬세하게 핥아주기도 하면서 나를 흥분시켰다.

그는 역시 나이를 많이 먹은 만큼이나 섹스에 있어 경험이 많은 역전 노장이었다.

그가 혀에 단단하게 힘을 주고서 혀를 길게 뻗은 채로 세로로 살짝 자극하는 건 그나마 참을 만했다. 그런데 혓바닥을 가로로 흔들거나 혓바닥에서 완전히 힘을 빼고 보지 전체를 핥는 건 정말 자극적이었다. 혓바닥 위에 나 있는 자잘한 돌기들이 느껴진다고나 할까. 그럴 때면 나의 허벅지 안쪽까지 파르르 떨려오는 것이었다. 그가 아랫니를 이용해 나의 보지를 버무리듯 자극하는 것도 참기가 퍽힘이 들었다.

그의 자지는 언제 사정을 했냐는 듯이 다시 발기하여 거대한 크기를 자랑하고 있었다. 나의 애무까지는 괜찮았지만 아무래도 저토록 거대한 것이 내 몸에 들어온다는 게 조금 겁이 나서 부드럽게 해달라고 그에게 부탁하였다. 그러자 그의 자지는 새롭게 흥분한 듯이 더 팽창되었고, 그는 고개를 주억거리며 나의 보지 속에 손가락을 하나씩 집어넣기 시작했다.

내 보지는 처음에는 긴장감 때문에 조금 뻑뻑한 점이 없지 않아 있었지만, 이미 흥건한 애액으로 인해 부드러워져 있어 손가락 삽입에는 아무런 문제가 없었다.

나는 그가 나와 처음 만났을 때는 삽입 섹스엔 별 관심이 없다고 하더니, 오늘따라 삽입 섹스를 하려고 드는 기세에 놀라고 또 궁금하여 흥분된 와중에도 그에게 물어보았다.

"처음 만나서 모텔에 갔을 땐 삽입 성교엔 별 관심이 없다고 하셨잖아요? 근데 오늘은 왜 그리 잡아먹을 듯이 나오는 거죠?"

"그땐 첫 만남이라 어쩐지 겁을 먹어서 그랬어. 너의 정체를 파악할 수 없어서 그랬지. 그래서 이 여자를 임신시키면 어쩌나 하고 걱정이 된 거지. 그렇게 되면 꽃뱀족(族) 여자가 내게 덤터기를 씌우기 쉽거든. 근데 오늘 네가 나랑 같은 학교 캠퍼스에 있다는 얘길 들으니까 아주 안심이 되는 거야. 네가 섹스에 아주 세련되고 화통한 여자 같아 보여서지. 난 원래부터 콘돔 끼고 섹스하는 걸 아주 싫어하는데, 너 같은 애라면 자기가 다 알아서 처리해 줄 것 같은 예감이 들더군."

그의 대답을 들으니 어쩐지 칭찬을 받은 것 같아 기분이 삼삼했다.

남자한테 콘돔을 끼게 하고서 섹스하는 건 나도 싫어하는 바였다. 섹스는 그야말로 '무대포'로 밀어붙여야만 동물적이고 원시적인 쾌감을 맛볼 수 있다는 걸 나는 이미 알고 있었다.

그는 다시 손가락 삽입을 계속해나갔다. 그의 손가락이 점점 여러 개로 늘어나면서 보지 입구를 넓히는 데 주력하고 있었다.

이젠 어느 정도 됐다는 생각이 들었는지 그가 손가락을 빼내고 그의 자지를 집어넣기 시작했다. 큰 자지라서 조금 아프기도 했지만 나 역시 크나큰 쾌락에 빠져들 수밖에 없었다.

머릿속에는 폭죽이 터지는 듯 시끄러운 소리가 나고, 앞에는 하늘의 별이 보일 정도로 나는 오르가슴의 깊은 웅덩이 속으로 빠져들었다. 나는 신이 나서 더욱더 섹스에 몰입하였다.

얼마 동안이었을까, 계속 펌프질을 하던 그가 점점 몸짓을 빨리하기 시작했다. 그런 동작과 함께 나도 더욱 큰 절정으로 치달려가고 있었고, 꼭대기의 쾌감을 놓치고 싶지 않아 나는 그에게 어서 안에다 싸달라고 소리쳤다.

그가 좀 더 빨리 허리를 움직이는가 싶더니 내 안에서 무언가 퍼져나가는 듯한 느낌이 듦과 동시에 나도 꼭대기의 절정감을 맛보았다. 그러고서 그와 나는 만족스러운 표정으로 두 몸을 찰싹 밀착시킨 채 침대 위에 누워 있었다.

그는 대개의 남자들이 정사(情事) 후에 그렇듯이 담배를 피워 문다.

매캐한 말보로 담배 냄새가 다시금 나의 성감대를 건드렸다. 그래서 나는 그가 담배를 피우고 있는 동안 그의 하체 아래로 미끄러지듯 내려가 그의 자지를 조곤조곤 핥고 빨아 주었다.

이번엔 한번 큰 절정감을 맛본 뒤라서 느긋한 마음으로 그의 자지를 혀끝으로만 느린 속도로 핥았다. 내 혓바닥은 그의 불알로도 내려가고 회음부로도 내려가고 항문으로도 내려갔다.

그런 다음에 내 혓바닥은 다시 위로 올라가 그의 목과 젖꼭지와 가슴과 배꼽을 살풋하게 핥아나갔다. 의무적으로 해주는 봉사가 아니라 진심에서 우러나오는 봉사였다.

그의 자지가 다시금 꿈틀꿈틀 용을 쓰기 시작한다. 그러더니 그것은 결국 내 항문을 공략하기 시작했다. 자극적인 고통과 함께 전신을 감싸는 뜨끈한 쾌감이 나를 적셨다.

신기한 것은, 윤활제를 바르지 않았는데도 내 항문이 고통 없이 열리며 그의 자지가 거침없이 항문 깊숙이 꽂혔다는 사실이다. '이것이 바로 사랑이란 것일까?' 하고 나는 마음속으로 생각했다.

항문이 찢어지는 듯한 아픔과 알쏭한 쾌감이 결합되어 해롱거리는 와중에서도, 성미가 급한 나는 내가 생각하고 있는 것을 금세 그에게 말해버렸다.

"……아저씨, 지금 난 아프면서도 너무 기분이 좋고 그윽한 쾌감이 느껴져요. 이런 게 바로 사랑일까요?"

그랬더니 그는 자지에 더 잔뜩 힘을 주면서 이렇게 대답한다.

"사랑은 무슨 얼어 죽을 놈의 사랑…… 이건 사랑이 아니라 그저 '내셔널 스포츠(National Sports)'를 즐기는 것일 뿐이야."

내셔널 스포츠…… '국민 체육'이라…… 나는 섹스 도중인데도 배꼽이 빠져라 웃어젖힐 수밖에 없었다. 그 바람에 내가 허리와 엉덩이를 심하게 꿈틀거려 곱게 박혀 있던 그의 자지가 쏙 빠지고 말았다. 그가 혼잣말처럼 "에이, 쓰~발……" 하고 중얼거리는 소리를 듣자 나는 더욱 웃음이 터져 나왔다. 그리고 그가 더욱 귀여워졌다. '어른 아기'라는 말이 있다면 그에게 딱 어울릴 말일 것 같았다.

항문 섹스는 사실 1950년대의 오럴 섹스와 비슷하다. '성의 역사'에 대한 책을 보니 1950년대에 미국에서는 오럴 섹스가 변태로 취급되었다고 한다. 그리고 보수적인 주(州)에서는 그것이 범죄로도 간주되었다고 한다. 그러나 드물지만 그걸 즐기는 사람은 많았고, 그러다가 지금에 이르러선 가장 보편적인 페팅 형태가 되었다.

마찬가지로 지금은 항문 섹스가 약간 변태적인 느낌으로 받아들여지는 게 사실이다. 그러나 SM 섹스가 점점 더 빠른 속도로 퍼져나감과 동시에, 항문 섹스도 점점 보편적인 페팅 형태가 되어가고 있는 것이다.

내가 항문 섹스를 왜 '페팅'이라 불렀느냐 하면, 그것은 어쨌든 임신과는 무관한 '비생식적(非生殖的) 섹스'이기 때문이다. 사실 임신의 우려를 차단시킨다는 점에서 항문 섹스만큼 여자에게 안전한 섹스도 달리 없다.

우리는 한동안 항문 섹스를 즐기고 나서 침대 위에 퍼드러졌다. '달콤한 피곤함'이 몰려왔기 때문이다.

그와 동시에 배가 출출해져 오는 것을 느꼈다. 그래서 그와 나는 아까 모텔에 들어오기 전에 사가지고 온 두 줄의 김밥으로 저녁 식사를 대신하기 시작했다.

김밥을 먹을 때도 그는 에로틱한 방식의 식사를 나에게 주문했다. 그가 김밥을 먹고 있을 때는 내가 그의 자지를 빨아주고, 내가 김밥을 먹고 있을 때는 그가 나의 보지를 빨아 주는 식이었다. 그렇게 하면서 꽤 느긋하고 섹시하게 김밥을 먹고 나니까 어쩐지 소화가 더 잘 될 것 같은 생각이 들었다.

식사를 끝내고 나자 나는 그와 대화를 나누고 싶어졌다. 그래서 내가 먼저 말을 붙여보았다.

"아저씨는 참 글을 맛깔스럽게 쓰는 것 같아요. 소설로는 딱 한 권 『광마일기』를 읽어 봤는데, 정말 쉽고도 술술 읽히더라구요. 아저씨 소설을 읽기 전에 낑낑거리며 골통을 굴려가면서 읽은, 이른바 '심오한 소설'을 쓰는 작가를 흠모하기까지 했던 내가 부끄러워졌어요. 그렇게 어려운 소설을 읽을 때마다 나의 무식함에 창피함을 느꼈던 게 쓸데없는 열등감이었고, 그런 소설들이 다 말짱 꽝이었다는 걸 깨닫게 됐지요. 대개의 한국 작가들이 쓴 소설을 한 권 읽으려면 적어도 일주일은 걸리는데, 아저씨 소설은 하룻밤도 채 안 걸리고 읽게 되더군요. 어떻게 그토록 유려하면서도 쉬운 문장 기술을 터득하게 됐지요?"

그는 다시 담배를 피워가면서 내 물음에 대답했다. 나는 내가 물을 때나 들을 때나 그의 몸뚱어리 이곳저곳을 긴 손톱으로 슬슬 긁어 주고 있었고, 그 역시 내게 대답할 때도 한 손으로는 계속 내 보지 부근을 주물럭거리고 있었다.

"그걸 알아냈다니 고마워. 너는 참 머리가 굉장히 좋은 애로구나. 대다수의 평론가나 작가들은 내가 쓴 소설 문장이 너무 가볍게 읽혀서 경박하다고 비난하거든. 그리고 내가 보기엔 비문(非文)투성이인 난해한 글, 쉽게 말해서 '못쓴 글'을 깊이가 있는 좋은 문장이라고 칭찬하지. 네가 바로 본 거야. 어렵게 읽히는 글은 심오한 글이 아니라 못쓴 글이지."

"한국 소설가들의 작품 중에서 아저씨처럼 친근감 있고 구수하게 읽히는 글을 읽어본 적이 없어요. 대체 어떻게 그런 기술을 배우셨어요? 아저씬 게다가 대학교수라서 더 현학적으로 으스대는 글을 쓸 것 같은데, 그렇게 독창적이고도 쉬운 문장력을 확보하게 된 게 참 신기하게 느껴져요."

"휴…… 우리나라 평론가들이나 독자들이 다 너 같았더라면 난 필화사건도 겪지 않았을 테고 또 문단이나 학계에서 왕따가 되어 있지도 않을 거야. 오히려 대가급(大家級) 문인(文人)이나 학자가 되어 있겠지. 한국은 안 돼. 문화적으로 영원히 발전할 수 없는 나라야. 아직도 조선 시대의 양반문학과 훈민문학(訓民文學)만 계속하고 있으니까 말야."

'훈민문학'이 무슨 뜻인지 몰라 그에게 물어보니깐 그는 '백성들 위에 군림하며 뭔가를 가르치려 드는 문학'이라고 설명해 주었다.

조금 있다가 그가 내게 이렇게 묻는다.

"근데 네가 나한테 일부러 아부를 한 건 아니겠지?"

질문을 받고 나니 좀 심사가 뒤틀린다. 나처럼 솔직한 여자도 없는데 나를 의심하고 있으니 말이다. 그래서 나는 약간 삐친 음색으로 대답해주었다.

"참, 아저씨두. 내가 아저씨한테 아부해야 할 이유가 어디 있어요? 내가 아저씨 과목을 수강하고 있는 것도 아니잖아요. 그런 말을 들으니까 섭섭한데요."

"미안해. 내 작품에 대해서 하도 욕만 얻어먹다 보니 그렇게 됐어. 이해해 줘."

욕만 얻어먹었다는 소리를 들으니 잠깐 삐쳤던 기분이 풀어지면서 그에게 더 동정이 간다.

"참, 그리구 인터넷을 검색해서 아저씨가 쓴 시들을 읽어 봤어요. 「일평생 연애주의」란 시와 「변태」라는 시가 아주 인상적이던데요. 「일평생 연애주의」에서는 허무와 고독이 풍겨나오고, 「변태」에서는 상큼한 발랄함이 느껴지더군요. 한 사람이 쓴 시가 어떻게 그리 다를 수가 있죠?"

"글쎄…… 아, 맞다. 시를 쓴 시기가 달라서 그럴 거야. 「변태」는 30대 중반에 쓴 것이고, 「일평생 연애주의」는 최근에 쓴 거니까."

"30대 시절엔 아주 씩씩하게 잘 나가셨단 얘기로군요. 하긴, 내가 봐도 남자는 30대 때가 가장 멋져 보여요. 적어도 외모만은요. 그렇지만 생각이 더 원숙해지려면 50은 넘어야 할 것 같아요."

"생각이 원숙해지면 뭘 해. 외모가 후져지는데."

"그건 사실 그래요. 아무튼 난 아저씨가 시를 여느 시인들처럼 고상한 체 똥폼 잡지 않고 쉽고도 솔직하게 써 줘서 감동스러웠어요."

"야아 …… 네 말을 들으니까 내가 몸 둘 바를 모르겠구나. '감동'이라는 거창한 말까지 동원해주니까 말야. 너무 비행기 태우지 말아. 떨어질지도 모르니까."

"아무튼 광수 아저씨가 쓴 책들을 더 읽어보고 싶어졌어요. 읽고 나서 내가 느낀 소감을 아저씨한테 말해주면 아저씨한테도 도움이 될 거예요."

"아무튼 고마워. 좋은 독자를 만나게 돼서 말야. 예전에 나왔던 책들 중엔 절판된 것도 많으니까 나도 너한테 내가 쓴 책들을 차차 선물로 줄게."

"그럼 더 고맙지요. 아무튼 내가 열심히 읽어 볼게요 『광마일기』로 봐서는 다른 책들도 쉽게 읽힐 것 같아서 부담이 별로 안 가요."

말을 하면서 그의 자지를 만져보니 빨아먹기 좋게 적당한 크기로 잘 부풀어 있었다. 나는 이번엔 마조히즘을 맛보고 싶어서 그의 발치에 꿇어 엎드린 자세로 그의 자지를 열심히 빨아주었다.

8

우리 과(科)에서 남학생들한데 나는 '스쿨버스'라는 별명으로 불리고 있다. 1학년 한 학기를 마치고 나서부터다. '스쿨버스'란 누구나 공짜로 올라탈 수 있다는 뜻이다.

그런 별명이 처음엔 우리 학과 안에서만 나돌더니 이젠 내가 속해 있는 단과대학 전체로 퍼져나갈 정도가 되었다. 지난번에 문득 전화로 불러내어 벼락치기 섹스를 한 윤우 형 역시 나를 쉽게 스쳐간 여러 남자들 중의 하나다. 그런데 신기한 것은, 내가 그런 별명으로 불려도 우리 과 남학생들이나 여학생들이 나에게 별로 눈총을 주지 않는다는 것이다. 다들 그것도 하나의 개성이나 취향이려니 하고 별 간섭을 해오지 않는다. 그런 화통한 학교 분위기를 느낄 때마다 나는 속으로 '내가 연세대가 아니라 서울대에 갔어도 이처럼 거침없이 프리섹스를 즐길 수 있었을까?' 하는 의문을 느끼곤 한다. 한껏 야하게 놀면서 공부까지 할 수 있는 곳은 아무래도 연세대학교밖에 없을 듯싶다. 물론 이건 이른바 'SKY 대학'인 세 학교만 비교해서 말하는 것이다. 지방에 있는 대학에 다니는 서울 학생들은 자유로운 섹스를 넘어서 자유로운 계약 동거까지도 많이들 한다는 얘기를 들었다.

내가 섹스를 밝히게 된 것은 고등학생 때부터였다. 이른바 '야동'이란 것을 중학교 때부터 수없이 봐 놔서, 나는 섹스에 대한 지식 습득과 간접 체험을 아주 자연스럽게 할 수가 있었다. 그러다가 그 것이 고등학교에 올라가면서부터 실전(實戰) 체험으로 도약하게 된 것이었다.

고등학생들을 다 미성년자로 묶어두는 요즘 제도는 아무리 생각해봐도 인권유린인 것 같다. 헌법에서 보장하고 있는 기본권 중의 하나인 '행복 추구권'을 무시하는 처사이기 때문이다.

우리는 고등학교 국어 시간에 『춘향전』을 배운다. 그런데 춘향과 이 도령이 만나서 혼전 섹스를 하는 나이가 바로 이팔청춘 16살 때로 나온다. 요즘으로 치면 고등학교 1학년생 정도 되는 나이이다. 그런데 영양상태가 좋아져서 『춘향전』 시대보다 훨씬 빠르게 성숙하는 요즘 세상에서, 19살 미만을 무조건 '미성년자'로 묶어둔다는 건 정말 말도 안 되는 짓이다.

나는 중·고등학교를 다행히도 남녀공학에서 다녔다. 그래서 학교 안에서부터 연애 사건이 수두룩하게 터져 나왔다. 그런데도 요즘 중·고교생들에게 '피임 교육'은 하지 않고 '순결 교육'만 한다는 건 정말 말도 안 되는 난센스다. 한국이 성 의식이나 문화 수준 면에서 너무나 후진 나라라서 그런 것 같다.

얼굴과 몸 스타일이 상당히 괜찮은 편에 속하는 나는(이것만은 부모에게 고마워해야 할 사항이다) 정말 시도 때도 없이 많은 남자 애들한테 프러포즈를 받았다. 그러면서 점차 프리섹스의 맛에 빠져들어갔다.

교복이 아닌 사복을 입고, 머리에 가발을 쓰고 화장을 진하게 하면 완전히 딴판이 되었다. 요즘 연예계에서 한창 뜨고 있는 걸그룹 가수들을 연상하면 아마 짐작이 갈 것이다. 걔네들 대다수가 고등학교 학생들이니 말이다.

학교가 파한 후 학교 앞에 있는 가게에 맡겨놓은 사복으로 갈아입고 화장과 치장을 하면 미성년자티가 전혀 안 나 보였다. 그런 차림으로 나와 학교 친구들은 홍대 앞에 가서 놀기도 하고 강남역 부근에 가서 놀기도 했다. 물론 자주 '원 나잇 스탠드'도 즐겼다. 집에 늦게 들어가도 됐던 것은, 내가 학원에 다녀온다고 속이면 됐기 때문이다. 그렇게 놀아대도 공부에는 지장이 없었다. 학생이 퇴폐적 놀이나 섹스를 즐기게 되면 공부를 못하게 돼서 성적이 떨어진다는 말은 말짱 허구다. 물론 하루도 빼놓지 않고 매일 밤거리를 휘젓고 다닌다면 공부에 지장이 갈 수밖에 없을 것이다. 하지만 내가 그렇게 매일 방탕(?)하게 논 것은 아니었기 때문에, 나는 공부도 꽤 잘해 나갈 수 있었다. 실컷 흐드러지게 놀고 난 다음에는 오히려 공부하는 데 집중이 더 잘되었다.

나는 미련스럽게 학원 공부에 의지하지 않고 나 혼자 예습·복습을 해나가는 식으로 공부했다. 그렇기 때문에 줄곧 상위권 성적을 유지할 수 있었다.

학원 공부에만 의지하다 보면 혼자서 공부할 시간이 없어진다. 학원 공부란 게 그저 멍청히 앉아서 썰을 잘 푸는 강사 선생의 강의를 들어넘기는 수준에 그치기 때문이다. 수학 문제 하나만 봐도 혼자서 풀어봐야 실력이 는다. 강사 선생이 물 흘러가듯 문제를 매끄럽게 풀어나가며 판서하는 칠판만 멍청하게 바라보고 있으면 머릿속에 하나도 저장이 안 된다.

공부에 꽤 자신이 있었던 나로서는, 서울대학교에 지원했다가 떨어져서 재수를 결심하고 다시 대학입시 공부를 할 때가 정말 악몽 같은 시간이었다. 그러다 보니 더 섹스, 아니 사랑에 빠져들게 되었고 그러다가 고교 시절에 만난 양하를 사랑하게 된 것이었다. 그래서 양하에게 바치는 나의 '사랑'(쑥스럽고 웃기는 단어지만 할 수 없이 써야 하겠다)은 섹스할 때의 오르가슴과도 상관이 없는 전혀 비현실적인 것이었다.

만약에 양하가 한국을 떠나지 않았더라면 나는 그를 금세 발길로 뻥 차버리고 말았을 것이다. 금세 권태가 몰려왔을 테니까. 그러나 유감스럽게도 그는 미국으로 떠나가 버렸고, 나에게는 어이없게도 '첫사랑의 추억', 아니 '집착'이 남게 되었다. 그런 바보스러운 집착은 대학에 진학한 후에 거침없는 프리섹스로 이어졌다. 실컷 섹스하고 나면 그를 잠시나마 잊을 수 있었다.

광수 아저씨와의 만남은 꽤나 이색적인 '통과의례' 역할을 했다. 말하자면 나는 양하 생각과는 별도로, 아니 아무런 상관없이 프리섹스를 즐기게 된 것이다. 광수 씨의 표현대로 섹스는 나에게 있어 일종의 '스포츠'가 된 것이다. 그런 점에 있어 광수 아저씨는 나한테 톡톡히 '선생' 노릇을 해준 셈이다. 하지만 광수 아저씨가 나에게 필

(feel)이 꽂혀 촌스럽게 돈을 쓰면서까지 나를 꼬셔놓고서도, '사랑'
이 아니라 '국민 체육'을 하고 있는 것뿐이라고 말하는 것은 좀 이해
하기 어려웠다. 아니, 섭섭하기까지 했다.

　아니다……아니다…… 수정해야겠다. 그런 식으로 새로운 스포
츠를 즐기는 것이 그에겐 '사랑'인 모양이다. 생각의 방향을 금세 틀
어놓고 보니 나는 좀 더 자유로워진 나 자신을 느낄 수 있었다.

　며칠 후 나는 강의가 다 끝나고 난 뒤 광수 아저씨가 쓴 책을 한
권 더 읽어보고 싶어 구내서점으로 갔다. 도서관에서 빌려볼 수도
있었지만 이번엔 돈을 주고 사보기로 한 것이다. 그것이 글을 쓴 사
람에 대한 예의일 것 같았다.

　대형서점이 아니라 구내서점이라 광수 아저씨가 쓴 책이 몇 권
밖에 없었다. 강의 교재로 쓰는 것 같은 문학이론서들이 있었지만
그런 딱딱한 책은 읽기 싫었다.

　나는 시나 소설로 된 문학작품집을 사고 싶어 이리저리 왔다 갔
다 하며 책들을 둘러보다가, 문득 그의 시집이 사고 싶어졌다. 인터
넷으로 검색해서 읽어 본 그의 시 두 편에서 받았던 강렬한 인상이
기억 속에 생생하게 떠올랐기 때문이었다. 그래서 시집들이 꽂혀
있는 서가를 둘러봤는데, 나는 거기서 그가 쓴 시집을 한 권 발견할
수 있었다. 『일평생 연애주의』라는 제목의 시집이었다. 발행 일자
를 보니 최근에 출간된 책이었다. 내가 인터넷에서 찾았던 「일평생
연애주의」는 한 편의 시 제목이자 한 권의 시집 제목이기도 했던 것
이다.

점원에게 계산을 하고 나서 시집을 들고 나와 나는 학교 안의 한적한 장소에 있는 벤치에 앉아 시집을 읽어보기 시작했다. 소설이 아니라 시라서 금세 다 훑어볼 수가 있었다. 아니 더 정확하게 표현한다면, 시라서 금세 훑어볼 수 있었던 게 아니라 너무 쉽고 간결하게 씌어 있어서 금세 훑어볼 수가 있었다.

요즘 젊고 유명한 시인들이 쓴 시에 대해서 나는 무지막지한 혐오감을 품고 있었다. 너무나 잘난 체들을 하고, 표현이 너무나 난해해서였다. 어려운 한자어들을 일부러 골라서 사용하면서, 도무지 문맥을 짚어나갈 수가 없을 만큼 어색한 비문(非文)을 남발해대고 있었다.

물론 내가 시 전문 비평가가 아니라서, 더 쉽게 말하자면 내가 시에 무식해서 그런 느낌을 받았을지도 모른다. 그렇지만 일단 독자들에게 읽어달라는 뜻으로 문학잡지에 시를 발표하는 것이고, 또 시집으로 묶어 출판하는 게 아닌가? 그렇다면 도대체 왜 그렇게 난해하게 시를 쓴단 말이냐.

내가 제일 싫어하는 시인이 이상(李箱)인데, 그 이유는 도무지 알아들을 수가 없는 자기만의 넋두리를 뱉어놓고 있기 때문이다. 그런데도 문학 전문가들은 이상을 천재라고 부르며 칭송해대기 바쁘다. 과연 그들은 이상의 시를 정말 확실하게 이해할 수 있었을까? 아무리 생각해도 문학전문가들이 이상을 영웅화하는 이유가 '서로 짜고 치는 고스톱' 같다는 생각이 든다.

어쨌든 광수 아저씨의 시는 쉬웠다. 또 익살스럽기도 했다. 아무튼 시집에 수록돼 있는 모든 시들이, 읽는 순간 내용을 금세 알아들을 수 있게 씌어져 있었다. 하지만 쉽고 단순하게 읽히는 것과는 달리, 시가 함축하고 있는 상징적인 내용의 맛은 깊었다.

시집에 실려 있는 시 대부분이 다 마음에 들었지만, 우선 내 필(feel)이 세게 꽂힌 시는 「다시 비」라는 제목의 짧고 간결한 작품이었다.

다시 비
비는 내리고
우산을 안 쓴 우리는
사랑 속에 흠뻑
젖어 있다

다시 비
비는 내리고
우산을 같이 쓴 우리는
권태 안에 흠뻑
갇혀 있다.

다시 비
비는 내리고

우산을 따로 쓴 우리는

세월 속에 흠뻑

지쳐 있다

시의 내용 이전에, 우선 운율이 지니는 멋을 풍기고 있어서 좋았다. 요즘 시들은 행(行)만 구별해 놓고 있을 뿐, 행(行)을 다 합쳐 놓으면 산문과 별 차이를 못 느낀다. 다 장황하고 둔탁하고 감칠맛이 없다. 그런데 「다시 비」는 정말 깔끔하고 담백하고 간결하면서도 그 안에 담고 있는 상징적 의미는 풍부했다.

인생을 오래 살아본, 그리고 이런저런 사랑을 다 해 보다가 '사랑 문제'에 대해 달관된 체념의 철학을 갖게 된 사람이 아니면 도저히 쓸 수가 없는 시라는 느낌이 들었다.

광수 아저씨의 얼굴 표정이 생각났다. 시에 적혀 있는 단어대로 정말 '권태'와 '세월'에 지쳐 있는 듯한 표정이었다. 참, 그러고 보니 그가 왜 아내와 이혼을 했는지, 그리고 재혼하지 않고 왜 혼자서 궁상맞게 살아가고 있는지를 내가 미처 물어보지 못했다. 시를 읽고 나니까 더 궁금해지는 토픽이었다.

「다시 비」라는 시를 읽고 나니까 왠지 마음이 더욱 허전해졌다. 그리고 앞으로 내가 살아가면서 겪어 갈 이런저런 '사랑'과 '권태'의 악순환에 따른 고통에 대해 두려운 마음이 들었다.

역시 나이를 많이 먹은 남자와 만나는 것은 손해라는 생각도 들었다. 아직은 풋풋한 젊음을 갖고 있는 나에게 미리부터 어둡고 험난한 인생살이에 대한 예감을 느끼게 해주니까 말이다.

우울해진 마음 때문인지는 몰라도 문득 섹스가 하고 싶어졌다. 격의 없는 섹스, 사랑 없는 섹스, 오직 섹스만을 위한 섹스가 하고 싶어졌다. 그래서 나는 '섹스의 먹잇감'을 구하기 위해 터덜터덜 과방(科房)으로 걸어갔다.

9

나는 과방(科房)에 우리 과(科) 남학생이 한 명만 앉아 있기를 바랐었다. 그런데 과방에 들어가 보니 남학생 두 명에 여학생 한 명이 앉아 있었다. 여학생은 나와 같은 학년인 애화였고, 남학생들은 모두 선배 형들이었다.

그네들을 보는 순간 나는 좀 멈칫했다. 남학생만 있었다면 부담감 없는 삼빡한 섹스를 하고 싶다고 얘기하려 했는데 여학생인 애화가 끼어 있기 때문이었다. 걔는 내가 보기에 확실한 '숫처녀'였기에 더욱 그랬다.

하지만 어차피 내 별명이 '스쿨버스'로 되어 있는 바에야 못 할 말이 뭐 있겠나 싶었다. 그래서 나는 두 선배 형들을 똑바로 바라보며 입을 열었다.

"오늘 저녁 나랑 데이트할 사람 없어요?"

아무래도 애화에게 눈치가 보여 '섹스'라고 말하려다가 '데이트'

란 말로 바꾸었다. 그랬더니 선배 형들 중 한세 형이 실실 웃으며 내게 말한다.

"대체 어떤 데이트를 말하는 거야? 저녁을 같이 먹고 차나 한 잔 마시는 데이트야. 아니면 술도 마시는 데이트야?······ 그리고 그런 다음에 클럽에 가서 춤까지 추며 노는 데이트야?"

'모텔로 가는 데이트'까지 나올 줄 알았는데 그걸 생략한 걸 보니 그도 말하기가 쑥스러웠던 모양이다. 하지만 클럽에 가서 춤을 추며 논다는 건 요즘 대학생들에게 대개 '원 나잇 스탠드'까지 포함하는 말로 받아들여진다.

질문을 받고 나서 나는 어떻게 대답을 해야 하나 잠시 망설였다. 그러다가 나는 문득 광수 아저씨가 했던 말이 생각나서 이렇게 말해 버렸다.

"왜 그렇게 돈과 시간이 많이 드는 데이트를 해요? 단도직입적으로 말해서 내가 말하는 데이트는 김밥 사가지고 모텔로 직행하는 데이트예요."

내가 솔직한 애로 소문이 나 있긴 하지만 이렇게 직설적으로 얘기할 줄은 미처 예상치 못했나 보다. 애화는 물론이고 두 선배들도 약간 뻘쭘한 표정들을 한다.

잠시 후 애화가 과방에서 나갔다. 나는 속으로 "쟤가 나를 어떻게 생각할까?" 하고 잠깐 추측해 보다가, "에라 모르겠다. 쟤는 쟤고 나는 나지" 하고 잡스러운 생각을 중단시켰다.

애화가 방을 나감과 동시에 한세 형이 뻘쭘해 하고 있던 표정을 대뜸 풀면서 내게 이렇게 묻는다.

"어떤 식으로 데이트를 하든 간에 얼마만큼의 돈은 들게 마련이야. 내가 너랑 데이트를 해 준다면 돈은 물론 네가 내겠지? 돈이 아까워서가 아니라 마침 내 호주머니에 집에 갈 차비밖에 안 남아서 그래."

이쯤 되면 할 수 없다. 내가 모텔 데이트를 제안했으니까 비상금을 털어서라도 내가 돈을 써야지. 나는 한세 형의 물음에 고개를 까딱 숙여가지고 동의 표시를 했다.

내가 비용을 대겠다고 하자 한세 형의 얼굴 표정에 화색이 돌면서

"이게 웬 떡이냐! 오늘 되게 재수 좋은 날이네"라고 기쁨에 넘쳐 말한다. 그도 어지간히 섹스가 고팠던가 보다.

한세 형과 나는 우리를 멍하니 쳐다보고 있는 B형을 과방에 남겨 두고서 서둘러 방을 나섰다. 무슨 이유에서 섹스를 하고 싶어졌든 간에, 어쨌든 풋풋한 남자애랑 함께 모텔로 간다는 건 기분 좋은 일이었다.

교문을 나서자 나는 한세 형의 손을 잡고 먼저 김밥집으로 갔다. 그리고 김밥 두 줄을 샀다. 학생으로서 가장 값싸게 사먹을 수 있는 요깃거리가 바로 김밥이다. 음료수도 살까 하다가 돈을 아끼고 싶어 그만두기로 했다. 모텔방 안에는 생수와 봉지 커피믹스가 비치돼 있기 때문이다.

연세대학교와 이화여자대학교 사이에는 거대한 모텔촌(村)이 형성돼 있다. 여러 모텔들의 가격과 시설 등을 비교해서 알려 주는 인터넷 사이트를 알고 있기 때문에, 나는 가장 값이 싼 모텔로 한세 형을 끌고 갔다.

대실료가 싼 만큼 물론 시설이 조금 후지다. 그러나 학생 입장에 선 돈을 아끼는 편이 낫다. 지난번에 광수 아저씨와 모텔에 갔을 때 는 시설이 제일 좋은 곳, 그래서 대실료도 제일 비싼 곳으로 갔었다.

한세 형과의 섹스는 처음이었다. 그래서 마음이 약간 설레기도 했다. 마음이 설레는 이유는, 그와 첫 섹스를 해서가 아니라 그가 어 떤 방식으로 섹스를 해 올지 궁금해서였다. 학교 남학생들이 해주는 일률적인 섹스에 약간의 권태를 느끼고 있던 나는, 무의식중에 강간 당하듯이 거칠게 섹스하는 것을 꿈꾸고 있었는지도 모르겠다.

한세 형은 의외로 거세게 나왔다. 그러고는 정말 짐승 같은 섹스 를 내게 선물해 주었다.

그의 손은 나의 젖가슴을 우악스럽게 주무르면서, 찢어버릴 듯 한 기세로 브래지어를 벗겨나갔다. 그리고 짧은 미니스커트를 허리 위까지 걷어 올리고 그 아래 있던 스타킹과 팬티를 찢다시피 하며 벗겨냈다.

그런 다음에 그는 내 보지를 거칠면서도 섬세하게 어루만져가면 서 내 성감대를 자극시켰다. 정신을 차리고 보니 어느새 내 몸뚱어 리는 그의 손놀림에 따라 허리를 흔들며 박자를 맞추고 있었다.

나는 엉덩이를 뒤로 쭉 빼서 그의 자지에 내 보지를 대고 문질렀다. 그는 아직 바지를 벗지 않은 상태였지만, 흥분된 자지를 바지 밖으로도 느낄 수 있을 만큼 크게 발기한 상태였다.

나는 몸을 돌리고서 무릎을 꿇은 상태로 그의 바지를 벗겨내고 팬티를 남겨두고서, 팬티로 가려진 자지를 펠라티오 해주기 시작했다. 대학생들 사이에선 흔히 '팬 펠라티오'라고 불리는 구강섹스 기법인데, 팬티의 얇은 헝겊이 차폐물 구실을 하여 더욱 안쓰럽고도 오묘한 쾌감을 느끼게 해준다.

요즘 새로 유행하고 있다는 '젠타이(Zentai) 섹스' 생각이 난다. 젠타이 섹스는 벌거벗은 육체와 육체 사이를 스타킹 재질로 된 전신복(全身服)이 가로막고서 안쓰러운 이물감(異物感)을 느끼도록 해주기 때문에, 흔하고 진부한 섹스 방식에 싫증을 느낀 사람들한테 사랑을 받고 있는 것 같다. 나는 팬 펠라티오를 해주면서 나도 한번 젠타이 섹스라는 걸 해 보고 싶어졌다.

그의 팬티를 타액으로 흠뻑 적실 정도로 그의 자지를 물고 빨고 한 뒤에, 나는 마치 강아지처럼 그의 팬티를 이빨로 물어서 끌어내렸다.

그러자 그의 상당히 크고 먹음직스러운 자지가 용감하게 드러났다.

순간적으로 더욱 흥분한 나는 한 손으로는 내 보지를 마찰하여 마스터베이션을 하면서, 그의 자지를 더욱 정성스럽게 핥고 빨아 주었다. 그도 흥분했는지 내 머리통을 거칠게 움켜잡고 위아래로 움직이게 한다. 그가 흥분함과 동시에 나의 보지도 약간의 자극만으로도 애액을 뚝뚝 흘릴 정도로 흥분하고 있었다.

드디어 그는 내 보지에 자지를 삽입했고 꽤 오래가는 피스톤 운동이 계속되었다.

성(性)에 관해서 쓴 책들을 보면 여자의 성감대는 보지 구멍 자체보다는 클리토리스에 있다고 되어 있는데, 내 경험상으로는 역시 삽입을 해줘야만 묘한 마조히즘과 박탈감을 느낄 수 있었다. 이럴 경우엔 성감대가 보지에 있다기보다 뇌, 즉 마음속에 있다고 보는 편이 타당할 것이다.

그는 조루증과는 거리가 멀었고(하긴 젊은 남자 대학생이 벌써부터 조루증이라면, 앞으로 그가 평생 섹스하는 것이 '천국'에 가서 노는 게 아니라 '지옥'에 가서 노는 셈이 될 테지만) 오히려 지루중에 가까웠다. 그래서 나는 그가 위에서, 옆에서, 아래에서 뒤에서 여러 가지 체위로 피스톤 운동을 해주는 것을, 한껏 흡족하게 구름 위에 떠 있는 기분으로 맛볼 수 있었다.

나는 더욱더 극한의 쾌락을 맛보고 싶어 그의 섹스 박자에 맞추어 허리를 미칠 듯이 흔들었다. 우리는 두 마리 산짐승이 되어 오직 쾌락을 느끼는 데만 충실하였다.

한참 동안 짐승처럼 박고 박히기를 계속하다가 절정을 맞이한 그는 내 보지 안에 시원스레 사정하였다. 대다수 남자들은 나를 임신시킬까 봐 두려워 사정 직전에 자지를 빼고서 내 입 안에 사정하곤 했는데 한세 형의 사정 방식은 정말 무식하리만치 동물적이었다.

나는 사실 질외 사정을 별로 좋아하지 않는다. 섹스가 한창 클라

이맥스에 이르렀을 때의 감흥을 여지없이 깨뜨리기 때문이다. 그래서 나는 큰맘 먹고 며칠 전에 자궁 안에 피임 기구(루프)를 장착해 버렸다.

부작용이 있다고는 하지만 배란기를 피하고 어쩌고저쩌고해 가면서 삽입 섹스 할 날짜를 계산해야 하는 게 영 번거롭고 치사하게 여겨졌기 때문이다.

경구용 피임약(즉 먹는 피임약)이 더 낫다지만 먹는 날짜를 하루라도 빼먹으면 말짱 꽝이 돼 버린다. 또 사후 피임약도 있긴 하지만 그건 임신 안 할 확률이 70%밖에 안 된다. 그리고 무엇보다도 나는 남자 자지에 콘돔을 씌우기가 싫다. 살풋한 살갗 접촉의 쾌감을 여지없이 박살내 버리기 때문이다.

한세 형은 역시 젊은 남자답게 사정을 한 후에도 금방 널브러지지 않았다. 그러고는 한탕 더 뛰고 싶으니 오럴 서비스로 자기의 자지를 다시 부풀어 오르게 해 달라고 내게 요청해왔다. 대개의 남자들은 담배를 핀다든지 해가며 잠깐 동안이라도 뜸을 들이기 마련인데, 이 남자는 귀엽고도 씩씩한 종마(種馬) 같아서 좋았다.

나는 신이 나서 그의 자지를 더욱 열심히 핥고 빨아주었다. 남자가 사정(射精)으로 몸 안의 정기를 한껏 소모시키는 것에 비하면, 펠라티오는 정말 적은 분량의 칼로리만 사용하는 것이니 섹스 노동 축에 끼지도 못한다. 성에 관한 책들을 보면 여자들 중에 펠라티오 해주기를 꺼리거나 해주더라도 크게 생색을 내는 년들이 많다던데, 그런 년들은 정말이지 못돼먹고 교양 없는 년들이다. 아니, '섹스에 대해서 촌스러운 년들'이라고 표현하는 게 더 맞을지도 모른다.

그의 자지가 딱딱해지자 우리는 한층 더 게걸스럽게 섹스를 했다. 그가 땀을 뻘뻘 흘리면서까지 피스톤 운동을 열심히 해주는 것이 적이 감동스러웠다.

한참을 그러고 있다가 우리는 각자 한 손으로는 상대방의 성기를 만지작거리면서 다른 한 손으로는 김밥을 먹었다. 그가 귀여워 보여서 가끔은 내가 씹어서 입으로 먹여주기도 했다.

다 먹은 다음에 우리는 모텔방 안에 비치된 커피믹스를 뜨거운 물에 타서 마셨다.

이럴 때 남자들은 대개 뭐라고 주절거리기 마련인데 한세 형은 통 말이 없다. 그야말로 보디랭귀지(Body language)만 좋아하는 남자같아 보여서 그가 더욱 쓰임새 있게 생각되었다.

우리는 각자 담배를 한 대씩 피우고서 다시 한 번 더 섹스를 했다. 나는 재수를 할 때 늘 왠지 불안한 마음으로 섹스했던 것을 생각해 보았다. '놀자판' 대학이면서도 이른바 명문대에 끼는 대학의 학생이 되었다는 사실이 어쨌든 행복하게 느껴졌다.

문득 광수 아저씨가 쓴 시들 중 우울한 시들이 생각났다. 스쳐간 긴 세월에 지쳐 있는 그와, 아직은 그렇게 지칠 정도로 세파(世波)를 겪지 않은 내가 비교되었다. 그리고 그토록이나 세파에 시달렸는데도 그가 보여주는 왕성하고 뻔뻔스러운 섹스의 원동력은 대체 어디서 나오는 것일까, 하는 생각이 들었다. 그는 실로 나를 헷갈리게 만드는 남자였다.

10

그 뒤로 나는 한동안 광수 아저씨에게 연락을 하지 않았다. 아니, 하지 않은 게 아니라 하지 못했다. 공연히 내가 늙다리 아저씨한테 빠져들까 봐 겁이 나서였다.

그 사람 말고도 내 주위에는 섹스의 먹잇감들이 지천으로 깔려 있었고, 나는 역시 그런 늙은이에겐 안 어울리는 어리씽씽발랄한 여대생이었다. 광수 아저씨와 교제를 계속한다는 게 아무래도 내겐 밑지는 장사 같았다.

그러면서도 나는 지적(知的) 호기심 때문에 그가 쓴 책들을 사서 읽어 보거나 도서관에서 대출받아 읽어보고 있었다.

그러던 어느 날 광수 아저씨한테서 전화가 왔다. 실은 나도 그가 왜 나한테 전화를 안 하는지 궁금해하고 있던 참이었다. 그의 말대로 내게 '필이 꽂혔다'면 나에게 계속 사랑을 구걸해와야 정상이라고 생각했기 때문이다.

이번에 그가 전화를 한 핑계는 지금은 구하기 어려운 판금된 소설 『즐거운 사라』를 내게 선물해 주겠다는 것이었다. 딱히 거절할 이유도 없고 해서 나는 그를 학교에서 멀리 떨어진 어느 카페에서 만났다.

학교 앞에 있는 것도 아닌 곳에서, 그것도 학교에서 아주 먼 거리에 있는 곳에서 그를 만난다고 생각하니 그가 우리 대학 '교수'라는 사실 때문에 갖고 있었던 '어색한 부담감' 같은 것이 많이 사라지는 느낌이었다. 그가 이번엔 시내의 번화가에서 한 번 만나보자고 해서, 우리가 만난 장소는 명동의 '사보이 호텔' 커피숍이었다.

그가 그동안 내게 보여준 태도로 보나, 또 그가 그의 소설 속에서 묘사하고 있는 여자의 이미지로 보나, 그는 철저한 유미주의자였다. 그래서 나는 한껏 요란한 차림새를 하고서 그를 만나러 갔다.

사보이 호텔 커피숍에서 만나 차를 시켜 마시고 있는 도중에 그는 나에게 그 유명한(?) 소설(사실 마광수 씨를 만나기 전엔 그 소설이 유명하다는 사실도 몰랐지만)『즐거운 사라』를 가방에서 꺼내어 내게 주었다. 그러면서 이렇게 말했다.

"사실 이 책은 내게도 두세 권밖에 없어. 그런데도 너한테는 꼭 선물해주고 싶어서 가지고 나왔지. 헌책이야 인터넷 헌책방 같은 데서 구할 수 있겠지만 아무래도 새 책을 주는 게 너한테 고마운 선물이 될 것 같아서 말야."

나도 그가 야하게 썼다고 잡혀가기까지 했다는 소설『즐거운 사라』를 갖고 싶었기에 그가 주는 책을 고맙게 받았다. 책 맨 뒤에 적혀 있는 발행 일자를 보니 1992년 8월로 되어 있어서, 내가 광수 아저씨에 대해서 잘 모르고 있었다는 사실에 납득이 갔다. 1992년이라면 내가 태어날 때였기 때문이다. 그런 생각을 하다 보니까 광수아저씨가 퍽이나 늙어보였다.

광수 아저씨는 이번 만남에서도 말을 아끼고 있었다. 그저 내가 묻는 것에만 대답할 뿐이었다. 나는 그동안에 읽은 그의 소설과 시들에 대한 독후감을 얘기해 주었고, 읽기 쉽게 글을 쓰는 데 대해 다시 한 번 진심으로 칭찬해 주었다.

서로 마주 앉아 이런저런 시답잖은 얘기를, 그것도 커피숍에 있는 사람들 눈치를 봐가며 낮은 목소리로 얘기하다 보니까 짜증이 났다. 그의 옆으로 가서 몸을 바짝 붙이고 앉아, 자지라도 주물러가며 얘기하면 훨씬 깊이 있는 대화가 가능할 것 같은 생각이 들었다. 하지만 커피숍의 조명이 너무도 환해서 도저히 그건 불가능했다. 나와 이심전심으로 마음이 통했는지, 얼마 안 있어 그가 말했다.

"그럼 이제 이만 슬슬 나가 볼까?"

"어디로 가시게요? 설마 이대로 각자 집으로 돌아가자는 말은 아니겠죠?"

내가 이렇게 말하자 그는 입가에 빙그레 미소를 띠면서 대답한다.

"각자 집으로 돌아가긴…… 모처럼 오랜만에 만났는데 서로 육체적 대화를 나눠야지."

그를 따라 커피숍을 나오면서 나는 그가 나를 어디로 데려가려 하는지 궁금했다. 값이 싼 모텔이 없을 것 같아서였다.

내 생각을 꿰뚫어 보기라도 한 듯, 그가 이렇게 말했다.

"명동엔 모텔이 없어. 사보이호텔과 로얄호텔과 세종호텔뿐이지. 그런데 모두 후진 호텔들이야. 오늘은 호텔로 가서 한번 기분을 내볼까 하는데, 이곳에 있는 호텔들보다 급(級)이 높은 조선호텔로 가자. 여기서 가까운 거리에 있거든. 오늘은 너를 위해 돈을 좀 많이 써 가지고 네게 아부를 하고 싶어졌어."

'아부'라는 말에 웃음이 나왔지만 나는 은근히 기분이 좋았다. 어쨌든 그가 나를 사랑(촌스러운 단어이지만 딱히 다르게 쓸 단어도 없다)하고 있는 것 같아서였다.

조선 호텔에 들어가 룸 안에 들어서자마자 광수 씨는 옷부터 벗었다. 그래서 나도 따라 옷을 벗었다.

"내가 대학교 다닐 때는 거의 매일 명동에서 죽치고 놀았지. 그 당시의 명동은 요즘 명동과는 사뭇 달랐어. 한마디로 말해서 '젊음의 해방구'였지. 그리고 히피 문화와 프리섹스 운동이 대단했고. 오랜만에 명동 근처에 와서 호텔방에까지 들어오니까 감개무량해지는군." 하고 광수 아저씨가 말했다.

광수 아저씨는 이번엔 샤워를 하지 않았다. 그래서 나도 샤워를 안 했다. 문득 그가 쓴 책들을 읽어보던 중에 발견했던 "더럽게 섹스하자"라는 글귀가 생각났다. 그 글에서 광수 아저씨는 섹스하기 전에 샤워를 해야 한다는 둥, 어쩌고저쩌고하며 토를 다는 여자들은 '재수 없는 년들'이라고 쓰고 있었다.

"오늘은 네가 좀 천천히 기교를 부려가며 내 정액을 빨아먹어봐. 남자가 섹스를 하는 목적은 역시 정액의 배출이지만, 그냥 배출하는 건 재미가 없어. 말하자면 여자의 자극적인 전희(前戱)로서의 페팅이 중요하단 얘기지. 넌 남자 경험이 많은 애처럼 보이니까 충분히 멋진 테크닉을 구사할 수 있을 거야."

광수 아저씨의 말이었다. 그가 이처럼 태평스러운 어조로 내게 주문을 해오니까, 나도 어느새 그와 나 사이에 버티고 있는 나이의 장벽을 의식하지 않게 되었다.

하지만 그의 명령에 복종하기는 싫었다. 나는 내 섹스 경험에다가 머리를 쥐어짜 가며 만들어 낸 상상력을 가지고 페팅을 해주기 이전에 우선 그의 정액을 '맛있게' 받아먹는 데 집중하기로 했다.

그와 나의 차이는 섹스 경험의 횟수 차이로 이어지고, 그것은 곧 섹스 기교의 차이로도 이어진다. 나는 그 차이를 일단 인정하고 반항의 의미로 그에게 세게 한 방 먹여 주고 싶었다. 이럴 땐 역시 기민한 순발력이 필요했다.

나는 오랜 노동은 싫어서 우선은 그의 싱싱한(?) 정액을 받아먹기로 했다. 정액을 받아먹으려면(정액을 받아먹으면 확실히 피부가 뽀얘진다) 역시 남자를 앞에 세워놓고 받아먹는 것이 좋다고 생각되었다. 그래서 나는 그를 내 앞에 서 있게 하였다. 그는 군말 없이 내 주문에 복종했다.

이럴 때는 타액이 섞이지 않은 순수한 정액을 받아내야 하므로 손만 사용해서 사정을 시켜야 한다. 우선 딥 키스를 해서 서로의 혀를 문지른다. 그러다가 남자의 아랫배가 서서히 뜨거워지기 시작하면 젖가슴을 앞으로 내밀어서 애무하게 한다.

이때 젖가슴을 남자의 가슴에 대고 문질러대도 좋고, 남자가 소극적으로 나온다면 남자의 손을 슬며시 잡아 내 젖가슴 위에 올려놓아 주는 것도 좋다.

내 젖꼭지를 만지는 정도로도 광수 아저씨는 충분히 발기했다. 그는 그가 쓰는 소설 속의 섬세한 묘사만큼이나 섹스에도 예민한 반응 능력을 가지고 있었다(아니면 나를 진짜로 '사랑해서'?).

나는 조금 더 서비스를 해주고 싶어 톡 튀어나온 유두를 앞으로 찌르듯이 내밀면서 젖가슴 전체를 흔들흔들하며 비벼주었다.

광수 아저씨가 의외로 빨리 흥분한 것 같아 나는 손으로 그의 귀두를 만져 보았다. 어느새 쿠퍼액(液)이 나와 있었다. 그래서 나는 쿠퍼액을 이용하여 자지 전체를 적셔 주었다. 이럴 때는 절대로 침을 사용해선 안 된다는 걸 나는 경험으로 알고 있었다.

빨갛게 부어오른 귀두를 손바닥으로 지긋이 눌러주었다. 그리고 누르면서 살살 돌려주었다. 몇 번 더 쭉쭉 쓸어주다가 손 전체로 자지를 감싸 쥐고 흔들었다. 동시에 나는, 내가 아직 완전히 흥분한 건 아니지만, 그가 듣기 좋으라고 끙끙대며 약간의 신음 소리를 내주었다. 이것은 사정(射精)할 남자를 위한 내 나름의 에티켓이었다.

다음 단계로 들어갔다. 나는 한 손으로는 자지를 붙잡고서 팔을 너울너울 휘두르며 천천히 흔들었다. 그러면서 다른 한 손으로는 그의 불알을 만졌다. 불알은 남자의 급소이기 때문에 매우 조심스럽게, 귀중한 것을 다루듯이 살살 만져주었다. 그러면서 길고 뾰족한 손톱으로 살살 긁어주기도 하고, 불알의 처진 살 쪽을 잡고 살금살금 흔들어 주기도 했다. 그리고는 불알 속 두 개의 공이 멋대로 부딪히기도 하고 굴러다니기도 하도록 했다.

그러다가 나는 다시 손힘을 자지에 집중해서 흔들어주거나 톡톡

건드려주기도 했다. 위아래로 조였다 폈다 하는 것을 잊지 않았다.

그러다 보니까 그의 자지가 움찔움찔하는 게 느껴졌다. 나는 그의 숨소리를 들어가며 페이스를 조절해 나갔다. 그리고 크게 한 번 쾌락의 신음 소리를 내주면서 그의 입술에 딥 키스를 했다.

이제부터는 자지를 건드리지 않으면서 애무해 줄 차례였다. 손을 뻗어 그의 작은 젖꼭지를 살그머니 비틀고서 그의 몸뚱어리 옆구리를 혓바닥으로 핥았다. 겨드랑이털이 있는 부분에서는 간지럼을 느낄 정도로 아주 살살 혓바닥을 갖다 대고 굴렸다. 또 손톱과 손가락만으로 그의 목을 슬금슬금 긁거나 비벼대가지고 그의 전신(全身)이 관능적으로 긴장되도록 만들었다.

그의 자지가 당장이라도 폭발할 것처럼 성을 내고 있었다. 나는 이젠 정말 사정시킬 때가 왔다 싶어 몸을 뒤로 돌렸다. 그러고 나서 무릎을 펴고 얼굴을 바닥 쪽으로 숙였다. 마치 말뚝박기라도 하려는 듯한 자세였다.

내 엉덩이가 하늘을 뚫고 서 있는 높은 산봉우리처럼 치솟았다. 그 자세만이 내 아까운 애액이 밖으로 흘러나오지 않도록 하는 알맞은 자세라고 생각되었기 때문이다.

내 보지 입구는 항문 아래에서 버젓이 입을 벌리고 있었다. 광수 아저씨의 자지는 거칠게 내 질구(膣口)를 헤집고 씩씩하게 쳐들어왔다. 그는 그 상태로 십여 분 동안이나 보지 속을 마구 쑤셔댔다.

그가 피스톤 운동을 할 때 그의 자지가 나의 질벽을 자극했다. 그리고 그의 몸이 계속 내 항문과 부딪히면서 내가 엄청나게 짜릿한 기분을 느끼도록 해주었다.

그의 한 손이 내 젖꼭지를 비틀고 있었다. 그리고 다른 한 손이 클리토리스를 예리하게 자극하고 있었다. 나는 몇 번이나 까무러칠 것 같은 오르가슴을 맛볼 수 있었다.

내 신음 소리와 그의 신음 소리가 한데 어우러져 기묘한 화음을 이루어내는 순간, 나는 곧바로 최고의 절정감을 느끼면서 앞으로 고꾸라졌다. 동시에 그의 몸도 고꾸라졌다.

내 보지 속에서는 고여 있던 애액이 뚝뚝 떨어져 흘러내리고 있었다. 그것은 내게 희미한 핑크색 고깃국물처럼 보였다. 그의 정액과 나의 애액이 섞여서 만들어내는 묘한 향기가 방 안을 가득 채우고 있었다.

그는 다시 몸을 일으켜 내 보지를 혓바닥으로 핥았다. 그러고 나서 보지에 입을 바짝 갖다 대고 애액을 쭉쭉 빨아 마셨다. 나의 온몸에 짜릿한 전율이 흐르고 있는 게 느껴졌다.

일차(一次) 섹스가 끝나자, 나는 디저트 삼아 이차(二次) 섹스를 준비했다. 1차 섹스가 남자의 몸이 내 몸 안으로 들어오는 것이라면, 2차 섹스는 내 몸이 남자의 몸으로 들어가는 것이다. 그렇게 해서 남자가 더욱 가열찬 피스톤 운동을 하도록 유도하는 게 2차 섹스의 목적이다.

나는 2차 섹스를 할 때마다 내가 사디스틱한 쾌감을 느끼게끔 행동하였다. 긴 손톱으로 남자의 코를 깊게 찌르는 행동만으로도 무척이나 유쾌한 재미가 있었다.

오늘은 내 몸뚱어리에서 손톱을 남자의 몸 안에 넣기로 했다. 내 손톱은 세로로 길게 뾰족하고 살짝 둥글게 휘말려 있다. 활(弓)같이 생긴 송곳이 손끝에 달려 있는 것을 상상하면 된다.

손톱이 들어갈 구멍은 남자의 자지 구멍이다. 오줌과 정액이 흘러나오는 곳에 나는 거꾸로 무엇인가를 집어넣는 것이다.

여자의 보지에는 남자의 자지가 들어오고, 또 거기서 아이가 나오기도 한다. 그렇지만 남자의 자지는 언제나 배출하기만 할 뿐이다. 자지가 갖고 있는 단순한 기능에서 벗어나게 해줘야 한다. 나는 그 안에 나의 심벌을 넣어주기로 했다.

송곳 같은, 아니 비수 같은 내 손톱이 그의 자지 구멍으로 파고들어 갔다. 그가 내 안으로 들어왔듯이 나는 내 뾰족한 손톱을 그의 몸 안으로 밀어 넣었다.

고통에 몸부림치는 남자. 그렇지만 그 고통은 마조히스틱한 섹스가 주는 것과 같은 달콤한 고통이리라. 섹스의 궁극은 역시 SM(sadomasochism)에 있다는 것을 나는 새삼 확인했다.

광수 아저씨가 고통과 쾌감이 한데 섞인 묘한 신음 소리를 내질러가면서 이제 그만 손톱을 빼달라고 애원한다. 그러나 내 장담하건대, 그는 지금 자지가 찢겨나가는 듯한 고통과 죽기 직전의 감미로운 공포감, 즉 '타나토스(Tanatos)'를 한꺼번에 느끼고 있음이 분명하다.

나는 조금 더 강하게 손톱을 앞뒤로 움직여 본다. 2차 섹스는 나에게 강자(強者)로서의 기쁨을 맛보게 해준다. 약한 것을 아주 짓뭉 개 놓는 쾌감─그런 사디스틱한 쾌감은 정말 그 어떤 쾌감에도 비할 수 없이 유쾌하다. 그리고 보면 'SM'이란 말도 틀린 말이다. 있는 것은 오직 'S', 즉 사디즘뿐이다. 마조히즘은 사디즘의 대상이 자기 자신이 되는 것일 뿐이다.

광수 아저씨가 나에게 자지에서 손톱을 빼달라고 몇 번 더 애원하도록 한 뒤에, 나는 서서히 손톱을 빼냈다. 그는 한동안 얼빠진 표정을 하고 있더니 갑자기 껄껄껄 웃으면서 기분 좋은 목소리로 말했다.

"너도 SM의 맛을 아는구나!…… 난 네가 너무 어려서 SM까지는 못 즐길 줄 알았는데 말이야. 네가 그렇다면 우리 사이의 우정이 더 돈독해지겠는데……. 좀 아프긴 했지만 묘하게 기분이 좋았어. 네가 악녀 같은 팜므 파탈로 느껴져서 말야."

그가 나의 2차 섹스에 만족했다니 다행이다. 그래서 나는 대답 대신 그의 자지에 달려들어 목구멍 깊숙이 세 모금을 빨아주었다. 다시 광수 아저씨가 말했다.

"그런데 말야…… 나도 너한테서 사디스틱한 만족감을 맛보고 싶어. 아까 네가 나한테 한 것처럼 아픈 건 아니니까 미리부터 너무 겁먹지는 마. 내가 아주 젊었을 때부터 해보면서 즐거워했던 사랑 표현 방식이야. ……별 게 아니라 내가 싸는 오줌을 받아먹어 주는 거야. 요즘 '오줌 요법'이 건강 증진에 도움이 된다고 말하는 의사들도 일부 있으니까, 그걸 받아 마셔주는 것이 네게 크게 해를 끼치는 것도 아닐 거구."

애인의 똥을 먹는 걸 좋아하는 특이한 성(性) 취향도 있다고 들었는데(천재 음악가 모차르트가 그랬다고 한다) 그까짓 오줌 정도야 얼마든지 마셔줄 수 있다는 생각이 들었다. 오히려 나는 생전 처음 해보는 페팅 방식에 호기심까지 느끼면서 그의 제의에 응했다.

광수 아저씨는 나를 화장실 욕조 속에 눕게 했다. 아무래도 오줌이 많이 나올 것 같아서, 입으로 오줌을 채 다 받아마시지 못할 것에 대비해 그렇게 한다는 것이었다. 입에서 흘러넘치는 오줌이 침대의 요를 적실까 봐 걱정하는 그가 무척이나 젠틀해 보였다.

욕조 모서리를 베개 삼아 눕고 나서 입을 크게 벌렸다. 그가 내 입 안을 조준하여 오줌을 누기 시작한다. 일단 한 모금 받아마셔 보니 맛이 역겹지는 않지만 계속 숨을 죽이고서 삼키는 것이 그리 쉬운 일이 아니었다. 그의 오줌 줄기는 마치 시위를 막기 위해 경찰들이 쏘아대는 물대포만큼이나 수압이 높았다. 또 계속 마셔대야 하므로 숨이 차올라와서, 자연히 오줌을 입 밖으로 흘려보낼 때가 많았다. 그가 욕조를 이용한 까닭을 알 수 있었다.

그는 차츰 오줌을 내 몸 전체에다가 대고 이리저리 뿌려대기 시작했다. 그야말로 '오줌 샤워'였다. 그런데 그 쾌감의 맛이 그렇게 짜릿하고 황홀할 수가 없었다. 마조히즘은 마조히즘이되 채찍에 얻어맞는 것처럼 아프고 고통스럽지는 않은, 기분이 한껏 유쾌해지는 마조히즘이었다.

그가 시원하게 오줌을 누는 것을 보다 보니 나도 왠지 오줌이 마려워졌다. 그래서 그가 오줌을 다 누자, 나는 그에게 내 오줌도 받아 마셔 달라고 요구했다. 그러자 그는 지금까지 그렇게 해본 적은 없지만 한 번 시도해보겠다고 말했다.

이번엔 그가 욕조 속으로 들어가 눕고, 내가 그의 벌린 입을 조준해가지고 오줌을 싸기 시작했다. 여자가 꼭 쪼그리고 앉은 자세로 오줌을 눌 필요는 없다고 생각됐기에, 나는 좀 전에 광수 아저씨가 그랬던 것처럼 서 있는 자세로 오줌을 눠보기로 했다. 서서 오줌을 누다 보니 그렇게 통쾌할 수가 없었다. 물론 그런 자세로 오줌을 누면 오줌이 내 허벅지와 다리, 발 등에도 묻어나게 된다. 하지만 아까 이미 오줌 샤워 맞는 걸 연습을 해두었던 까닭에, 나는 그런 것에 개의치 않고 계속 일어선 자세로 오줌을 쌌다. 광수 아저씨 입안으로 들어가는 오줌의 양은 비록 적었지만 나는 그야말로 '유쾌한 남녀평등'을 실컷 맛볼 수 있었다.

11

상당히 기분 좋고 유쾌한 일탈감(逸脫感)을 광수 아저씨 덕분에 맛보고 나서, 나는 집으로 돌아와 그가 준 소설 『즐거운 사라』를 읽어보기 시작했다.

역시 그의 문장력은 거치는 데가 없이 매끄러웠다. 어려운 단어를 동원하여 문장을 비비 꼬는 법이 절대로 없었다. 그렇게 쉽게 읽히는 소설을 나는 다른 작가들한테서 발견해본 적이 한 번도 없었다.

'경쾌한 속도감'을 느끼며 소설을 다 읽고 나자, 나는 대체 이 소설이 어째서 작가를 현행범으로 긴급 체포할 만큼이나 '음란 소설'로 낙인 찍혔었는지 그 이유를 알 수가 없었다.

물론 지금보다 20여 년 전인 1992년에 이 책이 나왔다는 사실을 감안해야 할 것이다. 하지만 그때라고 해서 우리나라가 그토록 꽉 막힌 수구적 봉건윤리로 무장돼 있었을 것 같지는 않다.

지금까지 내가 읽은 소설 중 제일 야하다고 생각되는 일본 작가 무라카미 류의 소설 『한없이 투명에 가까운 블루』의 번역본은 『즐거운 사라』보다 한참 먼저 나왔었고, 그 소설의 번역본이 판금됐었다는 얘길 들어본 적이 없기 때문이다.

지금도 그 소설은 여전히 팔리고 있을뿐더러 소위 '19금(禁)'(19세 미만 구독 금지)도 아니다. 나는 한국이란 나라가 문화적으로는 여전히 민주화를 못 이뤄낸 국가라는 생각이 들었다.

『즐거운 사라』에 대해 지식인들의 어떤 공격과 비판들이 있었는지 궁금해져서, 나는 인터넷으로 검색을 해보았다. 상당히 많은 자료들이 올라와 있었는데, 대부분 페미니즘적 시각에서 쓴 비판들이었다.

그들의 주장을 요약하자면, 한마디로 말해서 사라의 무분별한 섹스 행각과 그녀가 선호하는 성적(性的) 마조히즘 취향에 대해 날선 비판을 보내고 있었다.

내가 아직은 더 배워야 할 어린 나이인데도 불구하고, 나는 그러한 비판들이 통 납득이 가지 않았다. 사라의 프리섹스는 그야말로 여성의 '성적(性的) 능동성'을 보여주는 페미니즘적 시각의 증거가 아닌가? 그리고 사디즘이든 마조히즘이든 그것은 사회적 남녀평등과는 별개로 다뤄야 할 '개인의 성적 취향' 문제가 아닌가?

섹스할 때 마조히스트 역할 하기를 좋아한다고 해서 그녀가 사회적으로도 남성들의 마초 기질을 인정한다고 볼 수는 없는 것이다. 낮의 윤리와 밤의 윤리는 마땅히 분리되어 있어야 한다. 여자가 밤에 마조히스트 노릇을 하며 성적 만족감을 얻는다고 해서, 낮에도 남성우월주의에 순종하는 것으로 봐서는 안 되는 것이다.

이를테면 페미니즘 운동을 하는 여자라고 해서 밤에 섹스할 때 반드시 사디스트의 성(性) 취향을 가져야 할 의무는 없다. 나는 한국의 여성계(女性界) 인사들과 문학평론가나 매스컴 종사자들이 터무니없이 무지몽매하다는 사실을 뼈저리게 체감할 수밖에 없었다. 또 누구에게 구체적인 피해를 입힌 것도 아닌 '픽션'을 가지고 작가를 감옥에 처넣은 검사·판사들 역시 지독하게 무식하다는 것을 느꼈다. 나는 내가 한국에 태어난 것이 정말 억울하고 분통 터지게 느껴져서 절망적인 심정이 되었다.

그런 쪽으로 생각의 흐름을 쫓아가다 보니까 광수 아저씨가 더 불쌍하게 느껴졌다. 전에 그에게서 느꼈던 '늙어가는 슬픔'에 대한 동정심에 또 한 가지가 더 보태진 셈이다.

나는 동정심에 퍽이나 약한 편이다. 내가 학교에서 '스쿨버스'라는 별명으로 불리게 된 것도 남학생들이 처치하지 못해 괴로워하는 성욕, 즉 배설 욕구에 동정심을 느꼈기 때문이다. 여자는 애액을 주기적으로 배설하지 않아도 그런대로 견딜 만하다. 하지만 남자들은 고이는 정액을 제때제때 배설하지 못하면 엄청난 스트레스에 시달린다는 것을, 나는 고교 시절부터 체험으로 알고 있었다.

그리고 그것은 남자의 나이와도 별 상관이 없었다. 남자들은 늙어 죽을 때까지 성적(性的) 배설 욕구에 시달릴 수밖에 없는 불쌍한 동물들인 것이다.

광수 아저씨는 오늘(아니, 지금 자정을 넘겼으니까 어제) 만났을 때, 자기가 몇 년 전부터 인터넷 홈페이지를 운영하고 있다면서 생각이 있으면 한번 입회해 보라고 했었다. 나는 요즘 보통 대학생들이 그러는 것처럼 인터넷 서핑은 자주 하고 있었다. 그렇지만 한 군데에 얽매이긴 싫어 가입한 카페가 하나도 없었다.

그래서 광수 아저씨가 한 말을 그저 귓전으로만 듣고 넘겼는데 『즐거운 사라』를 읽어보고 또 그 소설에 관한 자료를 검색하다 보니 그의 홈페이지에 한번 가입해 보고 싶은 마음이 생겼다. 물론 단순한 호기심이었다.

그래서 그의 홈페이지 주소를 찾아 들어가 입회를 했다. 학교 안에서나 문단에서나 왕따로 지내는 그의 홈페이지엔 그의 문학세계를 좋아하는 마니아 팬들이 모여 있을 것 같아서 가입한 것이었다. 그런데 생각했던 것보다 홈페이지 안에 읽을거리가 무척이나 많아서 놀랐다.

작가 소개, 시, 소설, 수필, 논문, 보도된 자료들 등으로 나뉘어 여러 편의 글들이 들어가 있었고, 여느 홈페이지들처럼 자유게시판이 있었다. 특이한 것은 자유게시판 말고도 '자작글 나눔방'이란 것이 마련돼 있다는 점이다. 회원들이 창작한 글들을 올릴 수 있는 공간이었다. 자유게시판과 자작글 나눔방엔 물론 댓글을 달 수 있도록 해놓았다.

그런데 내가 놀랐던 것은 모든 글마다 하나도 빼놓지 않고 광수 아저씨가 댓글을 달아 주고 있다는 점이었다. 광수 아저씨가 쓴 시, 소설 등의 창작물에도 누구나 익명으로 평을 쓸 수 있도록 해놓고 있었다.

또 하나 특이했던 점은 여러 장르의 글을 올려놓은 것뿐만 아니라 '갤러리'와 '포토 갤러리'를 따로 만들어 놓았다는 점이었다. '갤러리'에는 광수 아저씨가 그린 그림들이 들어 있었는데, 나는 그가 글뿐만 아니라 그림도 그린다는 사실에 놀랐다. '작가 소개'를 보니 그는 수차례의 미술 개인전 경력을 갖고 있었다.

'포토 갤러리'에는 회원들이 올려놓은 에로틱한 사진들이 들어 있었다. 맨 위에는 "성기가 노출되는 사진은 자제를 부탁드립니다"라는 글이 씌어 있다. 그러고 보니 올려져 있는 사진들이 전부 성기 부분만을 아슬아슬하게 가리고 있는 에로틱한 예술 사진들이었다.

'자유 게시판'을 보니까 한밤중인데도 글을 올리고 있는 사람들이 꽤 많았다. 그리고 채팅 창도 있어 회원들끼리 대화를 나눌 수 있고, 회원 아이디를 클릭하면 이메일 주소가 나와 사적(私的)인 대화도 주고받을 수 있도록 되어 있었다.

나는 입회할 때 아이디(별명)를 뭘로 할까 고민하다가, 이왕이면 유머러스하게 짓는 게 좋을 듯싶어 좀 길지만 '섹스에 미친 년'이라고 등록했다. 내가 그런 별명을 가지고 글을 올리면 회원들 반응이 어떨까 싶어 나도 모르게 웃음이 나왔다. 그쯤 해 놓고 나자 졸음이 몰려와서 나는 잠자리에 들었다.

다음 날 아침에 일어나서 거울을 보니까 세수하기 전인데도 얼굴 피부가 유난히 매끄럽고 뽀얘 보였다. 남자의 정액을 먹은 다음 날에도 피부가 뽀얗게 변한 걸 알 수 있었는데 오늘 아침엔 그 이상으로 매끄럽게 뽀얘진 걸 보니, 광수 아저씨 말대로 남자의 오줌을 많이 마신 후에 나타나는 현상 같았다. 그래서 나는 이다음부터는 어떤 남자와 정사를 갖더라도 그의 오줌까지 마셔주자는 결심이 생겼다. 광수 아저씨 덕분에 헤비 페팅 기술이 하나 더 늘어난 셈이었다.

나는 그의 중늙은이 같은 초라한 외모가 은근히 마음에 거슬렸었는데, 역시 나이를 많이 먹어가지고 이 산전(山戰) 저 수전(水戰)을 다 겪어본 남자는 꽤 쓸만한 용도를 가지고 있다는 사실을 알게 되었다.

나는 학교에 가서 강의를 듣는 중에 공강 시간이 되면 복도에 비치돼 있는 컴퓨터로 가서 광수 아저씨 홈페이지를 열심히 들여다보았다. 그리고 신입회원으로서의 신고식은 해야 할 것 같아 자유게시판에다가 적당히 인사말을 썼다. 그리고 내가 서울의 어느 대학에 다니고 있는 여학생이라고도 썼다. 그러고 나서 다음 공강 시간이 됐을 때 다시 광수 아저씨 홈페이지에 들어가 보니 환영한다는 말들이 댓글로 달려 있었다. 특히 '섹스에 미친 년'이라는 별명이 너무나 마음에 든다고 다들 하나같이 얘기하고 있었다.

내 글에 달린 댓글들 중에서 제일 재밌는 댓글은 "우주적으로 환영합니다"라고 씌어 있는 댓글이었는데 그걸 쓴 사람은 다음 아닌 '광마(狂馬)', 즉 마광수 아저씨였다. 아마 연구실이나 집에서 틈나는 대로 홈페이지를 들여다보고 있는 모양이었다.

그날 이후로 나는 무지무지하게 바빠졌다. 광수 아저씨 홈페이지에 들어갈 때마다 내게 쪽지가 날아와 채팅을 하자고들 하고, 들어가 있지 않을 때도 이메일로 연신 데이트 신청이 들어왔다. 물론 전부 남자들이었다.

시간이 지나가면서 나는 그들의 정체를 파악할 수 있었는데, 내 나이 또래의 대학생들보다는 30대 중반 이상의 남자들이 훨씬 더 많았다.

내가 마광수 아저씨가 어떤 사람인지 모르고 있었던 것처럼 다른 대학생들도 광수 아저씨를 잘 모르고 있어서, 대학생 회원들은 얼마 되지 않았다. 몇 명 있긴 있는데 그들은 거의 다 지금 광수 아저씨의 강의를 수강하고 있는 우리 학교 재학생들이었다.

별명을 '섹스에 미친 년'이라고 장난삼아 붙인 것이 그토록 큰 파급효과를 이끌어 낼 줄은 몰랐다.

내가 생각해도 우리나라의 젊은 여대생들은 자기가 아무리 프리섹스를 즐기더라도 '내숭'을 떠는 게 보통이다. 그런데 내가 그런 '내숭 떨기 전통'을 파격적으로 부서뜨려 버리면서 나타났으니, 사내들이 내게 군침을 흘릴 만도 했다.

학교 안에서의 내 별명이 '스쿨버스'인 만큼, 나는 광수 아저씨 홈페이지 식구들 사이에서도 '스쿨버스', 아니 '화냥년'이 되어버렸다. 누구든 나를 만나고 싶다고 하면 대충은 다 만나줬기 때문이었다.

대학생들보다는 한결 성숙하고, 광수 아저씨보다는 한결 젊은 남자들과 섹스를 나누는 것은 그런대로 재미있는 일이었다. 물론 나는 유부남·무부남 여부에는 전혀 관심을 두지 않았다.

그 이후로 나의 섹스 라이프는 점점 더 활기차졌다. 이제 양하에 대한 미련과 추억은 아주 먼 일이 되어 버렸다. 그건 정말 신나고 다행스러운 일이었다. 내가 한 단계 풀쩍 성숙해진 느낌이었다.

나는 계속 대학교 안에서 만나는 남자애들과의 섹스에서보다 훨씬 더 다채롭고 변태(?)스러운 섹스를 기분 좋게 실습해나갈 수 있었다. 내가 줄기차고 당당하게 '독립 선언'을 해서 그런지, 아빠도 이젠 내가 밤 늦게 집에 들어가더라도 잔소리를 별로 안 하게 되었다.

꼬여 드는 사내들은 광수 아저씨를 좋아하는 마니아 독자들답게 섹스에 대해서 무지무지 화통했다.

재밌는 것은, 가끔 젊은 유부녀 아줌마들이 내게 데이트 신청을 해 왔다는 사실이다. 처음엔 그저 성(性)에 관한 잡담으로 시간을 때워 나갔지만, 개중에는 레즈비언 섹스를 시험 삼아 한번 실습해보자고 요청해오는 젊은 미시 아줌마도 있었다. 나는 그것도 꽤 별미(別味)라고 생각하여 그녀들의 요청을 다 들어주었다.

그런 젊은 30대 후반 유부녀들 중에 'mad song'이라는 별명을 가진 언니가 있었다. 그녀는 나와 둘이서 모텔에 가서 발가벗고 나자, 그녀가 자랑하는 피어싱들을 보여주었다. 젖꼭지고리, 배꼽고리, 보지고리를 다 하고 있었다.

옷을 입고 있을 때도 손톱을 아주 길게 기르고 머리도 샛노랗게 염색을 해서 이른바 '야한 여자'란 것을 짐작하고 있었지만, 젖꼭지고리와 배꼽고리는 그렇다 쳐도 보지고리는 정말 충격적이었다.

아이를 둘이나 낳았다고 하는 여자가 아이들과 남편의 격려와 성원(?) 하에 그런 야한 치장을 하고 있는 것을 보고, 역시 내가 관능적 대담성에 있어서는 나이가 어리다는 것을 실감하게 되었다.

야하게 프리섹스하면서 노는 것만으로도 나는 큰 자부심을 가지고 있었지만, 야한 피어싱 같은 것에는 미처 관심을 두지 못하고 있었던 것이다.

'mad song' 언니는 이른바 '호스트 바'에도 자주 가고, 그러한 사실을 남편도 알고 있다고 했다. 나로서는 '멋진 신세계(新世界)'를 발견한 듯한 상쾌한 기분이었다.

'mad song' 언니는 광수 아저씨를 무슨 섹스교(敎) 교주(敎主)나

되듯이 엄청 숭배하고 있었다. 그녀가 보지고리까지 하게 된 것은, 광수 아저씨가 쓴 책들을 읽어보고 대오각성(大悟覺醒)한 뒤의 일이라는 것이었다. 나는 이런 야한 여자 신도(?)들을 거느리고 있는 광수 아저씨가 왜 외로움에 찌들어 있는지 그 이유를 알 수가 없었다. 나를 돈을 주고 꼬셔야 할 정도로까지 말이다. 내가 어리씽씽한 나이고, 또 외모와 차림새가 그만하면 요란하게 야해서였을까?

12

그러던 어느 날 밤, 나는 다시 나만의 섹슈얼 판타지를 만들어 가지고, 그 판타지 속에서 야하게 해롱거리고 싶어졌다.

문득 광수 아저씨가 쓴 『즐거운 사라』가 생각나 나는 철저한 마조히스트인 소설 속 '사라'의 심경과 행동을 상상 속에서 재현해 보기로 했다.

소설 속에서 사라는 오로지 각고의 노력에서 나오는 인공미(人工美)로 자신을 야하고 섹시하게 만드는 대학생으로 나온다. 그러는 이유는 자기가 배우는 한지섭 교수를 꼬시기 위해서다. 한지섭 교수는 물론 광수 아저씨가 모델이다. 나는 우선 사라의 평범한 외모를 야한 화장과 옷차림으로 섹시하게 바꾸기 시작하는 데서부터 긴 판타지를 출발시켰다.

……부쩍 길거리에서 시선 받는 일이 늘었다. 지하철에서도 건

너편에 앉은 남자들이 슬쩍슬쩍 쳐다보고 있다는 것을 느낀다. 학교에서 역시 종종 전화번호를 따가는 남자들이 생겼다. 모두 마광수 교수님의 강의 덕분에 일종의 '각성'을 경험한 뒤부터다. 그 뒤로 나는 마 교수님의 책을 모조리 사서 열심히 공부했다. 창의적인 꾸밈과 독창적인 매력도 중요하지만, 일단 기초를 다지는 것이 급선무였다. 다행히도 부모님은 지방에 계셔서 나는 혼자 자취를 하고 있었는데, 이는 나의 '해방'에 큰 도움이 되었다. 혼자서 사는 원룸에서 나는 내키는 대로 이것저것 모두 시험해볼 수 있었기 때문이다.

가장 먼저 변화를 꾀한 것은 머리스타일과 옷이었다. 이대 앞에 있는, 붙임 머리로 유명하다는 미용실에서 나는 플래티넘 블론드로 길게 머리를 붙였다. 허리 근처에서 찰랑거리는 머리채가 묘하게 피부를 자극하여 야릇한 기분이 들었다. 그 이외에도 머리에 장식할 수 있는 보석 액세서리나, 반짝거리는 메탈 느낌의 머리 코사쥬 등을 사서 다채로운 스타일을 시도해보았다.

무엇보다 나는 옷을 사기에 앞서 속옷부터 모두 바꿔야겠다는 결심을 하게 되었는데, 본디 옷 태의 기본은 속옷에서부터 나올뿐더러 바뀐 스타일, 예를 들어 짧고 딱 붙는 가죽 재질의 핫팬츠나, 어깨를 모두 드러내는 튜브톱 같은 스타일의 옷을 입으려면 기존에 가지고 있었던 촌스러운 하얀 속옷 따위는 모두 버려야 했기 때문이다.

나는 일본에서 속옷을 수입하는 가게에 갔다. 제일 먼저 검은 망사로 되어 젖꼭지가 모두 보이는 브래지어와 역시 음모가 훤히 비치는 T자형 끈팬티를 입어 보았는데, 그 가벼움과 자유로움에 반할 수밖에 없었다. 흰색의 성근 레이스로만 되어 있는 브래지어와 팬티는 순결한 느낌을 주면서도 거뭇거뭇하게 속이 비치는 것이 은근히 야한 매력이 있었다.

손가락 한 마디 정도의 넓이로 된 빨간색 비로드 천으로 젖꼭지만 가리게끔 되어 있는 브래지어도 있었다. 이 천은 젖무덤 사이를 큰 리본으로 묶는 것이었는데, 그 브래지어를 하니 마치 내가 곱게 포장된 선물이 된 것 같아 어쩐지 마음이 들떴다.

그 밖에도 가슴을 하늘 높이 추켜올려주고 허리를 숨도 못 쉴 정도로 단단하게 조이는 자주색 코르셋도 사고, 입으면 간신히 음모를 가리는 길이의 하늘하늘한 시폰 재질의 분홍색 슬립도 샀다.

허벅지까지 오는 촘촘히 짜인 검은 망사스타킹과 라텍스 재질의 스타킹을 사면서, 팬티와 연결할 수 있는 가터벨트도 샀다. 이 모든 것들을 만지고 입어보고 하면서, 나는 내 안에 숨어 있던 또 다른 내가 슬며시 고개를 드는 것을 느꼈다.

기존에 가지고 있던 얌전한 청치마나 셔츠 같은 것들은 모두 장롱 한구석에 처박아 두었다. 밑을 짧게 입으면 입을수록 다리가 길어 보인다는 사실을 나는 알게 되었다. 옷을 쇼핑하러 다니던 중, 나는 마 교수님께서 말씀하시던 초미니 스판덱스 치마를 발견하게 되었고, 한순간의 망설임도 없이 샀다.

그 외에도 코르셋처럼 생겨서 끈 없이 가슴 선을 아낌없이 드러내 주는 까만 가죽 뷔스티에와 가슴의 곡선 바로 아래까지밖에 오지 않는 라텍스 재질의 핫핑크색 탱크톱, 배꼽 바로 위까지 파인 브이

넥 원피스, 허벅지를 타이트하게 조이고 전체 너비가 15cm 정도밖에 되지 않는 핫팬츠 등을 샀다.

여자라면 누구나 신발에 미치게 마련이라던가. 지금까지 내내 공감할 수 없었던 그 말이 변신을 시도하게 된 이후로 절절히 가슴에 와 닿았다. 아찔한 높이의 스틸레토 힐을 보면 가슴이 철렁하면서 마구 두근거리기 시작하는 것이다.

무릎까지 끈으로 엮어 묶을 수 있는 빨간색 가보시 힐이나 징이 박힌 가죽 부츠 같은 것 역시 매혹적이었다. 힐의 높이는 구두의 생명인데, 점잖은 가죽 뾰족 구두도, 그 굽이 15cm 정도 되다 보면 미칠 듯이 야한 느낌을 풍겼다. 15cm에서 시작하며 점점 더 힐의 높이를 높여 나갈수록, 나는 그 불편함이 주는 아찔함과 점점 부풀어 오르는 피학적인 상상력으로부터 헤어나올 수 없게 되었다. 더군다나 그런 킬힐을 신으면 내 키가 더 커 보이고 자신감이 붙었기 때문에 힐에 대한 욕심은 계속해서 커져만 갔다.

머리와 옷차림이 변하자, 화장과 걸음걸이, 태도 등도 자연히 변했다. 작은 눈을 커버할 수 있도록 짙은 스모키 화장을 즐겨 하게 되었고, 가끔은 금빛 펄을 눈꼬리에 펴 발라 화사하면서도 섹시한 느낌을 주었다. 속눈썹은 꼭 붙이고 다녔는데, 아주 긴 5cm 이상의 길이로만 붙였다. 이 속눈썹에 마스카라를 칠할 때면 부챗살이 좌악 펴지는 것처럼 펴져 심지어는 뭉클한 느낌이 들기도 하였다. 이 풍성한 속눈썹을 자랑하고 싶어 의도적으로 눈을 요염하게 치켜뜨거나, 과장되게 눈을 깜빡이는 버릇도 생겼다.

입술도 립글로스만 바르고 다니던 예전과는 달리, 에나멜처럼 반짝이는 새빨간 립스틱이나, 금빛이 도는 메탈릭 립스틱을 주로 애용하게 되었다. 가끔 원피스를 입거나, 귀여움과 청순함을 부각시키고 싶을 땐 딸기우유 색깔의 향긋한 립스틱을 발라서 산뜻하면서도 깨물고 싶은 입술을 만들기도 하였다.

무엇보다 내가 신경을 가장 많이 쓴 것은 손톱이었다. 마광수 교수님이 열정적인 손톱 페티시스트라는 것은 전교생이 다 알 정도였다. 그러나 손톱을 교수님 취향대로 기르고 관리한다는 것이 생각보다 쉽지 않았다. 쉽게 부러지기도 했을뿐더러, 긴 손톱으로는 일상적인 일도 하기가 힘들었다. 그래서 모조 손톱의 도움을 받기로 했다.

굉장히 오랜 시간 동안 공을 들여 손톱 영양제도 열심히 바르고, 항상 조심스러운 손길로 다녔더니 10cm 모조 손톱을 붙일 수 있을 정도로 튼튼해졌다. 나는 정성껏 매니큐어를 칠했다. 펄이 들어간 짙은 검보라색 매니큐어를 바탕에 칠하고, 그 위에 색색의 작은 큐빅들을 붙였더니 마치 별이 가득한 은하수 같았다.

처음에는 과연 내가 이런 모습으로 다닐 수 있을까 걱정도 되고, 주변 사람들의 시선에도 신경이 많이 쓰였다. 하지만 어느 순간부터 오히려 그런 시선들이 짜릿한 자극이 된다는 것을 느끼게 되었고, 살을 더 많이 드러내면 드러낼수록, 킬힐이 더 높아지면 높아질수록 오히려 자신감이 쑥쑥 커지는 것을 경험했다. 평범한 외모에 대한 자기혐오에 빠져 자학까지도 생각했던 나였는데, 도도한 눈길로 세상을 내려다보며 당당하게 걸어나갈 수 있게 된 내 모습을, 나는 어느 순간부터 다시 사랑할 수 있게 되었다.

하지만 이 모든 것이 다 무슨 소용이 있을까. 내가 이렇게 아등바등 변화하려고 노력하고 있는데도 마 교수님께서는 아무런 반응이 없으셨다. 한 번쯤 쳐다라도 봐주고, 말이라도 한 번 걸어줄 법도 한데, 여전히 초지일관 고고한 지성미를 온몸에 두르고 나를 무심하게 스쳐 지나가셨다. 나는 점점 초조해지고 안타까워서 가슴이 타들어 가는 것 같았지만, 가까스로 생겨난 나의 자존심을 지키기 위해 도도한 태도를 유지했다.

교수님께서는 수업시간에는 그토록 아름답고 탐미적인 이야기를 해주면서, 왜 현실에서는 그런 것들을 눈여겨보지 않는지 원망스러웠다. 그와 동시에, 아직 내가 교수님의 눈에 띌 수준이 아니기 때문일 것이라는 생각도 들었고, 이런 생각은 점점 확신으로 굳어갔다. 더 나아가 외적(外的)으로만 열심히 가꾸는 것은 어딘가 항상 부족했다. 나의 본능은 좀 더 근본적인 것, 좀 더 깊숙한 욕망을 깨워보라고 종용했다.

내면에서 들려오는 목소리에 귀를 기울이다 보니 묘한 감각들이 피어나기 시작했다. 사실 긴 손톱과 킬힐은 워낙 마 교수님이 여러 번 강조한 것들이라 별생각 없이 변화를 시도한 것인데, 점점 이두 가지가 다른 느낌으로 다가오기 시작했다. 기다랗고 뾰족한 손톱으로 허벅지를 무심코 긁다 보면 가끔 아찔한 쾌감이 느껴지는 것이다. 손톱으로 손바닥, 팔 등을 찌르고 할퀼 땐 따끔한 고통과 함께 불두덩에서 짜릿한 느낌이 들었다.

이런 감각들이 깨어나기 시작하자 걷잡을 수가 없어졌다. 집에서 있다 보면 문득 온몸이 근지럽고 배배 꼬일 때가 있었는데, 이때 손톱으로 유방을 할퀴고, 유두를 꾹꾹 눌러 주면 나도 모르게 신음 소리가 나왔다.

빨래집게로 유두를 집어 딱딱하게 솟아오를 때까지 아프게 비틀고 꼬집었다. 그 정도의 자극으로 만족을 못 하게 되자 나는 문득 마광수 교수님의 책에 등장하는 각종 피어싱들이 생각났다.

당장 가서 유두에 구멍을 뚫어 새빨간 모조 루비가 박힌 링을 달았다. 피어싱 가게의 주인이 젖꼭지걸이를 달기 위해 내 젖가슴을 쥐었을 때, 고통에 대한 두려움이 밀려왔으나 동시에 한편에서는 그 고통을 잔뜩 기대하며 흥분하고 있는 나 자신이 있었다.

날카로운 바늘이 유두를 관통하는 순간 나는 단말마의 비명을 지르며 팬티에 오줌을 질질 싸고 말았다. 그 이후 젖꼭지에 매단 피어싱이 옷에 스치거나 어딘가에 부딪힐 때마다 미미한 고통과 함께 뜨끈한 쾌감이 나를 적셨다.

그뿐만이 아니었다. 자위를 할 때 전신 거울 앞에 앉아 부드럽게 보지를 자극하고 쓰다듬는 것도 좋았지만, 그보다는 딜도나 뾰족한 손톱으로 거칠게 안을 쑤시고, 클리토리스를 꼬집어 뜯는 편이 더 환상적이었다.

원룸 한 켠에 잔뜩 진열되어 있는 높은 힐들을 보면, 누군가 저 힐들을 신고 내 보지 안을 마구 짓밟고 헤집어 주었으면 하는 바람이 들었다. 이런 내가 이상하기도 했지만 마 교수님이 여자는 원래 누구나 마조히스트의 기질을 가지고 있다고 말씀하신 것이 역시 옳았다는 생각이 들었다. 나 역시도 고통을 쾌감으로 받아들이는 편에 속했던 것이다.

하지만 내가 스스로에게 가할 수 있는 고통은 항상 어딘가 부족하여 제대로 만족할 수가 없었다. 아무리 열심히 마스터베이션을 하며 거울 앞에서, 침대 위에서, 바닥에 누워, 내 몸을 때리고 할퀴고 쑤셔봐도 본능이 원하는 만큼의 쾌락은 충족되지 않았다. 허탈한 마음에 거친 숨을 내쉬며 바닥에 널브러져 있다 보면, 마 교수님의 책에 등장하는 매혹적인 사디스트들이 눈앞에 어른거렸고, 더 나아가 교수님의 날카롭고 차가우면서도 언뜻언뜻 정념이 비치는 얼굴이 더욱 애타게 그려졌다.

더 이상 이 갈증을 참을 수 없었다. 나는 드디어 결심을 했다. 교수님이 나를 먼저 발견해 주지 않는다면 내가 먼저 다가가리라.

D-day로 잡은 수업 일이 다가왔고 만반의 준비를 하여 강의실에 들어갔다. 어깨끈이 없이 통으로 된 빨간색 튜브톱에 까만 재킷을 걸치고, 허벅지에 딱 달라붙는 검은색 가죽 초미니스커트를 입었다. 허벅지까지 오는 까만 반투명 레이스 스타킹을 팬티의 가터벨트와 연결하고, 17cm 높이의 아찔한 힐을 신었다.

손톱에는 상의와 같은 색으로 윤기 나는 빨간색을 칠했고, 눈매가 깊어 보이도록 푸른빛 계열로 스모키 화장을 했다. 특히 눈꼬리를 위쪽으로 과장되게 추켜올리고 속눈썹에는 남색 마스카라를 한 뒤 그 위에 은빛 펄을 뿌려 요염하고 도도해 보이게 했다.

아직 용기가 없어서 브래지어와 팬티를 모두 입고 학교에 갔지만, 어쩐지 이대로는 안 될 것 같아 쉬는 시간에 화장실에서 브래지어를 벗고 노브라 차림으로 강의실에 들어갔다. 원래 앉던 중간 정도의 자리에서 맨 앞, 교탁과 바로 맞닿아 있는 자리로 옮겨 앉았다.

교수님이 여느 때와 마찬가지로 무심하고 시큰둥한 표정으로 강의실에 들어와 강의를 시작했다. 원래 앞에 없었던 학생이 야하디야한 차림으로 앉아 있으니 얼핏 신경이 쓰이는 눈치였지만 크게 내색은 하지 않았다.

나는 좀 더 본격적으로, 그러나 다른 학생들이 눈치채지 못하게, 입고 있던 재킷을 양쪽으로 벌리고 튜브톱을 슬금슬금 밑으로 내리기 시작했다.

거의 상의가 젖꼭지를 간신히 가릴 때쯤, 순간 그의 눈과 마주쳤다. 나는 긴장감을 최대한 감추려고 노력하면서 당당하게 생긋 웃고는 젖가슴과 피어싱이 모두 드러나도록 탑을 내렸다. 그러고는 다리를 꼬는 척하면서 은근히 스커트를 들썩여 문득문득 가는 끈으로 되어 있어 아무것도 가리지 못하는 팬티를 내비쳤다. 그는 당황한 듯 옅은 헛기침을 내뱉더니, 다시 평정을 되찾고는 오묘한 미소를 지었다. 나는 속으로 안절부절못하며, 그 미소의 의미를 파악하고자 이리저리 머리를 굴렸다.

그는 나의 이런 행동이 가소로운 걸까? 너무 자주 있는 일이라 아무런 감흥도 없는 것은 아닐까? 아니면…… 혹시 나의 노력을 이해한다는, 인정의 미소는 아닐까?

교수님은 계속해서 그 오묘한 미소를 띤 채 수업을 진행하였다. 원래 마 교수님의 말 토씨 하나까지도 새기면서 듣는 나지만, 이번 시간만큼은 도저히 수업에 집중할 수가 없었다. '수업이 끝나면 어떻게 해야 하지?'라는 질문만이 머릿속을 혼란스럽게 떠돌아다니고 있었다.

"자, 오늘은 여기까지"라는 교수님의 말이 떨어지는 순간부터 내 심장은 미칠 듯이 뛰기 시작했다. 먼저 말을 걸어야 하나? 뭐라고 말해야 하지? 다짜고짜 '교수님 절 먹어주세요?' 아냐, 그럼 매력 없어 보이겠지? 그럼 어떻게 접근하지? '교수님 저…… 여쭤볼 게 있는데요……?' 이렇게? 아냐 아냐, 찌질해 보이잖아! 우아하고 도도하게 다가가는 방법은 없나?

이런 식으로 나는 한참 패닉 상태에 빠져 있었다. 그러다 정신을 차려 보니 이미 학생들은 강의실을 빠져나가고 있었고 교수님도 사라지고 없었다. 허탈했다. 나는 아직도 내가 과거의 나에게서 벗어나지 못하고, 당당하지 못한 것이 너무도 저주스러웠다. 그렇게 단단히 마음을 먹었는데 쓸데없이 고민을 하느라 이토록 허무하게 실패하다니! 눈물이 나올 것 같아 눈을 질끈 감았다가 떴을 때 문득 책 위에 사뿐하게 얹혀 있는 종이쪽지를 보았다.

'학생은 지금 바로 내 방으로 올 것―Ma'

내 눈을 믿을 수 없었다. 그렇지만 이건 확실히 꿈이 아니었다!

나는 망설임 없이 그의 연구실로 뛰어갔다. 그는 의자에 뒤로 기대앉아 여유로운 표정을 짓고 있었다. 하지만 여유로운 표정에서 너무나 에로틱한 느낌이 묻어나와 나는 다리에 힘이 풀리는 것 같았다. 그는 나지막한 목소리로 말했다. "벗어."

신기한 것은 그런 말을 듣는 순간, 마광수 교수님 연구실이 평범한 연구실이 아니라 호화찬란한 궁성(宮城)의 에로틱한 하렘으로 변했다는 사실이다. 우리는 은밀한 '쾌락의 방'에서 단둘이 성희를 즐기고 있었다.

그는 내가 마조히스트임을 한눈에 알아본 듯했다. 차갑고 도도한 목소리로 내려진 명령은 나를 움직이게 했다. 나는 홀린 듯이 옷을 벗었다. 가느다란 끈 팬티 하나를 남겨두고 그를 바라보았다. 너무 갑작스럽고 익숙하지 않은 상황에 나는 수치심을 느꼈다. 하지만 동시에 쾌감이 밀려왔다.

내가 아무것도 하지 않고 있자 그는 냉정하게 쏘아붙였다.

"노예 주제에 두 번 말하게 할 셈이야?!"

그러면서 서랍 속에서 끝에 가죽으로 된 가느다란 술이 달린 채찍을 꺼냈다. 나는 두려움과 기대가 섞인 표정으로 얼른 팬티를 벗었다. 팬티와 음모 모두 어느새 축축하게 젖어 있었다.

"팬티를 물고, 기어 와."

나는 천천히 내 애액으로 젖은 축축한 팬티를 입에 물었다. 그리고 그를 향해 기어갔다.

가까이 다가가자 그는 채찍으로 입에 물은 팬티를 휘감아 가져갔다. 그러고는 타액으로 젖은 내 입가를 다시 채찍으로 쓰다듬으면서 나지막하게 물었다.

"몇 개나 물어봤지?"

나는 처음에는 질문을 알아듣지 못해 그를 빤히 바라보았다. 마교수님은 채찍으로 볼을 찰싹 치더니,

"앞으로 3초 안에 대답 안 하면 호되게 맞을 줄 알아. 말해 보란 말야, 이 음탕한 암캐야, 몇 사람 거나 먹어 봤어?" 하고 말한다.

뺨을 따갑게 맞고서야 질문이 이해가 되어 나는 허둥지둥 고개를 저었다.

"그래? 내가 처음이란 말이지? 이거 제대로 길을 안 들이면 말썽이겠는데."

얼굴 여기저기를 쓰다듬는 부드러운 가죽 재질의 채찍 때문에 나는 도통 정신을 차릴 수가 없었다.

그는 갑자기 벨트를 풀고는 바지의 지퍼를 내렸다. 팬티 밑에서 확연히 제 주장을 하고 있는 그의 자지에서 눈을 뗄 수가 없었다.

"먹고 싶어?"

나는 그가 번복할세라 세차게 고개를 위아래로 끄덕였다. 이윽고 그가 허락했다.

"좋아."

나는 입술로 그의 팬티를 내렸다. 갑자기 코앞에 들이밀어진 그의 자지는 단단하고 수컷의 냄새가 났다. 내가 사용하는 딜도 따위와는 비교할 수도 없었다.

떨리는 마음으로 혀를 갖다 대고, 다시 혀를 내 입에 집어넣었다가, 침을 듬뿍 묻혀서 혀로 자지를 감쌌다. 교수님이 만족의 신음 소리를 흘리는 것이 더욱 나의 욕망을 부추겼다.

입술을 모으고, 혀로 귀두를 건드리고, 목구멍으로 자지를 받아들이며 머리를 앞뒤로 흔들었다.

"헐겁잖아. 더 조여. 혀를 사용해봐. 불알도 핥아야지?"

흡사 군대의 조교 같은 목소리로 그가 나를 다그치자 목에서 절로 '응응' 하는 소리가 나왔다. 목구멍과 볼을 사용해 한참 동안 강하게 조여주자 그는 한참 있다가 입 안에 사정했다.

그의 자지에서 정액이 터져 나오는 순간 생리적으로 욕지기가 밀려왔다. 그는 구토감에 정신을 못 차리는 내 머리를 손힘으로 고정시키고서 자신의 정액을 먹였다. 그가 머리를 놓자, 나는 바닥으로 헛구역질을 하며 쓰러졌다.

"잘했어. 처음 할 때 정액을 먹는다는 건 잘한 거야."

머리를 쓰다듬던 그는 서랍에서 평범하게 생긴 패들과 어마어마한 크기의 딜도를 꺼냈다. 그러고는 내 뒤로 돌아가 패들의 끝으로 목에서부터 엉덩이까지 훑어내렸다. 패들이 닿는 곳마다 흠칫하고 떨렸지만, 나도 모르는 기대감에 엉덩이를 뒤로 빼고 있었다. 패들이 엉덩이의 골짜기를 가르고, 회음부로 내려와 두 아랫도리 입술

사이로 파고들며 후비적거렸다.

"윗구멍이든 아랫구멍이든 한시라도 비어 있으면 못 참지? 이 창녀 같은 년아. 알았어, 원하는 대로 채워주지."

그가 내뱉는 수치스러운 말에 얼굴이 붉어지려는 바로 그 순간 그는 보지 속으로 거칠게 딜도를 쑤셔 박았고, 나는 크게 헉 하고 숨을 쉬었다. 그는 내 귓가에 속삭였다.

"자 어때, 이대로 보지에 잔뜩 쑤셔 넣고 엉덩이를 실컷 맞는 거야. 어때, 기대되지?"

그러고는 내가 대답이 없자 귀를 긴 손톱으로 물어뜯었다.

"흐읏."

"대답 똑바로 안 해?"

3초 이내에 대답하지 않으면 맞을 거라는 걸 알기에 "네. 흐윽." 이라고 작게 대답했다.

"뭐가 '네'인데?" 그는 끈질겼다.

"맞…… 맞는 거…… 기대하고 있어요."

그는 대답에 대한 상으로 내 뺨에 살짝 키스했다. 하지만 키스하는 순간 매섭게 패들을 내리쳤다.

"넌 음탕한 노예야. 알아?"

그리고 또 매서운 채찍질 한 대가 엉덩이에 떨어졌다. 맞았을 때는 따가웠지만, 가면 갈수록 마조히스틱한 뜨거움에 미칠 것만 같았다. 보지를 가득 메우고 있는 딜도에서 오는 우릿한 고통과, 엉덩이에서 쾌감으로 느껴지는 뜨거운 열이 같이 공존했다. 차가운 벽에 대고 싶어서 견딜 수 없을 정도였다. 아예 뜨거워져 감각이 마비될 것 같은 때쯤에, 그는 매질을 멈추고 엉덩이를 쓰다듬었다.

아직 개처럼 엎드려 있던 나는 열기에 취해 좀 더 강한 자극을 찾기 시작했다. 보지가 벌름거리며 딜도를 꾸역꾸역 삼키고 있는 것이 느껴졌다. 그것을 확인한 그는 자신의 의자로 돌아가 앉아서 냉혹한 목소리로 비웃기 시작했다.

"이 탐욕스러운 노예 년, 그렇게 먹고 싶어? 아주 못 처먹어서 안달이네. 딜도만으로는 만족을 못 한다 이거야? 난 원래 삽입은 안 하는 주의지만, 그래, 처음이니까 상으로 딜도 대신 내 자지를 주도록 하지. 자, 스스로 빨고 스스로 넣어 봐."

그 말에 나는 수치스러워졌지만 흥분에 어쩔 줄 몰라 손을 밑으로 넣어 깊숙이 들어갔던 딜도를 천천히 빼냈다. 그가 앉아 있는 의자를 향해 기어가, 그의 무릎 위에 살짝 올라간 뒤 엉덩이를 내렸다.

조심스럽게 그의 귀두를 겨우 내 보지에 넣고 안도의 한숨을 쉬는 순간, 그가 강하게 허리를 내리눌렀다. 덕분에 위장이 내려앉는 듯한 충격을 받았고, 입술이 열려 신음 소리를 내뱉었다. 그 새 그는 내 뒷머리를 잡아끌어 입술에 키스하면서 내 몸을 제멋대로 쥐고 흔들었다.

그의 혀는 뱀처럼 내 혀를 휘감고, 입천장과 이빨 사이를 정신없이 누볐다. 혀를 잘근잘근 씹는가 하면, 아랫입술을 쭉쭉 빨고 목구멍을 혀로 간질였다. 나는 그의 자지 위에 꽂혀 인형처럼 흔들리면서 비명을 질렀다. 마 교수님은 헉헉거리면서 물었다.

"흐웃, 어떻지? 응? 말해봐, 좋아?"

그가 허리를 거세게 흔들며 요구하자 내 입에서 나도 모르게 아무 말이나 흘러나갔다.

"좋아요, 정……말, 너무 좋아요, 아, 거기, 너무 좋아요, 교수님, 아앙!"

내 입술은 수치를 잊었다. 그는 채찍으로 내 등을 내리치며 다시 요구했다.

"교수님이 아니야! 이년아, 주인님이야! 앞으로는 주인님이라고 불러, 더 말해봐! 어디가 어떻다는 거야? 말해 봐."

나는 노골적이고 천박한 말들을 꺼내 그를 기쁘게 하기 위해 멍한 머리로 입을 열었다.

"으응, 아아아앙…… 주인님…… 저는 주인님만의……암컷…… 하아앙!"

암컷이라는 부분에서 그는 내 보지 안으로 자지를 거세게 처박았다. 끝까지 박고서 한참 뒤 정액이 분출하는 것을 느끼며 나는 잔뜩 밑을 조였다.

이런 식으로 따가운 고통과 부드러운 포상이 반복되면서 나는 몽환과도 같은 쾌락에 빠져들었다…….

그 뒤로도 마광수 교수님은 자주 나를 그의 집으로 불러 스팽킹이랑 수치 플레이, 그리고 본디지, 스캇 플레이, 관장 플레이, 애널 섹스 등 이루 셀 수 없이 다양한 종류의 SM 플레이를 맛보게 해주었다.

불과 몇 달 전이라면 상상조차 할 수 없게 내 모습이 하루가 다르게 변해가는 걸 느끼면서, 다시 한 번 마 교수님께 무한한 감사를 올린다.

……이렇게 나의 마조히스틱한 판타지는 끝났다.

13

어느덧 학기 말이 되고, 기말시험이 끝난 후에 곧 겨울방학이 시작되었다. 2학년으로 올라간다고 생각하니 나는 문득 초조해졌다. 나로서는 적어도 대학 2학년 시절까지는 장래 걱정(취직이나 결혼 여부 등)을 접어두고 섹시하고도 낭만적으로 살아가기로 결심했었다. 그런데 주변 여건은 그렇지가 못했다.

아버지는 2학년에 올라가면 그때부턴 노는 것 그만두고 고시 준비를 시작하라고 다그치지만, 나는 언제나 시큰둥한 태도로 응대해왔다. 내가 생각하기에 평생에 걸쳐 치기(稚氣) 어린 낭만을 즐길 수 있는 기간이라야 고작 대학 1, 2학년 때라고 생각했기 때문이다.

게다가 나는 재수를 하고서 대학에 들어왔다. 그렇기 때문에 고3 때 1년과 재수할 때 1년을 합쳐 2년간은, 그 지옥 같았던 악몽의 기간을 벌충하기 위해 오직 섹시하게 노는 데만 골몰해야 한다고 굳게 다짐하고 있었던 것이다.

그런데도 한껏 까불며 놀 수 있었던 프레시맨 시절이 지나가자 나는 내심(內心) 초조해졌다. 물론 학교 성적은 그런대로 괜찮게 나왔다. 1학년 두 학기를 합쳐서 평균을 내본 나의 학교 성적은 중간 위에서도 한참을 웃돌고 있었다.

광수 아저씨는 대체 대학 시절을 어떻게 보냈을까? 그가 집필한 저서가 엄청 많고, 또 되기 어렵다는 모교 교수 자리를 이른 나이에 따냈다. 그러니까 그는 아마도 학창 시절에 지독한 공부벌레였을 것이다.

그런데 그가 보여주는 행동은 전혀 공부벌레 학자 같지가 않다. 오히려 젊은 나보다도 더한 지독한 쾌락주의자에다 자유주의자다. 그래서 나는 어느 날 그와 둘이 만났을 때 그런 궁금증을 그에게 털어놓았다.

그랬더니 그의 대답은 의외로 아주 간단했다.

"나는 어려서 학교 다닐 때부터 오직 벼락공부에만 의존했어. 그렇기 때문에 그만하면 실컷 놀 수가 있었지."

그것만으로는 설명이 부족해서 나는 좀 더 자세히 이야기해달라고 했다. 그는 귀찮다는 표정을 보이며 조금 더 부연설명을 해주었다(그는 섹스나 쾌락에 관련된 얘기가 아닌 이런저런 '썰'을 풀어놓는 것을 극도로 싫어하는 성격이었다).

"내가 초등학교 다닐 때는 중학 입시가 있었지. 그래도 나는 실컷 놀다가―물론 내가 '놀았다'고 표현하는 범주는 재미난 만화책이나 소설책 읽기가 거의 전부지만―초등학교 6학년이 되자 헐레벌떡

벼락공부를 했어. 마찬가지로 대학입시 때도 고2 때까진 실컷 놀다가 고3이 되자 벼락공부를 시작했고. 그러다가 대학원에 가기로 결심했을 때는 학부 4학년 때부터 대학원 입시를 위한 벼락공부를 했고…… 아무튼 모든 게 그런 식이었지. 석·박사 학위를 받을 때도 물론 마찬가지였고."

"그러면 나도 3학년 때까지는 실컷 놀아도 된다는 얘기로군요?"

"그렇지. 미리부터 오두방정 떨어봤자 좋을 게 하나도 없어. 그러니까 넌 앞으로 당분간 청춘을 마음껏 엔조이해도 돼."

그가 해 주는 말을 들으니까 적이 안심이 되었다. 그래서 나는 마음 푹 놓고 더 지랄스럽게 놀아보기로 결심했다.

광수 아저씨는 내가 그의 홈페이지(공식 명칭은 '광마클럽')에서 알게 된 남자들과 프리섹스를 하면서 놀고 있는 것을 짐작하고 있는 듯했다. 그는 홈페이지를 개설한 지 10년이 넘다 보니 회원들끼리 연애하거나 쿨한 섹스를 즐기는 일이 많다고 말했다. 물론 둘이 사귀다가 싸우고 헤어져 둘 다 홈페이지를 떠나는 경우도 많다고 했다. 그래서 나는 그럼 아저씨도 여자 회원들과 섹시하게 어울려 놀면 될 게 아니냐고, 그런데 왜 늘 고독 타령만 하느냐고 물어보았다. 그랬더니 그는,

"나까지 그러면 클럽 분위기가 시기, 질투 때문에 엉망이 돼. 그래서 여자 회원들의 개인적인 데이트 신청은 절대로 안 받아 주고 있지."

하고 대답하는 것이었다.

나는 그가 보여주는 또 다른 냉철한 면모에 깊이 감동 먹지 않을 수 없었다.

내가 그를 존경하게(?) 돼서 그런지 그날 우리가 가졌던 정사(情事)는 유난히도 요변(妖變)스러웠다.

나는 샤워를 하고 있는 그를 불쑥 덮쳤다. 발가벗은 우리 두 사람의 육체는 서로의 이성을 잠식시켰고, 서로의 욕망을 용광로처럼 불타오르게 했다.

내가 봐도 나의 쭉쭉빵빵한 몸매는 자랑스러웠다. 그래서 내가 나르시시즘을 충분히 느낄만했다. 희뽀얀 속살 속에서 울뚝 솟아 있는 풍만한 젖가슴에 분홍빛 유두, 노란색으로 염색한 음모로 덮여 있는 음탕한 보지…… 나는 나 스스로 성적(性的) 도취감을 느끼며, 천천히 그의 혀를 내 혀로 감쌌다.

그러고서도 오랜 시간 동안 계속된 프렌치 키스. 단지 키스만 했을 뿐인데도 내 온몸에는 쾌감의 카타르시스가 소용돌이쳤다.

덮친 것은 나였지만 그의 대응은 나보다 더 강렬하였다. 우리의 정염(情炎)은 한껏 뜨겁게 불타오르다가 한순간에 한 줌의 재가 될 것처럼 발악적으로 이글거렸다.

그는 강약을 조절하며 내 귀에서부터 발끝까지 샅샅이 혀로 애무했다. 그러다가 도저히 못 참겠는지 내 엉덩이를 손바닥으로 찰싹찰싹 때리기 시작했다.

허약해 보이는 몸매에 비해 그의 손맛은 아주 매웠다. 나는 나도 모르게 마조히스트가 되어가면서 그에게 더 가학적으로 때려달라고 애원했다.

그는 물에 젖은 몸을 타월로 대충 훔치고서 욕실에서 나왔다. 나도 그를 따라 나왔다. 그는 나를 침대 위에 엎드리게 하고 그의 바지 혁대를 끌러 그것으로 내 엉덩이를 때리기 시작했다.

"철썩 철썩 뚜르릉 꽝……."

고등학교 국어 시간에 배운 최남선의 신체시 「해(海)에게서 소년에게」 생각이 났다. 정말로 인정사정 보지 않는 그의 채찍질은 무섭게 밀려오는 파도와 같은 강력한 힘을 갖고 있었다. 그것은 그 어떠한 최음제(催淫劑)보다도 강한 주술적(呪術的) 힘을 발휘하고 있었다.

포르노 영화에 흔하디흔하게 등장하는 SM 섹스, 그리고 거기에 반드시 끼어드는 채찍질. 그렇게 흔한 방식의 애무 행위에 내가 몹시도 흥분한다는 것이 어쩐지 열등감을 느끼게 했다. 나도 결국은 '보통 여자'에 불과하다는 생각이 들어서였다. 그가 매질을 그친 뒤에 나는 잠시 멍한 상태로 있으면서 억울한 감정을 느꼈다.

그렇다. 나는 결코 '특별히 야한 여자'나 '특별한 미식가(美食家)'가 못 되었던 것이다. 광수 아저씨가, 나이가 많다는 열등감 때문에 그것에 대한 보상심리로 나를 때린 것 같지는 않았다. 그는 젊었을 때부터 SM 섹스 등 이른바 여러 가지 변태성욕에 이미 달통해 있는 사람처럼 보였다.

이윽고 그의 발기된 자지가 내 보지 가까이 접근해 왔다. 그러다가 문득 그는 나를 놀리려는 듯 방향을 틀어 자지를 내 입안으로 들이밀었다. 나는 진심에서 우러나오는 봉사 정신으로 그의 자지를 부드럽게, 또는 강하게 핥고 빨아 주었다. 목구멍 깊은 곳까지 자지가 들어올 때도 있었고, 나의 잘근거리는 치아 사이에서 자지가 왔다 갔다 할 때도 있었다.

보통 남자라면 아마 그쯤에서 사정(射精)해버렸을 것이다. 그렇지만 그의 자지에서는 아직까지도 정액 한 방울조차 흘러나오지 않았다.

나는 그러다가 그가 결국에 가서는 내보지 속에 자지를 삽입하고서 사정할 것이라고 예상했다. 그러나 그는 절대로 사정하지 않았다. 그는 다시 혁대를 잡아들고 나를 엎어뜨린 다음 내 등에다 대고 휘휘휙 내리갈겼다. 어느새 내 보지에서는 애액이 줄줄 흘러나왔다.

한참을 더 때리다가 그는 매질을 멈추고서 내 옆에 드러누웠다. 그리고 내 입에다가 살짝 키스를 하고 나서 말했다.

"사실 내가 하고 싶은 섹스는 바로 이런 거야. 사정(射精)이나 수정(受精)과는 무관하게 오로지 '놀이로서의 섹스'만 즐기는 거지. 더 쉽게 말하자면 이런 게 바로 진짜 비생식적(非生殖的) 섹스이고 변태적인 섹스야. 지금은 내가 널 때렸지만 네가 원한다면 네가 때리고 내가 맞아줄 수도 있어. 또 서로 때리고 맞으면서 즐기는 고전적 플레이(Play) 말고도 얼마든지 새로운 변칙적 애무를 우리 둘의 합의하에 창조해 낼 수도 있고. 권태는 변태를 낳고 변태는 창조를 낳는 거니까."

마지막에 한 얘기가 꽤 근사하게 들렸다. 〈권태→변태→창조〉

라는 공식(公式)은 모든 예술에 두루 적용될 수 있는 절묘한 상징이
었다.

"그럼 우리 둘이서 새로 창조해낼 수 있는 새로운 변태 섹스는
어떤 게 있을까요?"

하고 내가 그에게 물어보았다.

"그게 생각보다 쉽지가 않아서 고민이지. 이미 나올 건 다 나왔
으니까. 정신분석학자들이 새로 만들어낸 도착적(변태적) 섹스엔
심지어 '인형 도착증', '저산소 애호증', '곤충 도착증', '마찰 도착증'
같은 것들도 있지. 사실 제일 괴상한 건 '노인애(老人愛)'나 '시애(屍
愛)' 같은 것들이야. 상당히 변태적이라고 자부하는 나로서도 할머
니와 하는 섹스나 시체와 하는 섹스에서 특별한 쾌감을 느낀다는 걸
이해할 수는 없으니까."

하고 그가 대답했다. 나는 그에게 반격할 수 있는 절호의 찬스가
왔다 싶어 이렇게 대꾸해 주었다.

"'노인애'가 왜 이상해요? 내가 아저씨랑 놀면서 은근히 즐거워
하는 건 노인애가 아닌가요?"

"어이쿠, 이거 내가 너에게 된통 당했는걸. 네가 그렇게 나를 할
아버지로 생각한다면 뭐 할 수 없지. 하지만 네가 나와 노는 걸 '은
근히 즐거워'한다는 말이 오히려 내겐 큰 위안이 되는구나."

그는 이렇게 말하고 나서 큰 소리로 웃는다. 나는 오히려 내가
그에게 당한 셈이라는 생각이 들어 따라 웃었다. 그는 담배를 꺼내
입에 물고 불을 붙인 다음 한 모금 빨아들이고 나서 다시 이렇게 말
했다.

"내가 보기엔 여러 가지 변태성욕들이 있지만 결국은 다 사디즘과 마조히즘에 바탕을 둔 것이라고 생각해. '곤충 도착증'은 곤충을 죽이면서 성적 쾌감을 얻는다는 것인데 그건 결국 사디즘의 아류지. '인형 도착증'은 아이들한테서 많이 나타나는 건데, 자기 마음대로 조종할 수 있는 인형을 껴안고서 쾌감을 느낀다는 것도 결국 사디즘이라고 볼 수 있고. 공상과학 영화들을 보면 '섹스 로봇' 얘기가 많이 나오잖아? 그것도 결국 '인형 도착증'이 변형된 것에 불과해. '노인애'와 '시애'도 결국은 사디즘이고, '저산소 애호증'은 목을 졸라가면서 숨을 거의 못 쉬게 될 때 성적 쾌감을 느끼는 걸 말하는데, 그게 바로 마조히즘이지 뭐야? 그리고 '마찰 도착증'은 만원 버스나 지하철에서 주로 남자가 여자의 몸에 자기 몸을 밀착시켜 비벼대면서 관능적 쾌감을 느끼는 걸 가리키는 것인데, 그것도 결국 마조히즘으로 분류할 수 있지. 왜냐하면 사회적으로 하류층에 속하는 남자들이 능력이 없어 당당하게 여자를 꼬셔가지고 섹스를 하지 못할 때, 그런 음습한 성 취향이 생겨나는 것이거든. 사회적 약자(弱者)가 서글프게 성적 대리 만족을 한다는 점에서 보면 마조히즘의 범주 안에 넣을 수밖에 없어. 아무튼 그래서 모든 비생식적 섹스는 다 SM이라고 볼 수밖에 없어. 우리가 살아가는 생태계의 법칙 자체가 약육강식, 즉 사도마조히즘(sado-masochism)으로 이루어져 있으니까."

"그럴 걸 가지고 아까는 왜 새로운 변태섹스를 개발해 보자고 했어요?"

"그건 사실 그저 내 희망 사항일 뿐이었어. 약육강식의 법칙이

지배하는 이 세상에서 '민주'니 '자유'니 하고 아무리 떠들어 봤자 아무 소용이 없다는 걸 알게 되고 나니까 너무 허무해져서 나도 모르게 나온 소리였지."

그의 대답이 무척이나 허무주의자의 냄새를 풍겨서 나는 꽤 감동하였다. 허무라는 말을 빼놓고서는 우리의 삶을 설명한다는 것이 불가능하다는 것을, 나이가 어려 인생 경험이 부족한 나로서도 충분히 절감하고 있기 때문이었다.

14

그날 이후로 나는 광수 아저씨와 꽤 자주 만나게 되었다. 그러면서도 마음이 은근히 불안해졌다. 내가 그에게 완전히 빠져들어가 버릴 것만 같은 예감이 들어서였다.

광수 아저씨의 존재를 잊어버리고 싶어서, 나는 학교 안팎의 많은 남자 대학생들과 자주 쿨한 섹스를 가졌다. 그렇지만 광수 아저씨처럼 섹스할 때 얼굴에 철판 깔고서, 파렴치한 야수(野獸)로 돌변하는 남자는 하나도 없었다.

나는 내가 광수 아저씨와의 섹스에서 마조히스틱한 희열을 느껴가고 있었다는 사실을 점점 더 인정하지 않을 수 없었다.

'아아! 광수 아저씨가 지금보다 20년만 젊었더라면 얼마나 좋았을까', 하는 생각을 나는 자주 해보게 되었다. 그와 나 사이에는 나이의 장벽이 두껍게 버티고 있어 우리 사이를 갈라놓고 있었다. 또

한 그래서 내가 늘 밑지는 장사를 하고 있다는 생각을 떨쳐버릴 수
없게 만들었다,

　문득 그의 시집에서 본 슬픈 시 한 편이 생각났다. 「늙어서의 슬
픔도 동정을 받을까」라는 제목의 시였다.

　　　　젊어서의 눈물은 아름다워 보이지만
　　　　늙어서의 눈물은 추해 보인다

　　　　늙어서의 슬픔도 동정을 받을까

　　　　젊어서의 고독은 멋있어 보이지만
　　　　늙어서의 고독은 징그러워 보인다

　　　　늙어서의 독신(獨身)도 동정을 받을까

　　　　젊어서의 야함은 개성 있게 보이지만
　　　　늙어서의 야함은 천박해 보인다

　　　　늙어서의 꾸밈도 동정을 받을까

너무나 슬프고 동정이 가는 시였다. 그의 야하디야한 성희 기술과는 달리, 그가 쓴 시는 그의 진정한 속마음을 드러내 놓고 있었다.

내가 광수 아저씨만 한 나이가 되는 때를 상상해 보았다. 광수 아저씨의 시에 나온 대로 '동정'을 받지 못하는 것은 물론이고 아예 '조소'의 대상이 될 것 같았다.

광수 아저씨의 시에 그렇게 내 생각이 감정이입(感情移入) 되는데도 불구하고, 나는 다시금 그가 나를 너무나 헷갈리게 만드는 남자라는 생각이 들었다.

나에게 '사랑'을 구걸하기는커녕 오히려 더 뻔뻔하게 변태적 섹스를 실천하는 그. 그리고 '사랑'이란 것 자체를 멸시하는 듯한 태도. 나는 내가 혹시 그의 시(詩)에 속고 있는 건 아닐까, 하는 의구심마저 들었다. 아무튼 그는 나에게 '가까이 하기엔 너무나 먼', 아니 '가까이 갈수록 내가 더 손해만 보게 되는' 남자로 보였다.

연말이 되자 광수 아저씨는 나에게, 올해의 마지막 날 밤을 자기랑 함께 교외로 나가서 즐겨줄 순 없겠냐고 물어왔다. 송년의 밤을 나와 함께 가져보자는 얘기였다. 그날 밤쯤이야 친구들과 같이 밤을 새운다고 해도 아빠가 허락해 줄 것 같아서 나는 그러자고 했다.

그와 나는 12월 31일 저녁에 만났다. 그리고 간단하게 저녁 식사를 한 후에 그가 운전하는 차를 타고 서울을 빠져나갔다. 광수 아저씨가 나를 데려간 곳은 경기도 양평이었다.

양평 중심가까지 가서 또 한참을 숲 사이로 달려갔다. 나는 양평에 와본 적이 없어서, 그가 차를 자꾸 으슥한 숲 속 깊은 곳으로 몰고 갈 때 대체 어디로 가려고 하는지 궁금했다. 길은 잘 포장돼 있었지만 인가가 뜨문뜨문 보일 정도였기 때문이다.

그런데 신기한 것은, 차를 산속 더욱 깊은 곳까지 몰고 가자, 라이브 카페들이 드문드문 나타났다는 점이었다. 깊은 산골짜기 곳곳에 근사한 모양으로 지어진 카페 건물들이 있었고, 더 깊이 들어가자 간간이 예쁜 러브호텔들이 보이기 시작했다.

러브호텔들은 하나같이 유럽풍(風)으로 지어져 있었다. 나는 이런 곳에 온 것이 처음이지만, 이런 깊은 산골짜기까지 사랑을, 아니 섹스를 주고받으려고 오는 연인 커플들이 많다는 증거였다. 다들 불륜의 관계라서 이렇게 으슥한 곳으로 숨어들어와 섹스를 나누는 것일까?

아무튼 나로서는 우선 러브호텔 룸(room) 내부(內部)의 인테리어에 대해 부쩍 호기심이 발동하는 게 사실이었다. 소문으로 듣기에는, 룸 전체가 사면팔방 거울로 도배되어 있다는 얘기도 들어봤기 때문이었다.

광수 아저씨가 드디어 어느 러브호텔 앞에다 차를 세웠다. 꼭 스위스의 별장같이 아기자기하고도 익조틱(exotic)하게 지어진 예쁜 모텔이었다.

모텔 출입구로 들어서자 종업원이 나와서 인사를 했다. 광수 아저씨가 프런트에 가서 숙박료를 치르자 종업원이 룸의 열쇠를 건네주었다.

룸 안으로 들어가자마자 나는 갑자기 몰려오는 관능적 흥분 때문에 정신을 차릴 수 없을 지경이었다. 소문으로 듣던 대로 룸 전체가 거울로 도배되어 있기 때문이었다. 아직 옷을 벗고서 나체로 있는 것이 아닌데도, 거울이 반사해 내는 이미지가 흡사 여러 명의 남녀가 혼음을 하려고 방에 들어선 것 같은 착각을 느끼게끔 해 주었다.

광수 아저씨와는 만나서 섹스할 때마다 거의 샤워를 하지 않았기 때문에, 우리는 미리부터 흥분된 긴장감을 느끼면서 이심전심으로 옷을 훌러덩 벗어젖혔다. 그래서 둘 다 나체 상태가 되자, 거울에 비춰지는 우리의 모습들이 우라지게 음탕·섹시한 풍경으로 눈에 들어왔다.

우리는 먼저 거칠게 딥 키스부터 했다. 나도 모르게 내 손이 벌써 광수 아저씨의 자지를 주물럭거리고 있었다. 그리고 광수 아저씨의 손 역시 내 불두덩을 거세게 쓰다듬고 있었다.

"재밌는 플레이(Play)를 하기 전에 우선 준비 운동부터 하기로 하지."

하고 광수 아저씨가 말했다.

광수 아저씨는 말이 끝나기가 무섭게 전희(前戱)고 자시고 없이 내 보지 깊숙이 그의 자지를 찔러넣었다. 그리고 나서는 한없는 피스톤 운동이었다. 이럴 때는 도통 그의 나이가 느껴지지 않았다.

한 차례 시원스럽게 사정을 하고 난 다음에 광수 아저씨는 그가 가지고 온 가방을 열었다. 가방 속에서는 전에 보지 못했던 여러 가지 섹스 토이(Sex toy)들이 줄줄이 사탕으로 엮어져 나왔다. 수갑, 족쇄, 채찍, 눈가리개, 재갈 같은 것들이었다.

나는 그런 '쾌락 도구'들은 본 적이 없었기 때문에, 대체 이런 희한한 도구들을 어떻게 구했냐고 그에게 물어보았다. 그랬더니 그는 국내의 '인터넷 섹스 숍'에서 산 것들이라고 말하면서, 국산이라 그런지 품질이 조악하다는 얘기를 덧붙였다.

성인 인증만 하면 누구나 구입할 수 있는 섹스 숍이라고 했다. 나는 섹스에 촌스러운 우리나라도 이젠 꽤나 발전했다는 생각이 들었다. 아마 그가 쓴 소설 『즐거운 사라』가 요즘 발간되었더라면, 적어도 음란물 제조죄로 현행범으로 몰려 '긴급 체포'를 당하기까진 않았을 거라는 생각도 들었다.

내가 이런 생각을 얘기했더니 광수 아저씨는 냉소적으로 코웃음을 흘리면서 이렇게 말했다.

"그건 네가 착각하고 있는 거야. 뭣보다도 한국은 원칙이 없는 나라거든. 나는 『즐거운 사라』로 잡혀가 실형 판결을 받은 뒤에도 또 한 번 법에 걸려들었지. 2007년도의 일인데, 이번엔 내 인터넷 홈페이지에 실려 있는 내 글들이 음란하다는 이유로 걸렸어. 다행히 구속 기소가 아니라 불구속 기소였지만, 그래도 결국은 유죄 판결을 받았지. 벌금 300만 원 형(刑)이었어. 그래서 나는 지금 전과 2범(犯) 신세가 된 거야."

인터넷 섹스 숍은 허가하면서, 개인의 홈페이지에까지 법이 고무줄잣대를 들이댔다는 사실이 나는 믿기지 않았다. 그의 말마따나 정말 원칙과 기준이 없는 사회가, 겉으로는 '자유민주주의 국가'를 내세우는 대한민국 사회라는 생각이 들었다.

이런 내용의 말이 오가다 보면 광수 아저씨가 좀 우울한 표정을 해야 하는 게 당연하다. 그런데 그는 금세 원시인 같은 표정으로 돌아와 나를 '섹스 슬레이브(slave)'로 변신시키는 데 골몰했다.

내게 수갑과 족쇄를 채우고 눈을 가렸다. 그리고 입에 재갈을 물렸다. 나는 나의 신체가 그렇게 구속되는 순간부터 '서늘한 에로티시즘'의 세계로 빠져들어 갔다.

그의 채찍질이 시작되었다. 그러나 흡사 먼지를 터는 데 쓰는 총채처럼 생긴 쾌락 도구를 사용하여 나를 채찍질해주는 것이 나로서는 성에 차지가 않았다. 너무 안 아팠기 때문이다. 그래서 나는 그에게 부탁하여 예전처럼 가죽 혁대를 이용하여 나를 채찍질하도록 했다.

그 시간 이후로 나는 줄곧 비몽사몽의 엑스터시 상태에 있었다. '남녀평등'을 무시하고, 또 '사랑하는 사람에 대한 배려'를 무시하고 행해지는 SM 플레이(play)는 진정 달콤하면서도 짜릿한 긴장감을 내게 선물해 주었다.

한참을 그런 식으로 짐승처럼 놀다가, 그가 모텔 프런트로 전화해서 맥주와 안주를 가져오게 했다. 종업원이 그것들을 가지고 오자 나는 이불 속으로 숨어들었다. 그런데 그는 벌거벗은 채로 태연하게 술과 안주를 받고 계산까지 했다. 참으로 그를 우러러보게까지 만드는 대담한 행동이었다.

우리는 그 뒤 주거니 받거니 하면서 술을 마셨다. 그가 내 손목에 채워져 있는 수갑을 벗겨 주었다. 손은 비록 자유로웠지만 족쇄는 풀지 않아서 조금 답답했다. 그렇지만 몸의 한 부분이 구속돼 있는 상태에서 마시는 술맛은 지독하게 관능적이었다.

나는 그가 술을 마실 때마다 술을 내 입안에 머금었다가 키스를 하는 것과 동시에 그의 입속으로 흘려 넣어 주었다. 안주도 마찬가지였다.

처음엔 내 입으로 집어서 그의 입으로 전해주었다. 그런데 어째 좀 싱거운 방법인 것 같았다. 그래서 나중에는 안주를 반드시 내 보지 안에 집어넣었다가 손가락으로 빼내 가지고, 다시 또 내 입 안에 머금어 침질을 하고서 그의 입속으로 들어가게 했다.

노예 같은 복종의 자세로 오직 그를 위해 봉사하는 것은, 나에게 성스러운 종교적 마조히즘을 느끼게까지 해주었다.

술을 웬만큼 마시고 나자, 그는 내 손에 채찍을 쥐여주면서 자기를 때리고 싶으면 얼마든지 때려보라고 했다.

나는 호기심이 발동하여 채찍으로 그의 등짝을 서너 번 후려쳐 보았다. 하지만 나는 아무런 쾌감도 느낄 수가 없었다. 그래서 내가 오늘만큼은 마조히스트 기질을 유지하고 있다는 것을 알 수 있었다. 그건 결코 내가 '여자'라서 그런 것은 아니었다.

그날 밤 내내 우리 두 사람은 사도마조히즘의 섹스를 즐기면서 오럴섹스와 더불어 간간이 삽입 성교나 항문 성교를 하고, 또는 내 입과 몸뚱이가 그의 요강이 되기도 하는 등, 여러 가지 즐거운 변칙적 성희를 주고받으면서 놀았다. 그렇게 유쾌하게 관능적 쾌락을 맛보다 보니 전혀 졸음이 오지 않았다. 그래서 우리는 말짱한 정신 상태로 새해 아침을 맞이할 수 있었다.

나는 기분이 최고조(最高調)에 달해 있어서, 새해에는 어쩐지 모든 일이 만사형통할 것만 같은 예감을 느꼈다. 광수 아저씨도 나처럼 유쾌한 표정을 하고 있었다.

15

어느 날 나는 광수 아저씨와 연세대 앞 거리를 걷고 있었다. 그는 욕망을 참지 못해 갑자기 나와 입을 맞추었다. 그리고 그의 혓바닥을 내 입안에 집어넣었다.

기습적인 키스였지만 나는 그의 혓바닥 리드를 아주 능숙하게 받아주었다. 키스에 자신이 있던 나는 짜릿한 키스로 사디즘 취향을 가진 그의 높은 콧대를 꺾어주고 싶었다. 거리를 지나가던 많은 청춘 남녀들이 우리가 길에서 서슴없이 딥 키스를 하고 있는 장면을 신기한 듯 바라보고 있었다.

나는 광수 아저씨나 나나 유쾌한 노출증을 즐기는 데 있어 쿵짝이 서로 맞아떨어진다는 것을 재확인하면서, 혓바닥의 섹시한 율동에 더 공을 들였다.

그러다가 우리는 어느 한 카페로 들어가기로 했다. 그런데 연세대 앞 카페는 대개 개방형이라서 둘만의 오붓한 장소로는 적합하지 않았다. 그래서 우리는 개방형이 아니라 밀폐형 카페로 소문난 홍익대 앞의 '연인들의 하렘'으로 갔다.

이 카페 지하 1층에는 연인석이 마련되어 있는데, 조도(照度)도 낮고 음악도 시끄럽지 않아서 딱 우리가 원하는 분위기를 연출하고 있었다.

카페 안에 들어서서 아르바이트생 도우미가 '이용 안내'니 뭐니 하고 씨부렁거리는 소리를 한 귀로 흘리며 우리는 구석으로 가 자리를 잡았다.

아까 그에게서 기습적인 키스를 당한 굴욕(?)을 벌충하기 위해 나는 그를 덮치듯 껴안고서 내 혓바닥을 그의 입속으로 집어넣었다. 그는 나의 혓바닥을 혀로 밀어내고는 진짜 딥 키스는 그렇게 하는 게 아니라며 자기가 가르쳐줄 테니 보조를 맞춰달라고 했다. 오늘따라 왜 이렇게 까탈을 부리나, 하고 생각하면서 나는 자존심이 상했지만 그를 믿고 맡겨보기로 했다.

시작은 일단 보통 입맞춤으로 포문(砲門)을 열었다. 그는 고개를 조금 돌려 두 입술이 꼭 맞도록 하고 나서 입을 뻐끔거리며 내 아랫입술을 핥는 듯 빨아젖혔다. 그럴 때마다 쩝쩝 소리가 연발로 터져나왔고, 나의 보지 또한 터질 듯 부풀어왔다.

이어서 그가 내 입술을 혀로 핥았다. 나도 혀를 내밀어 그의 혀와 비벼댔다. 우리는 두 마리의 미꾸라지가 교미하듯이 혀를 섞고 있었다. 그러면서 그는 내 블라우스 속으로 손을 집어넣어 내 유방을 움켜잡았다.

"아아아……!"

나의 짧은 신음 소리와 함께 키스가 잠시 멈춰졌지만 이내 곧 재개되었다. 그는 내 몰랑몰랑한 젖가슴을 만지면서 검지손가락으로는 젖꼭지를 꼬집어 주었다.

"흐… 흐… 흐흐……"

숨이 가빠졌는지 그가 내 입속으로 거친 숨소리를 토해냈다.

비틀거리는 나의 몸을 꽉 껴안은 채 그는 하던 작업을 계속했다. "흐" 소리는 점점 경쾌한 "아"로 바뀌어 갔고, 나의 보지는 부풀 대로 부풀어 그의 거칠고 낮은 숨소리조차 느낄 정도가 되었다.

갑자기 그는 두 손으로 나를 밀치고는 테이블 밑으로 들어가 나의 스판덱스 쫄쫄이 바지를 벗겼다. 바지에 억눌려 있던 내 클리토리스는 최대 속도로 솟아올랐고, 그의 자지는 의기양양하게 꼿꼿이 서서 내 사타구니를 공격했다. 그래서 나는 그의 행동에 보조를 맞추어 주면서 그의 자지를 빨기 시작했다. 딱딱한 자지를 빨아줄 때, 나는 새삼스럽게 감동의 눈물을 흘렸다.

처음에 나는 혀끝으로 귀두 끝 부분을 살살 핥았다. 펠라티오에서 혀의 움직임이 얼마나 중요한지를 나는 충분히 알고 있었다. 그러고는 내 입 속에 그의 자지를 집어넣었다. 불뚝 솟은 그의 자지로 내 입안이 꽉 찼다.

그의 자지를 빨면서도 나는 혀의 움직임을 잊지 않았다. 그가 자신의 자지를 정성껏 빨아주는 나의 머리를 고맙다는 듯이 쓰다듬어 주었다. 무성한 그의 음모(陰毛)에서는 향긋한 샴푸 냄새가 풍겨 나왔다.

그의 자지에 온 신경을 집중시키고 있던 나에게 돌연히 등장한 샴푸 냄새는 나를 무아지경에 빠뜨렸다. 교묘한 자지 율동에도 불구하고 나의 안단테 써킹(sucking) 리듬이 단조롭게 느껴졌고, 나의 보지는 정액을 삼키기를 원했다.

그는 양손으로 내 머리를 잡고서 고개를 흔드는 것은 도와주었다. 동시에 허릿심을 사용하여 내 보지에 그의 자지를 박아넣었다.

갑자기 빨라진 리듬을 내 보지가 버거워하는 듯했다. 그의 기다란 자지가 나의 자궁 속까지 찔러서, 내 아랫배가 헛구역질을 하고 있었다.

이윽고 그는 나를 위해 보지 속에 정액을 쏟아냈다. 내 보지가 정액을 모두 받아 마신 다음에, 나는 혓바닥으로 그의 자지를 깨끗이 핥아주었다.

그러고 나서 나는 화장실에 다녀와 그의 목을 핥으면서 자지를 매만지고 있는데, 감촉이 평소와 달라서 이상하다 생각하며 얼굴을 보았다. 그런데 당황스럽게도 그 남자는 처음 보는 사람이었다.

'나의 애무를 받고 있으면서도 아무 말도 하지 않다니? 어째서 그랬을까?' 하고 나는 생각하며 주위를 둘러보았다. 흥미롭게도 어두운 조명 아래 모든 좌석에서는 진한 애무의 향연이 펼쳐지고 있었다.

불현듯 외로이 앉아 있을 광수 아저씨가 생각나 원래 내가 있던 자리로 돌아갔다. 그런데 그는 이미 다른 여자와 입술을 서로 빨아대고 있는 게 아닌가?

아마 내가 조금 아까 실수로 애무를 나누었던 그 남자의 애인인가보다, 하고 생각하며 다시 그 남자에게로 돌아갔다. 그는 애무를 하다 말고 자리를 뜬 나 때문에 조금 삐친 듯 뾰로통해 있었다. 어두운 조명 아래서도 그 남자의 입술은 어서 먹어달라는 듯 음란한 빛깔로 빛나고 있었다.

나는 자리에 앉아 그 낯모르는 남자의 입술에 입을 맞추었다. 그 남자는 부드럽고 도톰한 입술을 가지고 있었는데, 굳이 혀를 사용하지 않아도 입술의 감촉만으로 내 보지를 왕창왕창 고문해대는 것이었다.

그 남자는 내 바지 속을 헤쳐 보지를 끄집어낸 후, 엄지손가락으로 클리토리스를 쓰다듬으면서 나의 성감대를 리드미컬하게 자극해 주었다. 나도 질세라 그의 자지와 불알을 긴 손톱으로 살살 긁어주었다.

그러다가 그 남자한테 조금씩 흥미가 떨어지기 시작하자, 나는 지나가는 여자를 붙잡아 그 남자 옆에 앉히고는 또 다른 남자를 물색하러 떠났다.

그때 아르바이트생 도우미 남자가 내 눈에 들어왔다. 그는 동화 속에나 나올 법한 빨간 내리닫이 유니폼을 입고서, 고객들이 벌이는 애무의 잔치를 들여다보면서 수줍게 마스터베이션을 하고 있었다.

나는 도우미 남자를 향해 성큼성큼 걸어갔다. 도우미 남자는 나를 발견하고는 바지 속에서 급히 손을 꺼냈다.

"손, 손님. 무엇을 도와 드릴까요?"

나를 급하게 맞이하느라 그는 미처 손가락에 묻어 있는 정액을 닦지 못하고 있었다. 그 어리바리함이 너무도 귀여워서 나는 참을 수가 없었다. 그래서 나는

"나 말고 내 밑에 있는 년이 도와 달라는데요?"

라고 말하면서 내 보지를 드러내 보였다.

그는 처음엔 놀란 듯한 표정을 짓더니 이내 화색이 돌면서, 나를 옆에 있는 빈 소파 의자에 반쯤 눕혔다. 그러고는 내 보지를 정성껏 빨아주는 것이었다.

그의 혓바닥이 내 항문부터 엉덩이, 보지까지 깨끗하게 핥고 빨아주었다. 그리고 내 블라우스를 벗기고 젖꼭지를 빨아주기 시작했다.

혀와 입술을 이용해 내 젖꼭지를 구슬 굴리듯 했다. 또한 중간중간에 이빨로 젖꼭지를 깨물어 주었다. 뼛속까지 친절로 물든 도우미

의 태도가 나는 고마웠고, 이런 '친절 서비스'를 교육시킨 카페 주인에 대한 감탄의 찬사가 흘러나왔다.

젖꼭지를 빨리고 있으면 하복부와 사타구니 쪽에 짜릿짜릿한 느낌이 오는데, 경험해 보지 않으면 모른다. 여자의 젖꼭지는 보지 이상 가는 뛰어난 성감대다.

도우미의 정성스러운 페팅 서비스가 끝나고 나서 나는 광수 아저씨가 있는 테이블로 갔다. 그가 나를 바라보며 환하게 웃고 있었다.

'U.F.O'의 정체

'U.F.O'의 정체

그 여자를 만난 것은 내가 거의 매일 저녁 혼자서 들르는 '몸부림'이라는 이름의 카페에서였다. 우리나라에는 싱글 바(single bar)가 없는 게 보통인데, '몸부림'만은 적어도 3년 넘게 혼자서 찾아오는 단골손님들만 가지고도 장사가 되는 독특한 분위기의 술집이었다.

그 카페에 드나든 지 3년쯤 돼서 나는 그녀를 만났다. 30세 전후의 나이로 전에 보지 못했던 여자였다. 아주 예쁜 얼굴은 아니었지만 몸매가 날씬했고 특히 눈빛이 그윽했다.

'몸부림' 특유의 편안한 분위기 때문에 우리는 금세 이야기를 나눌 수 있었고, 나는 그녀가 미치도록 섹시하진 않지만 성격이 아주 화통한 여자라는 생각이 들어 그녀에게 호감을 갖게 되었다.

 그 이튿날 그녀가 내게 전화를 걸어왔다. 여자에게서 데이트 신청을 받아본 지가 하도 오랜만이라서 나는 몹시 감격했다. 그래서 나는 감지덕지 그녀의 데이트 제의에 응하게 되었다.

 우리는 그날 저녁에 만나 유쾌한 대화의 시간을 가질 수 있었다. 시간이 자정 가까이 되어 이젠 그만 일어나야겠다고 생각하고 있는데, 그녀가 불쑥 이상한 얘기를 꺼냈다.

 "저는 사실 지구 상의 사람이 아니에요."

 나는 그녀가 농담을 하는 줄 알았다. 아무리 뜯어봐도 평범한 얼굴이기 때문이었다. 그러나 몇 번을 되물어봐도 그녀가 계속해서 하도 진지하게 자신이 지구 상의 인간이 아니라고 주장하는 바람에, 나는 그녀의 말을 일단 믿어봐야겠다고 생각하게 되었다.

 나는 문득 그녀가 내 소설 중에 가끔씩 등장하는 처녀 귀신이나 새나 짐승 등의 정령(精靈)일지도 모른다는 생각이 들었다. 실제 인간이 아니라면, 그게 외계인보다는 더 나을 것 같았기 때문이다.

 상상으로나 즐겨 봤던 얘기가 다시 또 실제화되는 순간이었다. 그래서 나는 가슴 두근거리며 한참 생각해본 끝에,

 "그럼 당신이 혹시 내 소설 『광마일기』에 나오는 고려 때 죽은 처녀 귀신 야희(野姬)의 환생은 아닌가요?"

하고 물어보았다. 야희는 내 실수로 인간으로 미처 환생하지 못하고 다시 죽어버렸는데, 10년 후 다시 찾아오기로 되어 있었다. 그런데 만 10년이 되려면 아직 조금 모자라지만, 내가 그리워 일찍 찾아왔는지도 모른다는 생각이 들었던 것이다. 하지만 그녀는 내 물음에 고개를 살랑살랑 가로 저었다. 그래서 나는,

"하긴…… 야희는 당신보다 훨씬 더 예쁘고 섹시했지요……. 미안해요. 당신도 퍽 아름답긴 하지만 야희하곤 다르게 생겼다는 뜻에서 한 말이었어요."

하고 거짓말을 약간 섞어가며 사과를 했다.

"괜찮아요. 언제나 선생님은 정직하신 게 매력이니까요. ……솔직히 말씀드리죠. 사실 전 처녀 귀신이나 꽃 귀신이 아니라 다른 세상에서 온 외계인이에요. 선생님이 쓰신 글을 보면 비행접시나 외계인의 존재를 긍정하고 계신 것 같던데, 제 말을 듣고 놀라진 않으셨겠죠?"

사실 나는 '몸부림' 카페에서 만난 그녀가 외계인이라는 사실에 별로 놀라지 않았다. 아마 술기운 탓인지도 모른다. 놀랐다기보다는 약간 실망했다는 편이 옳은 표현이 될 것이다.

나는 처녀 귀신이든 외계인이든, 무지무지하게 예쁘고 관능적으로 생겼을 것이라고 굳게 믿고 있었기 때문이다. 그녀는 내 마음을 알아챘는지 곧바로 이렇게 말했다.

"제가 그저 그렇게 생겨서 실망하셨죠? 하지만 다음번에 만날 때는 다른 모습을 보여드릴게요. 너무 섹시하게 보이면 하도 사내들이

치근거려서 활동하는 데 지장을 받기 때문에, 약간 한물간 나이의 수수한 모습으로 변신했을 뿐이에요. ……아무튼 제가 예상했던대로, 선생님이 '상상과 현실의 연결 가능성'을 체화된 믿음으로 갖고 계신 분이라는 걸 알게 돼서 기뻐요."

그녀는 다음 날 다시 만나자고 하면서 자리에서 일어섰다. 나는 어안이 벙벙해진 채로 그녀와 일단 헤어질 수밖에 없었다.

집에 와서도 나는 밤새 잠을 이룰 수가 없었다. 영화나 소설에는 흔히 등장하지만 실제로는 불가능하거나 아직은 말도 안 된다고 생각했던 '외계인과의 만남'이, 너무나 쉽게 이루어졌기 때문이었다.

나는 '비행접시'에 대한 책을 그만하면 꽤 많이 찾아서 읽어본 셈이다. 그래서 비행접시를 주제로 한 단편소설도 한두 편 쓰고 비행접시의 정체에 대한 에세이도 여러 편 썼다.

지금까지 내가 읽어본 비행접시의 정체에 대한 서적들은 대략 두 가지 종류로 분류된다.

첫 번째는 비행접시가 우주인이 타고 온 것이라고 주장하는 것인데, 이것은 비행접시에 관한 책의 대부분을 차지하고 있다. 그런 책들은 대개 우주인을 직접 목격했다거나 심지어는 외계인의 초대를 받아 비행접시를 타고 그들이 사는 별나라에까지 다녀왔다는 체험담을 담고 있다.

두 번째는 융 등의 심리학자들이 주장하는 것으로서, 비행접시를 '심리적 착시현상'의 결과로 보는 설이다. 인간은 원래 원시시대부터 '하늘'을 동경해왔기 때문에, 하늘의 사자(使者)가 공중에서 내려왔다는 믿음에 근거하는 '집단 무의식'이 직접 비행접시를 목격했다고 착각하게까지 하는 결과를 초래했다는 것이다.

그리고 좀 황당한 이론이 하나 있는데, 비행접시를 지구 내부의 공동(空洞)에 존재하고 있는 지저문명(地底文明)세계에서 보내온 정찰기로 보는 견해가 그것이다.

지구는 마치 배구공처럼 속이 텅 비어 있고 그 중심부에 지저(地底) 태양이 있으며, 육지와 바다가 존재하여 또 다른 인간세계를 형성하고 있다는 것이다. 지저 세계와 지상 세계의 통로가 되는 곳이 남극과 북극 어딘가에 존재하는데, 그곳을 통해 비행접시가 날아온다고 한다.

이와 유사한, 아니 더욱 황당한 설(說)이 또 하나 있다. 히틀러의 나치스 정권이 패망하기 전, 그들은 남극 대륙 어딘가에서 지저 세계로 가는 통로를 발견했다. 그래서 히틀러는 패망 시에 도망가 후일을 기약할 수 있는 기지를 지저 세계에 건설해 놓았고, 거기서 비행접시가 날아온다는 설이다.

패망 직전 히틀러와 핵심 참모들은 수천 명의 젊은 나치스 당원들과 함께 잠수함으로 탈출하여 비밀 기지에 정착했다. 그리고 지금까지 대를 물려가며 호시탐탐 세계 정복의 기회를 엿보면서, 패망 전에 개발을 시작했던 비행접시를 지상 세계로 날려보내고 있다는 것이다.

나는 위의 주장들 가운데 어느 것 한 가지도 완전히 신뢰할 만한 것은 없다는 생각이 들었다.

하지만 한편으로는 비행접시가 고대 때부터 여태껏 딱 부러지게 가시적 활동을 하지 않고, 그냥 날아다니기만 한다는 사실이 못내 의심쩍게 생각되었다. 그래서 결국 심리학자들이 주장하는 두 번째 설에 많이 기울어가고 있는 형편이었는데, 아무리 과학이 발달해도 종교적 광신 현상을 못 버리고 있는 인간의 미신적 '하늘 숭배' 심리와 맞아떨어진다고 생각했기 때문이었다.

다음 날 약속한 시각에 그녀는 어김없이 나타났다. 이번엔 얼굴과 몸매가 완전히 달라져 있었다. 그녀가 내 앞자리로 와서 앉아 자기소개를 했기에 망정이지 나는 그녀를 알아보지 못할 뻔했다.

마주앉아 얼굴을 흘낏 쳐다보기만 해도 눈이 부셔올 정도로, 그녀는 무지막지하게 섹시한 미인이었다. 얼굴은 젊었을 때의 나스타샤 킨스키와 비슷했고 몸매는 나오미 캠벨과 비슷했다. 나이는 갓 스물로 보였고, 게다가 한껏 화려하게 화장을 하고 미치도록 사치스러운 옷에 야한 장신구를 했기 때문에, 흡사 도도한 여왕처럼 보였다.

"그럼 대체 당신은 어느 별에서 온 거지요?"

한참 만에 정신을 차리고 나서 내가 더듬거리는 목소리로 물어보았다.

"말씀드려도 안 믿으실 거예요. 전 우주에서 날아온 게 아니라 땅 밑에서 날아왔으니까요."

"아니 그럼 지저 세계에서 왔단 말인가요? 나는 그 설(說)만은 도저히 믿을 수 없었는데……. 그럼 당신이 사는 세상엔 지저 태양이란 것도 있겠군요?"

"맞아요. 지저 태양이란 것이 있지요. 하지만 그건 원래부터 자연적으로 있던 게 아니라 우리 조상들이 만들어낸 거예요. 지구의 속은 공과 마찬가지로 텅 비어 있었지요. 하지만 지저 태양은 없었죠. 그걸 우리 조상들이 과학의 힘을 동원해 만들어놓은 것이랍니다."

"당신네 조상들이란 대체 누구를 말하는 건가요?"

"선생님도 아틀란티스 대륙에 관한 전설을 아시지요? 아틀란티스 대륙은 과학이 고도로 발달한 문명 세계였어요. 그런데 뮤 대륙과 전쟁을 하는 바람에 둘 다 멸망하고 말았죠. 하지만 한 무리의 평화주의자들과 과학자들은 지저 세계의 존재를 알고 있었기 때문에, 그리로 대피할 준비를 미리 갖춰 놓았었죠. 인공 태양도 그때 만들어놓은 거구요. ……그러니까 지구 상의 사람들이 말하는 전설이나 신화라는 것들은 대부분 진짜예요. 말하자면 지구 상의 인간들은 애써 과거로 되돌아가기 위해 과학 발전에 박차를 가하고 있다고도 볼수 있죠. 선생님이 즐겨 쓰시는 변신 이야기도 실제로 얼마든지 가능하구요. 우리 지저 세계의 인류는 상상의 물질화(物質化)나 유전인자의 완전한 조작은 물론, 그것을 수시로 변화시키는 기술까지도 개발해 내었어요."

들으면 들을수록 흥미로운 이야기였다. 그래서 나는 계속 여러 가지를 캐물어 보지 않을 수 없었다.

"그럼 대체 당신이 이 세상에 와서 하고 있는 일은 뭡니까?"

"한마디로 말해서 우리 조상들이 저지른 과오를 다시 되풀이하지 않게 하려는 것이지요. 저는 말하자면 예전에 미국에서 만들었던 '평화봉사단'의 멤버와 비슷한 임무를 띠고 있다고 볼 수 있어요. 과학이 극도로 발달하면 『성경』에 나오는 '에덴동산'처럼 오직 쾌락만이 존재하는 파라다이스가 만들어지지요. 그런데 아담과 이브가 그만 선악과를 따먹었기 때문에 에덴동산은 신화 속의 기억으로 사라져버리게 되었어요. '선악과'는 선과 악의 분별, 즉 이분법적 흑백논리의 상징이라고 볼 수 있죠. 선생님이 지금 법적(法的) 폭력에 의해 고통받고 계시는 것도 결국 예술이냐 외설이냐, 도덕이냐 부도덕이냐 하는 따위의 이분법적 흑백논리를 좋아하는 에덴동산의 '뱀'과 같은 자들 때문에 비롯된 거라고 할 수 있어요. …… 사실 진리는 이것 하나밖에 없는 거예요. 즉 쾌락만이 유일한 선(善)이며 고통만이 유일한 악(惡)이라는 것이죠. 남을 해치지 않는 한 변태니 퇴폐니 부도덕이니 하는 것들은 존재하지 않아요.

"그럼 당신 역시 지상 세계에 존재하는 인류의 미래를 어둡게 보고 있는 거로군요."

"물론이죠. 이데올로기의 대립시대가 지나갔는데도 여전히 전쟁이 존재하고, 배타적 민족주의가 존재하고, 성을 죄악시하는 도덕적 테러리즘이 존재하고, 특히 광신적 신앙이 존재하니까요. 지금 추세대로 가면 과학이 더 발달한 21세기 말이 되어봤자 결국 중세기의 연장이라고밖에 볼 수 없어요. ……하긴 아틀란티스 대륙에 존재했던 초과학문명도 비슷했지요. 지금 지상 세계의 미래학이 계산하는 식으로 보면 서기 2500년 정도의 문명 상태가 바로 멸망 직전 아틀란티스의 문명 상태라고 할 수 있는데, 한마디로 말해 이익과 손해를 도무지 구별 못 했다는 것이 멸망의 근본적 원인으로 지적될 수 있어요. 전쟁과 환경오염, 그리고 쓸데없는 종교적·도덕적 금욕주의 같은 것들은 분명 '손해'에 속하는 것이에요. 그럼에도 불구하고 그것들을 이용하여 부(富)와 기득권을 누리며 살아가는 인간들이 세상을 지배했기 때문에 멸망을 자초하고 말았다고 볼 수 있지요. 그래서 지저 세계에서는 그걸 막아보려고 지금까지 필사적인 노력을 기울여왔어요. 지상 세계의 파멸은 곧 지하 세계에도 나쁜 영향을 미칠 수밖에 없으니까요."

"석가나 예수 같은 이들이 외계에서 파견된 사람들이었다는 설이 있는데 그럼 그 말은 맞는 말입니까?"

"석가는 아니에요. 그분은 훌륭한 평화주의자이긴 했지만 금욕주의에 너무 기울어 있었죠. 예수는 분명 사명을 띠고 지하 세계로부터 파견된 인물이었어요. 그는 곳곳을 다니며 평화와 사랑을 외치면서 지하 세계의 첨단 의학을 이용하여 사람들의 병을 고쳐주기도 했죠. 한데 그분의 실수는 자의 반 타의 반이긴 했지만, 그 당시 일부 민중들에 의해 '하느님의 아들'로 불리게 됐을 때 그걸 거부하지 않았다는 것이었어요. 사실 그분은 지하 세계의 훌륭한 과학자이긴 했지만 약간의 과대망상 증세를 가지고 있었거든요. ……그분은 사람들의 찬사에 취해 과학기술을 너무 남용했어요. 중력제어장치를 이용해 물 위를 걷기도 했고, 물질복제기술을 이용해 빵 다섯 개로 수천 명을 먹이기도 했지요(이런 사실은 나중에 지하 세계에서 크게 비판받았어요). 그는 자신을 왕 중의 왕이라고까지 말하여 모함을 받아 결국 십자가에 못 박혀 가사 상태에 빠졌죠. 그러다가 지하 세계에서 파견된 다른 평화봉사단원들에 의해 극적으로 구출되어 재생 수술 끝에 살아나게 됐어요. 그는 건강이 너무 나빠져 더 이상 활동을 할 수도 없었지만, 본부로부터 소환 명령을 받아 제자들에게 몇 마디 말을 남기고는 소위 '비행접시'라는 걸 타고서 지하 세계로 돌아오게 된 거예요."

"참, 그러고 보니 히틀러가 남극 어딘가에서 지하 세계로 가는 통로를 발견하고, 그리로 도피하여 나치스 기지를 건설했다는 설이 있어요. 그 말은 맞는 건가요?"

그녀는 히틀러 얘기를 듣자 피시식 비웃는 듯한 웃음을 흘렸다. 그러고 나서 이야기를 계속했다.

"반은 맞고 반은 틀려요. 히틀러는 확실히 머리가 좋은 사람이긴 했죠. 우리가 그토록 엄중하게 은폐해 온 통로를 발견해냈으니까요. 하지만 그가 지하 세계로 들어오자마자 그와 부하들은 즉석에서 체포되었어요. 하지만 형벌은 받지 않았죠. 우리 세계에선 형벌이란 없기 때문이에요. 우린 모든 범법 행위를 오직 정신질환으로 취급하죠. 그래서 히틀러도 몇 년 동안 정신치료를 받다가 자연사해 버렸어요."

"예수 이후에 파견된 이로서 예수만큼 두드러지게 활동한 평화 봉사단원은 없었습니까?"

"없었어요. 너무 두드러진 활동을 하게 되면 예수의 경우처럼 그 것이 자칫 미신적인 종교나 권위주의의 포장물로 변해버릴 수도 있 다는 사실을 깨닫게 되었기 때문이죠. ……그래서 그 이후엔 보통 평범한 사람 모습으로 숨어서 활동하는 걸 원칙으로 하고 있어요. 자신의 존재를 부각시키기보다는 유미적 쾌락주의자라고나 할까 평화적 실용주의자라고나 할까, 아무튼 그런 합리적 성향을 가진 지 상 세계의 훌륭한 인물들을 도와주는 형식으로 활동하는 걸 원칙으 로 삼고 있다고 보시면 돼요."

"그럼 당신이 내게 접근해 온 것도 그런 이유에서였군요?"

"맞아요. 마 선생님은 원체 의지력이 강한 분이라서 우리가 돕지 않아도 잘 버티실 분이라고 생각했는데, 이중적 도덕주의자들의 잇 따른 모럴 테러리즘에 너무 지쳐 하시는 것 같아 제가 나서게 된 거 예요."

"그럼 어떤 식으로 날 도와주시겠어요? 내 글이라도 대필해주시 는 겁니까?"

이 말을 듣고 나서 그녀는 활짝 애교 띤 미소를 지었다. 그러고 는 웃음을 머금은 말투로 이렇게 말을 받았다.

"원 순진하시긴……. 글은 선생님이 쓰셔야 제맛이 날 수밖에 없 죠. 전 선생님의 우울을 풀어드리고 원기를 북돋워드려서 선생님이 한결 활기차게 싸워나가실 수 있도록 도와드리는 게 임무예요. 말하자면 선생님의 파트너가 되어드리는 거죠. 자, 우리 어서 나가요. 더 이상 말로 시간을 낭비할 필요가 없어요."

그녀는 자리에서 일어났고, 일어서면서 작은 소리로 주문 비슷한 것을 외웠다. 그러자 5cm 정도였던 그녀의 손톱들이 졸지에 20cm 길이로 늘어나는 것이었다. 나도 모르게 침이 꼴깍 넘어갔다.

카페를 나오니 날이 벌써 어두워져 있었다. 그녀는 어느새 내 바지 속에 손을 집어넣어 내 자지를 주물러주고 있었다. 멀리서 빛나는 '장미호텔'의 핑크빛 네온사인이, 평소보다 더 친근한 빛깔로 내 눈에 들어왔다.

나만 좋으면

초판 1쇄 발행일 2015년 10월 23일

지은이 마광수
펴낸이 박영희
책임편집 유태선
디자인 김미령·박희경
마케팅 임자연
인쇄·제본 AP프린팅
펴낸곳 도서출판 어문학사
　　　　서울특별시 도봉구 쌍문동 523-21 나너울 카운티 1층
　　　　대표전화: 02-998-0094/편집부1: 02-998-2267, 편집부2: 02-998-2269
　　　　홈페이지: www.amhbook.com
　　　　트위터: @with_amhbook
　　　　인스타그램: amhbook
　　　　페이스북 페이지: http://www.facebook.com/amhbook
　　　　네이버 블로그: http://blog.naver.com/amhbook
　　　　다음 블로그: http://blog.daum.net/amhbook
　　　　e-mail: am@amhbook.com
　　　　등록: 2004년 4월 6일 제7-276호

ISBN 978-89-6184-387-4 03810
정가 15,000원

이 도서의 국립중앙도서관 출판예정도서목록(CIP)은 e-CIP홈페이지(http://www.nl.go.kr/ecip)와
국가자료공동목록시스템(http://www.nl.go.kr/kolisnet)에서 이용하실 수 있습니다.
(CIP제어번호: CIP2015027505)

※잘못 만들어진 책은 교환해 드립니다.